君知るや君が身の丈

医学博士　医師
中村元子

毎日新聞出版

君知るや君が身の丈

文責／中村元子

序

本書は著者中村元子によって著わされた、著者自らが書いた自分自身の伝記即ち自叙伝である。私は昭和43年25才で上京し、その時より、ずっと自らの足跡を書によって残そうと決意実行した訳だが、現在に至る迄38冊に及ぶ膨大な物となり、毎日多忙を極める勤務医の仕事を止め、此の書いた物を自叙伝にまとめ自らの文学的作品として世に問いたいと、願うや切であり実行に踏み切った次第である。

本書は三百八十頁余に及ぶ大部であり、其の構成は前編と後編の二部構成とし、更に前編は第一部、第二部と部分けした。即ち、前編（第一部は12頁より151頁迄。第二部は152頁より276頁迄）、後編は（278頁より375頁迄）とした。

最後に各編についての要約を述べて置く。

先ず概要であるが、前編は私の在京、約40年間に渡る研究研学及び日日の生活録である。後編は故郷の閑寂な環境下に於る私の公私に渡る生活記である。が母の死後は寧ろ、私自身の心情変化を見詰めた内省の記である。以上。詳述すると、前編第一部は大学院卒後、東京第一病院の医師として躍動せる毎日を破竹の勢いで送っていたが、父の死によって精神的な打撃を被り途中で図らずも頓挫してしまうが巻き返しを画る。前編第二部は東京青梅に於て、心身の傷痕を癒し再び都心に出て人生の爛熟期を迎える。

数回の渡欧を含めて華やかな生活を送るが、その一環として都内に土地家屋を得るべく、軽率の誇りを免れ得ないが一億円の借財を負い自滅を危ぶむ生活状態となり、この借財の返済に実に14年間の雌伏に堪えざるを得なかった。しかし観点を変えてみれば此れ迄の人生を通して私に対して何人も為し得なかった訓戒乃至誨諭を、私自らが仕出かした借財によって教えられたのである。私も社会の規約に従うという苦渋と共に世間人としても成長していったようだ。

後編は借財一億円の全額完済を待って、母の在ます故郷に帰り自らの終焉の地は外ならぬ我が故郷だと自らに誓う。そして「平常心是道。」を旨とし、有るが儘の自分を堅持して行くという生活信条を得て行く。母亡き後は主として自らの心情の浮沈を見詰め、黙然し内省の記として記述した。そして結局自分に残された物は文学しか無いと云う事を悟る。

中村元子

令和二年三月七日

君知るや君が身の丈

目次

第二部 臨床医として何を得たのか 152

二章 我が人生に於る爛熟期を迎える 218

後編

凡例

本書の構成は目次、凡例、序、参考文献、本文、後序、を以て完とする。

目次は初めから終り迄通し番号とした。

文中の人名、組織名等は文意が損なわれない限り、すべてアルファベットの一～二文字で表した。例　中村→Na、田山→Ty等。

理解し難い語句は本文の上部に頭注を設け訳注を付けた。本文中の該当語の右肩に算用数字を振り○で囲む（頭注該当語は、①～㉓）

前編

第一部　基礎医学より臨床医へ飛躍

一章　悲しき前夜祭

昭和43年11月。上京後八ヶ月だ。最初43青年医師連合の自主調整で東大病院に首尾良く決った時、私は正直云って天にも上る心地で全く有頂天であった。憧れに焦がれた夢の東京に行ける。そして熊本在来の物を馬鹿にしてしまった。そして自分が一種の何か違う者であるかのように取逆上《とりのぼ》せ《せ》て仕舞ったのだ。自分は東大病院に研修に行くと云うだけで、何も東京大学に受かった訳でも無く、日陰者の存在宜しく43青年医師連合東大支部（東大青医連）の下に統括されるだけと云う事実を考える由も無かった。兎に角出身大学を疎《おろそ》かにして同級生の存在等てんで気にも懸らなくなった。此れが私の残る生涯への悲しき前夜祭であったのだ。

昭和43年3月上京。東京に発つ日、御上《おのぼ》りさん宜しく水色の派手な新調のコートに身を包み、特急（当時のブルートレイン隼《はやぶさ》号）へ乗り込んだ。

私は東京杉並区成宗の親戚の家へ身を寄る事になった。心は早、東京へ。親戚の面面を見て「ああこの人達と一緒に暮らすのか。」と嘆息。しかし未だ私は後悔は覚えなかった。

東大本郷に於る43青医連の級《クラス》会に出席。先ずバイト先に案内して貰った。葛飾区四ツ木のとある、病院へ行く。I君とBe君（共に東大生）とMo君（東北大）と同行。場末の何だか薄汚れた「此処が東京？」と疑うような所だ。壁には赤のアジビラが一杯。矢鱈とヴェトナムが出て来る。「あれっ？」と東の間想ったが忘れて仕舞う。「此処は場末でルーエス（梅毒）患者が手術の1／3。」と外科主任が云う。交渉を終えて帰る。Be君の家は葛飾で直ぐ其処と云う事で私はI君から道を教わる。途中で45円の掛蕎麦《かけそば》を食べる。御茶ノ水駅でI君と別れる。平平凡凡と目的喪失的な毎日が続く。中中研修が始まらないのだ。頻りと東京に来た事を悔いるようになった。何の発展も無い毎日。6月でBe君と一緒のバイトも離れた。結局私は東大生では無いからと、彼が無意識に東大風を吹かすのに居たたまれない思いも何度か。東大東大と東京に住んでる者が馬鹿騒ぎするのも道理。既存のもの、例えばBe君のような東大生に学閥故に心ならずもへいこらするのか。兎も角、東大のバックを通して人を見るのだ。すべての人が後楯の有る者と無い者。金持と貧乏。思想の有る者と無い者とが歴然として区別されているよう。此れ迄全く私が意識すらしなかった事だ。I君ともバイトは別別となる。

7月帰省。父は肺結核で、療養中だ。真白な肌をしていた。父は「私を当てにするな。肺結核患者から金を貰ってくれるな。お前は東京にお帰り。一人で自活せよ。」とけんもホロに追い帰された。働き詰めだった父よ。父の乳（獅子文六）を飲んで育った私。私の生涯で父程に、心底愛する事の出来る者は、此の世には、居なかった。其の頃、東大青医連の方針として医師国家試験（以下国試と略す。）ボイコットの線を敷き私もそれに則っていた。実際私は昭和43年6月実施された昭和43年度卒の国試はボイコットしたのだが、私の同級生は全員受験したと思う。所が厚生省に依って昭和43年10月に、それ迄の国試ボイコットの医学部卒業生（各41、42、43年度卒、私は43年度卒）の為に最期のチャンスを与えるべく、国試が実施される事になった。父は私に「兎も角、10月の国試を受験せよ。受験の手続きは父の方で遣る。」と強く勧告してきた。「青医連の集会なんぞ忌避せよ。それこそボイコットせよ。」と連日、九州から東京の私に電話を呉れた。更に父は云った。「東大生は国試ボイコットで良かろう。しかしお前は東大生でも何でもない。地方大学の医学部卒業と云うだけで何の資格も無いのだ。唯の外様大名と云った所だ。兎も角、日本国厚生省の行う国試を受けて医師の資格を得よ。もっと大人になるんだ。良く考えるんだ。お前の父、母、妹、を安心させて呉れ。」と。

8月私は父の勧める国試受験を決意すると同時に東大43青医連を脱退した。8月末より国試を受けるべく受験勉強を始める。9月1日より本格的になる。10月20日受験地の熊本へ行く。妹S子の世話を専らにす。彼女が随分大人になったのに驚く。受験後、直ぐ帰京す。東京のバイト先は不愉快な人事入換え。私は国試受験でそれ所ではなかったので、すべて、水に流す事にする。金さえ貰えれば私は良いのであるから。11月になって職探しの為職業斡旋所へ行く。質素な所だった。私に訛があると少し足りなそうな事務員風の男が云った。「御生憎ね。」25年も九州に居たんだから当然だ。贅沢云うな。無闇に人を批判しなさんなって事。杉並区松ノ木のKu病院へ行く。院長は京大で変にお高い野郎だった。京大のバックだから？　四ツ木の蛸坊主（此れはS医大）は腹黒野郎と思っていたが此んなに尊大なのと何方が良いのかしら。「東大はああした所だから貴女方は青医連でも入ってないと入局できないでしょう。青医連は他校生の方が多いんでしょう」と来た。「そう？　京都大からも青医連に来てますよ。」私は、一矢報いた。穏やかな11月、快晴が続く。スムーズに研修出来ていれば秋を高らかに謳歌するものを。

さて、私は自活して生活費の残額は貯金する。たった月2万円の給料を待つ一ヶ月の長い事。もどかしい。失職とは辛い事だ。でも、四ツ木へは金輪際行かない。やれ青井へ、やれ何処へと、本当に使われる者に取って腹に据え兼る。いい加減にしないかと怒鳴りつけたい。しかし私は今、否応を云々する以前の問題を抱えている。私は未だ無免許なんだ。兎も角、誰一人構って呉れる人の無い東京で自活して食って且つ勉学して行かねばならないの

①医学生の用語。金銭危機の意

だ。辛酸を舐め尽す訳だ。生馬の眼を抜く東京だ。下手すると野たれ死にしてしまう。自分の「否」が通らない世間様なんだ。もう、勉強さえしてれば良かった昔の自分とは違う。それでは通らないのだ。勤労感謝の日か。祭日でバイトはお休み。「感謝の日」所か、恨めしい限りだ。４０００円フイになる。雲一つ無き美しい秋晴れの日と裏腹に、晴れやらぬ私の心。私の今、手持の金は５００円だ。一月を１万円の遣繰りなので非常に苦しい。家賃と本とカーディガンを買ったら此の始末だ。此の５００円を使っちゃうと亀有のバイトにも行けず立川にも電話出来なくなる。今月ばかりか、来月だって同じだ。毎月毎月ゲルピン[注①]だ。兎も角、田舎っぺ故に毎日向っ腹をたてる日が続く。田舎っぺは田舎っぺの域を出ないのか？　ま、いい。誰しも腹に据え兼ねるドン底生活を味わったのだ。我が人生史の、第一頁は赤色と無知蒙昧の連中に取囲まれ幕を開けたのだ。確たる身寄も無く、自活して行く者は此れも耐え忍ばねばならぬ運命なのか。毎日毎日糞面白くない日が続く。私のバイト、難行している。今日陶器を包んだ古新聞を広げて見ると、東大、京大は大学院大学にせよと云った論説があった。一応頷ける、私も賛成だ。

二章　医師国家試験合格　医師免許証受理

12月6日、合格発表。受かった。何か慌しい毎日が続く。バイトも見つかった。斯くして昭和43年度は終った。追って昭和44年1月杉並区西保健所より私の医師免許証を受理した。晴れて免許皆伝の医師となった訳だ。東大大学院の受験は一応募集要項は取ったが昭和、44年の受験は見送る。東京の生活に慣れるだけで精一杯の状態だったのだ。

三章　我が試練の日日

1　招かれざる客

私が上京して惨めな、最も惨めな日日が始まる。正しく惨めなのだ。何故？　分り切っている。東大大学院故にである。煩悩による、自縛状態よりどうしても脱却出来ないのだ。身の程知らずと云って済めば話は簡単だ。嗚呼、自分は馬鹿だったと唇を噛み締める。杉並の親戚の家を引払い、中野の下宿屋に引越した。其処で何するでも無く悔悟に掻き暮れている。後悔臍《ほぞ》をかむ体だ。何も彼も出来上っている所に、のこのこさいさいと入り込もうとしている自分の滑稽な立場。此んな事を私は此処に来る迄一顧だにしなかった。自分は何をしてるんだと、不安と焦慮の毎日。人が皆、適材適所で、何と良く生活して、現状に甘んじている事か。私は何にも満足出来ない。何が足りないのだ。何が多すぎるのだ。自嘲のみ覚える日日を過ごす。

2　医師としての我が勤務

現在、私は立川のDa病院、杉並のKu病院、田無のHa医院の三ヶ所で働いている。バイトなので此うしないと一週間埋まらないのだ。後二者では当直も引受けた。立川。往診は村山団地迄行く。立川の立派な道路を時速１００km位のスピードで、直走《ひたはし》りに走り抜ける。本当に救われるような景色が展開する。何処迄も続く畑に農夫が枡《ます》から手摑みに種をパラパラ蒔いている。開放《あけはな》った車の窓からむっとする草熱《くさいき》れが鼻を突く。「あゝもう、此んな事は何年も無かったなあ」と思う。その草熱れの田舎道を幼稚園の園児の一団が、てんでに大声で喋べって通る。車はそれを遣り過し再びスピードを増す。広い米軍基地の芝生の緑が眼に飛び込む。眩しい。「ノー、スモーキング。」のでかい立看板が彼処此処に。黒人や白人が行き交う。如何にも立川だ。基地の町立川。今日の往診は本当に良い気分であった。ドライブ往診か。もっと遠くへ行きたい。東京に来て一年二ヶ月が経過した。6月だ。光陰矢の如し。日暮れて道猶遠しの感興一頻《ひとしき》り。全く寄辺無き身故に私一人で此の身を処しなければならない。兎も角、大学院突破だ。学位獲得だ。東大と云う名に縛られて斯くも振り回される自分の愚かしさ。Ku病院の某女医は、自分達は此う云う本を書いたので一読しないかと小冊子を示して呉れた。本を認《したた》めるとは本当に良い事だ。しかし共産党になって赤旗等の仲間になる事は私は絶対に肯《がえん》じない。私はノンセクトで自立する途を取る。今のバイトはその為の捨石に過ぎない。貯金47万円となる。貯めようと焦っても月に10万貯金するのが精一杯だ。私が臨時収入を希むとすれば「論説」や「評論」乃至は「小説」の何処かへの応募である。此の事は一考の余地が有る。著作!! 何と魅力的な詞であろう。勿論私も何時かは著書を著わしたい。強い希望だ。私が20代、医学部学生の頃、周囲のすべてに腐り切って「医学部を止める」と父母に云った時、父は「お前は著作をしろ。」と云った。私は「今更、もう遅過ぎるよ。」と父に反駁した。若き頃作家を志していた父は静かに「漱石だって40才で書き始めたんだ。」と云ったっけ。私は今こそ、医師たらんと努力しているが常に「何時かは書を著わすんだ。」と心中深く秘めた願望が確固として脳裏に刻み込まれている。私は父の子だ。文学に対してはサラブレッドと思っている。医師は単なる身過ぎ世過ぎの為の付焼刃の手段に過ぎない。私が学生時代に東京に在れば私は恐らく急進思想に惑溺していたであろう。人間の運命の奇。

さて、Ku病院で当直。外傷患者を2針縫合する。立川では外来。来るわ、来るわ、午後一

②独語で「少ない」 ③膵臓疾患の事

時近く迄掛り腹が立って来た。此の外来で気付いたが私は未だ未だ未熟だ。知識がマンゲル注②だし経験も浅い。勉強不足は否めない。昼から往診で一日5500円で過重労働だ。もっと条件の良い病院を見つけないと、国試も合格し、ライセンスだってちゃんと有るのだ。今日は参った。御負けに残業が7時迄で全く糞喰えだ。夜はKu病院の当直だ。入院患者が胸痛と呼吸困難を訴え、私は知ってる限りの手を尽して一時間後にやっと口唇チアノーゼが取れる。あゝ、きつい!! 本当に御医者業て大変だ。マイペース等全く出来ない。此頃は患者がニコニコして来ても、此れは夜中脳卒中でも起して往診依頼し私を敲起《たたきおこ》すんじゃ無いかと疑心暗鬼もいい所だ。全く複雑な気になる。直明けの日、前日の夜勤での興奮、覚め遣らずの体で立川へ。此処では往診がどっさり用意してある。全く腹が立ってボウーッとなる。その後田無のHa医院へ。此処の当直は楽。所謂「寝当直」。しかし翌日の患者が多く忙殺される。午後1時迄掛る。全く馬鹿のように働き詰めだった。一日で体は疲弊し切って仕舞う。此うした労働は自分の生活費を稼ぎ出さんとする為だが、大学院受験の為の体力の余力さえも消耗してしまう。私自身の体力には限界が有るのだ。今、限界以上を遣っている。此うした生活を続けよと云うのか。冗談もいい加減にせよ。余りに労働が過重なのだ。何とかしなくちゃ。二兎を追う者、一兎も得ず所か過労死に陥って仕舞う。昨日のKu病院の当直は全く惨めだった。インスローマ注③の患者の低血糖発作で患者が狂操状態となり松の木界隈中、響き渡る位の叫喚で私は治療等思いも寄らず恐くて手が付けられなかった。唯狼狽するのみ。別の医師が此れを取り押え50%グルコースを静注し静めた。私は当日の当直医なのに何も為す所を知らず全く恥入るばかりだ。自分乍ら当直をやる資格があんのか疑って仕舞う。妹のS子より葉書。フィリピンの風鈴を呉れるそう。有難う。あゝお医者ではない者は幸福だと思う。Ku病院では、此間の患者が重篤になっていた。私は一睡も出来ず、まんじりともせず一夜を過した。当直代金はたったの4千円なのに、此れ程精神を消耗せねばならぬとは⁉　私が縦横に、患者の病状を見極め、処置万全となるには、未だ未だ日時を要する。それに度胸がすわらないと駄目だ。何れにせよ、今少し臨床体験を積まねばならぬ。東大の42卒生の言葉を思い出す。一～二年の内、必ずや法に引っ掛かる事を仕出かすから病院側との契約云々と云っていたが他人事ではないなと思う。もっと緊張してすべてを熟考して行うのだ。

7月に入って私の無気力が始まった。如何しようも無く気が滅入るのだ。大学院受験を常に念頭に置いてるが正しく、亡羊の嘆に暮れる体である。心が空虚で毎日が空しい。父からの手紙で生きているのは自己完成の為と。父にあんな事を答えさせる積りは無かったのに。お父さん御免なさい。可愛想な父。そうだったのか。私の育つ過程は父の転落からの再起の過程だったのだ。転落、挫折そういうものを引っ提げて暗い暗い面持で、或いは悔悟と自嘲と、そういう中で私が育ったのだ。私が成功する事は父の唯一の希みである訳だ。父は凡《すべて》を三人の娘に託したのだ。その失う物の大きさが得る物を凌駕して父は殆んど満足を感じなかったのではないか。しかしそれも或何某かの土地を買う事により落着きを得、彼岸の準備を暇を見ては修業しているという。終戦時、乃至後の生活難で仕方が無かったのだ。父と余りにも良く似た私。或いは私は転落し切るには臆病過ぎるのかもしれない。

私は私一家の者に無限の愛情を覚える。私の翼の下に掻い込んで遣りたい。現在貯金は68万円。金を貯め且つ勉強にも励めか。前途多難の我運命。ドストエフスキーを今一度熟読し、私の思索を練らないといけない。

毎日新聞に小説を応募してみたが取上げられなかった。畜生!! 此頃新聞では学生や教授の自殺を報じているが、私も時々自殺について思い詰る事がある。しかし本当に「死」は端的に、作為的に自ら希んで為すものなのか。為し得るであろうか。私の同級生が大学に受かり乍ら路線自殺を図ったと聞いた時、私は共感を覚えたか。否、「馬鹿な事をして、何故?」と思っただけだ。矢張死に匹敵する苦渋が無いと、おいそれと、まして臆病此の上ない私にそれが出来る筈は無い。結論すれば私のタナトス[注④]はあまりに短絡的で机上の観念に過ぎない。どうせ死ぬなら、死ぬ程我慢する方が得策では無いのか。矢張、父丈は悲しませたくない。後の人間はそれぞれ生きていくだろう。

サテ、東大病院研修について述べておこう。私は43東大青医連の「国試ボイコット」の線を踏まえ実際6月行われた国試をボイコットした。又青医連では、その頃「自己批判せよ」等と云っていたが私自身何を自己批判するのか自分に解せない事であるばかりか、私はもう既に此う云った事は全く論外で、自分は此うした連中の埒外《らちがい》に有り、政治的な意志等毛頭無く唯、唯、東大病院研修の為東大青医連に与《くみ》したに過ぎないのであり、主義主張等云云する事は無関係だと判断し、即東大43青医連を脱退し決別、彼等とは袂を分ったのだ。その後青医連が如何なったか全く知らない。我関せずだったから。一方私は父の勧告や自分の他大学生という身分等を考え、10月国試受験を決意し、従って、43青医連も8月段階で脱退したのだ。10月国試は合格し翌年1月ライセンスを獲得した。その後バイトはそのまま続けたが生活の為に過ぎないと割切っていたので特にバイト先に詳細を話す必要等無いと思い、いい加減に受け答えしていた訳だが、それを咎める医師もいた訳だ。立川のバイト先では私の東大研修について未だ解決しないのかと尋ねる医師もいた、が私は既に東大青医連の籍は無いのに以前通り東大青医連としてバイトを続けている事に、自責の念に悩んでいた事は事実だ。東大青医連など関与せねばよかったと後悔頻りだ。が東京にだけは行きたかったのだ。

　来年45年度の東大大学院受験は受験する。その結果如何だが来年3月迄此の状態が続く。来年3月、私の全実力を出し切って立向う積りだ。バイトのHa医院で生後3日の乳児が死亡しHa先生も嘸《さぞ》かしガックリした事だろう。あの驕慢なる彼女だが推して知るべし。「此れは危ない。」と思った時、如何して他院へ移さなかったのか？　一線の矜持も程々にと云う事だろう。私は大学院入試が間近になる。収入を得る為の勤めを呪いつつ歯を食い縛って頑張る。私の成功を祈る、病める、愛して止まぬ父あり、母あり妹二人有りで私の責任は重大である。屈辱的な勤務先の仕事は唇を噛み締める程悔しいがそれじゃ止めろと云われると私ははたと行き詰るのだ。勇猛心を発揮して前進有るのみと自分に笞打つばかりだが虚勢に過ぎぬ。全くの意気阻喪、自信喪失と云えば良いのか救いようが無い。目下英和辞書第一回征服。達成感一入《ひとしお》。矢張12月一杯で勤めを止める事にする。勉強も切羽詰まっているし今の勤務を継続する事は事態が許さない。バイトを止め経済状態が苦しくなる。一日300円の食費とする。来年3月の結果を見る迄頑張る。

昭和45年2月、東大大学院受験終了。落第だった。絶対に語学力再度養成が必要だ。英語力を養う事。又勤める。何を置いても先ず語学だ。英語力だ。熟《つくづく》逃した魚は大きかった。しかし悔やむまい。実力が発揮し切れなかったのだ。私は今でも受かった連中に劣るとは天から思っていない。でも矢張、何か割り切れぬ思いが一杯だ。敗北を喫した。又一年を無駄にしたな。しかし何時迄も悔やんでも始まらぬ。奮起して目的達成に努めるのだ。父から再度受験を促し、「元子よ。せかせかするな。」と檄《げき》を飛ばして来た。「嗚呼、父よ。父よ。貴殿こそは我父親であるなあ。」と今更乍ら思う。来年の事を考えると果して此れが確実性の有る事なのか？　幾ら頑張っても本質的な物が有るんじゃなかろうか。等と深刻に考えて仕舞う。しかし何とか打開せねばならぬ。遣るのは私なんだ。バイト先のH医院では車で送って呉れ、途中狭山湖へ回った。午後8時だ。私は淀んだ、細波《さざなみ》一つ立たない黒い水面を車窓から食い入るように眺めた。三日月が黄色く懸っている。夜桜が白い枝を伸している。あの中に溶けて仕舞えたらどんなにか苦労も無くなるだろうに。フォイエルバッハは彼の自殺論に於て生への希望の結果自殺が成立つと云っている。正しくそうだ。マルクスのフォイエルバッハ批判に耳を貸すまい。車中で「先生はご結婚は？」と聞く。私は答えなかった。愚問だ。「私の結婚観」を述べる。結婚が何で今の私に関係ある？　又新たに悩みを作る為にか？人間一人の悩みは男一人と一緒になって癒やされる物なのか？　答えは「オー、ノー、ナンセンス!!」だ。人は自分の十字架を背負って墓場迄行くのだ。二人一緒になってそれで如何なる。二人で悩みを分つのか？　ナンセンス!!　自らの悩みは自らでしか解決出来ない。他人が自己を越える事が出来るか？　出来はしない。自己の範囲内でしか自己を満足させる事は出来ないし行動も出来ない。私の周囲にも私の不協和音を為す共産党等いるが私は同調する事は絶対出来ない。彼等には恐らくイデオロギーは有ろうが心が無いのだ。何もかも付和雷同に過ぎないのだ。私はドストエフスキー、ツルゲーネフに心から共鳴するがマルクスやゴーリキーには、どうも或る抵抗を感じてしまう。父がブルジョアジーだった所為で有るが如何しても過激な事は右にも左にも足踏みして仕舞う。思惟する分には、幾等でも構わないが、それに基づく行動は絶対に出来ない。

扠《さて》、若葉薫る5月に入り又一月無為に過して了った。間代を払い最上等の自主流通米10kgを買う。金魚鉢の水換えをして金魚の観察と洒落る。心が洗われるよう。金魚は無心にひらひらと泳ぎ、時に餌をつつく。昨日より徹夜で英辞書を暗記する。文法も再検討する。午前4時には夜が明ける。チッチッと雀が啼き始める。上天気。セーター等の冬物の洗濯をした。窓の庇に干す。植木の手入れに余念のない下の爺さんは今日は又雨と思ったろう。上からポタポタ水滴が垂れるから。私はおかしくなる。何時も洗濯物を干す度に相済まぬと思う。許せ、爺さん。電車はストでギュー詰めだった。やっと10時に着く。家を8時半に出たのに。一層の事、休もうかと思ったが駄目、今日は給料日だ。一日六千円だ。

3　嗚呼、無情

立川のバイトを考えると気が滅入る。もう私は既に東大の籍は無いのに未だに以前通り東大青医連としてバイトを続けている。居座っていると云えば良いのか。小心者の私は居た堪れない気持ちだ。誰も知らない。否、知ってて知らない振りをされてる。此の私の境遇、早く何とか打開策を講じなくちゃ。日夜自責の念にかられる。

朝6時、戸を開けるとさっと青空が眼に飛び込む。「ああ、良い日和だ」。柿の若葉がキラキラ朝日に輝いている。爽やかな五月晴れだ。生きとし生ける物、春を謳歌すか。此れで希望が叶っていたら最高だがそれで無くても構わぬ。十全は望み得ないのだ。又足が浮腫《むくみ》み出した。勤めから帰る日暮れ時、中野のアーケードを歩いていて泣きたくなる程悲しくなった。声が出ないようにハンカチを噛み締める。私の身の不遇を案じたのだ。うらぶれたその日暮しの私がこの爽やかな美しい5月の日を美しいとして見ていられるノホホンたる心境。昨年迄如何《どんな》に焦慮した事か。今年はもう離脱してしまった。と云うより何の事は無い。此ういう自分の生活態度に慣れっ子になってしまったのだ。何の彼のと焦る事はない。成るように成るさ。人が何であろう。自分は自分なんだし、此れは有り触れた事だが一番の鉄則だ。28才の女が一人で諦めと未練とを綯い交ぜにして恨みがましく人生を早く終われとばかり生きて行く事の情無さよ。ああ情無い。余りに無情だ。自分の心が満たされぬ儘に年を経て行くのである。其処に有るのは自嘲のみである。虫螻《むしけら》以下の自分の存在を何が故に有意義な物と見做す事が出来ようか。訳も無く生きて行かざるを得ない。臆面無く生きて行くしか無いのか。生と死について考えてみる。確かに死は生に対する一つの方法ではあるが飽く迄、最後の手段でしかない。死は私に理性が働く限り不可能だ。実際の所、今の私は煩悩を脱し得ない。余りにも遠大なる煩悩。それは私の心身を粉々に打ち砕かんばかりに苦悩させるのだ。煩悩に報いるに煩悩を以てせよ。兎も角、私の力で此れを打ち砕くしか無い。毒を以て毒を制す。命ある限り此れに尽きる。私は此の煩悩、更にはプライドに虐《しいた》げられる。その誇り（自負心か）が身に不相応に高い為に、実際ばかげた（？）事なのだが自分では如何しようも無い。実力と想像と理性のアンバランス。此れを自分で認めている限り自分の存在の何と愚劣且つ惨めな事か。運命の神って何と無慈悲で残酷なんだろう。全く醜悪なる物は我が生である。在京3年目の5月、窓外に鳩の群が輪を画《か》いてる。静かな静かな下宿。自分の身分の確立をはかる事。何が欲しいのか、何を求めようとしているのか分からぬ儘、今日も暮れてしまった。如何して此う優柔不断なのか不決断な自分が呪わしくなる。私は今どんなに悲しい事に会っても涙すら出ない。乾き切ってしまった。歓喜する事も無い。如何して此う根扱《ねこ》ぎの状態になったのか。虚脱状態だ。朝は寝通しで夕方5時近く、やおら起き出し食事をし又机の前にボンヤリ坐り何考えるでも無く、つくねんと坐っている状態。進歩も無く、とんでもない、進歩どころか退歩への道を急速度で転がり落ちている。勤めに出る日は全く嫌々乍ら出て行く。帰ると何となく疲れてぶっ倒れて寝てしまう。午後11時頃起き出し、ぼんやりと朝迄机の前に坐っている。此の繰り返しなのだ。嗚呼！　全く自分という信念も無く恥も見栄もなく薄汚れた自分の生活の呪われてあれ！　矢張死ぬしかないか。死こそ私の求めている物なのか。死の観念を唯、唯、机上で弄んでいる見苦しい私。しかし其処迄考え詰めて、私は何故死のうとしないのか。何の未練が有るのか、死ぬ事を恐れているのか。死の外に何かの一縷《いちる》の可能性をその何かに比《たぐ》えているのか。死の物理的な面を恐れているのか。人はさっさと自殺して行っているではないか。自分も行き暮れたその身を持て余しているのなら何故その身を早く処理してしまわぬ。何を躊躇しているのか。さっさと此の世に駄目を押したのなら潔く我身を処理して仕舞えばいいではないか。私は思わせ振りを遣ってるに過ぎないのか。彼の哲学者だって死こそは救いの道と云っている。それに同意したのなら何故決断せぬ。自分の見栄が邪魔するのか？　見栄ってどんな大層な代物があるのか？日の目を見ない自分の此の生を営みたくないのなら自分は矢張死んで仕舞う事だ。何に甘えている。死ねば何も無い。無、零、ナッシングだ。第一生きる事に意義を認めぬ者が生きて何に為る。又一切を捨てて一切を認めぬ自分が、此の一切のある世界で如何して暮して行けるのだ。観念上の死を弄ぶ莫《なか》れ。今一度自分の生の意義をよく考え、生も死も自分には新しい物である故、何方かを選ぶのだ。「私は死を選びました。」とアンティゴーネは云った。自分は何方を選ぶか。生か死か、生とは？　死とは？　此うも毎日毎日愚かな終りの無い、どうどう巡りの考えを出したり引っ込めたりするに過ぎない。其処には一歩の進歩すらも無い。愚劣愚劣、正に愚劣な事だ。愚劣な自分が愚劣な思考で愚劣な行為を敢てして、人が自分を如何思うか？　それは又別の事だ。自分は天にも地にも全く一人身なんだ。人が如何思うかって？　尚更愚劣だ。彼等は彼等で、彼等の十字架を背負って、各自で各々歩いているのだ。とても私の十字架迄も背負っては呉れない。人は一人で生まれ落ちて死に至る迄、すべて一人なのだ。親？　姉妹？　そんな者が何になる。自分に頸木《くびき》は付けてもそれを引っ張っては呉れない。人の何と哀れで頼りない事よ。人が皆、そうなのだ。先程から死について言及しているが、人の生と死について思う事を述べる。人は生きる過程に於ては、煩悩より離脱、脱却できない。人は自らにとって遠大なる希望と、その達成感の甘さは、人心を粉々に打ち砕かんばかりに苦悩させる。人はその苦渋に耐え切れず死を選ぶ訳だ。その煩悩が満たされぬ限り自らの生は苦渋に過ぎず無意味でしか無い。従って死を選ぶ訳だ。生きてても仕方がない。自分の生は詰んない物だった。じゃ、死のうという短絡が出来る。此の短絡の原因が煩悩（多大なる甘い慾求）に依る物で有れば此の原因（煩悩）をあっさり断絶するしかない。其の原因なる物を得るべく、必死の努力もせず、労せずして安楽に得ようと棚からボタモチ式を希むのは自分自身反対だ。根本的に誤っていると思う。故に何時迄も死を決意しながら、理性が働く限り出来ないとか、最後手段（此の最後の時点を人生の何処に置くのだ）等と死をかえって遠ざけるのは、即ち、此れだけの心の余裕が保持されている事は、此は取りも直さず煩悩（私の場合、東大大学院パス）への万が一の確実さに一縷の可能性を託し、それに縋りついているのが自分の本心では無いのかと自信をもって断言出来る。それで私は死に直接向き合いたくないのだ。と思う。従って死に踏み切れない。即ち煩悩だけに終わらせたくない本意があり、生に希望を託したいのだ。此が私自身の思惟だ。此の解決には来春の大学の厳正たる審判を待ち、それに従うより解決は無い。審判（合否）が下れば、あっさり受諾し従うしか道は無い。此が解決の方法であり私も納得するしかない。来春の大学院受験の結果を待とう。

立川のバイト先で、往診の帰りは村山貯水池の方を廻った。此の貯水池の裏手には未だ未だ人跡疎らな草深い山路で野趣満満たる物がある。美しい新緑の中に淡紅色の野性の躑躅《つつじ》が怖《お》ず怖《お》ずと咲いている。正しく「万緑叢中紅一点」の観だ。帰り路はずっと新緑や青葉の緑のグラデーションを満喫出来た。自然の愛撫の中で私はホーッと大きく吐息を吐いた。父は元気かしら？　働き且つ勉強する事は実に難しい。両立させねばならぬが矢張片足立ちになってしまう。事私に関する限りは。水は低きに流れると昔から云うが、私だって水を逆登って鯉の滝登り誇りは遣っていられないのだ。私も世の常の凡夫の一人に過ぎない。pm八時半立川からＴＥＬ「此から当直に出て貰えないか」。即坐に断る。「目ぼしいのは先生だけ」。と来た。「フン、馬鹿にするな。水に溺れる時の藁稭《わらしべ》が私なんだろう」。人を便宜的に使うなって事。疲れて仕舞った。しかし理性の諌めを伴なう。「元子よ、お前は人より一段上を目指しているのじゃないか。人並みじゃ、とてもお前の目論見は成功しないぞ」。……「あゝ、そうだった」。と反省する。嬉しい。父からの手紙。「元子殿。誤解しないで下さい。私は未だ挫折等しておりません。著作を来年は著わします」。と云って来た。父は目的があっていいなあと思う。大いにお遣りください。お父さんの目的達成を心から応援しております。但し私は御免蒙る。もういい。著作を著わそうが私には関係無い。でも人は何を求めんが為に齷齪《あくせく》遣ってるのか。蓋《けだ》し生きる事を求めているのだ。人間とその生命の根源すら良く分からないのに何が著作だ。でも父は独自の見解で以て身を処して行くのだから私の測り知る所では無い。父は子女の教育の為今迄著作に専念する能わずだったのだが、父には我々娘達の教育等は一切放念して大いに自らの著作に精進して頂きたいものだ。私からの願いだ。父には私にも真似出来ない文才があるし、それに漢籍の教養があり語彙が非常に豊富だ。私に一歩も二歩も秀でているのだ。父は若かりし頃、東京に在って本職の作家を目指していたのだ。私ももう少し漢文を遣れば良かったのかな？　妹が三日間逗留した際に、油彩画のセットをプレゼントして呉れた。此は有難い。暇を見て画こう。面白くて面喰う話しが一つ舞い込んだ。私を嫁に貰いたいと云う家が有るそうだ。「えっ？　此の私を？」と私は聞き返した程吃驚した。如何いう神経の人かしら？此んなにデリケートな私に付いて行けるのかしら？勿論即坐にお断りした。36才の優秀な建築設計士で成田の飛行場を設計したとか、その家族に不具者がいてそれで晩婚らしい。「オーノーナンセンス。笑止千万、お断り、絶対御断り、結婚御断り!!」私は結婚等は極力考えぬよう努力してきたので今更以て、それが私に何を及ばすか、余りに唐突な話しで考え及ばぬ。私は大学院に行かなきゃいけないのだ。此しか頭に無いのだ。人は、私のように勉学乃至文学に没頭する前に結婚について頭を使うようだ。私は結婚等無くもがなだ。私の大学生時代も男共から「純ミス」と陰口をきかれていた位だもの。私に関してそういう浮ついた話し、乃至噂などは皆無だったからだ。本当に私の頭には大学院合格の事しかなかった。此からも他事には一切煩わされず一人で行こうと決意を新たにした事だ。カンバスで絵を描く。油彩画って私は初めてだ。父から寒漬け、椎茸、スルメイカが送られて来た。どうも有り難う。中でも寒漬けは私の大好物だ。扠《さて》、落伍について考える。人生の落伍者とは？　蓋し、多様に解釈出来るが落伍は落伍だ。そしてその典型が私だ（？）という事も分る。失敗なんて過程は誰でも有り、その結果が落伍だとしたら当然それを避け得なかった人もいて良いと思う。極力人は落伍すまいと努力しその努力が報われた時のみが落伍しなかったのだもの。その他は皆落伍なんだ。でも落伍理論を肯定すれば今度はまっしぐらに猪突猛進の連中が馬鹿げて見えるし、いいようにさせるさとなるから不思議だ。退廃ムードが身について何ともおもわなくなるのだから恐い。しかし東京くんだりで落伍なんて全く人後に落ちる。我事乍らお話にならない。いいお笑い草だ。全く様にならない。ざまを見ろって事。

私の楽しみは目下油絵だ。イーゼル、クリップ等小道具を買う事自体が楽しい。東京広しと云えども油絵の具一式を置いてるデパートは東急だけだ。油絵に打ち込んでいる時は絵の中に逃避し現実を忘れるのだが画を止めて気が付くと現実は以前通り、でんと居座った儘だ。

此れ以上の虚無感は無い。私は愕然とするが結果的には自己を恃む事しか期待できない。これを銘肝し、もっと強く健にならなきや。世間に呑まれて仕舞う。父から茂道港の写真を送って来たので、それを下絵として絵を画いた。美しい出来だ。父に送ろう。四、五、六と三カ月経過した。東大大学院が厳然として立ち開《はだか》る。英単語は一度辞書を終り二回目だ。今度こそと思うが如何かな。専攻は「免疫学」（東大では「血清学」）を取る事にした。此れは臨床的にもアレルギーとして十分遣れる。職は探してる暇がない。単なる逃口上か？　何も彼も来年だ。来春に懸ける。来年迄私は持ち切れるだろうか。それこそ自助の精神で持ち堪えるのだ。もっと健《したた》かに、しぶとく面の皮厚く構えるのだ。独語は対訳ゲーテの「若きヴェルテルの悩み」とスチーブンスンの「ジキル博士とハイド氏」を語学養成の為読んでる。大学院合格の暁には心から自己満足を画れば良い。いずれにせよ初志貫徹あるのみ。前進せよ。皆、一朝一夕に成ったんでは無いのだ。「大願成就」“Wunsh Erfüllung” 此の一語に尽きる。その後は家建なりピアノ弾奏なり自分一人の生活を享受すればいい。私は終盤戦に備えバイトはすべて止め天下晴れての浪人だ。
10月から二ヶ月間、頑張るぞ。血路を開くのだ。今度こそ本気だ。

四章　栄光への懸橋

1　大学院合格

昭和46年4月1日、私は東京医科歯科大学大学院医学研究科へ晴れて入学。大学院博士課程一年に進学した。春、桜の花弁がひらひらと舞う頃、大学の前庭で芝生に両足を投げ出して坐り教室のオーベンから「比処、御茶ノ水は昔海岸だったらしく貝塚が……此辺もそうじゃないかな。弥生式土器が出るんだよ。」と教わる。「あ、そう。」気に染まない医科歯科大。でも静かで穏やかな春の長閑な気に包まれて九分通りは幸福と安堵感が有った。

父が一番ホッとしただろう。良きも悪しきも人生なんだ。もう忘れよう。東大等過去の事さと思うしかない。5月、大学は教室全員仙台の学会で教室はガランとしている。私は留守番だ。夜10時、机の前に坐り、頬杖を突いていると、周囲の静けさに何とも云えぬ寂寥感に襲われた。ああ自分は何をしているんだろう。29才、最後の20代を負うておかっぱ頭で口紅を真赤に塗って浅ましい女の性丸出し。ああ誰か心からの友が欲しい。今日から私は本気で勉強する。横道厳禁。

"Rely upon yourself, Don't depend upon any one else !!" これは釈迦牟尼《しやかむに》の教え。私は仏教を絶対に支持する。私の生活方針は仏教に則っている。大学での実験は旨く行かず行き詰っている。遣る気が少し不十分。

2 教授選考、悲喜交（適者生存の理）

6月も数日を残すだけ。オーベンより、現助教授が教授選考に落ちた事を聞かされた。「それで私は如何なるの。」と聞くと「中村さんは大学院だから問題ないですよ。それに日が浅いし良かったですよ。」と云う。困るのは助教授に長く使われていた助手等だそう。私は特に助教授を信奉してる訳では無いし有能な教授が来て呉れればそれに越した事は無い。大いに歓迎する所だ。今度赴任するN教授は国立公衆衛生院の細菌の部長と聞いた。兎も角、助教授はいい罰当りだ。「パパは働いたりしなくたって給料呉れるよ。」と家族が云うそうだ。不埒!! 研究者としての態度を疑って仕舞う。此れを聞いた時、私は随分憤慨したものだが全く以て不埒な!! 今度の教授選考は、良い反省になるのではないか。妥当な選考が為されたという事だ。新しく赴任するN教授ってどんな方かしら? 優秀な方である事を願うばかりだ。30才になんなんとする今日、研究も進まず毎日を浮か浮かと過ごしてしまう事の辛さよ、何かを忘れて仕舞えたら、何かを捨てて仕舞えたらどんなに気楽だろう。一つだけに生命の火を託すのだ。その一つが研究なのか？　何の研究？　免疫学か。此の盆暗が何を為し得ようとするのか？　私の目的は東大大学院だったが、それは敢え無くも、シャットアウトされ私は二期大の大学院しか納まれなかった訳だ。しかも私の属する教室の助教授が教授選考に落ちたと云う事だ。全くお話にならない、茶番劇だ。しかし私には関係ない事だ。すべて、過ぎ去った事だ。済んで了ったのだ。

3　鈴虫の思い出、絶望の淵に沈む

今迄の受験勉強の竹篦返《しっぺがえ》しか、院生となってからとんと勉強が手に付かなくなって四ヶ月経過する、何処かで鈴虫を飼っているのか、美しい音色が聞かれる。嗚呼、耐え難く寂しく悲しかりし彼の頃を思い出す。私が行く当ても無く精神的にも経済的にも、追い詰められ、辛苦のどん底に喘ぎ乍ら当《あ》て所《ど》も無く、さ迷い歩いていた頃、日野の田舎の患家で一匹の鈴虫を貰った。鈴虫は夜を徹して鳴き通して死んでしまったが、鈴虫の美しい音を聞き乍ら、私は一人寝ていて、止め処《ど》なく溢れ出る涙を枕でぬぐったっけ。我が身の不遇を案じて泣いたのだ。すべてが過ぎ去ってしまったなあ。昔の事になってしまった。もう、ああいう悲しみは二度と味わいたくない。絶望の淵に深く深く沈潜し切って如何《いつか》な浮かび上がれなかったのだ。既に辞し去り無籍なのをバイト先では、黙して語らず何気無く装い、その発覚に戦き乍ら毎日を暮らしていたっけ。天涯孤独で惨めさに何時も頭を上げ得ない。自分を主張する力も無かった。雁字搦《がんじがら》めの苦渋に喘いでいたのだ。誰が今の私を想像し得たろうか。元子よ研究が嫌、勉強がしたくないなんて、勿体無い事を‼ 思い上がりもいい加減にせよ。もう少し真摯になってもいいんじゃないの。やっとで這い上がれたんじゃないの。もっと自分と、その境遇とを有難いと感謝しなくちゃ嘘だよ。理性の諫めであり譴責だ。私は今迄の生き方を反省しよう。

8月の猛暑。昨夜は大学へ泊まり込み、徹夜で実験だ。少しでも結果を出したい。此れで六回目の泊まり込みだ。昼間働いて、ある程度の報酬を受取り、残った時間は大学だ。普通は大学が先で残った時間をバイトなりに使う。でも私は逆なんだ。と云うのは専攻が細菌学の関係上、培養等、長時間を要し昼間、きっかり9時〜5時に退る訳には行かず窮余の策として時間の決まった昼間働いて夜を徹して細菌と付き合い結果を出す方が利巧だと思ったのだ。私は働いて学費を作り（勿論奨学金も貰っているが）自分で稼ぎ出すしかない。自己資金なのだ。研学に忙殺され買い物に出る暇も見い出せない月も多い。今体重45・5kgだ。顔がげっそり痩けているので痩せたと分かる。今日こそは降りに降った。まだ降っている。その儘大学に泊まる、徹夜で実験だ。今日は疲れているが眠れない。助教授に論文を纏めるよう云われた。私は睡魔に抗しきれなくなると自分の机の上に鞄を枕にして膝を折って寝てしまう。熟睡するようだ。はっと眼覚めると遣り残しの実験に取り掛かる。

4　大学院生の本文は？　貧故の不徹底

秋酣《たけなわ》。アメリカのシアーズ社より椅子、テーブルを50万で買う。松材のアメリカ開拓時代のデザインで質実剛健の造りだ。私の生活が乱れている。自分で気付いているのだが、金が如何のと全く低劣極まる。此れで大学院生？　勿論現実に即して行く為の生活は為さねばならぬが私の今のルーズな生活は自分乍ら眼に余る。取返しの付くうちに初心に帰り大学院生の本分を尽くすのだ。今後一切の無明より開放されん事を神仏に祈る。初心忘るべからず。

5　助教授より論文作成を促される

助教授に論文提出を勧告されたが私は新任のN教授に師事する事に既に心を決定していたし助教授から論文の事を聞いた時、我耳を疑った位だ。そんな物は有り得ないと直感的に「オーノーナンセンス。」と思ったのだ。しかし良く考えると此れ迄の一年半は一応助教授に所属し師事した訳だし、彼は、自分の配下に論文を提出せよと云える訳だ。しかし私として

⑤研究等学位取得のための仕事

は唐突でも有るし、とてもその気にはなれない。正直云って論文を念頭に置いて実験した訳でも無いし、此れを自分の論文。即ち大学院のティーテルアルバイト注⑤にしょう等と全く以て思いも寄らない事だ。私の書けるのは飽く迄此れ迄の実験結果の中間報告の意味合いしかもたないものだ。此の程度の実験では考察すら成し得ないのだ。それは助教授だって百も承知の事と思う。此う云った事を前提にして書いた物を助教授に提出した。私が提出した中間報告には全く考察が為されていないと思うが昨日、助教授から科学学術雑誌「ネイチャー」が3冊回して有った。助教授は「ネイチャー」に投稿する積りなんだ、彼から月曜の午後にと連絡あり。助教授て、良い人柄なのに少しお頭《つむ》が弱い？　大学院て所はそれこそ頭の世界だ。それが弱いんじゃ、二の足を踏んじゃう訳だ。人柄の良し悪し等問題外だ。私はしかし今の所、助教授の配下である。それにもう一年半も経過した、10月も半ばなんだ。助教授よりざっと42頁の和文欧訳を依頼された。期限は今月一杯。さあ、確り遣ろう。明日バイト。1万2千円の為行く。私のティーテルアルバイトが控えている等の事もあって私は当初より冷静に物事を考えるようになった。用心深くなったんだ。助教授の論文提出の問題があった事で、今迄の私の放埒《ほうらつ》な生活態度は影を潜め終止符を打つ事にもなった。私には今迄の軽挙妄動を慎むべく元の真面目さが戻って来た。

6　新教授の赴任

10月も末、新教授の顔見世とか。医科歯科大の細菌に籍を置く専攻生が緊緊《ひしひし》と集まった。現教授兼現学長とN教授の交替で私はホッとした。助教授は欠席だった。彼は彼なりにプライドが有るだろうから。彼の気持は痛い程分る。私は彼を痛ましいと思う。しかし彼は此の厳正なる脳力戦に於いて敗北を喫したのだ。「教授新任の会」が済むと、直ぐ私は教授と会談。全身から学問を発散させている様な人だ。此の教授に此れから師事する。私の先達だ。「宜しく御願い致します。」と私は丁寧に頭を下げた。サア、此れからが私の正念場だ。又、又猛勉に次ぐ猛勉だ。此れが私の運命だ。私としては嬉しい。他事を省みる時間等無いからだ。

今、大学院2年。30才だ。全く東大闘争等加わらねば良かったのだが、しかし悔は無い。昭和43、44、45の3年間に亘る空白は死ぬ程苦しく悲しかった。凄惨なアンニュイより抜け出して5年の歳月が流れた。再び恐ろしい猶予ならぬ時が来ている。大学院の学位（博士）論文を作らないといけない。しかし此れは私の試金石なんだ。喜んで立ち向かい発奮して打破するんだ。論文は英文とするので兎も角、今一歩語学に突き抜けなくちゃいけない。真剣勝負で行く。頑張って行くぞ!!

11月初旬、助教授と別れの歓談。私の今後の始末を付ける事を話したのだ。助教授の語録。「医博を100人粗製乱造したよ。仏像も作らにゃいけないし、陶器も作りたい。お遍路も廻らなきゃ。何もかも出来なかった。有象無象の為に。私はアル中だよ。一日毎に飲む。飲めばぐっすり眠れるし、矢張良いね。睡眠薬は飲まないよ。私は福祉の面でちょっと遣りたいんだなあ。精薄施設の精薄児と手を繋いで来た事もあったよ。私は残務整理で忙しくってね。アハハハ……。君とは一度も仕事出来なかったなあ。全く君は犠牲だったねえ。サクリファイスか。アハハハ……。君は語学力が可成あるよ。最初から“To Some Exstent”と持ってくるあたりね。しかし標題は直訳だね。此れは“Carolimetry”としたら？“By Means Of”としたら如何かね。私は此れ迄に最高の血清の講義をする。最終講義だよ。（私への餞としてか？）アハハ……。」出なきゃなるまい。先生。本当に有難う御座居ました。左様なら。もう会う事もないでしょうね。バイト先の昼食後、Ma医師と話す。「旅」についてだ。私は雑《ま》ぜ返して云う。「旅なんてわざわざする事ないいんじゃない？」元より、私は旅等、あまり体を動かす事は好きでない。私は「旅なんて直情径行的な浅薄皮相な試みに過ぎない。人間なんて動かなくても時間の経過という旅をしているんじゃないの？」と答えた。少し理屈っぽく気障かしら？　その翌日大学へ。家兎の分泌液の培養した物を分離培養する。5時帰宅。妹のK子より葉書。相変わらず愉快な子だ。士気を挫かぬ為か。有難うよ。私はバイト先のMa Drに何時《いっ》しか好意以上の物を持つに至る。恋に苦しむとは唯悩むだけならいいが恋はそれ自体苦悩なんだ。恋は心も精神も蝕んでしまうのだ。しかしハタと理性に立ち返ると、彼の事を、彼れ此れ過度に考えない事、相手は15才も年長で世帯持ちで現実に踏まえているのだ。悪く云えば海千山千の男だ。私は大学院の学位論文を控えているのだ。油断するな。誰にも気を許すな。流されるぞ!! 秋酣。すっかり色付いた木々の葉っぱがくるくると宙に舞う。私は此れ迄余りにも一人で我慢のし通しで涙を呑み込む事が多かった。泣かない女を演じてきたのだ。私は今頃此の演技に疲れたらしい。無形の愛の形を追い求めてそれを今、彼が具現化している訳だ。彼は優しい。私が感心する程だ。誰しも自分の恋こそが至上の物と思う所の詰らぬ恋慕に過ぎないが如何しようもない。恋は御法度の学究生活に余計な物を背負い込んでしまったが此れ無しでは今度は一人身の侘しさに打ちのめされて仕舞う。母から小包み。S子から便り。私の愛する家族。母もS子も有難う。元気でね。数日後教授の歓迎会に於いては大いに語る。パーティが終わると学長と教授と助手の相乗りで帰る。銀座から中野迄920円だった。楽しかったな。

7　教授と会見。論文作成の覚悟と責任

教授に電話して会見の日取を決めた。私は眼に麦粒腫が出来て鬱陶しい。大部排膿があったが未だ腫脹が酷い。12月。教授の国立公衆衛生院へ出向く。白金台でとても良い環境だっ

た。N教授は穏やかな風格の有る方だ。今日はラフなグレーのTシャツ姿でパイプを燻《くゆ》らしている。論文を頂く。「本は持って行くな。」とはあの教授らしい。教授には私の持参したデータを広げた。此れ迄に得た実験結果即ち熱量計の集積を御眼にかけた。「中村さん。此んなに長い間のデータ、此んなの中間発表が必要だよ。此ういうのを、若し発表するとしてだね。表明してある数字は真理という事になってしまうんだ。それ程重い事なんだよ。此んなのを発表する事は私は恐い。もっともっと裏付けのデータの積み重ねが必要なんだ。」と。「真理とは何人が遣っても同じ結果が出なければいけない。そして万人が認めてこそ真理なのだ。」と。私も教授の云うサイエンスの曖昧や躊躇を許さぬ厳正さの事は良く理解している。「ええ。御尤もです。」私のデータは其処で没とする。即御蔵入りとなった。又新に出直しだ。大学院二年で新規捲直しの仕事が出来るかしら？ 出来なくって⁉ 此れこそ私の仕事だ。死を賭して頑張って為終《しお》うせる。

8 ウイルス学専攻

教授からウイルスを遣るよう指示された。「はい。畏《かしこま》りました。」と有難く教授の指示をお受けする事にした。計らずも、大学院2年経過した今、私は、私が此れから書かんとする学位論文の何たるかを理解したのだ。「ああ、此の儘じゃ自滅だ。」嘆息。兎も角、今迄を反省し諸事に対していい加減な計らいを捨て新に懸命に精進するしか残されていない。謙虚に実験の真実性を確かめ確かめ進むしかない。私は此処で悟った。教授の隙の無い研究者としての完成度の高さに比して私の学問に対する態度の未熟さ、いい加減さが非常に隔たりが大き過ぎる事を感じた。今迄の生活態度を省みて此れは当然過ぎる事だ。如何して差を埋める？　兎も角、現状態では教授の水準に一歩でも近付くよう努力して論文の合格を貰う事で少しは近付けるだろう。その位しか今の私には希み得ないと思う。今日からそれを実行するのだ。道元禅師が「古人の学び」即「真似をせよ」と云っているがそれに近い事だ。

9　恋の埋み火は消えやらで

私は愚かしい事にこの時点に於いてさえ、バイト先の彼との関わりを思い切る事が出来ないでいた。恋は楽しい。しかし唯、それだけの事なんだ。恐ろしい事に、恋に現《うつつ》を抜かす二人を除いて世間は冷たく冷静に一瞬たりとも休む事なく常動的に流れて止まないのだ。「今、私達は恋愛中で忙しいので一寸、待っててよ。」と云う訳には行かぬ。そこですべてから立ち遅れて気付いた時は置いてけぼりを食ってる。私は此れに気付くのが遅きに過ぎた感がある。光陰矢の如し。早い!!　もう師走だ。抄読会の時、教授は余り、いい顔をして呉れなかった。私が水曜日に出ないのでそうなんだ。当然だ。水曜日は教授の授業なんだ。私は院生として教授の授業に出席して講義を学生と共に拝聴して黒板消しも勤めるのが責務なのだ。水曜日、私はバイトに出ていたのだ。此れだけ考えても私が如何に唾棄すべき不良院生なる事は歴然としている。教授は我慢しているのだ。私はそれを一顧だにしない気の利かぬ不埒者だった。私は何時、如何して此う悪辣な人間になり終うせたのか自分乍ら理解に苦しむ。答えは簡単だ。金が無いのだ。その為バイトに廻ってしまうのだ。それにしても助手のTa君が助教授の事を云っていたが、あの助教授も温顔の陰に大した曲者なんだな。大学院とかの名称の美々たる華やかさよ。実質は世に云う伏魔殿、魔物なりの感無きにしも非ずか。一月前、助教授からおうせつかった欧訳を以て助教授の部屋へ伺う。助教授の笑顔は素晴らしかった。欧訳はもっとしっかり訳さないと駄目。私のはブロークンイングリッシュその物。助教授が「論文になっとらん。」と嘆く事頻り。先生様。御免なしゃい。すみましぇん。今年一年暮れてしまった。クリスマス・イブの日、バイト先の彼と一寸話す機会があったが、彼の云う事は陳腐でうんざりする。「いい医者たらんとする者は、先ず、社会主義者たれ。」と云っていたが、此んな御託は今の私には全く通用しない。もう既に、世直しとかの段階は、5年前の東大青医連脱退と共に卒業してしまったのだ。

10　教授の親衛隊員。是れ努めよ

私は今や、及ばず乍ら教授の親衛隊員である。今度の水曜日は失敗しないよう先ず教授室へ直行する。水曜日は朝早く起きて塵芥捨て。大学では教授と専攻生論文対策。「あのお医者さん達は如何しましょうかね。」と教授。確か専攻生が20人位いると聞く。N教授は矢張、良い先生だ。私は今後、絶対的に此の教授に師事する。固く心に決めた。

11　総括（此れ迄の反省を兼ねて）

昭和48年正月元日、5年を経過した。一にも二にも勉強だ。私に残されているのは学問しか無いのだ。教室では教授も弁当持参で皆と会食するのだが何時も良い（？）弁当を持って来ない。何時か竹輪を一本の儘、御飯の上にデンと乗っけてあった。「オーモーレツ!!」と吃驚した。助手のTnが教授の授業は必ず出るよう勧告して呉れた。「はい。」と答える。後色んな打合せ。助手のTnが教授との仲立を演じている。むしろ、好都合だ。無為徒食で、一月も終る。女一人。教授曰く。「大変だねえ。」なのだ。本当に今後のバイトを如何するか。墨東病院が一日６５００円。此処が1万２０００円どうせバイトだ。手当が高くてちゃんとした病院なら申し分無いが安いから如何しても如何《いかが》わしい所で働かざるを得ない。バイト先の彼とは殆ど疎遠である。私は彼に付いて行く程馬鹿でも無いし自己を空しうしたくない。

私の教育と教養が邪魔するからだ。あゝそれは許されない。私は今はっきりと自覚している。彼と私とは別の道を行く人間と。父曰く「次第に忘れます。」と。その通りだ。自分が生きて行く為、或いはある主義を貫徹する為には幾つかの捨て去るべき事柄が有る。私は彼を捨てねばならなかった。1月分の下宿代を払う。婆さんがコーヒーに梅酒を入れて呉れた。奈良漬けと沢庵と塩鮭を呉れた。午前3時沢庵で残り御飯を食べた。此の奈良漬けは飛びっきり酒が効いてる。

久し振にTV映画を見た。「帰り来ぬ夜」。医師への患者の尊敬が醒めた時、誤認された愛が破局を迎えるのだが此の映画を見て、私は「愛は必ず破綻する。愛情だけでは駄目だ」と痛感した。インテリはインテリの背景が必要なのだ。何か教えられる所があった。見す見す才能のある者は、憖《なまじ》っか、それを捨ててはいけない事、下らぬ恋情がそれに取って代わる事は絶対無いのだ。否、否、否、決して、決して。才能こそは、自分の武器なのだ。此の男は女の愛を失った後、故郷に帰り、余りにも自分の失ったもの（年月の経過と知識）の大きさに呆然と立ち尽くす。それでは一体、私は此れ迄何か失った物があるか。否。私は自己は大切に守って来た積りだ。その為何も失う物は無かった。三年間の過去（履歴的に空白）ある身となったが幸いにも東京医科歯科大の大学院生として形丈は保全出来た。果たして私はそれ以上だったのか？　それに対する解答は私には無い。無記とし不問に付す。人が愛から覚めた時空しさのみ残る。恋愛感情のみならず、免疫学でもいい。或意味で夢中になっていた物からハッと我に返る時、恐ろしい空しさを感じる事だ。私は自ら決定する事無くN教授よりウイルス学を遣るように云われ今迄の免疫学を断念した。でも免疫学としても始めっから特に根拠の無い事であれば何も免疫学等固執する事は無い訳である。ウイルス学でも別に如何此《どうこ》う云う非がある訳ではなく素晴らしい学問なんだ。人間の或頑なさと云うか、思い過ごしに固執する事が何と多い事か。それから立ち直ったとき、又何と未練を感じない物である事か。忽ち事終われりと、それだけである。事は終わってしまうのである。単純明快に。又一度生じた亀裂はどうしようもない深い物で、一度忘れようと思った物は思い出したくない物だが、これは頭の方で都合良く処理してくれる訳だ。それと時間の助けを借りて。私は此れ迄、ずっと一人で自己依恃を堅持して来たが、誰かと一緒になって相手の強さで自分をカバーしよう等とは露思わぬ。自分は自分の強さのみで自分の弱さをカバーするのだ。端目には何とも寂しく見えるだろう。それと私は余りにも欲深な故に孤独なのだ。人に任せる、或いは人を信じることが絶対に出来ない。損な性質だと思う。それに私はあまりに理性が勝ち過ぎるので余計不幸なのだ。此間、教室でボウリングに行ったが私は余程運動神経が鈍いらしく成績は丙で溝浚《みぞさら》えに終わった。如何投げても溝に転がるのだ。

扨、2月は学生実習のため教室は総出でその準備をする。夜9時半迄掛かる。私はウイルスを受け持つ。来週月、火は私は講義をせねばならぬ。何か責任を感じちゃう。私の講義、ウイルス学だ。実験監督で大童。私の講義はあまり旨く行かなかったが、どうやら済んだ。大学院講義。「コンピューターの解析」だ。非常に難解だ。この授業を受講する前に偏微分の試験がある。微分の微分だ。コンピューターて全部微積分で行くんだな。少し偉くなった気分。2月に入り大学院の比重がぐっと増した。次回の大学院講義は良く分かった。高校の時私は微積分は得意で良く分かっていた積りだが、今少し忘れているよう。駄目な私だ。スランプ気味。下宿の婆さんから沈丁花を貰う。沈丁花の高雅な香り、春の香りだ。悲しみや疲労にうち拉《ひし》がれつつも春の息吹には素直に喜びを感ずる私だ。

昭和49年大学院Ⅲ年次だ（東京六年目）。今年は私の正念場だ、私の本分を尽くす。私の此れ迄を省みるに私の怠業怠慢は昭和46年9月頃からだったから、一年と数ヶ月である。今、兎も角、取り返せるだけ取り返すのだ。慢心を捨て真面目に学業と取組むのだ。追い付き追い越せだ。今日は父の誕生日だ。66才の父は結核（空洞性）や高血圧症の病苦を負って現役で働いている。「お父さん万事に気を付けて頑張って下さい。」国鉄の騒動が酷かったらしい。暴動だ。明日抄読会、私が当たっている。バイト先では往診を早々に済まして残りの時間、立川中ドライブするのだ。今日は横田基地迄行く。飛行機が三機「わあーっ、大きい。」と近くで三機も見たのは初めてだ。でも疲れちゃった。早目に寝たがとんと寝付けなくて魘《うな》されちゃった。片眼とR因子が夢枕に立つ。「あーっ。お助け。」私は此れが為に雁字搦めに押さえつけられ焦慮するのである。夢どころではない。現実だ。今日は御彼岸か。慶応大学図書館へ。レノックスの文献を取りに行った。研究!! しかつめらしくこれと向き合う。今のところ此れだけが私の支えだ。此れは捨てられない。此頃、又大学をさぼってばかりいて全然沙汰止みだ。良心の咎も感ぜぬ私。全く堕落し果てたものよ。頭は食い過ぎでボーッとしている。ああ30才の馬鹿女よ。「馬鹿は死ななきゃ治らない」とは良く云ったものだ。助手のMi Drから、私のズル休みを非難された。(毎日大学へ行くのが当然だからだ。) 4月からバイトをきちんと決めるようにと教授よりの伝言があった由。学会申込みは押印しない儘出しちゃった。軽薄此の上無し且頭も御留守と来てる。教授も大変だろう。御免なさい。教授殿。しかし私は収入を確立しなきゃ気が狂いそうなんだ。立川は基盤で彼《あれ》は崩さない方がいい。安いが確実だ。恋は容易ならぬ誘惑だが、今の私には御法度でしかない。ミイラ取りがミイラになってしまい何とも忸怩《じくじ》の至りだ。この試練を越えてもっと強く健《したた》かにならなくちゃ。教室の皆とも疎遠になり、それはそうだろう。院生なのに大学に来ないのだから、あれは一体何なのだと云う事になる。そこでMi Drが忠告に及んだという訳だ。確かに私に非がある。何を血迷っているのか全く申し訳ない。特に此の半年、私が如何にだらしなかったか、Miさんも腹に据え兼ねたらしい。弁解のしようもない。しかし今、此の時点で私は、はっきりと自覚した。恋等全く何になる。恋に誑《たぶら》かされて、此の為に如何に自分が盲目然となる事か。取り返しの付かぬ此の半年間の空費、恋に血迷った帰らざる半年間、しかし私としては悔いはない。優しかった彼。心から彼を愛し彼に捧げた心、何で後悔のあり得ようぞ!! しかし此れではいけないのだ。此れは私を破滅に導く道でしかない。私には進むべき方向、正道が有った筈だ。見失ってはいけない。躓《つまず》くな。元子よ!! 眼を覚ませ。明日午後一時より七時迄大学院の論文発表会。院生会議である。私は出席する。そして私のふやけた精神を叩き直さねばならない。教室の助手で、さる大学の大学院中退のTa君が云っていた。「何で中退って? 僕は今考えて僕にとっては大学院が重荷だったんだ。」と。私も心ならずも重荷なのか? 大学院の重み。しかしそうなのか。恐ろしい事だ。自分には絶対そんな事は有り得ないと思っているが案外そうなのかと思って慄然とする。重荷か!? 確かにそうなんだ。重荷なんだ。生活やその他で大学院の研学、研究迄遣り熟《こな》すのは私には重荷なのだ。しかしこの私にとっては大学院生というのが重荷たり得るだろうか!? 自ら熱望し猛勉して父母の協力も得て、(特に父は私が小学六年生の時からお前は大学院に行くんだと云っていた。)入った大学院。私にはそれは重荷たり得ない。有らゆる躓きを経験して人間は成長する。楽有れば苦あり。蒔かぬ種は生えぬ。全て自分に返って来るんだ。此の結果は自分で刈り取り始末する外に手は無い。一年半、全く野放図に楽した罰が当たった訳だ。父は

「日本の大学院を終えてアメリカの大学院に行くんだ。」と強く勧めている。父は一種の「学問という名」の孤憑か？　低級な曖昧病院で初めから終わりまで曖昧にバイトを続けるのが私の宿命らしい。ま、それでもいいか。良かれ悪しかれ、私の人生だ。すべてを堪えて確かり乗り越える積りだ。

扨、世は春だ。素晴らしい天気で教室は大掃除をしている。此間、水曜なのに教授の授業を忘れて出なかった。忘却の彼方へ置き忘れたんだ。N教授は大きな片眼でジロッと私を見た。「オー。穴が有ったら入りたい。アーメン。スンまシェン。」ああ。何たる失策。確と心せよ。又、知らぬが仏てな事もある。N教授から文献が置いてあった。「ああ済まない。」と思う気持が一杯。「先生、御免なさい。此れからは命懸けで水曜日は出ますからね。」培地作りと菌植え。念には念を入れ且つ手早く正確に。

12　国電の遵法闘争

4月20日の事だ。実験が不首尾で長引き午前零時近くに御茶ノ水駅に、着く。電車のストで代々木の手前で止まって仕舞う。半時間位、車中で待つが動く気配がない。車中で知り合った、二人のおっさんと電車を降りて線路に出る。線路を歩く。前のおっさんが「足下に気を付けて」と云う。私はハイヒールを履いていたのだ。その都度注意する。線路を夜、夜中歩くなんて全く生まれて初めての事だ。前のおっさん、私、後のおっさんと三人で黙々と線路を歩いた。何処か映画か小説で此んなシーンは無かったかしら等と思い乍ら無事、新宿駅のホームへ出る。そこで二人のおっさん達と別れた。新宿駅は発煙筒で煙がもうもう。喉が痛くて、とても先へ進めたものじゃない。私は駅の構内の電車の中に戻ってシートで一夜を明かす決心をした。4月なのに寒い!! とても眠れたものじゃない。車内のデマ放送に「あっ、帰れる。」と糠喜《ぬか》びしたりしてam 1：30よりam 4：30迄じいっと我慢。ふと後ろで「6番は動きます。」と云う声がする。駅員である。中央線に乗り換える。6番ホーム。私が籠城していた車両は7番の総武線だったのだ。am 4：45に中央線が動く。「あゝ、中野に帰れる。」我が家へam 5：00頃着く。ホッとした。朝9時迄寝て大学へ。

13　仕事、仕事、仕事、ウイルスとの闘い

今頃毎日、毎日、実験に次ぐ実験。少しスランプ気味か。大学へ急ぐため、東西線から千代田線へ乗り換える。千代田線のエスカレーター、何時か新聞で報じていたが流石に長い。電車はスムーズ。27、28、29はゼネストとか。お昼から学Ⅱの全採血（家兎)。教授にお伴する。教授室でコーヒーを御馳走になる。教授室に新しいソファが来て今日坐り初めだそう。教授より「バクテリオファージ」注⑥のN・Hアダムスを拝借する。勉学是れ務めよ。電車

は込みに込んでた。このストの夜、私は計らずもバイト先の彼と初回の関係を持つに至った。

扨、私のファージのタイターが下っている。私は、ファージ液を作り、これを濃縮して早速免疫ワンスッテップグロースカーヴを画かねばならない。5月に入り、ファージの電顕写真の現像。学会へ通知。今度は押印忘れまいぞ。毎日毎日奴婢のように仕事だ。足が棒。人使いの荒い教授だ。今迄の報復かと勘繰っちゃう。下司の勘繰りか？　でも、とてもいい方だ。人当たりが柔かくて良い。彼の人は研究者なりき。疲れたな。家兎のアジュバント[注⑦]の何と注射し難い事。太え目に会った。研究の合間、矢張り心の弛みからか？　今頃考えるのだが、恋て何たる疎ましい浅しい感情なんだろう。恋には如何なる場合も嘘が無いと私は断言できる。恋愛感情なんて全く痴情且つ劣情、人間の間脳系の感情だ。だから虚偽が無く強烈且つ執《しゅう》念《ね》く人間を虐げる。人間の本能の発露に外ならないからだ。が、現時点での私には唯観念上の問題に過ぎぬ。

研究ではファージのタイター[注⑧]が上がらない。遣り方が悪いのか、細菌の教室では実験者が細菌を培地に植えても植えても生えて来ない時「菌に嘗《な》められた」と表現する。私もウイルスに嘗められてるのか。ま、分かり易く云えばスランプ状態だ。今日は日脳の予防接種のアルバイトだ。私が以前バイトしていたHa医院のHa Drが肝疾患で亡くなったそう。女一人で

⑦免疫扶掖剤の事　⑧力価の意

頑張屋の彼女だったが、HaDrの冥福を祈る。私は大学で一仕事しなきゃ。教室に入ると直ぐ実験に入り実験に次ぐ実験。結果が出ればそれの確認の実験。誠に忙しい緊張の連続だ。夜11：00帰途に着く。ウイルスのタイターは明日上がってるかしら。少し楽しみ。私は大学で研究に没頭。何かに憑かれたように夢中だ。今日はファージ液作りに専念。大学院奨学金受取。遣らねばならぬ事は山程あるが、全く忘羊の嘆に暮れる。しかし嘆いていても始まらぬ。出来る事から片付けるのだ。雨降ってる。日曜か。寝ていて考える。何もかも空しく儚い。それ故に人間は少なくとも愛に縋るのか。愛も空しい。でも人間は存する限り生物だ。生物なる証拠は私の台所を見よ。鍋、釜、瓶、陶磁器の類が厳然と存在し位置を占めている。此れ等は人間に比べて何と確固たる自信に充ちてる事か。何と立派であろう。此れは無生物の存在だ。然れど我は生物なり。愛に生きる事にする。彼《あ》れや此れや模索しないで現実を生き抜くのだ。現実の虚無感等打ち捨てて何も彼もが有意義に感じるよう精進努力するのだ。「人生即努力。」と釈迦如来も悟されている。千葉、市川へGHPのバイト。大学からの紹介だ。日当2万9千円だ。バイト終了後大学へ。研究おさおさ怠らず行う。他事を省る余裕等、全く無い現状だ。

14　仕事の正念場

今、実験の山場だ。此処を押さえて置かないと今迄の結果が無に帰す。実験の正念場だ。学会へ出たが何等得る所無し。1万2千円不意になった。新宿、大久保間で電車事故。車内で一時間待たされた。紫陽花の花束を貰う。優しそうな古風な老婦人だった。有難う。私は沈丁花も好きだが青い紫陽花はもっと好きだ。

何時もの事だが大学で徹夜で実験。am0:00からam6:00にもなると眠くて眠くてとうとう実験台に並べた試験管の上に突っ伏してしまった。KG46・5kg。体が疲れて駄目だ。論文の事を考えると気が狂いそうになる。体は綿のように疲れている。奴婢《ぬひ》の日々である。何の為に？　生きて私の本分を全うする為だ。仕方が無い。つべこべ云わず綿の儘我慢しよう。死ぬ迄こうなんだろうな。バイト後大学へ。さあ一頑張りも二頑張りも遺るんだ。am2:00からam7:30迄実験を続ける。もう、きついきつい。380円の天丼おいしい。店屋物を取寄せたのだ。

15　私のウイルス（φm／φm-c／π1）の事ども

私のウイルスφm-cのプラック[注⑨]ＯＫ。φmのタイターは高い。驚くべきだ。π1が駄目だな。此れのタイターを上げなきゃ。

⑨一種のみの純培養されたウイルスの培地上の集落

早くも7月だ。夏の教室の懇親会を鎌倉で行う。此れは教授の主催だ。私は教授の親衛隊員。死んでも出なきゃ。pm５：00に鎌倉に着く。割といい所。翌朝、食事前に海岸に出て桜貝を拾った。桜貝て実に美しい。よく此んなにピンクならざる淡い淡いピンクに透き通っている事だ。人工ならざる自然の醸《かも》す色だ。鎌倉八幡にお参り。10円の御賽銭。後程、父の手紙。「私も若い時、鎌倉大仏の体内潜りをしました。」と。又機会があったら行こう。

翌日、大学へ泊り込み、実験に没頭する。翌々日も実験に明け暮れす。朝12時に帰宅し午後眠る。バイトが退けると大学へ直行。真面目を頬被りした大学殿へ参内《さんだい》。私の進退に関わる論文が存在しているので緊張抜きでは、とても出来ないので非常に消耗する。一つ一つの実験が真剣勝負なんだ。実験は進展せず。しかし為果《しおお》せなきゃ。

培地に使う軟寒天が「どうもおかしい」と思っていたが矢張軟寒天に非があった。何かを間違えて分注していたものらしい。機材に非が有ると分りホッとする。血清分離する。可成、採取出来た。安逸なバイトが終ると、妥協を許さぬ恐ろしいばかりに物理的な私のウイルス学が手薬煉《てぐすね》引いて待っている。此が私の選んだ道なのだ。しかし私は何故学問に怡楽《いらく》を求めるのだ。矢張、私の学問への認識の不得要領に起因するのだ。手っ取早く云って心得違いも甚だしいと思う。自分で納得の行く迄考えた事が無いからだ。それが為に重荷等と不埒な事も云い出すのだ。人格の幼稚さ、未熟さも加味される事だ。もっと学問する人間として成長しなければならないと思う。親が大学院に行けと云うから行く。そして面白くもないし苦労してますじゃ愚かしい話だ。辛いが結論はそうだ。自分で良く考える事だ。一人で物も云わず実験に取組む。早く、一日も早く死んで物を考えなくても良い存在になりたい。私のタナトスが又始まった。私は自らの進退に窮すると、タナトスに逃避するんだな。安易過ぎる。もっと真剣に物を見極めるんだ。7月も終った。実験は思い通りに行き悩んでいる。教授から私の実験の進展を尋ねられた。「はあ。ボツボツで、一データに一月要する」と答えたら「慣れると早くなる」と云われた。「はい。教授殿。」と答える。実験とんと駄目。「あの大学院の中村さんは何してるんだ。」と教授の譴責《けんせき》を声からではなく眼から受ける。あゝ草臥《くたび》れた。K-Value、K-Value を決めなきゃ。ブースター[注⑩]π1の兎、駄目。汚ない。汚ない。持たないかもしれない。

16　赤城山の学会、束の間の憩

糞暑い八月も終った。教室で赤城山へ。群大主催の学会へ9月1日出発。忠治親分と嬶《かかあ》天下の上州の里だ。良い所だ。高原の白樺の佇《たたず》まい。清澄なる山の気を胸一杯吸い込んだ。赤城緑風荘に泊る。食事は公魚《わかさぎ》尽し、天麩羅から煮物迄、多分、山上湖で釣れた物だろう。学会の帰りは途中の料亭で鮎尽しだ。鮎は梁で飼ってある新鮮そのもの。すべての献立てが

⑩追加免疫の意

鮎料理なのだ。教授は上手に身から骨を外していた。それに比べて「中村さんは魚下手だな。」と教授の評。帰りはもう肌寒かった。Mi Drの運転で教授と一緒に帰った。

扨、大学に帰ってからは実験に没頭。痩る。痩る。美事に以前の体重の半分になっちゃった。助手のTnさん（彼は獣医師）が「あんた、結核は大丈夫かい。皆三年位でなるんだよ。」と私の羸瘦《るいそう》を心配してくれる。あンがとよ。バイト先では彼が「学会は如何だった」と「ええ、赤城山の山上湖で一日中釣してたのよ。」と答えた。私の命懸けの実験は進んでいる。が、どうも頭がさっぱりいけない。矢張睡眠不足が祟《たた》るのだ。ロガリズム（対数）計算が駄目。昔、良く出来てたんだがなあ。確かりしな。私の実験は後、吸着実験を残すのみとなった。首尾良く行きますよう。実験は此の一週黒星だ。旨く行かない。

あゝ。体が痛い。昨日、日曜日、大学の中央手術部（検査室に行くのに此処を通ると近道なのだ）で後向きに転倒し後頭部を強打した。掃除人が走って来た。「今音がした。」「私が辷って転んだのよ!!」「済みません。床に石鹸液を塗ったもんですから。日曜日の掃除です。」と来た。「バーロー。畜生!!」と心で叫ぶ。怒髪天を突く。怒心頭に発す体だ。だが、誰に腹を立てればいいのか分らぬ。畜生奴!! 矢張私の不注意と云う事になろう。日曜日、手術室なんか通るからとなる。此の大切な時に頭打つなんて全く情無いにも程がある。

10月に入りシネサイエンンスへ皆でマクロファージの見学に行く。帰りは雨だ。大学院一年のO君が自分はびしょ濡れになって教授と助手のMiさんに傘を差し掛けている。助手のTnがそれを冷かしている。「O君濡れてるよ。傘に入ってないじゃないか。」O君は自らが濡れようとそんな事はお構い無しに真剣だったらしい。私の哄笑《こうしょう》。だっておかしかったもの。教授を傘に入れて差し上げた。昨日教授の授業に出なかったし、せめてもの、お詫びの記しだ。妹のS子より京都の宿、OKとの事。TVで「オレゴントレイル」を見たが私も実験へ、実験へ、論文完成へ、論文完成へトレイル試行中だ。実験失敗、旨く行かない。あゝお助け！（ヘルプミー。）頭が痛い。もう少し冷静に落着くんだ。昨日不眠の極で殆んど寝てない。父より「唯、唯、無事で卒業してくれ。」と。扠、抄録を作って実験を終らねばならない。着実に、確実に、早く、あゝ、私の大脳よ!! もう一息!! 頑張ってよ。教授その他の教室の面々が走馬灯のように、ぐるぐる廻る。あゝあの人達が私の本当に頼りとすべき人なのかしら。あゝ、もう私は昔の私では無い。昔の私は死んだんだ。今別の人間が、別の私が私のよう。何だか分らない。分らない儘、生きて行く。行かねばならない。未だ正気は失っていない。夢は東大、ハーバード大学と高く高く飛翔する。此れ蚯蚓《みみず》の戯言《たわごと》なのかしら？現実は二期大学大学院三年次。KG45・5kg。

17　目的達成、学位取得へ懸る

さあ、研究だ。頑張って、もう一踏ん張り。もう少しだ。何もかも忘れて目的達成の事。私の学位獲得への精進あるのみだ。人生て何時迄も常道で平坦では無いと云う事か。人生の或る一事を為す為には時間を要する。しかし何だか、その時間が充分無い。何かを為すに必要な猶予が無い。時間的に要領が悪いのか。私は当初志した医学博士となる為、何もかも捨てる。その手段として第一に、私の教授に全面降伏し雌伏するのだ。私の運命は片眼に牛耳を執られる事になっていたのだ。私は私の運命を甘受しよう。11月も終る。久し振りの家居だ。

抄録集、教授に提出したが1700字にしてしまった。1600字以内なのに、教授が気付いて何処か削除して下さるといいが。サテ、本格的に論文作成に掛った。今頃又下肢の浮腫が酷い。夜、頑固な不眠で頭が壊れそう。全く眠れない。抄録は大変苦しい期間でやっとで出来る。教授から次の仕事をするよう急かされた。あゝ何と私は意志が弱いのか昨日TVを観てしまった。レジスタンス映画って、どうも暗くて嫌。ストーリーはゲシュタポの弾圧下のパリコンミューンの政治犯の同志を救い出そうとする、落着き払ったマチルドに扮したシモーヌシニョレが好演している。彼等の銃殺理由は単に「私が何をしたのでしょう。」に対してゲシュタポ答うるに「お前はパリコンミュンだからだ。」がその答え（理由）なのだ。「全か無かの法則」によるのだ。恐しい。学究に明け暮れる私とは程遠い。東京ではもう初氷が張ったそう。

18　論文作成後の向後は如何に

私は今頃、悶悶として落着かぬ日が続く。実験、論文の遅れのみならず将来の生活をも考えねばならぬ。学問を成就する為には敢て働かねばならぬ。待受けている生活不安を振払う為だ。研究と生活苦と偽装の恋とが三つ巴になって私を責め苛む。生活苦の為に、年齢も主義主張も全然異なる男を敢て恋し続ける。即ち作為的（?）な恋とすれば、全く生活を維持していく為に手近に利用（?）出来る色仕掛けと云う事か。うーん。此れは恐れ入った。相当な悪だ。私は、相手が気付かねばいいが昔の純愛でなく（えらいこっちゃ）少なからぬ部分そうでないとは云い切れぬ。そこに弱点があるのだ。私も年を取って行く。何だか云い知れぬ苛立ちに悩まされる毎日だ。論文作成が完成に近くなればなる程、大学院卒業後の生活不安への配慮が全く出来てない事への焦慮、年取るに連れて、健さ乃至老獪《ろうかい》さ（海千山千的な）が見え隠れするようになったのか。表面恋と装い本音が見え隠れするのは隠しようも無い。私だけの杞憂《きゆう》（?）であればいいが。作家のSが50才過ぎて出家した。私も此の儘、恋の逃避行をバイト先で続ける訳には行くまい。兎も角、意志強固な人間になり些少の事にたじろがない胆力を培う事。敗けてはならず、有らゆる悪徳や誘惑を排して健に進まねば打ち敗かされる。今日15万の家賃を取られた。とんでもない。高過ぎる。しかし今直ぐ此の家を出て行く事は不可能だ。生きて行くのが精一杯で、全く余裕の金も持合わせていない。私は32才で医学博士だ。教室の忘年会は横浜で遣るそう。

19 研究、最終段階

扨、そろそろ最終仕上げの体制を敷くか。論文一応方向は付く。始める事にする。又苦闘の日が続くな。培養培地が3月迄続く。暫、他事を忘れる事にする。今年も暮れてしまった。色んな事があったな。'74年元旦。朝10時から大学へ。実験開始。私の仕事始めだ。さあ遣るぞ。一応メチレンブルーの結果が出た。論文は進まぬ。イロハのイだ。駄目。今日もクタクタの雑布の為体《ていたらく》だ。朝から実験。立ち続けで疲れたと云って休む訳には行かない。私の前途は多難なるも、遣り遂げる。私には幸い母から受継いだド根性がある。学会より通知あり。第一日目だ。メチレンブルーテストは全く駄目。あゝミゼラルブル、ヘルプミー。オー神様!! バイト先、彼とロビーで会う。彼は私の側に腰掛けた。「私は2月は学生に講義するの。4月は学会発表だわ。」「4月から暇?」「多分、すっかり。」ロビーの古びたビニールの緑色のソファー。私は黒のパンタロンから覗くハイヒールの細い足をゆったりと組み合わせて坐っている。彼は私の横で彼一流の物腰で存在している。私の何も彼もを知っている彼。愛して抵抗しつつ雁字搦めにされていく私、此うして6年経った。7年目の春が来る。私の学位論文の発表か。研究と生活と恋と四つに組んできた私。此の生活が何時迄続くのか。又、彼の懐かしい甘美な沈丁花の花が時得顔に咲き匂う3月となる。次いで恐ろしい事に、あゝ4月が来るのだ。矢張。私の気持等御構い無しに4月は来るのだ。来てしまうのだ。学会発表!! 此れは渡らねばならぬ、目前の川なのだ。打破すべきバリアーなのだ。征服した後にも道は続く。淡淡と何処迄も。それを又黙黙と一人で行くのだ。泣いたり笑ったりし乍ら。オー。神の恵みのあれかし。兎も角、論文を仕上げねばならない。

20　学生（MI）実習、ウイルス部門担当

扨、2月に入り学生実習の準備もあるし、息付く暇も無い。昨日は一日電顕。今朝11時迄掛って鞭毛染色（ヒューー博士の手法）成功。

足の浮腫《むく》みが酷く、腫れてる。本学学生MIのB君は矢張東大で一緒だったBe君の弟だった。「兄は小児科の助手を遣ってます。」と。何だか寂しい限りだ。でも私は私の道を行く。皆それぞれ納まる処に納まっているようだ。大学院卒後は如何するか。私は未だ確固たるものを決定していない現状だ。論文発表も、もう直ぐだが何も出来てない。勉強もしていない。首を縊って自殺しちゃおうか。否、それは単なる敵前逃亡で最も卑怯だ。現実は唯論文を発表するだけだ。気を確かに持て。

21　院卒後、如何するか、尽きぬ憂蓋

私の場合、4月論文発表。学位記授与。晴れて医学博士となる。扨、大学院卒後は何処へ行こう。今迄その事は考え及ばなかったが現段階になると実は此の問題こそ最も重要な事だ。院卒後の私が大きく後門の虎（牙を剥き出し大口を開いて）として控えている事だ。オーベンに聞くと、内科の教室は引出一つで机も持てない大所帯だそう。基礎に残ればいいが、有体に云って果して私に世捨人の生活が出来るか。基礎で食って行くと云う事は脱塵脱俗の生活を意味する。此れにはある程度（というより可成の）諦めと覚悟、即ち世俗からの離脱を意味する。それに耐えられるか？　臨床への未練が捨て切れない自分は何方とも決し難い。あゝ如何しよう。向後の憂いが尽きない。私は一人で食って生活せねばならぬので、その手段として矢張資格を有する医業を確かり身に付けるべきだ。基礎にしろ臨床にしろ生活の重圧は避けられないのであるから、矢張自分が「此れなら出来る」という道を選択するのが無難ではなかろうか。私も何時迄も若くは無いのだ。此れからも年を取って行くのだ。扨、学生実習も終り。私達裏方組も全く忙殺されて仕舞った。疲れた。データが不十分だ

と思うが此れで論文を書かなくてはいけない。

私は風邪を引いたらしく頭痛が酷い。Mi助手よりサリドンを貰って飲む。体調が良く無い。健康を害している。風が強い。春一番かしら。今日冬のコートとワンピースを4万で買う。今朝も10時から雪が降り出す。私の大学の部屋のブラインドの隙間を通して雪の乱舞が見える。鳩がパタパタと窓にぶつかる。塒《ねぐら》を間違えたらしい。昨日からの頭痛が続く。38・2℃発熱あり。なかなか治らぬ。今日は3月3日の桃の節句。私には意義深い七年目の春だ。大学院卒業の年だし私の博士論文公表の学会発表が有る。皆一大事件？　だ。卒後は内科へ行こうと思うが漠とした考えだ。先ず論文だ。学会発表だ。此れが済んで、それから進路を考え決定する。学会発表、余す所一月になるのに風邪治癒せず今日も気分が悪い。私は今倒れる訳には行かない。解熱剤とアイロゾン2000mgを飲み少し落ち着いた。嗚呼。私の健康は侵されている。全身脱力感著明。今日は教室の皆がスキーに行ってる。私は居残り組だ。留守番だ。私の風邪はもう一月も続いている。咳が取れない。泣いても笑っても学会が来る。論文の原稿を作らなくっちゃ。4月迄に作り上げそれから練習しないと駄目だ。此れが終れば来年は如何する積りか。又路頭に迷う。大人の迷子だ。「大学院は出たけれど」の申し子だ。

22　学位論文発表（於京都国際会館）

季節は春酣《たけなわ》。菫の花が咲いている。扨、4月。私の学位論文発表は京都国際会館で行った。教授が演台の直ぐ前方に陣取って私への質問が有れば「すわ!!」と答えて下さる算段だ。質疑一題。「貴方の論文は何処にノイエスが有りますか。」と。応答「ウイルス同定即ノイエスです。」と教授がすかさず答えて下さった。無事終る。父は学会の前に私に手紙を呉れ「京都国際会館に行って、お前の学位論文の発表を見たいが、私は高血圧で体の具合が良く無いので行けない。」と云って来た。私はS子の所に泊った。家族愛。師弟愛。皆皆様、私、本当に有難う御座居ました。蓋し、学位論文なんて、とても一人で等、出来るもんじゃ無いと痛感した。教室の皆にも多多、負うている。父も母もホッとしただろう。お父さん、お母さん、心置きなく良く休んで下さい。S子ちゃん、貴女も有難う。良くぞ京都に住んで呉れたわ。大学院卒業は後一年先の事だ。此の間に論文を完成させなくてはならない。私の一大仕事だ。論文は英文とする。もう一踏張。頑張るぞ!!

学会発表が終り6月に入る。私は今頃、煙草一箱毎日のむ。実験のタイターを待つ間の所在無さに覚えた煙草だ。来年の今頃は、もう大学院にはいないのだと思うと何だか奇異な感覚に囚《とら》われる。家も探さなきゃ。下宿屋でなく自立した一戸建としたい。そして肝心の進路を本格的に決定する事にする。

23　論文（英文）作成の為、引越挙行

引越挙行した。論文が英文なので一人で熟慮する為だ。9月から私はKb院長（東大卒）の所で働く事にした。精一杯遣ってみよう。何時かMaが云っていた、「もっと現実的に貴女はならなくちゃ。貴女は世の中を知らないよ。」と「あ、さよですか。」と答えた。6～7年前の事だ。今、私は身を以て知った訳。金を作る事。今後の私の一大関心事だ。父の勧めるアメリカ留学。でもそう切実には考えてない。此処が私の頭の弱い所だ。もう苦労するの、御勘弁を!!　此れなんだ。9月から私は他所《よそ》で働く。又自分の生活を立て直す、固い決意だ。私にとって東大青医連が忌むべき過去となったように此の立川の病院も彼も、忌むべき過去としたい。もっと健全な生活を送るのだ。日陰よ、左様なら。此れからは日陰者ではない。晴れて一人で両脚を大地に着けた生活を送るのだ。東京医科歯科大学出が何を世に恥じる事が有ろう。此れから、本来の私の生活を展開するのだ。

24　教授による論文の最終添削

教授より論文が返された。可成の修正（訂正、削除、追加図表作成、その他諸諸）を要する。此れを直ぐ仕上げる。極力頑張る。日中は電顕で駄目になる。午後4時から一時間、家兎の全採血。午後8時に漸く机に座り又論文に熱中する。四日後に引越し。一人の生活を確

立する為だ。新しい家は困った事に蜱《だに》がいる。痒い痒い。此の家は築後、借手が付く迄、閉め切ってあった所為だ。さあ蜱公を撃退するぞ!! シュプレヒコールだ。一方怠り無く、論文に掲載する図表を作成呈示し教授に提出して帰宅する。大学ではTe助教授の抄読会は、私は良く理解出来無かった。理解を超えるのだ。各分野で、日進月歩なんだ。しっかりしなくちゃ。大井のバイトは面白いが緊張してしまう。疲れちゃった。中野では此の秋晴れの空の下で氷川神社のお祭りの、お神輿ワッショイが笛の音と共に繰り出されている。お神輿て、何時みてもいいものだ。

25　念願の論文完成し、投稿となる

朗報だ。論文が終に出来上がった。「明日投稿する。」と教授の言。私は今後専攻生のSu医師の仕事をしなければならぬ。色色雑事が多い。彼岸の入りか。今年の9月は落着いた自分の生活が出来た。10月から又忙しい。首尾よく目的貫徹する事。「鉄門倶楽部」によると43年卒の連中は44年9月卒になっていた。43卒でちゃんとしたジッツ（Sitz）を得ているのは余りいないよう。バイト先のKb院長と会食、10億からの資産を稼いだとの事。人間の能力て、どの方面にも向う物なんだなと思った。ワンピース、コート代金6万円、家賃10万。住居表示の事で区役所へ。住居を持つと煩い。しかし皆が遣ってる事だ、何を甘えてる。10月

だが炬燵を準備す。寒くなった。論文が完成後、心の余裕が生ずると、再び恋の懊悩が頭を擡《もた》げて来る。恋とは官能の極致に外ならない。私は性格的に淫蕩なのか。そんなもので片付けられない何か根本的な物が有るのだ。私と彼。彼を得さえすればそれで了だ。今はもう離れ難い。某作家が「日陰の乱倫」と書いていたが、私と彼もそうなのか。現実に彼は15才年上で家庭もあるし病院に役職もある。しかしそんな事は如何でも良いのだ。私は彼を愛している。それがすべてだ。愛する事は苦しい。のたうち回る程苦しい。お互いにお互いから逃れたい。忘れてしまいたいと思うが、それが出来ないのだ。愛する悩みに身を任せる。それ自体愛する一部では無いかというより、全部を表明するものの、一部なのだ。此の払っても払っても拭い得ない恋の思いに恐しい逃げ場の無い凄絶なものを感じる時がある。彼の人間性或は私の人間性に対してだ。今は苦しいばかりだ。彼は私を大切にして呉れる。それは分る。どうせ、なさぬ仲なれば私は結婚等は考えない。日陰で結構。形式等如何でも良いのだ。唯、唯彼が欲しい。そう考える。恋！　何と人を痴呆にせしめる事か。私は此れに数年間翻弄されて来た。恋の徒花《あだばな》か。少しは利巧になれないのか、なれないのだ。馬鹿も本物らしい。私の馬鹿さ加減。結論すれば、一般論として愛は種属維持を本能的に促す根本的なものので有り、恋は愛を表明する手段である。愛の終局は取りも直さず雌雄の結合に外ならない。どんなに美化して表現しようと右の結論に帰結する。

26　国際学会、スライド係の役目

国際シンポジウムのアブストラクトが来た。私の誕生日だ。32才。国際学会のスライド係を仰せ付かる。私は非道く痩せた。40kgそこそこ。私の中学時代の体重に逆戻りだ。私も祖母や父と同じく肺結核かしら。Tn助手曰く。「あんた、保険証あるかい。」だ。Tnさんがハンバーグを奢って呉れた。彼は安月給なのに済まないわ。どもども。あんがとよ。私の羸痩に同情したんだろう。不便に堪えかね12月に家に電話を引く。先ず父にＴＥＬ。21分2100円。今日、靴を磨き乍ら堪え難い程寂しい孤独を感じた。私にも家庭が有ればと思う。此の孤独感より脱却しなきゃ。唯、もう働いている時が幸せ。朝覚醒時一番の瞑想は恐しい。私の孤独、独り良しとするのは私の功利主義故だ。他の為に自分を投出すなんて事は絶対出来ない性分だ。先ず自身の保全を考える。

27　嗚呼！　結婚。我は女なりき

奨学金返済説明会だ。愈愈《いよいよ》大学院を追い出されるのか。pm9時頃父からＴＥＬ。ＴＥＬって便利だ。耳一つ隔てて父の声だもの。「元子、お父さんだよ。」と10分話す。此のＴＥＬの90分後に私は此の私の部屋に彼を夫として迎え入れた。古風な表現だが、私達は、夫婦の契を結んだ。父のＴＥＬ（?!）父には霊感が働いたのかしら？　とすれば父の祝福も受けられた事か？　神のみぞ知る。昭和49年12月10日、大学院四年32才2ヶ月午後10時半に結婚。夫は彼。私は妻だ。後悔は全く無い。何の悔いる所も無い。今の私は彼の為に生きているようなもの。しかしチラッと脳裏を掠める将来を考えると心配で堪らず暗然となる。翌年3月31日が卒業だ。“What a thing , it is to be a love”（愛とは一体何なのだ。）私のために色色遣って呉れる彼。優しいの一言に尽きる。一人って本当に弱い。何を支えにと云うと矢張、もう一人の人間だ。それが愛する人であればその人は幸福此の上無しだ。今や、私は夫たる彼の何時迄も健やかならん事を祈る。彼は「イザとなれば中野で働ける。」とも「都心へ出たい」とも云っていた。12月に入り、抄読会の為大学へ。教授曰く。「久し振りだねえ。」全く一言も無く私は腹の底から笑う。教授も笑ってたっけ。論文が出来ないという事に非常に焦りを覚える。何等書いてもそれが認められないならば全くお手上げだ。此頃は一日が長過ぎる。或は短過ぎるのを待つのみ。三年前の12月私は彼と一緒に第九を聞いたっけ。明けて4月より、それ迄の漠然とした愛が本格化し二年後彼は私を求め私も応じた。そして夫婦の契り迄結んでしまった。好きって、愛って、恋って、悲しく恐ろしく残酷だと思う。二人が此う愛するって一体何なのだろう。年齢等更々関係ない。二人だけの感情なんだ。夜廻りの拍子木が夜の無言《しじま》に木魂《こだま》する。冷たい霙《みぞれ》が小止みなく降っている。私の遣っている事は実際日陰の乱倫なのか？

私は泣きたくなる程、彼を愛している。何もいらない。唯彼だけは欲しい。私はふと、自殺、心中死の事を考えた。愛人と、入水自殺を図った太宰治。その他面面の愛人と不倫の愛を誓った、その相手の取る道は、皆、あんなに悲惨なのは如何してだろう。それが美しくも見えるし感じもする。一体私達もそういう事になるのだろうか。でもそれを考えると極限迄愛した人と一緒に方法は何であれ死ねるとはどんなに幸福であろう。私はずっと何時迄も彼と一緒だわ。そういう運命のよう。愛の極限状態、もう男にとっても女にとってもそれ以上のものは無い状態。人間性も愛によって昇華され何も無い状態である。その極限を越えると結局死なんだ。死しか残されていないのだ。私達二人はそこ迄行くのか？

五章　基礎医学より臨床医学へ飛躍

1　大学院卒後、東一病院神経内科入局

昭和50年3月8日am8時半、東京第一病院（以下東一病院）へ行く。私の研修病院と決定した所で大学院は論文終了して一ヶ月早く（大学院卒業は3月31日）東一で研修する事にした。所属は「神経内科」。Ko Dr（置物みたいに手を翳《かざ》して眺めるような一高東大卒）に師事する。

扨、東一病院に到着すると、もうカンファレンスが始まっている。精神科から「逆行性健忘症」の患者を出していた。am 9時終了。Ko医長に患者の事を報告しその後大学へ行き教授に報告。明日7時か。水曜は朝8時から9時迄。参るなあ。体が続かぬ。皆強健で頑張っている。何だか何も分からぬまま、人生を突っ走って行くようだ。暇を見て大学に置いてる書籍等を中野の自宅に運ぶ。東一ではベッド2人受け持つ。バイト可能かしら。何しろ身過ぎ世過ぎが掛かっている。バイトの可不可は私の死活問題なのだ。教室では私の送別会を皆がして呉れた。教授に御酒を持って行って「お世話になりました。」と頭を下げた。いろいろ話す。教授って本当に嫌味が無くて人柄が良い。下のお子さんが多摩美大に入ったそうだ。教授とMi助手と三人で帰った。銀座から中野迄1780円だ。随分タクシー代も高くなった。神内のKo医長は一高東大出で東一病院でピカ一だそう。私は此れから彼に師事する事になる。教授にしろ、医長にしろ、人に嫌悪感を与えないと云うのは矢張、人徳の致す所で高い知識と教養の為かしら？　私も此ういった徳性を身に付けたい。早三月も終わる。家の椿が二輪咲いた。私と彼かしら？　此の椿。私達の身代わりかしら？　東一では脳外と「アディー症候群」のカンファレンス。内科専門医のカリキュラムが来た。鞄が一つ、いるな。今日春一番の雨と風。教授が「馬鹿になった積りで」と訓示があったが、そうする迄も無く、私は地で行けるわ。

2　東一病院より辞令が下る

昭和50年四月一日。東一より辞令が下った。此んな時が来ると誰が思ったろう。全く人生不可解且奇遇の連続だ。月７３０００が私の給料だ。立川のバイトは東一の給料が七万の間を乗り越える迄続けざるを得ないか。父も同意してくれた。

3　東京医科歯科大学学位記授与式出席

私は東京医科歯科大学学位規則第12条の規定に基づき学位記を授与されることになった。(昭和50年3月31日、Ka大学学長より文書（昭和50年3月31日気付）で連絡を受ける。学位記授与式は昭和50年4月11日午前11時より（出席者は10時30分に参集の事）学長室（1号館2階）にて行われた。学位記受領後、私は指示通り、学位論文授与記録簿へ署名押印した。晴れて、医学博士となった。紺のワンピース着用。皆申し合わせたように紺の服だった。教室で15枚写真を撮る。教授より記念品を頂く。立派な白金耳だ。賜下品だ。私の名前「中村博士殿」と教授の直筆で書いてある。死ぬ迄記念品として大切にしよう。中谷教授殿。本当に有難う御座居ます。至らぬ菲才の私をお世話下さり誠にありがたく満腔より謝意を表する次第であります。本当にお世話になりました。と私は心の中で何度も繰り返した。教授は本当にいい方だった。東一では皆[注⑪]ミエログラフィーを遣っていたと。医長よりお祝いの宴をして下さった。本当に嬉しかった。Ko先生、有難うございます。此の医長も教授に劣らずいい方だ。私は頑張らなくちゃ。4/26が院内発表会で4/16に演題申込があると医長より聞く。H患者はギラン=バレー症候群と診断。プレドニン投与開始。研修医のO君(北大)に「学位記のキは如何いう字だと思う?」と聞いた所「旗じゃないか」と答。皆で大笑い。未だ可愛い。東一事務より「保険証」を渡された。病気していいんだわ。「横断性脊髄症」の患者治療開始。明日腰椎穿刺実施。毎日忙しい。私の歓迎会が済むと翌日ミエログラフィー施行。患者は「痛い。生地獄だ。」と呻いている。

4　父と妹Ko子、私を訪う

父が病を負うて4/27に上京すると。お父さん大丈夫かしら。でも父だって若い時15年も在京してたんだし私なんかより余程、此方は詳しいだろう。父と妹が上京。二人は飛行機で来たそう。懐かしいお父さん。Ko子は少し太った。私が帰らないので会いたいと、又布団を送ったのでそれを受取り私に渡し、古い布団を水俣に送り返すという大変な仕事を父一人でやった由。「お父さん。何時まっでん、苦労掛けつ御免な。」夕飯の時父は沢庵を嚙み乍らボキッと音がして歯が折れた。「うわーっ。危なかなあ。お父さん。」聞くと父は柔らかい大根しか食べないと、向こうでは母に特別に作らせてると、此処では私に遠慮して何も云わなかったので、此ういう事故が起きた訳。「重ね重ね済まんな。お父さん。私にゃ遠慮なんよ要らんでな。」と私は涙が出そう。台所のオーブンでグラタンを作って供した。グリーンピースをあしらって奇麗に上火を利かせた。「何時もこげんとば作って食うとかい。」「うんにゃ。今日は特別ばい。お父さん達は、お客さんやってな。」明日も出勤なので二人の相手を長くしてやれない。抄読会の英文を二階で整理する。父は母の縫った布団を持って来てくれたのだ。私が何時か布団が無いと確かにＴＥＬで頼んだので律儀な母が一所懸命縫ったのだろう。お母さんにも世話掛けたな。夕食後「Ko子はいっちょん勉強せんとぞ。何か云うて呉い。」と父。私「Koちゃん、職ばちゃんと探さんば乞食になるぞ。」Ko「うん。よか。主が家貰い来っでない。」と負けず減らず口を叩く。可愛くないな。もう。元気な点はいいのだが。翌日朝食後、父に木の根元に鍵を埋めて置く事を云って私は勤務を休む訳に行かず、黄色のダスターコートを着て其の儘家を後にした。父には「学位記」と教授のくれたＳＭＯＮの本と私の論文のコピーを取りあえず渡した。父は私が出掛けた後、古い布団を荷造りして水俣へ送り出したよう。木の根元の鍵でちゃんと門は開閉出来たよう。Ko子は父を待たずに一人で帰ったと。私は暇が無くて二人に構ってやれなかった。御免なさい。お父さん、Ko子さん。父は帰るとき私に8万円渡した。「教授に何か買って上げよ。」と「すみません。」と有難く受け取った。父だってやっとで工面したお金だろうに、この私に（?）、親不孝者の私に、父はなけなしの8万円を私に呉れた。「お父さん有難う。」母からの布団のプレゼントは有難かった。論文の校正刷りが又来ている。此れを早く仕上げなくちゃ。5月に入り初めて院長回診についた。素晴らしい先生。大学に出向きTe助教授と教授に会う。教授と帰る。此の人も素晴らしい。明日採血、抄読会、カルテ整理。当直。冷蔵庫が届いた。毎日が忙しく過ぎる。

5　院内発表会に演題提出

私の集団会の演題のテーマ「ファージと臨床」とした。集団会のリハーサル、2時間掛かった。明日の抄読会の準備、夜10時から始める。集団会がやっとで終わる。T患者、状態が悪く油抜きを延期する。父からの荷物受け取る。副院長ODrにお会いして挨拶した。給料89000円。5年振りで胸部X・Pを取る。人間の一生て全く妙を得ているとしか思えない。私は助けて戴いた、少なくとも拾い上げて下さった東一の院長や医長に満腔から感謝する。父の詞を噛み締める。「忘恩の徒にはなるな」と。1月頃行き先の決まらぬ頃、何と恐ろしい焦燥に駆られ乍ら日々の明け暮れを呪っていた事か。私も「大学院は出たけれど」になっちゃうなと居た堪れぬ焦燥感に苦悩していたのだ。今朝、父から送って来た朝顔の種を赤と紫を丁寧に植えた、コルサコフ症候群の患者が入る。私は今臨床（神経科）については何にも知らない訳で素直に受身になり唯、我武者羅に遣って行くしかない。実力が有れば頭角を現わせるだろう。「人生即努力。」此れを貫徹するしかない。後は結果待ちだ。院長回診は何だか上がっていて駄目だった。次回はもっと旨くやる。明日も忙しい。父から朝顔、桔梗の種。母から錦餅、お茶、昆布等届く。有難う。髪を切り可愛くなった。32才。臨床研修で忙しい毎日だ。神内主催のCPCも終った。唯忙しいだけの目的喪失的な毎日だ。将来の目的として内科か神内かの専門医。アメリカ留学という確固とした目的を決めてそれに向って邁進、準備するという事にしないと東一の研修は意味の無いものになる。今の所深く考えている暇が無い。あたふたと毎日のスケジュールに追われている。家の庭に白い沙羅《しゃら》の花が咲いた。近所の親子連れが網を持って花に群がる蝶を捕っている。落ちた花は水色の洗面器に水を張って浮かべて楽しむ。

今日帰宅したら「あっ、鍵が無い。」迂闊《うかつ》な事に家の鍵束を東一のロッカーに挿しっ放しで帰ったのだ。恐らく。今7時30分、私は真っ青になった。「ああっ、如何しよう」東一迄タクシーを飛ばした。案の定鍵はあった。鍵穴に挿したままの鍵。午後9時頃我家につく。矢張鍵は合鍵を2〜3個持ってないと危険だ。あゝ焦っちゃった。私は疲れている。眼が凹んでいる。明日銀行と水道局とカンファレンス。6時30分帰宅。近所の子供達が美しい白い沙羅の花に群がる蜜蜂を網で追って花を落す。叱りつけてやった。2回追い払ってやっとで向うへ行った。大人迄出て来てるから遣り切れない。しかし沙羅の花ってそれ程大きく美しい。香が強く虫を寄せるのだ。虫等あんまり見ない近所の子達は気の毒だが私は私の花木を守りたい。網で花を叩く子供は追い払う。

少し中弛みの毎日。T患者が風邪をひき容態が悪化。彼のお爺さんの哀願するような眼をみると憂鬱になる。死に逝く者の生への執着を眼一つに託しているような、そんな患者を見ると、あゝ私は何とも無力なのだ。ルンバール注⑫、BAG, CAG注⑬等の実技（医師の仕事は殆どが此れだが）はどうも不得手だ。大体、天性鈍いのだ。私は運動音痴なのだ。運動神経が全然鈍い。中学の時、体力テストでも50M疾走で13秒で走り皆を逆に驚かせていた。平均皆9秒台なのだ。ルンバールだけは何としても出来なくちゃと頑張っている。今日は七夕だ。ルンバール、一発で成功ドンピシャだ。ずっと不発だったのだ。又自信に似た物が生じた。10万円貯金する。Si女医より新潟（学会）のお土産笹団子。全く悩みも無く阿呆同然の毎日だ。私は順境にいると駄目になる。此んな時こそ専門医への対策を考えるべきなのに学問等何処吹く風の体だ。何か学問しようと云う熱意が冷え切ってしまった。9月の集団会に演題を出す。

⑫腰椎穿刺の意　⑬BAG, CAG共に血管写の事

6 東一看護学院講師の辞令が下る

7月24日、東一の看護学院の講師を仰せ附かる。院長より辞令が下る。「謹んでお受けします。一生懸命努めます」。扨、ルンバール初圧0㎜、此んな事が有るのか？ Tm Drより10月より当直に入るよう勧告を受ける。「はあ」。と返事、私出来るかなあ。でも皆がやって来たことだ。私も精一杯頑張るだけだ。今日は医長宅に伺う。多摩川河畔で花火があるのだ。夜の天空を瞬間的に美しく彩り、儚《はかな》く消える花火は正しく人間の「Life」（生命）を具現化するもののよう。奇麗だった。夜8時、東一病棟からTEL。T患者が40℃熱発。悪感戦慄ありと。緊急処置を指示する。翌朝、T患者は、もう生気無く引っ繰り返っている。患者の脳波、BAG, CAG実施。I患者のPEG、医長によるミエログラフィー。大槽穿刺。ルンバール（キサントクロミー、フロアン微向著明 j が終了し後コーヒーを御馳走になる。昨夜の当直寝苦しかった。汗の一升も出たよう。流石に立秋。明日は大学へ。N教授に会いに行く。TELしたら元気だった。教授はロンドンに3週間行ったそう。余裕綽綽で羨ましい。翌日大学へ。何かもう離れてしまった。次元の違う別世界の感じだ。置去りを食ってしまった。否、否、否そうじゃない。周囲の人が変わったんじゃない。私自身が以前と違ってしまったんだ。と了解する。寂しいが前進あるのみだ。後を振り返る莫れ。後10年もすると全く何もかも変わっちゃうんじゃないのかしら？　此のバイト先だって以下同文だ。そして私は

42才で孤立、その後何処に私は行くんだろう。風来坊の私。

7　私の論文別冊（英文）が完成

私の論文の別冊ができた。Ko医長には別冊とJJM（日本で出されている唯一の英文の細菌学雑誌で同誌に私の論文（英文）が掲載されている）を上げた。Ko医長は教室にビールを送っていた。Ko先生どうも有難う御座居ます。スマートな遣り方だと思う。私は考え付きもしないなあ。私は血管写すべて失敗。ルンバールさえも失敗。実技が駄目だ。緊張度が足りないのかしら。明日カンファレンス、回診と忙しい。今日は終戦記念日。正午一分間黙《もく》禱《とう》。8月末日を以て立川のバイト完全に退職。パリのパスツール研究所とカナダの大学よりリプリントが欲しいと云って来た。直ぐに送ろう。パリのパスツール研究所か。「夢は枯野を駆け巡る」。芭蕉辞世の句。私も同じ心境だ。叶わぬ夢か。夢に過ぎないのか。じたばたしてるに過ぎないのか。庭のピンクの朝顔美事だ。東急デパートに注文していた和洋タンスと整理タンスの三つ揃が届いた。57万円だ。格調の高い豪華な美術品だ。中が桐材で表が桜（此れは木目が美しい。）だ。素晴らしい名品だ。病棟では小脳性運動失調症の患者入院。八人目の患者だ。今日は十五夜。空には美しい仲秋の名月。静かな日曜日だ。レオンDrとアッケルマンDrに私の論文のリプリントを送る。秋雨が降る。私は歯痛が酷い。チステが感染をおこしているのかズキズキと疼く。

六章　転落への道

1　ピアノ購入

ピアノ（残額）47万を三越に払い込む。Ko医長は、「これから神内の専門医の試験がある」事を示唆し私に反省を促した。何構う物か。もう勉強は沢山だ。少し私に休憩を呉れ。ピアノが来た。私の堕落、転落の初日が幕を開けた。私は今迄、漠とした何かに期待していた。が何も期待すべき物等有りはしないと考え、未だ未だ学問の途中でしかない、ほんの未熟の徒である自分を振り返る事もせず享楽的な余生を楽しむという短絡的な行動を非なりとは全く考えが及ばなかったのだ。私は此処に奈落が口を開けて待ってる事を片鱗も疑わなかった。私の思い上がり、如何に増長していたか、年長者として又優秀な先達としてのKo医長の下に居乍らもう一歩謙虚になれなかったのか。此の時点では私は全く分からなかったのだ。父の「忘恩の徒になるな」の教えも思い出さなかった。此処が結局私の能力の限界だったのだ。此処が、先へ伸びて行く者と行止まりの者との分界線だった訳なのだ。私は今という時点に幻惑されてしまっていたのだ。嗚呼、人生不可解。バイトがどうしても必要。探さないと乾干しになっちゃうぞ。麻酔科の実習だ。蘇生法、心マッサージ等教わる。台風13号、一日中雨だ。10月麻薬取扱医の申請をした。此れで穏れも無き正規の医師となった。母から花柄の美しい炬燵布団が届く。父は今度の3月で69才だ。早く貯金して利子はすべて父に送るようにしたい。何もかも東大青医連で躓いたのだ。ピアノだけ没我の境に入れる。小学一年の時から始めたのだが、ピアノは私を駄目にすると父が強固にバイエルを取上げたのだ。抑、ピアノと学問は両立するか。私は医学はものにならなかった故、これからピアノに打ち込む。それと金。本格的な堕落のステージを踏み始めたのだ。10月から循環器科注⑭へラウンド。父から丹前と炬燵毛布、座布団を送ったと手紙。老いた父母に苦労懸けて済まない。「お父さん、お母さん御免な。もういいよ。私の事は放っといていいよ」。家の父母は天使みたいに優しい。その恩愛に頭が下がる。今日Ko Drと当直。(np)。昼食。食堂の炊事係のおじさんが「先生余り、お食べにならない分、軽くよそいましょう。」と、「お味噌汁はお豆腐沢山入れときます。」となかなかサービスが良い。10月26日、私の誕生日、33才だ。家では炬燵を仕つらえる。静かな晩秋の夜。唯、電気スタンドのジージー云う微かな音。時計のチクタクと時を刻む音だけが聞こえる。午前一時だ。乱されたく無い私だけの時間。KG 42kg。神経カンファレンスに出席。「進行性核上麻痺」は正解だ。快挙。家では恐ろしい事にガスを付けっ放しにしていた。ゆめ、忘るべからず。2度目だ。油断大敵。締まって行け。ルンバール。成功だが又圧が計れ無かった。初圧0㎜か、深く刺過ぎるのかな？　おかしい。2度目だ。

抄読会の問題提出。循環器科のラウンドでは心房細動の患者で大騒動。しかし非常に勉強になった。現在患者8人。油断せず驕らず刀の刃渡り的毎日である事を銘肝せよ。しかしエゴイスチックな私、如何して此う頑《かたく》ななんだろう。皆を遠ざける或いは遠ざかり唯一人の存在のみ可とする。父からドイツ製の西川の毛布二枚送ってきた。御陰で暖かい。お父さん。有難う。ブルーにオレンジの模様だ。

神経セミナーがパスした。此は学位保持者のみだ。25000円支払う。大磯のロングビーチホテルで一週間だ。私のタナトスが又始まった。私の聳え立つタンスを見て、「私死のうかしら。死んでも構わない。何時か死のう。急ぐ事は無い。何もかも、すべてから誰からも離れて一人で生きる事。生きるって苦渋に外ならない。何故私は昭和43年の時、死ななかったのか。あんなにも死を切望したのに、おめおめと生きている。私が死ぬのは何時か心の片隅でふっと出来心が生じてか？　理性が勝ってる時は絶対に死から遠い。もう12月か。無我夢中で大学院を過ごして今年も暮れなんとしている。日暮れて道猶遠しか。私が愛して止まぬ父よりTEL『灰汁巻《あくまき》』は黴《かび》ても中は食べられる。」と。お父さん、どうか達者で、色色有難う。何時も済みません。医科歯科大学の私の教室の忘年会で「花魁《おいらん》ショー」を見た。此の浅草「松葉屋」の花魁は江戸時代其儘を継続している。そしてローマ迄、此の「花魁ショー」を持って行ったそう。なかなか勉強家だ。「松葉屋」の花魁は有名。本物の花魁は此処だけだ。でもショー的にはどうかな、黒子《くろこ》（男）が居て全身黒装束で観客に会話のサービスをする。蓋《けだ》し私には花魁等興味は皆無に等しい。しかし教室の皆に会えて良かった。

Ko医長より朗報。最高裁判所診療所のバイトを斡旋された。私もバイトが無く困っていた時で喜んで受ける事にした。Iz先生から最高裁のバイトの件を聞き金曜日の午後と土曜日の午前とする。８５０００円／月で心から安堵した。バイトさえ有れば何とか遣って行ける。もう歳末の「火の用心」の夜廻りが始まった。カチカチと拍子木の高い響きが聞こえる。今年も終わる。良い年だった。大晦日。除夜の鐘が鳴り響く。8回目を聞くんだわ。残念な事に12月31日迄バイトで何もかも、正月用品を買い損ねた。又買う余裕も無い。安価なソーセージの厚切りと玄米茶を啜って除夜の鐘を聞く。でも此だって趣があって良いものだ。高く低く遠く近く鐘の音が揺蕩《たゆた》う。東京はお寺が多い。よく聞こえるなあ。去年の感慨も込めて暫聞き入った。

昭和51年元旦午前零時。到頭年が明け新年だ。家の前の通りを明治神宮へ初詣の人がゾロゾロ通る。例年の風景だ。又多忙な一年が始まる。何とか遣って行かなくちゃ。9時近く起床。寒い。今日は一日中働いた。一年中休みのない私に正月休みは、休む所《どころ》か超忙しい。

家中の掃除、片付けだ。酷く汚れている。2時からピアノ。美しいハ短調のエチュード、「エリーゼの為に」を弾奏する。自分で弾いて自分で泣く。あゝ世間の煩わしさを忘れ、ピアノを弾いているだけで良い。1月4日より神経セミナー開始。大磯のロングビーチホテル。海の水平線から太陽が昇る日の出を見るのは生まれて初めてだ。東の空から昇る美しい日輪。セミナーは1月11日に終る。私はもっと真剣に将来を考えなくては駄目だ。皆英語で質疑応答を遣ってた。私はアメリカ留学を如何しよう。鍵は語学。英語だ。書く英語は幾分か増しだが喋る英語はヒアリングが全く駄目だ。帰るとKo Drよりセミナーの報告を来週遣るよう要請された。ラウンドは呼吸器だ。勉強せよ。元子よ、目を覚ませ。ピアノに浮かれてていいのか?

扨、私は四つの金字塔を打ち立てた。即ち東一病院、最高裁診療所のバイト、大学とピアノの四つだ。外はすべて、此れ等を得る為の手段乃至捨石に過ぎなかった。私は33才。長かったし短かったし夢中で遣って来た。明日祭日、休みなのが嬉しい。彼が云う「世界が違うよ。」

住む属する世界が違うんだと。自《おのずか》ら属する人も違う。当然だ。「酔っ払いの捻《ひね》くれさん。」昔は此うじゃなかったのに。二人とも変わってしまった。地位が逆転しちゃったのだ。今確かに私が優位にある。彼は私の貧乏無名の寄辺無き不遇時代をバイト（往診という最低労働）を提供する事によって私を援助（？）してくれた訳だ。それには一応謝意を表する。しかし彼を知る内に彼はエゴイスチックで自分より上に行こうとする者或いは、上の者を引摺り降ろそう或いは引き倒すという卑しい下衆輩の心根の人間だ。今頃私は彼の本性が分り冷静に考えて、私がバイトにしろ何時迄も停まるべき社会では無いと、確信した。今は憐憫の情のみで彼に対している。後十年、一人で無我無中で生きるのだ。此の生き方は私自身で会得した物であるし、私にとって理想の自らに何等負荷の無い生き方なのだ。呼吸器科のMK医長は胸膣穿刺を行い500ccの胸水を抜く。流石《さすが》だと思う。胸腔穿刺は大体呑込むが難しい危険だ。習熟するには年余を要する。呼吸器科の学会では「発言係り」と「電気係り」を受持つ。N患者の水抜きで帰りは5時となる。院長回診にも付くが、彼は流石に勉強家だ。

扨、春一番の嵐、昭和51年東一、2年目だ。胸部外科手術見学。「ブラ」なる物を見る。シャボン玉様の泡だ。消化器科。N患者が吐血し、昏睡前状態。血液濃縮が気に掛かる。今日、日曜当直だ。風疹、デング熱の患者の診察。帰宅後ボルドーを開けてワイングラス2杯呑み干す。此れは美味しい、お酒だが完全にダウンだ。椿が開花した。私はもう、此の上何も求めない。東一、裁判所、大学、ピアノ、此の四つは私の築いた楼閣、金字塔なのだ。私は此れで十分知足だ。此に満足して、ずっと生きて行ければ良いが、否、行くしかないが、私の今の生様《いきざま》だが「虚栄の毎日を生きて何になるのか。」と疑問が頭を擡《もた》ぐ。要考慮。大学ではTe助教授の送別会に出席。今頃又困頓として分からなくなった。N教授よりウイルス学会の知らせ。

庭の椿が艶《あで》やかに咲いている。No Drの ECG の講義。私はもっと真面目に質素な実直な本当の生様、生活がしたい。今軽兆浮薄な詰んない虚栄の日日を送っている。自分を見失っている。今の私は本当の私では全くない。反省を要する。父の云う「楚楚たる中に気品を」をモットーとするのだ。胸部外科のNo Drと話す。Drはニコニコし乍ら「ぴんぴんしたのを入れないと860床埋まらないよ。」と「ECG の機械はごついけど敏感だよ」。私が機械を動かそうとすると「あんたじゃ動かんだろう。」とぶっきらぼうだが、無限に優しい。「先生、肝炎はもういいのですか。」「悪けりゃ働いてないよ。」と此れは私の愚問だ。失礼!!「清瀬で終わりかと思っていたよ」非常に率直な人だ。バスは又ストだ。良くストを遣るよ。12：30にHp到着。No Drは9：30に車で着いたと。今日はU患者の病理解剖次いでN患者の解剖。40才で結婚したT女医が「いい加減な結婚なんてするもんじゃない。」と云っていた。彼女、不幸みたい。Si女医より学会からの御土産。「打出の小槌」のマスコット。当直。斯も嫌な物は無い。O Drが会いたいと。何の御用かしら。Ko医長へは神経セミナーの抄録集を上げた。毎日、何かが起り、又片付いて行く。後は何も無かったように平穏だ。消化器科、N患者が急変しpm3：10に死亡。2時間後に解剖を行う。最後はクールボアジエの症例。

夏休暇として軽井沢へ。Km医長の別荘へ赴く。眺望は最高。美しい緑の牧場が眼に痛い程。鶯や種々の小鳥の囀《さえずり》。郭公《かっこう》の大音響が牧場から牧場へ木魂する。いいなあと思う。私の此れ迄、知らなかった景色と風物だ。季節は初夏を思わせ涼しい。夜中鋭い鳴声がしていたが食物の残飯を漁る野鼠を梟《ふくろう》が捕らえたんだ。朝になってDrの説明に納得。全く野趣に富んでいる。一驚を呈する。松阪牛のスキ焼きだ。此の後は〝おじや〟とDrはなかなか細かく家庭的だ。楽しい牧場の一日だった。軽井沢の夜はなかなか寒かった。当地の牛乳を飲みたかったがDrによると濃過ぎて東京のと違いお腹一杯になり物が食べれなくなるとの事で牛乳差止め。昨日の休日も一場の夢と化した。Drには私の論文を上げた。Ko医長より外来についてのTELあり。此れから一週置きに外来に出る事に話を決めた。代謝科のO医長、元気一杯だ。休日を利用し「ロシヤバレエ団」の「白鳥の湖」鑑賞。チャイコフスキーの名曲。最期のシーンは美しかった。夢のような音楽と舞台から覚めると現実の蒸し暑い東京。明日の仕事が待っている。7月某日、ODr宅訪問。御馳走になった。代謝ではLH及FSHテスト他、朝早くから一日中忙しい。疲れる。今日は「敗戦記念日」終戦31年目だ。正午一分間の黙禱を捧げる。毎日忙しく何する暇もない。当直は散散だった。午前4時迄診療に掛かりっ切り。am6:00迄寝たが頭痛がする。代謝は朝が早い。am7:00に登庁する。父から母の手造りの味噌を送って来た。お父さん、お母さん、有難う。10月26日私は34才になった。東京9年目だ。何だか「あっ」という間の9年間だ。

大学は、教授を訪れ一緒に帰る。教授はとてもいい顔だった。教授と一緒に私の遣り残した仕事をどうしても片付けたい。もう一、二部の論文を如何にしても書いておきたいのだ。Ko医長より非常勤の話しを受ける事にした。東一に居残るには技官でも無い私への唯一の手段だ。「未だ誰にも云うな」との事。正しく弱肉強食の世の中だ。弱いと呑まれる。唯頑張って自分を主張するだけだ。臨床はもう非常勤医で高くは希まぬ。第九を聞きに文化会館へ行く。満足し感激した。28日東一御用納めだ。年末の当直無し。これは朗報。

昭和59年1月1日ピアノを弾こうとして窓枠に顔を出して見ると丸丸太った雀が5〜6羽ずらりと目白押しに並んで日向ぼっこしている「ンまあ！　可愛い」頬辺の丸い黒斑がとても印象的だった。あんなに雀が居並ぶのを、それも間近に見たのは初めてだ。私が顔を出すと5〜6羽次々と飛び立ってしまった。人一人居ない静かな元日の昼下りの事だった。早速当直。此ればかりは何時になっても嫌だ。神経セミナー2回目の参加1／5に始まり、横須賀線で葉山に行く。10日pm4：00東京到着。中野北保健所へ医師届けを出す。今朝、外科のNo Drが「お早う」と云って待ってて下さる。「あ、先生」ニコニコ。「先生は杉並から？」「うん甲州街道一本だよ。今の時間混むんだ」「先生、大きい手術は？」「此れからだ。今検査が終わったからね」と。彼はダイナミックだ。内科畑の私にとって外科のDrは何か空恐ろしい感じがする。No Drは優しいけど矢張、ぶっきら棒で話すので怒られているような、犬に吠えられてでもいるような気がして本能的に恐れをなして、避けるように動いてしまう。血液科で会得すべきは骨髄穿刺だ。今日該科のIm Drが「モクチオン」なる言語を発し、私はおかしくて危く噴き出す所だった。「木曜日、ゼクチオン」を合成造語した「モクチオン」なるIm Dr語だ。大いに笑うべきか。此れに関して思い出す。私の高校の教師が「チドイ」と発言。彼は「近い」と「ひどい」を合成したのだ。一種の脳退化現象と思う。私の近くに坐っていた女生徒が一早く気付いて「チドイだって」と云ったので私もおかしくて大笑いしてしまった。昔昔の物語だ。患者から「魳《かます》の干物」30匹貰う。此の所毎日毎日魳を食べてる。一人者の辛い所だ。膠原病棟ではKy Dr。偶《たま》の祭日は当直だ。夕食は御赤飯と煮〆と鯵の塩焼きでお祭りの献立だった。救急車は一台も入らず助かった。34才。少々疲れた。死にたいよ。何処かに消えてしまいたい。Y患者、代償不全死亡。解剖に回す。此頃は解剖後も食事出来るようになった。2月も終る。ホーッと嘆息する。随分年老いたと鏡の中の私が諦め顔である。Mi Drの送別会。ラメのワンピース着用。Ut女医よりインドの象がん細工の小箱貰う。煙草入れにしよう。患者よりフリージアとチューリップの花束を貰う。優しい春の香り。此んな気持ち疾《と》うの昔に忘れ去っている昨今だ。自分の将来だって真面目に向き合った事も無いのだ。毎日がその日暮らしで衝動的に生きていってるだけだ。如何にかして此の状態から脱出ないし打破しないといけない。何か一つ捨てればいいのだ。今の私は欲張り過ぎて無理が来てる事は明明白白。Ky医長より当直を頼まれた。あんまり有難くないよ此れ。昭和52、東一、3年目だ。34才。O Drより3／24の代謝の抄読会で「病理報告」N患者だそう。その打合せで45分間話し合う。帰り途犬の遠吠えが聞こえる。月夜だ。同室のHs Drよりバイトを紹介され受ける事にする。4月から行く。ホッとする。エッシェンバッハのピアノ演奏会に行く。東京文化会館。24日にO DrよりのN患者（肺癌）の病理所見を発表。夜鳴ソバのチャルメラの音が物悲しい。

2　東一病院非常勤医の籍を獲得

バイトより帰ると412へTELせよと呼出が掛かる。Ky Drより非常勤の話と神経内科に移っても免疫の仕事を遣って欲しいとの事。委細承知した。人間の運命って全く不思議だ。人生万事塞翁が馬。禍の福と転じて福の禍となる。浮沈に堪えて行かねばならぬ。国立東一の医師皆がそうだ。侵さず侵されず、小さい自分のテリトリーを囲い守っている。私もその一員である。何も彼も過ぎ去って行く。Ko医長より「先生に決まりそうです」と、Tu先生より人間ドックの事を聞きホッとする。何も彼も終った。「身障者センター」のバイト。

（1）東一病院へ更に一歩を進む

今春は激動の季節である。私は東一、3年目、即ち大学院卒後、東一に於ける臨床研修期間2年が終了した。私は東一に一応ジッツを得た。「人間ドック」の非常勤医として東一於勤務を続行できる事になった。「非常勤!?」で、あまり嬉しくは無いが、その籍しか無いのだから深く考えない事にする。所属は神経内科だ。昭和52年、4／28付け、医局会報「人間ドック」の非常勤の公報が掲載された。5月。東京10年目だ。色んな事があったっけ。私はずっと金魚を飼っているが、金魚は底に沈んでじっと動かない。それが私を具象している。何も彼も諦めて、しかも何時かはと機会を待っている。機会なんて有りっこ無いのに、その内に年取ってしまってるのに気付く。今日祭日だが、休みを返上してカルテを書く。SLEの整理終る。SLEの学会の打合せ。人事課長よりTELあり。内科レジデントの辞表を書いて押印する。内専医セミナー2度目、神専医もあり二つは無理だ。

毎日の忙しさ疲労感に感敗《かま》けて家内の雑事もとんと手つかずだが、17日振りに洗濯をした。皆カビが生えて惨憺たる様。am 10：00、O DrよりTEL。当直を火曜日と変わりたいと。OKする。随分眠そうな声だった。「人間ドック」の初仕事、伝票を書き忘れてバイトに出掛けちゃったらしい。当分失敗が続きそう。ドックの判定と外来が重なり苦しい立場となり、此れは絶対に不可能。神経CPC終了。Ko Drの回診。最高裁診療所退職願提出。武田のプロパーの車で帰る。5月終る。am10：00より一時間。KoDrと会見。2年前の雰囲気を取り戻した。Drは東大に行く日なのを振り当てたという事で恐縮する。本当に色々ご迷惑をお掛けして相済みません。毎日腹が立つ程忙しい。ドックは一週越しだが来週私の当番だ。東一の庭の芝では尾長が三羽降りて餌を啄《ついば》んでいる。CPCの帰りはpm8：00。院長回診では血培するようにとの事。今日も6：00〜8：00迄残業。米国製のステトを買う。ドック6：30迄残業。パーティが続き忙しい。脳外の送別会の帰りKoDrが「私は一高でしたので渋谷は良く知っています。」と初めて自らの事を漏らした。当直ではもうもう酷くこき使われた。情無くなる。夕立。稲妻をみる。KyDrからK患者の退院の件。全く忙しくて（毎日ピアノどころじゃ無い）やっとピアノの前に坐れる為体だ。忙しいの何のって暇が全然無いのだ。石楠花《しやくなげ》の花を貰う。花径20cmの豪華な花だ。茜《あかね》色、夕焼色其の物だ。私も異国の人間になったなあ、と此の頃は思う。後10年もすれば増増変わるだろう。KaDrより促されて部屋を移る。私も部屋持ちになったのだ。久し振りでKo医長とお茶。pm6：00から〝椿山荘〟で食事。外来（神）婦長の送別会だ。明日は当直、外来が控えているKyDrよりTEL、論文が出来たので今日京都へ送る由、当直一人死亡。今日他院へ送った患者がM・Iで死亡。千客万来、人の往来が激しい。又色んな事に遭遇する。挫ける事なく頑張るだけだ。東大整外のEMGの抄読会に参加。EMGは神内でも可成のウェイトを占めるのだ。

皆エネルギッシュで真面目其の物。最後のＣＰＣ（神内主催）、御飴とビールで出席者を労う。私は、７月の猛暑の所為か、何だか疲れちゃった。心底疲れた。８月は都市センターで「MS[注⑮]と神経ベーチェット」のワークショップ４：00迄。Ko医長は夏休暇だ。明日から出勤。同室のHs DrよりワインをHすう。又Kg Drよりアフリカの土産。彼によると「日本で河馬と云うけど、あれは本当に川を走るんだね。」と。新刊医学書を注文。４〜５万掛るな。昨日の当直am １：30に呼吸器科の患者死亡。am ７：00に80才のＨ・Ｂの患者。ＣＴで素晴らしい脳出血像が見られた。Ko医長もＨ・ＢのＣＴは初めてとか。疲れたけど良い当直だった。しかし矢張Ｈ・Ｂは予後が悪く翌日死亡。明日解剖。忙しくて食事を取る閑もない。今日は全くＴＥＬの掛り通しだった。斯くも多忙を極める我一日よ。世界は10月になっている。神経セミナー合格。外科のTo医長より「ドックのＯさんは私の知人ですので宜しく。」との事。私は「35才だってねえ。」と云った所だ。10月26日に35才になったのだ。自分の年齢すらよく吟味し得ない位忙しい。まだまだ未熟の一言に尽きる。神経セミナーは一月４、５、６の三日間。皆に会える。神内のＣＰＣ少し難かしい症例。脳外科のYo医長も出席。今日整理してみると患者数１０７人の症例だ。30回目の当直明けの日、夜は、しじみのミソ汁、おでん、御飯は二人分、食べる。朝も鱈腹食べた。当直の腹イセは食事に来るらしい。所謂、ヤケ食いだ。私もこんな事をやるように発展（？）したようだ。ルンバール。ＣＰＣの原稿も書かなきゃ。バイト帰りはIz先生の車で帰る。CPCは座長を申し付かる。病院の外では又第九の季節が巡って来た。クルトアズアの第九を聞きに行く。東京文化会館へ。整然として良く練習出来ていた。もう第九も聞いたし安心して年越し出来る。久しぶりに美容院へ。凄い奇麗にセット出来た。2900円。CPC終る。脳外のDrは四人揃って来た。今年最後を飾って良かった。明日は冬至。忘年会。O患者の腹部腫瘍は血管写の結果、卵巣腫瘍。O患者は1月15日死亡。病理診断は「卵巣癌」。

(2) 国病清瀬へ紹介さる。拒絶す

クリスマスの日、Ko医長と会食。プリンスホテル。冬の夜、満月が掛って、はるか東の方に東一の灯が明滅している。Drのお話は清瀬の国立Hpで人を欲しがっている由。私はお断りした。8:00に別れる。Drは東一へ。昭和53年、正月元旦。昨年は誠に忙しかった。激務に次ぐ激務の毎日を送った。全く酷立病院だ。此頃一人言を云うようになった。老人痴呆の始まりかしら？　4日より7日迄神経セミナー。3日間の開催だが十分参加意義があった。明日から又激務だ。今年最初の当直はnp。食事は鱈腹詰め込む。Ko医長より厚生省の脱髄疾患のチラシを渡された。「行きます。」と返事。今年最初のCPCでは散散赤ッ恥を掻かされた。でも終った。物事には終りがある。そして年を重ねて行く。pm7:00より郵便貯金ホールでベートーベンの「悲愴ソナタ」を聞く。東一、四年目となる。当直が終り直ぐ内科CC神経内科症例。参加者も少なく余り奮わなかった。私が司会を務めた。当直の夜TV「愛欲」佐久間良子が「女」を演じ切る。彼の泥沼のような、私のそれも全く彼の通り。死ぬ迄それは続く。私は3年間で別れ、その後は一人で一人の生活に慣れてしまい、至上の精神的安寧を得て毎日を送っている。Ko医長よりお茶とマロングラッセを頂く。優雅な人だなぁ。Si女医が「あゝ死にたい。」と云っていた。「オー、ミーツー」同感!! 久し振りの休日。「子供の日」だ。ピアノに向う。モーツァルトソナタ第2番第2楽章、曲想は陰惨、且つ煽情的且つ優美とすべて引っ括めて、弾く時ゾッと肌に泡を生じる。曲がクライマックスになると隣家を建築中の大工がガッツンガッツンと金槌を打ち鳴らす。近所の皆がレコードを掛けたり、ハーモニカを吹いたりドラムをたたいたりして反応する。此の界隈は音楽コンサートに早変り。尤も弾奏者の私さえ居た堪まれない位の感動を覚えるもの。当然だ。此頃近所の皆が余りピアノの邪魔をしなくなった様。多分、時と慣れと理解か!? ドレミ哲学だ。今日は外来診療日だ。ハッと目覚めると、何たる事よ!! 8:45だ。「あっいけない。」飛び起る。急げ!! モコちゃん。9:15中野駅着。9:50東一外来へすっ跳び10時ジャスト診療開始。11:40迄に6人更に1:00迄4人計10人神経科の患者を診る。外来の途中Ko Drが研修医と食事しようと誘って下すった。OKする。「人間ドック」の患者が入院1週後、各種検査を終えて帰宅すると、ワイフが自殺していたと。ドックの患者の人生って色々だとは思っていたが、此うも痛ましい悲劇的なのは初めてだ。明日当直。バスの中で一句為す。「賢こさも中位なりオラが頭。」小林一茶の「嬉しさも中位なりオラが春。」と云うのは如何だろう。云い得てないか。ツェルニーの40、50番安川女史の「ピアノのテクニック。」を買う。ルンバール2件。品川のホテルパシフィックで神経内科学会。神内専門医試験落第（2度目）。秋は10月からアテネフランセで仏語を始めた。東一外来の神経内科に患者が来なくなって久しい。無意味な外来等中止したいが。一種の堕落か。来週のドック2人。転落か!?今の所、孤独な私の唯一の生甲斐はピアノだ。A・Fで仏語を始めたが仏語は英語、独語に比して難しい。私は如何して大学の教養で仏語を履習しなかったのか。仏語の基礎だけでも大学で出来てれば何でもないのに、何しろ勉強する時間がないのだから当然だ。仏語講師のマンギィ氏が私を「ファチーグ」だと云った。同感だ。私は疲れ切っている。でも休めない。36才の誕生日。家では糠味噌を作ってる。おいしくて感激した。ヒレカツと共に舌鼓を打つ。此れこそ私の口福だ。満足。感激。朝日グラフに樹海（山梨県青木ヶ原）が自殺名所として紹介してあった。樹海に一度踏み込むと二度と出られないと。しかし私は自殺するなら此の家で死ぬ。賃貸乍《なが》ら我家だもの。もう思い残す事も無いし如何なってもいい。死ぬ時は此処で服毒して死ぬ。当直明けだ。「やあれ、やれ、やれ、やれ」（これは「チボー家の人々」の主人公、「ジャック」の父親が尿毒症の発作が終る度に発する嘆息《たんそく》だ。

(3) 国病静岡へ紹介さる。拒絶す

11月に入りKo Drと夜、会食。仏料理のフルコース。今回は静岡の国病の話、即座に断った。私は東京に居たいのだ。唯それだけ。東一病院5年目だ。Ko Drより年賀状。有難く拝見。1月某日、看学の生徒が首吊自殺した由。毎日、落胆、無為、疲労困憊無気力が続く。37才にもなると肉体的にも可成ダメッジが来るようだ。歯が痛い。頬が腫れてる。調子悪い。私は長い12年の間無我夢中で頑張り続けて来たが、今頃少し息切れがして来たようだ。発条《ばね》の捻《ねじ》が錆つき、回転しなくなったよう。しかしピアノは極めたい。もう何も彼も要らない。沢山だという捨鉢な気持だ。唯食べて行けてピアノが弾けてそれだけで良い。私の生涯の意義は此れだけだったのだ。ピアノに到達する為の頑張りだったのだ。とも云える。それが得られた今ではもう頑張る気もしない。必要ない。その外の物は私にとってナンセンスなのだ。此間父から手紙が来ていた。父は酒席（?）で他人の保証人として判子を押してしまった。父は悪人に嵌《は》められたのだ。父は保証債務の責を取らされ、500～700万円の金が要るとの事。200万は何とかなるが500万のメドがつかないと。金を出さなければ、父母が心血を注いで築いた水俣の財産はすべて、相手方に没収されて了うと云う。重大な緊急連絡だ。私は吃驚もし、父に対する憐憫《れんびん》と、父の軽薄さに遣る方ない忿懣や、落胆も少なからず覚えた。しかし先ず父の急場を助けなくてはと思い、丁度持合せていた貯金500万円を即、送金した。私が昭和43年、上京時よりコツコツと貯めた金だ。でも良い。水俣の家屋敷が存続しなくては、私達、中村一家はどうにもならぬ。長女の私にも責任があるとの考えだ。

父にはそれで「確《しっ》かり頑張って」と声援を送り且つ私は父に永訣を告げた。「お父さんだけに云います。私はもう、駄目なの。駄目になっちゃったの。もう頑張れないのよ。今の元子は昔の、お父さんの元子とは違ってしまったの。御免なさい。堪忍して下さい。どうかどうか何時迄も長生きして元気で居て下さい。私の切なるお願いです。左様なら」。（しかし、父は此の事件が一因を為したか分らないが四ヶ月後に敢え無くも、亡くなる運命だったのだ。）父は私の守護神とも見做せる人だった。翌日、私は予約していた「第九」を聞きに行った。「オー、フロイデ」か。我がフロイデ（歓喜）は何処《いず》くにか有る。一人ぼっちの医学博士さん。でも私にはピアノが有る。ピアノは私を裏切らない。練習を重ねる毎に進歩が見える。私は此れだけは、私の物として取って置きたい。此の為にどんなにか、Ko医長に嘆かれたか計り知れない。此頃フゥーッと考え込んでしまう。此の5年間、私の、周囲には、色んな人との折衝があり、随分、見聞が広くなったが皆、無意味で無駄だった。彼方此方の風評にも構わず、ピアノを叩いた事だけが私の実だ。当直料が入り、お米20kg購入。此れで三ヶ月は安心だ。米が無いと不安で心は搔曇る。私はピアノに、趣味を越えて摺《のめ》り込んでいるが、人間に生れて、したい事をしなきゃ損だ。大学院のHm助教授が「有象《うぞう》無象《むぞう》の為に遣たい事、何も出来なかった。」と私に漏らしていたが、此れは彼が大学を去る時、私に洩らした真情吐露だ。短い一生なんだもの。私はもうすぐ40才だ。恐しい事に。ピアノは後10年も弾くと可成になる。ピアノの目に見える進歩は本当に私の喜びだ。楽しみの無かった私の生涯の内で此れが唯一の、私の勝得た物だ。父が云う、「自暴自棄は共に語るを得ず」と。私の行為行動は果して自暴自棄なのか。１９８０（S55）38才。東京16年目。正月も過ぎた。「数乃子」だけの正月。一人で世話ない。里芋の煮っころがし。正油と煮干で煮ただけだが、此れが旨くマッチして最高の味と、煮加減で舌鼓を打つ。毎日飽かず里芋を食べ（計6kg）実においしく、良く食べたものだ。

3　父の死（享年72才）精神的葛藤の只中へ

(1) 急報「父危篤」

昨夜から四時間毎にＴＥＬが鳴る。妹S子から「父危篤」の報。普段、患者の家族に「危篤」と告げてい乍ら、自分の父親が危篤と人に告げられると信じ難く且つ疑う。全く勝手が違って狼狽《うろた》て仕舞う。「お父さんが危篤？　え？　嘘？　何で急に、私に今迄何にも云わないで。」と母を非難したくもなる。「兎も角、こうしては居られない。」の焦ちに駆り立てられる。「どうすればいい？」「そうだ。」

(2)　即刻水俣へ行き、父に会うんだ!!

此の強烈な一想念が脳裏に閃いた。涙等出なかった。東一での大切な私の仕事、看学の講義、ドック、神内、病棟、外来患者、当直等すべてを打ち捨てて私は急遽、杉並の親戚のKz子と水俣に向う。「父が危篤!!」でも何か余りにも切実過ぎるし唐突だ。思い掛ない。父の死等有り得ない。その内、帰って父を吃驚させてやろう等と、楽しく再会を考えていた矢先だったのに余りに急だ。父が可哀想過ぎる。72才で死んじゃうの!?　一挙に奈落の底に一蹴された。オー。私の運命、何かに呪われてるのかしら。何も云えない。何も考えられない。「父が死ぬ、父が死ぬ。あの私のお父さんが!!　私の守り神のお父さんが、此の世で一番大切な愛する父が死んだりするものか」と悪い想念を振り払う。「お父さん。待っとらんな、すぐ行くで。」pm５：00到着。駅から病院へ直行する。

（3）病床の父

母が父に付き添っている。何か、此う尖った真黄色（黄疸）の顔。「嗚呼！　此れがお父さん⁉」と思う。父は僅かに眼を開ける。母から今迄の経過を聞き所見を取る。MG15位の黄疸だ。何となく気疎《きうと》い顔付で「言葉が良く回らないんだよ。」と母は云う。幾等《いくら》か朦朧《もうろう》気味。此れは肝脳疾患の肝腫由来の物か。高度の肝腫大。肝腫だ。上腹部殆んど占めている。ナーベルも全くの蛙腹を呈している。腹水がずっと腹部周囲にあり父は「御腹《おなか》がきつい。」と云う。右下肢の浮腫が強度。母は危篤状態として私を呼んだ由。父の受持医は私の一年後輩の医師だ。肝シンチで右葉の巨大な肝腫瘍の陰影（コールドスキャンニング）があり、癌性腹膜炎、巨脾を伴ない重症貧血及腹水を認める。その医師は肝シンチを遣った事で得得として得意そうに私に説明する。所が、此の場では残念乍ら私は飽く迄、患者の家族なんだ。そのシンチを受けた患者の苦痛は如何するんだ。此の大馬鹿野郎。父も駄目かと思い、暗然たる思いだ。「誰が父を此んなに成る迄放っといたのか。」と其奴に向って疼くような怒りが込み上げて来た。「もう何をしても無駄だ。」父は私に「検査が辛い。」と訴える。私はそれを聞き、父に「うん！　私が其奴に云って遣る。」と答えた。「父を実験動物みたいに使うんじゃないよ。此んな田舎Hpでシンチの後、如何処置したんだ。如何して大学に送らなかったのか。」「大学に送るなら今が一番です。」「遅すぎるから此う云ってるんじゃないか。」と私は怒りで爆発した。父は此の馬鹿医者に殺されたんだと云う怒りが拭おうとしても拭い切れなかった。全く怒髪天を突く思いに駆られた。その担当盆暗《ぼんくら》医師に、父の検査を一切止めろと私は命令した。「父が検査に対して苦痛を訴えているのを、あんたは聞いたのか。」同じ医師として又患者の側に立つ者として「患者に対して苦痛を与える検査等やるんじゃないの。単なる、あんたの自己満足に過ぎんじゃないのさ。父を慰み物にする気か?」「此んなのが医長? 治るもんも治りゃしないよ。」私も思わず気色ばむ。と同時に又怒りが私の体中にふつふつと湧き起る。その後は唯父に対する不憫さ、愛おしさが潮のように押寄せるだけだった。「お父さんはもう駄目だ。何をしても無駄だ。残ってる体力を消耗させないようにしてやるだけだ。」医師は制癌剤を使うと母に云っていた。母は何もわからぬ儘、承諾していた。此の末期に及んで制癌剤だと? 冗談じゃ無い。即刻止めろ!! 止めるんだとその医師に云った。父への医師の処遇に対する怒りの興奮が覚めると後は、私自身の腑甲斐無《ふがいな》さ、何故せめて父を診て遣ろうとしなかったのか? 父は一言だって自分の体の不調を云わなかった。「元子を煩わしてはいけない。勉強の妨げになる。」此れが父の理由だ。慙愧《ざんき》の念に耐えない。私は安心し切って父が病気、況《ま》して肝癌等と想像だにしなかった。私の至らなさ、傲慢さ、その為にこそ医師、医博迄も為ったんじゃないのか。涙は一滴も出なかった。何もかも激しい絶望感のみで私の心も頭も占められて帰宅した。妹のS子と「月之浦」へ。統合失調の末の妹の薬を取りに行く。鼠顔の貧相な顔貌の医師が精神科医とは？「カルテを見せてくれ」「嫌だ。」で此奴を散散小突き回して帰る。何か鬱積したものを吐き出したかった。外は真っ青な海が奇麗で桜ン坊が熟《な》っていた。

（4）父の文学への熱意何時何時迄も

父を見舞う。父は廻らぬ舌で自分の作品（「千鳥巣」に掲載された）の事と「面壁九年」「無一物無尽蔵」の境地乃至見解を述べる。「私の作品程優れた物は無い。」と父は断言する。私はその夜、半紙に「面壁九年」と「無一物無尽蔵」と大書して父の作品が掲載されている「千鳥巣」を一冊に綴じて父に持って行って上げた。思わず涙ぐんでしまう。可哀想な父。そして父が臥ていて見える角度に張って遣った。母が絆創膏で張ったのだ。燕が父の病室の窓の軒に巣を掛けて卵を抱いている。ヒナがかえる頃は父は何方の世界の人なのか。

此岸か彼岸か、でも吉兆だと思う。父は不眠を訴え、うとうとしている。S子と夜っぴて話す。am 4：00迄。Ko子は64kgの巨体を動かして父を見舞う。「一時は84kgあった」と父が云う。水俣の私の実家は和風二階建ての、薄暗い家で部屋数11室も有り、階段が多く足が痛かった。広くて暗くて音の無い墓場のような感じだ。TV、ステレオ、洗濯機、冷蔵庫等の家電はすべて揃い大きく立派。ベッド三基もある大きい御屋敷だ。父は今日、ちゃんと半座居になって御飯を食べよく喋ったが直ぐ横になった。父は私の為最期の有りっ丈の力を振り絞ったのだ。お父さん有難う。私は如何しても涙を拭い得なかった。此処一週間ばかり着たきり雀で父の看病に余念の無い母と交替して、風呂に入って着換えをして来いと母に家に帰って貰った。母から妹Ko子の病気の原因を聞いたが、然もありなんと思ったが私に云わせると、男の一人や二人何だと云うのだ。全くお話にならない。Ko子て生《うぶ》で歯痒い。Ko子と話してみたがIQは全く正常だ。万全だ。最後の夜だ。父の浮腫は少し退いたか。

(5) 帰京／父は逆に私を気遣う

今日は帰京する。8時に父の病室へ。「9：30出発。」だと云うと「私の事はいいから駅でゆっくりしろ。」と逆に父は私を気遣う。そして結局別れを告げて帰京した。しかし此れが父との今生の暇乞且つ父との永遠の別離の運命だったのだ。四日間の滞在なるも私はもっと居たかったが公務、それも東一病院の看護学院の講義を受け持った為、致し方無い。夜11時に東京の自宅に着き私は何時もの仕事に戻った。父の容態は少し持ち直したかに見えたが5日後に再び容態悪化した。私は思い浮かべる。ツルゲーネフの「父と子」で父親が息子バザーロフの死に面して「わしは天を呪うと云ったんだぞ。」と号泣する。妻と抱き合いさめざめと泣く。此の夫婦が本当に抱き合ったのは結婚以来、此の時が初めてであったと。如何にも死別の悲しき事よ。言葉に尽くせぬ、言葉を絶した悲しみの感情なのだ。新地の伯母（父の姉）を呼んだと。父は自らの死を悟ってたのかしら？　もっと生きててよ。生きてて欲しいのよ!!　お願い!!　お父さん、聞こえる？　オー神様、合掌。父を生かして下さい。お父さん生きてて、どうか未だ未だ死んじゃ駄目、早過ぎるよ。70になったばかりじゃない。世の中では若い内なんだよ。何で死ぬの。死んで何になるの。どうか生きててよ、必死で心で叫ぶ。お父さん私が、貴男が一番可愛がってた私が、お願いするのよ。どうか生きてて下さい。翌日のpm11：00、「S子からTEL、泣き崩れた彼女。父はその日に限ってS子の髪を撫でたり「さあ、出発の時だ」と繰り返すそう。死出の山への旅へ父は赴くのか？　父は駄目かなあ。明日ドックの採血が終わり次第、水俣へ帰る。翌朝6：00に起きKo医長に手紙を認める。8：00にTELするとKo Drは在室。思わず私は泣きそうになる。「すぐ行ってらっしゃい。」と彼は云う。9：30に採血。11：00に新幹線。pm5：56博多着。タクシーを飛ばし病院に行ったが、すでにベッドは蛻《もぬけ》の殻《から》。「父は何処？」と思うが無感情。嗚呼!!　己んぬるかな！　結局間に合わなかった。嗚呼。私は間に合わなかったの!!

(6) 父の死、天を呪うべきか

父はpm2：56に息を引き取ったそう。私は力無く惚《ほう》けた様に歩いて家に着く。「忌中」と。

黒と白の段だら幕が張り巡らされてる。父はもう「写真の人」となっていた。「お父さん唯今。御免な、急いだばってん、間に合わんじゃった。きつかったなあ。」父の冥福を祈る。合掌。父の姉のお貞伯母さんが、ちんと畏まって坐っている。伯母の前に坐って深々と御辞儀をして「お見送り有難う御座居ます。」と挨拶した。そして会葬礼状を包む手伝いをした。やがて、三人の伯母は帰った。夕食は菜っ葉ばかりの「精進断」である。次はS子の話である。父はpm2：56（私が新幹線で大口開いて連日の疲れに寝入っていた頃）に息を引き取ったと。5／9、5／10の両日、嘔吐が続き何も食べず無尿となる。9日の夜から譫言《うわごと》を云い出して「さあ出発の日だ」筆で書こうとしたが書けなかった。翌、10日はずっと譫言の言い通しだが私の名を聞くとカッと眼を見開いた。と、しかし、11日朝から物を云わなくなり3時頃「S子頼んだぞ」と云い残して其の儘昏睡状態。12日お昼から下顎呼吸（Ko子曰く）2：56分ガガーッと吐血しそして息を引き取った、と。S子は少しも恐れず吐血を拭き取って遣った。父は可成体が重かったそう。父に線香を立てる。

（7）父を想う。飽く迄不運な父と私

今日は御通夜で線香を絶やしてはいけない。父よどうぞ安らかに眠らせ給え。触ってみたら冷たい。死んでしまったんだ。しかし既に私は帰京の朝父とはお別れしたんだ。父は苦悶の跡も無く自分で眼を閉じて死んだのだ。可哀想な父。言葉も出ない。父は以前、私に云った。「お父さんが死んだら葬式なんぞ要らないから私の業績をずっと述べてくれ。」と笑い乍ら云っていた。彼の頃元気だったんだもの。今私が父に為て遣れるのは此の事だけだ。母に話すと「そうして良い」と。私は父の亡くなった夜、72才2ヶ月の御棺の父に付添い、御通夜番をする。線香を絶やさず燃やすのだ。母が私に菩提樹の念珠（父が生前愛用していた物）と死ぬ時迄身に付けていた腕時計を父の形見だと私に手渡した。私を溺愛してくれた父。此にちっとも応えず私は東京で一人遣りたい放題をして故意に父を避けるようにした。私は父の愛を拒み続けた。私は自分の弱さを父に見せまいと腐心したのだ。父はそれを至らぬ父親への娘の恨みと受け取っていたようだ。嘘だ!! 嘘だよ!! お父さん。とんでもない。そんなことがあるものか。恨むなんて、そんな事一顧だにしなかった。父は父の人生、私は私で行くサ。全く別だと割り切ってドライに考えていたのだ。が、父の人生は私の事だけだったのだ。親心って悲し過ぎる。私は此の、父の死に際して初めて思い知らされたのだ。こんなに死んじゃう迄？ それが私には分からなかったんだ。昭和43年7月某日、父の冷たい一言、「お前は結核患者から金は貰って呉れるな。東京へお帰り。お前は一人で遣って行け。」と父は私を突き放した。此の詞がすべてだった。私は生涯父と訣別の道を取ったのだ。一切父の世話なんかにならない。絶対になるもんかと。その為私は東京に在って一度も父の前に自分を現す事をしなかった。父が、私が学位を摂った時、帰って来いとTELを掛けてきた時も「何て間がいいんでしょ」「何を今更」としか思わず、冷笑しか浮かべ得なかった。又Ko子を伴って、父が東京に私を訪なった時もそっけなく応対したに過ぎなかった。私は父を避け続けたのだ。母から聞いた。「お父さんな、もうちゃんの事ばっかり。」と。涙で掻き曇って母の顔もボーッとしか見えなかった。父の線香は未だ燃え続けている。Ko子は太っているのにバナナをもりもり食べている。私達は父のお棺の前にお菓子や食事を運んで母、私、S子、Ko子とお棺の父と5人で一つのテーブルを囲んだ。「お父さん、左様なら。」父は5日の朝、あんなに私の事を気遣い、「元子、元気でいるんだぞ。」と云って呉れたのに、逆に私にそう云ったのに……。私は朝5時に寝た。母と交替して線香番を替わった。朝9時起床。お棺の父は鼻出血があったので母はそれを丁寧に拭き取った。夜、隣保班の人々が遣って来て母は黒い羽織を着て応対していた。疲れ切っているらしく左の眼瞼下垂がある。夜は親戚が三人で御通夜番に泊まってくれた。線香が燃やし続けられた。

(8) 父よ安かれ。父の告別式（父に献げる詞——父への鎮魂歌）

父の没後三日目は父の告別式だ。朝6時起床。私の、伸びっ切りで手入れしない「髪を如何にかして喪服を着ろ。」とS子が命令するので二階に逃げていた。御負に下痢している。

「元子姉ちゃん、美容院に行け。」と又S子の命令が下る。伯母方は皆喪服に着替えている。母もそう。私はもう嫌でしょうがないが、父から離れたく無かったのだ。しかし父の為に腰を上げる。髪をアップにして生まれて初めて喪服（着物）を着た。着物の下には帯11本。「ウワーッ。痩せてますね。」と美容院の着付け師が吃驚して云う。帯を11本締めて胸がきついの何のって、こりゃ人間じゃない。人形だ。又草履に足袋で歩くのおっかなびっくりだ。「生まれて初めてだもの。」11：30に家に着く。「まあ、奇麗」Kz子が云う。彼女の批評は「清楚で奇麗」だそう。12：30から葬儀並びに告別式である。二人坊主が来る。西念寺浄土真宗だそう。中村家の菩提寺は浜の源光寺だが、母は伯母等に教えられ此方の寺に替えたらしい。父の姉のお貞伯母は「あれ!? 何時宗旨替えしたっやろか。」と首を傾げる。何方でも良かろう。しかし父はどう思うか。読経の後、司法書士会の会長挨拶及弔辞。次に土地家屋調査士会会長の弔辞。最後に長女元子による「父に献げる詞」を私は読み上げる。私が涙乍らに昨日の朝作った「父への鎮魂の詞」だ。「どうぞ、お父さん聞いて下さい。」父から教わった事を綴《つづ》り合わせた文である。焼香が回される。その後最後の別れで花を一杯に棺に詰める。父のお棺には白と黄とピンクの菊を入れた。「お父さん、左様なら。」と呟き乍ら。そしてお棺の蓋をする。最後のお別れ。お棺に釘を打つ。遺族は一本ずつ。姻族は1／2本ずつ打ち込む。涙が流れる。「あゝ釘を打つのは嫌だ。」と思うがガンガン打った。釘を打たぬと父は冥土へ旅立てない。そして出棺。私は父の写真を抱く。母が御位牌、S子は花を持つ。そして近隣の人と親族代表のお貞伯母さんの息子重男氏とが最期の挨拶。皆が内内から見ている。まじまじと私の顔をみている。視線がぶつかる。私は好奇の的らしい。

(9) 父の野辺送り

母と私は霊柩車に乗り込む。車内には笙《しょう》、ヒチリキの音が流れている。父の野辺送りである。涙がツーッと流れる。そして焼場に着き、又合掌。南無阿弥陀仏。そして父は茶毘《だび》に付された。長女の私が炉のスイッチを入れる。葬儀が終わった。4：15に再びお骨を拾いに行く。喪服を脱いで今度はお骨を抱いた。父の骨がバラバラに入っている。足、骨盤、肋骨、喉仏、頭蓋骨と順に八個の骨を骨壷に入れる。父の法名は「釈唯徹位」だ。父はもう仏様なんだ。帰りはお骨を抱いて帰る。父のまだ暖かいお骨が私のお腹に直に触れる。そして皆でお茶を飲んで三々五々と帰って行った。

(10) 事後処置及家族会議

6時に夕飯だ。煮〆めとお茶と菜っ葉だ。Kz子を交えた5人で食べる。その後、香典開き。84人参賀で95万余円だ。礼状は300枚作ったが1／3で済む。後は皆で家族会議。父の全財産を私は相続した後相続登記が残る。その夜S子と朝4時まで話す。Ko子の病気の今後の対処であるが結論は出ない。5／15帰京。初七日はS子が残って遣ると。正午に再び皆で父の霊前に集って線香を立てる。仏になってからは2本立てる。午後9：00に東京の我家に着く。母に直ぐ200万送金する。父の乳を呑んで育った私。父よ左様なら、父よ永遠なれ。父は何時迄も私の心に住んでいる。考えると金が足りない。とても足りない。母に追って50万の追加金を送る。母はお墓を作るのに余念が無い。私は直ぐに看学の授業が始まった。もう喋りまくった。明日はKo Drが帰る。Ko Drが抄読集を買って来て下すった。3000円、外来が七人。O患者下血、死亡し解剖に廻す。Ko Drのcpc、8：00に終る。神内専門医の試験落第。此れは真剣勝負の試験の結果では無い。無準備のまま試験の当日に出て答案を書いて提出するだけに終った結果だ如何した事か、今一つ真剣に取り組めないのだ。此れ迄、私は、此う云う状態で如何なる試験にも臨んだ事はない。試験て、こんな状態で受けるものではない。全く無意味だ。此頃病院は殆んど休んでいる。疲れるのだ。ドックの反動で（単なる言訳）余計休んでしまう。病院を止めようと決心して如何《いつか》な止めようとしない。生気地《いくじ》無しの優柔不断な私。体がきついし意欲も無いのだ。遣る気も失せ果てた。何故か分らぬ。病院には、惰性で行ってるだけだ。それもやっとの思いで。何に甘えているのか、Ko Drが怒る筈だ。一週間午前中しか出ていない。それで良く通るもんだ。自ら鞭打つのだが如何せん、心も体も動かない。私の6年間の患者数も少ない。実に少ない。嫌々乍ら過してしまい、しかも後日の備えも無い。家の道路側の窓ガラスが割られた。それ以前に外燈が割られた。同じ奴の仕業だ。良くみると丸く奇麗にガラスを切ってある。意図的なものだ。私のピアノが煩いのかしら。でも只で殺されたりはしないぞ。其奴《そやつ》を噛み殺してやる。泥棒にしては窓の格子を如何するのか。それに泥棒ならもっと鍵に近い所を破るだろう。隣の奴かしら。不愉快極まる。私が高校の頃父の家もガラス戸を投石によって五度に渡り破砕され私達一家を恐怖に落し入れた事があったっけ。外燈も割られているし木は丸裸だし生活全体が乱脈で、何か、ガタピシ傾《かし》いでいるよう。38才で年取った所為か。此の家を出るとすれば何処が良かろう。「死は一切を包み一切を静める。」MSの患者が右眼も失明した。打つ手は無いのか。お彼岸だ。母の所へ5／9～8／9、4日間帰り、少し落着いた。母は「伊佐《いさ》木《き》」「黍魚子《きびなご》」「アオサ」等、地魚で心から私を持て成してくれた。有難う。お母さん。達者でな。父に劣らず母も本当に真心の人だ。父の「無門関」を持って帰った。父よ、安らかにお休み下さい。合掌。母が毎日御仏飯を献げている。9月の何時からか私は無門慧開《むもんえかい》の「無門関」を読み乍ら寝る日が多くなった。……雪の（輝く）アルプスに馬で登って行く一人の女がいる。私なのだ。私の声が遠くから（聞こえる）。「……引き返して!!」はっきりとそれに「嫌です。」と馬上の私は、私の声に答えた。私は死に場所を求めてアルプスに行ったのだ。夢だ。はっと私は眼が醒めて、如何しても堪え切れなくてさめざめと咽《むせ》び泣いた。何か一時に堪えていたものがどっと堰《せき》を切ったように流れ出し声を上げて泣いた。泣声を枕で噛み殺したが「泣いたってしょうがないじゃないか。」と自分に云い聞かせていた。父の死以来初めて泣いた。時に如何しようもなく泣く事はあったが、此んなに声を出して号泣したのは初めてだった。四ヶ月後、朝5：30父の霊に出会った。父は黙って俯《うつむ》いて、冷たい廊下に正座していた。日を受けているのに顔が暗いのだ。私は父に座布団を勧めた。「お父さん、此るば敷かんな。」と。その座布団は毛布を祈り重ねた物で、その毛布はお棺に横たわる父を被っていた、ブルーとオレンジの、以前父から私に贈られた物だった。父はお棺から此の毛布を撥ね除けて出て来たのか？　父は笑っているのか顔が暗くて見えないが正《まさ》しく父だった。母とS子に此の事を知らせる。母は「父の夢は私が疲れていたんだろう」と云い、S子は「父は姉さんに会いたかったんだろう。」と各々返事が来た。私は白菊を買求め父に供えた。

(11)　父恋しの念、弥増すばかり

早や39才となる。「父の記」を出版しよう。私の愛する父。父恋しの念が弥増《いやま》しに私の頭を占領してしまう。父の病床で私が母にKo子の事を尋ねた時、父は「私が貧乏な為だ。貧乏だからだ。」と悔しそうに云った。「此方《こっち》だって法律家ですよ。ああ法律家ですとも。」「彼奴がメチャクチャにしてしまったんだ。」「唯、手を振っただけだ。又おかしかったから笑ったんだ。コンパにはわしが出るなと云って聞かせたんだ。」と激しくKo子を弁護していた。「84kgあったんだ。」「わしは重病になって三度も死懸《しにかけ》たんだ。泥の付いた儘の大根を食べたんだ。飯盒《はんごう》一杯を二人で食べたから、とても足りなくてねえ。」「それで三日三晩意識が無かったんだ。それでも結局生きていた。」と母は微笑んで父の云う事に相槌を打っていた。今回もそうあれかしと父は願いたかったのか？　私も母もそう願いたかった。「私は志賀直哉には私の師と仰げるものがあった。相通ずるものがあった。彼も貧乏だったからね。」と志賀直哉への共感を私に語った。一つ一つ緩《ゆつくり》と思い巡らすように喋べる。『千鳥巣』に寄稿したんじゃ。此の人は書くなつうて怒るんだよ。」と母をみて云う。「『陣内河畔ち何かな？』だってさ。無学な奴等だ。」と笑って云う。私が「お父さんのは群を抜いてる。私はお父さんのしか読まなかった。外のは唯の作文に過ぎないよ。」と云うと「そう」と頷いて又横になった。父と一番話したかった事が話せて本当に良かった。此の時は私も父も全く死等思いも寄らなかった。広辞苑を5000円で購入。更に父は云う。「そう、無一物無尽蔵、面壁九年が私の得た哲学だ。」「黄疸？　黄疸はなかろうが」「うん、なか」と私は云った。痛ましい父。私は如何して此の父を此んなになる迄放ったらかしにしたんだろう。不可解なのだ。今考えると私は父の誕生祝いは勿論、60才の祖先帰りや古希の祝いすら何もして遣らなかったのだ。(勿論そんなのを求める父でも無いが。)それ程自分の事に感敗《かま》けていたのか。全く罰当りの情無しの私だ。蓋し、S43、帰省した私は「自活せよ。」との父の諫言《かんげん》を受け必死に頑張り、そして幾何《いくばく》かの力と周囲との協調で、遣って行けるようになった。私は何時《いつ》しか、父を自らの生活の範疇《はんちゅう》外の人間としてしか見ないようになって行った。極端に云えば父は自分にとっては無用の余計物に過ぎなかったのだ。長い間、遠隔の地における疎外が此うさせたのか。私は分からない。私は相談相手の父とはみるが、父の本来の人間性、父と子の関係等を見失っていたのだ。私の生活には父の介在を必要としなかったのだ。一方父は、最愛の娘の事のみを心の縁《よすが》としていたのだ。娘は自分自身の範疇外にしか父を置いていなかった。父親は自らのテリトリー外、エリア外の人間にすぎなかったのだ。ところが父を失って初めて母から父の事を聞き、「嗚呼。お父さん、今更遅いよ。」と云うしかなかったのだ。お父さん御免なさい。私は長い間お父さんを誤解していたようです。私の思い上がりをお許し下さいと父の墓に額づくしかない。合掌。謝ってももう遅いよ。どんなにか父は最愛の娘に会いたくて娘に認めて貰いたかったろうに。御免なさいお父さん。私は残る生涯父を厚く供養しよう。父に深く深く頭を下げたい。父は何となく気怠《けだる》そうな舌足らずな口の利き方である。早く喋ると消耗するのだろう。嗚呼!! 我父は死に給いぬ。死は万人を襲うものと思うが父だけは思い切れない。秋深し。木枯らしが吹く。12月に家に帰った。母は母だ。優しい人柄で何呉《なにくれ》と気働きが良い。Ko子はデップリ太りアパーティッシュだが幾分優しさが出て来たよう。

今月の外来は薬出しが多く忙しい。病棟ではMSのS患者がどうも良くない。院長は又プレドニンに換えたがいいと。大晦日だ。私は直明け。買物、数乃子、鮭燻製、ハム、卵等買う。除夜の鐘、堪能する迄聞く。玉露で数乃子を食べる。

昭和56年正月元旦、在京17年目だ。年賀状10通。昨年の父の没後七ヶ月目だ。私は大いなる精神的受難を蒙り、大打撃であった。人の命の儚さ。死は容赦なく人を見舞う。床の間は父の位碑と念珠と灰皿（線香受け）のみとした。小さい御仏壇を買おう。私の年頭の詞「山又山有。河又河有。然れど陽気の発する拠、金石も亦透る。精神一到、何事、哉不成。」本年度は5日、御用始め。仕事が多くなりそう。今月から弁当箱は「がえ」（曲げ輪っぱ）に詰める父の形見だ。風情もある。KoDr回診。私は既にKoDrの影響を完全に脱し得た。何の感慨も湧かず憎しみも何も無い。看学の試験の採点をKoDrに渡す。外来10人。12時に終り14時には帰る。

（12）父亡き後、無為無気力に陥る

父没後此頃、勉強は手に付かず、遣るべきを遣らず仕舞。今後如何するのか、如何したいのか、皆目分らぬ。東一の机は、略《ほぼ》整理終る。何か苦労するのが、嫌になり、のらくらになっちゃった。「人生即努力」は釈迦の教えだが私はその努力すら厭うようになった。遣りたい人が遣りゃあいいさ、と考える。自分は御免だと。何が此う私を無為無気力、無力にさせたのか、自分の張合の無さ。「線路が無くなりや脱線のアジャパーよ」を実行中か。ぼんやりと机の前に坐りピアノを弾き入浴をし、朝3時迄机に坐り昼近く迄寝ている。父の死後私は全く別の人間になってしまった。駄目だ。人生観もすべて、狂ってしまい生き甲斐も無い。死のうとも考えない。蓋《けだし》、私は父の生前、如何に私が精神的に父に依存していたかが如実に分った。外面は父等テリトリー外において置き乍ら、そうでは無かったのだ。父が亡くなって初めて私の眼前に、父が大きくクローズアップされて来たのだ。今迄の私は、父が見ている。父が批判する。父が誉める、或いは貶《けな》す、又父自身の好悪《こうお》を私に話す。或いは手紙に書く或いはＴＥＬ。こうした何でもない事の累積で、私は自分の一進一退を画り決定していたのだ。父なら如何するかと先ず自分に問うていたのだ。知らず知らず、それが私の信条となり又メルクマール注⑯となって、それを行動に移していたのだ。所が今はそうした父による道程がすべて無くなってしまった。私は風に漂う一匹の蚊トンボみたいなのだ。努力

⑯指標・目印

してみて、頑張ってみて、それが何になる。私を評価してくれる一番頼りにしている父がもう居ないのだ。誰も私を見ていない。私の存在は父の死によって消えてしまったのだ。残った私は魂の抜殻、及至残骸でしか無い。これが私の無気力、無力、無為の原因なのだ。「オー。父よ私は如何すれば良い？」兎も角私は極言すれば今迄すべてを父に負うて来たのだ。父の為に生きて来たし頑張っても来たのだ。父も死んで今迄の私も死んだ訳だ。如何とも為し難い。私は父という絶大なる支柱を全く失ってしまったのだ。論証学的見方をすれば父親束縛の子がその父親を亡くしてしまって、戸惑い途方に暮れてる訳だ。父は私から遠隔に居乍ら私は父の気をちゃんと受けて行動していたのか。親子の絆ってそんなに強い物なのか。此れがもう無いのだ。全く無いのだ。零。ナッシングなんだ。私は父の操る木偶人形だったのだ。母が云った。「お父さんは、もうちゃんの事ばっかり。」と、要するに平たく云えば父は子離れが出来ていないし最愛の娘は親離れが出来ていなかったのだ。父無き後は、「父は、父ならどうするか」では無く「自分は如何するのか」だ。独断的となるのだ。その素地が私には不十分だ。今や、準備状態の段階だ。自分で自分を充実させ満足させる他ない。それには矢張自分が行動せねばならぬ。以上が私の持論だ。扨、私の仕事だ。ルンバール2件。母からの荷物「あみ」の塩漬を受取る。「あみ」の適量を葱と一緒にホイルで焼く。「あみ」のお茶漬けが、どんなにおいしいか知る人ぞ知るだ。

(13) ＭＳの患者をＪ大病院へ送る

私はＭＳの患者が、今、両眼失明し、その治療を如何すべきか日夜考え捲《あぐ》ねていたのだが、結局今、新しい療法として「プラズマフレシス」注⑰を此の患者にやってみてはどうかと思い、Ｊ大学のNr教授に意見を伺ってみた。

日本での此の療法の第一人者である。ＭＳ患者の「プラズマフレシス」をお願いして快諾を得た。更にpm１：30に教授より、ＴＥＬあり。「明日pm３：00に入院させるように」との事。有難く承った。Ko医長にも直ぐ連絡する。Ｓ患者は激動が可哀想だが。Ｊ大の助教授の診察その後ディスカッション。ＣＴはｎ・ｂその事で99％ＭＳであると。後はプラズマフレシスをＳ患者の夫に承諾して貰う。東一神内の司会４：00からだ。

七章　更なる転落への一歩を進める

此れ迄、私の稚拙な恋から、此の独身の、身一つの孤独に浸る迄、良く耐えて来た。しかし此れから年も取るし又一段と大変になる。心して頑張る事にする。私は父亡き後、すべて、独断的となるが、自分の無気力、無為、無力、他への無関心、此れ等の現状態を打開する為に自分が満足し、しかも充実感を味わえる所の何か、即ち熱中出来る物の必要を感じ

⑰ＭＳの新しい療法

て、その為には、自ら行動するしかないと心に決めた。その手段としてＧＰを購入する事にした。しかし結果的には臨床医への研学とは全く逆方向に、ＧＰに夢中にのめり込み、自分で自分の墓穴を掘る、即ち自己破綻の道を転がり落ちて行ったのだ。勿論此の時点ではＧＰの弾奏がピアノよりも、もっと重度の、のめり込みとなるのを予知さえも出来なかった。

１　グランドピアノ購入

ＧＰの購入。３００万円。期限は半年。７月にＧＰを入れる。此れを家に、安置するのは、全く至難事だった。何しろ、図体がでかいので入れる方も必死である。どうやら無事に納まった。象牙と黒檀のセミコン用のＧＰだ。（世界のショパン・コンクールでも此のピアノが使われると聞く）ＧＰの代金を払う為急遽バイトが必要。一応バイトはあった。此頃、Hp迄忙しいのだ。家では朝方本を読む。日中は暑くて叶わぬ。色色問題は山積みだが、先ず、３００万の借金を返済して了おう。

母から手紙。母は本当に優しい掛替えの無い人だ。明日、東一の外来。看学の試験問題を作らねばならない。茹だるような暑さが続く。Ko子よりハマナスの便り。彼女のプレゼントは針刺。彼女は自分の前髪を入れて作ったそう。有難う。心がこもってて感激しちゃった。母から６kgの小包み。郵便局留置。もう糞重く歯軋りし乍ら運んだ。でも開けてみて色んな物が入っていて嬉しかった。母にTELすると2個送ったと。又取りに行かなきゃ。オー。歯が鳴るよ。母からの2つ目の荷物。有難う。此れも重かった。歯をカチカチ鳴らして頑張って郵便局から運ぶ。今日、運悪くKo Drから見つかっちゃった。「学会抄録は送ったか。」と聞かれたので「いいえ。」と答えた所、慌てふためいていた。到頭此れを書く破目になった。ドジふんだな。母の寒漬、手作りの「正油の実」は抜群の味だ。

2 医師の休暇とは何ぞや

(1) 国際神経学会に出席

学会出席前日、am8:00にK患者脳梗塞と診断し、一応の治療を指示し、リコール[注⑱]を研修医に頼んだ。9/20~9/26日迄、学会出席の為京都へ赴く。私は此処の夕食で初めてシュークルート(生ハム)を賞味した。ディナーパーティー等、一週間、何もかも忘れて本当に楽しかった。

(2) 母の待つ故郷へ帰省(5日間)

10月末、帰省。矢張り故郷の我家はいい。昨日から待っていたそうだ。熟柿を七個食べる。何とも云えぬ自然の甘味が素晴らしい。鯛のお頭付。御強《おこわ》等盛沢山。食べ過ぎ、終にam

3：00嘔吐。まあ苦しかった事。楽あれば苦有りか。至言だ。翌日は母と、父の墓前に赴き菊花を手向けた。「お父さん。どうか安らかに。そして私達をお守り下さい。」合掌礼拝。父の冥福を祈る。その日に帰京。しかし10日以上に及ぶ此の国際学会及び故郷への帰省は結局、「九仞《きゆうじん》の功を一簣《いっき》に虧《か》く」の結末を招来する結果に外ならなかったのだ。Ko医長始め神経科に於る此れ迄の信用を失墜してしまった。神内の医師として、Ko医長の配下として面目無い事をしたと反省する。帰京後病棟回診。Ku患者4日後に死亡。Mu患者CTの為来院したが翌日死亡。同日S患者が死亡。計三人が続けて死亡した。私は患者の病態把握が出来無くなっている!! 愕然とした。我乍ら医師の資格を疑う。詰所《つまるところ》医師に私的な休暇等無いという事。今日は関東地方会の打合せでKo Drの部屋に伺う。「紅茶は要りませんか。」断る。私は所詮、此のDrの配下では無い。なりたくもない。しかし現境遇では致方無いので配下としての義務だけはきちんと果たそうと思う。関東地方会、パラパラとしか人の居ない閑散たるもの。質問は特に無かった。終わった。久し振りに緩りと息を付く。11月も終わる頃、Ko Drより私の誤診によって、保険請求が45万円削られたと聞く。「ああ、あの患者は死亡したばかりか、病院に負債まで、負わせたのか。」私が留守中の事であるがすべて私の過失である。誤診!? しかし此の誤診については二、三疑念を正したい事が必要だと思ったがその場では「ああそうですか。」と云っただけだった。私を誤診と糾弾《きゆうだん》し排斥《はいせき》しようとする手立てなのか、私は私の保険請求は自分で遣ると云うとKo Drは又攻勢を仕掛けて来るだろう。しかし実際の所、振返って見ると兎も角、7月から10月迄全く落着けなかった。落着かなくちゃいけない。失敗しちゃうぞ。嗚呼!! 余りにも忙しい。忙し過ぎるのだ。診療、ドック、看学、バイト、ピアノと全く落着いて坐る事が無いのだ。今迄を反省して、じいっと落着くのだ。7月にGPを買い借金280万。その返済の為にバイト。8、9、10月は九州に帰省、京都の学会出席で病院を後にした。その後立て続けに四人死亡。三人は私がHpに帰ってからだが一人は私の留守中に死亡している。しかし当然だ。実際患者と向い合いじっくり診るなんて出来なかったのだ。医師として致命的失格だ。反省する。此れから反省を兼ね診療且つ医師たる事に徹するのだ。兎も角落着くのだ。病院から出ない事。ふらふら彼方此方動いて愛嬌を振り撒いてちゃ駄目だ。どっしりと病院に腰を落着けるのだ。これが第一だ。以前に帰るのだ。元子の名前通りに元に戻るのだ。母から父の為にと鐘（おりん）と鐘用小座布団、線香、蠟燭《ろうそく》等が送られて来た。毎日父へお参りする。お父さん、どうかお守りください。嗚呼、結局頼れるのは自分自身以外に無い。自分のみなのだと痛感。健《したたか》に行くのだ。負けるな。泣くな。後や横を見るな。自分を信じて前進あるのみ。勉強して得た自分の知識を楯《たて》とするのだ。それ以外に無い。絶対に負けない。死物狂いで頑張るのだ。此れが唯の掛声に終わらないようにしなきゃ。帰り途に買った白菊を父に手向ける。200円で5本も買えた。美しい白菊。父の写真を壁に掛けた。ピアノ代金、残額１２６万支払い、厄介払いをした。東京15年目の正月が来る。一人の生活も慣れた。此頃自分が医師として適性が無い事を痛切に感じる。私は全く自己本位で、他人等、如何でもいいのだ。（父を除いて。）他人が死のうと生きようと唯私は自分の本性しか眼に見えない。考え得ないのだ。自分あっての人でしかない。此の事は本質的な問題であって対策を回《めぐ》らす事で改善するものでもない。矢張り、生得観念と後天的な知識とは全く別個なのだ。医師の役業は後の範疇に入り、云わば唯の仕事即ち業《なりわい》に過ぎない。此れに浸り切れない訳だ。クリスマス・イブ。私へのサンタのプレゼントは当直に於ける患者零人。今年最後の買物、カズノコ（3万3千円分、買う。）牛肉等を買う。父亡き後、昭和55年より、3年目に入ろうとしている。お父さん、安らかにお休み下さい。合掌。唯、今でも心残りなのは、私が生前の父を蔑《ないがしろ》にして、あんな重態になる迄放って置いた事。又父も私に迷惑懸けないように、そればかりを気にして自分の体の不調を一言も訴えず忍の一字だったという事だ。本当に気の毒な父。慙愧の念に堪えない。私と父とはすれ違いの親子だったんだ。おたがいに噛み合わない歯車同志だったんだ。お父さん本当に御免なさい。済みませんでした。父の冥福を心から祈る。合掌礼拝。

3　今年一年の総括（38才を振り返る）

①昨年、日本で最初のMS患者のプラズマフレシス療法に東一神内のS患者を出す（J大Nr教授）。②2月某日、T大To教授とKo大I教授及KoDrと薬品会社のKさんと私の五人で会合。Kr患者の事で私は研修医としてKr患者の担当医となった。③NPH[注⑲]のC・C北大のM女医が良く勉強する。私はC・Cの司会を務める。5月頃より私はKo医長へ少なからぬ不信感を覚えるようになり、それ迄それこそ誠心誠意私は努めた積りだ。しかし、それはもう止す。義務を果たしさえすればそれでいいじゃないかという考えに変わったのだ。7月にGPを購入。私は借金返済の責務を負いバイトを見つけ約束の12月に全額返済とした。④9／24より4日間京都へ世界神経学会出席、東京に帰って平板で唯忙しいだけの毎日。⑤10月末帰省。⑥11月は私の患者が四人死亡した。東一外来で三人。病棟で一人、此れは脳梗塞と誤診し45万円の損失を病院に負わせたと。しかしこれは一考を要する。本当に誤診なのか。話は今更となるが私は指示は出したが留守だったのだ、その間誰も此の患者を診なかったのか不審だ。それと「出血性脳梗塞」で説明出来ないか？　等の考察及疑問の余地を残す。死亡者は高齢者である程度致方無いと自分で諦めている。何れにせよ、気が弛み油断した結果だ。恐ろしい事だ。蓋し医師って本当に厳しい業だと熟《つくづく》思う。矢張私の気持の動揺の現れだ。何もかも超然と不動心で出来ればいいのだが、何しろ私は気が小さ過ぎる。⑦11月の内科地

方会で脊髄横断症状に多種の脳症状を合併した症例を発表。小さいいざこざも多数含めてすべて終結した。学問の中に生活を（バイトやピアノ）を持込むから、こう為るのだ。しかしピアノだけは叩いていたい。私の切なる願いだ。私は39才、東一、八年目。正月元旦。N患者42℃発熱。是が非でも死なす訳には行かぬ。pm 4：00には38℃に解熱。年賀状数枚直《ちょく》明《あけ》。No Drより一通嬉しい。彼は力強く折目正しく優秀で理想的な人だが、あまり家庭的には幸福では無かったらしい。全く十全は有得ないって真理だ。御自愛下さい。Ko子より紅梅の葉書。彼女の優しい心づかいが嬉しい。御用始め。Ko Drはとても張切って元気だった。母とKo子さんより手紙各一通。すぐ返事を認める。厚生省のギラン・バレー班員会。Ko Drと出席。3／31、Ko Drが退職。4月新任の医長就任。あまり関与しない事にする。

4　今後の進退への躊躇と葛藤

“To stay or not to stay. It is a question.”

私は今年8月末より、小説を読み耽る。何か私の人生に左程考えもしなかったのに考えざるを得ない事態が生じている。しかも、此の儘ではいけない。我が身を滅ぼし兼ねない。私が今迄遣ってきた事は、小説を読み耽り、唯、唯今の此の苦境をはぐらかし誤魔化しているに過ぎない。単なる時間稼ぎか。或いは苦し紛れの自己瞞着（欺瞞）の結果の自己逃避かだ。8月末130冊の文学書を買い求め、飽く事なく読み耽り二ヶ月で読了、時間稼ぎだ。唯単に苦しい決定を先延ばしにしているに過ぎない。或いは、或る苦しい事を断行する前に、或いは此れを断行するに当たっての自らの態度の裏付けとしての土台を小説の中に、過去の作家達に見い出す為の瀬踏み的な事なのか、何れも幾等《いくら》か責が有るかもしれない。唯、従来と違った自分の生活を打ち立てて行かねばならない事は分かった。が踏み切れない。如何しても尻込みして判断出来ない。しかし小説を300余読んで、今後の生活方針を示すべく何かを得たかと云うとナッシング、皆無、零だ。唯の時間のロスに過ぎなかった事が自分にも判明しただけだ。大学院卒後、国立東一病院と云う国家的保護から解かれ世間一般の市井《しせい》の病院の只中に出て行く事(私の人生の何度目かの岐路)に立ち向かい此れを如何、乗り切るかを解決しなければならぬ。蓋、現下の私はKo医長の後任の、此の医長の下では研学する事等、及びも付かない事が分り過ぎる程分り端から嫌悪にかられ忌避して止まぬ。「どうかお願いします」と如何しても頭を下げられないのだ。此の新任医長の神経科に留まるべきか否か、決し兼ねている。止める決心が付かず留まり続け、私に対して露骨に示される此の医長の更なる不興を買い醜悪極まりない自らを曝《さら》け出すのか? 自らの自負心の為留まれない事が分っていて不決断に留まっている事の矛盾の辛さを、小説に没頭する事により自己欺瞞を図っている状態なのだ。神経科として留まる気等毛頭無いが非常勤医師としての身分は確立されている訳だから此れを生かせばいいのか。此れも無に等しい超薄給とか、重責の当直の負荷を考えると私への重荷に外ならない。何れにしても二者共断絶せざるを得ないのか。非常勤医として10万貰い、神経科の籍は無しとし、その分市井の病院で働くにも、バイトを条件とする被雇用の医師で無く常勤医として来て欲しいのが主流だし（当然乍ら）両立しない。東一の籍は欲しいがそれにも増して私は生活の為絶対に金が必要なのだ。東一を取ればたったの10万。40才の医師として（しかも学位取得者なのだ）の待遇では無い。市井の病院に勤めるとすれば全日勤務の常勤医として待遇される。即ち職務相当の報酬が支払われるという事で生活は十分成り立つ。私は此の時点迄、もっと自己に真剣に向い合って行かねばならぬ所を逃げを打って自己瞞着（小説耽読に没頭）しか出来なかった。だが其の間、如何に自分を方向付けるべきか真剣に考えた。結論すれば私は何方を取るべきか自ら考えるしか残されていない。小説等に没頭して決断を先延ばししおうせても何の得にもならないと云う事。単なる気休めであり、時を空費するのみだ。私は此れ迄にもう散々苦労した。此の上未だ苦労を強いられるのか。もう苦労するのが厭わしい。どんなに侮辱を受けようがその侮辱を撥ね返す或いは覆えさんと努力及至奮起するのが自分にとっては今はナンセンスなのだ。それらを撥ね除けて立ち向かう意気込みがもう無いのだ。出来ないのだ。「如何だっていいさ」の自暴自棄が強く根を張っている。しかし、もう持ち堪えられない。早晩態度を決めなくちゃ。唯、私は自分の身を処するに当たっての条件として、苦労せず苦痛を感ぜず自分の持てる能力で易易と出来、十分に寝て食べる行住坐臥の出来る事が願わしい。それが出来ればもう何もいらない。当直等我身を賭して遣るだけの価値が有るのか疑う。又誰の為に遣るのだ。私は御免被りたい。又何の為に此んな労苦を自分に荷さねばならないのか。内科医の宿命だと今迄諦めていたが、そうなのか。結局病院に籍を置く為の代償なので、東一を止める外に逃れる途は無い訳だ。東一病院に居続ける為に此れ等の負荷を果たし且つ、熟《こな》さなければならない。蓋、東一の医員すべてがこの負荷を 熟して皆平気で当り前のように遣っている。皆タフだなあ、彼是泣言を云う私が明らかに敗犬で敗因は私だけにあり私のみに責がある。私の身体的な衰えの為、他からの期待通りに当直を遣りおうせる為の労力を惜しむのではなく生理的苦痛なのだ。私にとって当直を難無く熟すのは荷が勝ち過ぎるのだ。何処か安い静かな住まいで自分の能力内の事を苦労せずして行える所、此れが今の私の勤め先に対する理想である。その範囲内で満足するし、その中から生活哲学を見い出せばそれでいいと思う。それ以上は望まぬ。私は「父の記」「自分史」他、医家より著作に徹する方向へ転換しようと企んでいる。今の所企みだけかも知れない。少なくともその体勢に持って行きたい。しかし今の状態では、小説（人の書いたもの）を読むだけで、可惜《あたら》、此の短い残る生涯を終わって仕舞い兼ねない。早く病院の事を片付けないと時間は余り無いのだ。此れは私の一身上の事である。思い切って別の生き方を選ばなきゃ。東一を断念するのだ。此れを判断し決定するのは私自身なんだ。選んだ先がもし間違っていればそれはその時、命懸けで又挑むしかない。人の人生って一寸先は闇と云う。正午に東一に着く。一応カルテを整理して仕舞う。気に掛かっていたのだ。トルストイの「懺悔《ざんげ》」良く分かった。「生きる事」の「信仰」への移行だ。病院を休み、バイトに通う。生活費を稼ぐのだ。マンの「魔の山」の主人公のズルズルベッタリが今の私の生活だ。早く決着を図る事。扨、東一九年目だ。此れ迄、色色、試行錯誤を重ねたが矢張医師としてしか生きる道は無い。ピアニストや画家等、此れは一時的な衝動的な迷妄に過ぎず「隣の花は紅い」に過ぎぬ。その前（色んな職業）に「私は医師なんだ。」と一本釘を打たれている。ピアノや絵は飽く迄趣味として遣りゃいいこった。雨が降る 菜種梅雨《なたねづゆ》か。家賃が14万で払うのが負担に感じるというより馬鹿気ている。もっと安い所に移るんだ。N患者が退院。病状書を書いて家族に渡す。残りの仕事はカルテ整理だ。柿の枝に薄緑の芽がびっしり付き、正しく 柳青《やなぎあお》める風情だ。現在私の持金は40万きりだ。窮乏が口を開けて待ち構えている。S子は鍼灸師を目指している。彼女にはハンカチを送った。4月も終わった。父には線香を毎日上げる。父亡き後ずっと続けている。小説を読み終えたら途端に手持ち無沙汰となる。ピアノはベートーベンの「パセティーク」ソナタ。[注⑳]ネーベンとして「中音階長六度の両手、減七度の和音練習」を遣ってる。神経科の医長には嫌悪感しか覚えず全く口もきかない。母は茶摘みに行くそうだ。母こそは「生抜《はえぬき》」の野の人だ。私も早くそうなりたい。元子よ!! ちゃんと職に就き、相応の給金を貰うんだ。少し世の中を知れ。40才じゃないか。稚気満々の子供大人だ。気は急くが実際は悶々として全く働く気が無い鬱状態かH.か、此の状態から脱出しないと私は駄目になる。実際職が無く(探そうともしない)ブラブラしているのは嫌だが救いようがない状態なのだ。気持ちは充分有るのだが行為が伴わないのだ。考える傍から否定的観念に囚われて仕舞う。am 10:30起床。今週ドックは2人だ。母からの小包みを受取る。早速炒子《いりこ》は甘辛に炒め付ける。新茶は最上等の物だ。今胡瓜が何たって安い。5・6本で100円だ。毎日胡瓜ばかり食べてる。物価が高いのであんまり大食いしないで安い物を少しで済ます事。カルテは先日N患者の分を仕上げる。次いでS患者の分に入る。4、5月の2ヶ月間ボンヤリと過ごした。少し手綱を引き締めて自分を御さなきゃと思うのだが……。今日家賃を払い、母への仕送りをすます。昨日より腹痛(アスピリンを服用しても治らない)と閃輝暗点に悩まされる。母から田圃を売りたいと葉書が来る。今少し様子を見たらと返事。早急に確たる勤務先を得、常勤医として給金を得るのだ。月たった10万の東一に居たんでは使い殺されるだけだ。小説は316冊読破。(殆ど文庫本)。アンドレ・ジッドの言「一粒の麦、もし死なずば」の中で「人の考え」は「熟慮は長い間、遺るのではなく一瞬なんだと」正しくその通りだと思う。

一瞬間がすべてを決定して、それが人を左にもし、右にもするのだ。私は長い間、何かを求めて背伸びして来たがもう限界だ。歳月がすべてを許して呉れる。それと体力。それと私の、もう良い加減摩滅《まめつ》した持久力とが。少し私を休ませてくれ。もう、どんな形でもいいから少し休みたい。私の切実な願いだ。16年も全く馬車馬でしか無かった。私はもう若くは無い。体力も能力も共に限界だ。唯休養への欲求はそれに倍加して強い。しかも自分しか自分の道を見出す事は出来ない。敢えて遣らねばならない。左せんか、右せんか、我が人生の岐路だ。

5　敷かれた線路の破砕

如何する？　如何したらいいのだ。絶望に呻吟する毎日。現在の状態に「堪えられない。嗚呼、とても堪えられない。」と思う。「いや、此れでも結構、堪えられる。」と思ったりしてずるずるべったりの一年余を過ごしたのだ。その間３１６冊の小説を読み耽り、専門書の一冊だに目にしなかった。正しく、無為、無策徒食の自棄的な一年余の日を送った。家賃は貯金を食い潰そうと考えている。しかも何等の対策を回らす気も起こらず全く虚脱状態に陥った。この状態に、がらがらっと音を立てて陥落したのだ。何も彼も苦痛なのだ。しかし死を願うのではない。そんなに若い頃のような単純且つ未熟な精神状態じゃ無いのだ。死ぬ程の事では無く生きてはいたいのだ。唯、小説でも読んで食べて、且つ考えたくない。苦労したくない。無為徒食で、頭は使いたくない。今迄の隠忍雌伏《いんにんしふく》への強い強い抑え難い反動なのだ。蓋し、此の反動の体現即無為の形を取っているのだが、此れからの脱却を自ら画らねばならぬと思い乍ら画りたくない。現状に甘んじていたい。此のすべてに対する否定は意図的な物なのだ。今迄此んな精神状態に陥った事は無い。私は今迄、自分の行為に対しては、必ず自分の責任において行動して来たが、それが、全く失われて何しようと、如何成ろうと結局、構わぬ。私が遭った事にもかかわらず私の知った事じゃ無いという心境が私に訪れたのだ。普通概して、自分が危機に頻しているのにもかかわらず自分自身の窮況を打破する努力を厭い、丸で、人事のように自分の知った事じゃ無いと認識するか？　否否否、私の現状に於ける精神状態は常軌を逸脱している。自己に関する限り、完全に故意に、強いて、無関心を装う等、常人の状態では無い。全く暗然たる闇の中を行っているのだ。破滅の道に外ならない。極度のノイローゼなれば此うなるのか？　最後の土壇場迄働きたくない。働いて何になる。動いて何になる。働かなければ、或いは動かなければ、考えなければ、兎も角すべてを、自らの関与している事を認識しなければ即ち離反していれば楽なのだ。行動すべてを拒否的に考えて仕舞うのだ。肉体的な満足が主体となっているが、此んな状態即ち、自分の肉体及思考を煩《わずら》わせるのを極端に尻込みし、身体及思考の疲労乃至、疲弊への極度の嫌悪或いは恐怖に似たものを覚える程、病的な迄に退嬰的《たいえいてき》な、自己の殻《から》に隠《こも》り切りとなり、又それでそうした状態に自分が在り乍ら、自己への支障は、例えば無為への危機感焦慮等に対して自己を危惧する、或いは懸念する等の自己防衛の観念等全く無いのである。もう堕《お》ちる所迄堕ちてその下は無い状態なのだ。自分への害及至支障を前述したが寧ろ、自分はそれどころか端的に云えば、人が見て此んなに自堕落な状態に関して「如何？　私」と良くぞ為果《しおお》せたと寧ろ自分に迎合乃至、誇示称賛せんばかりの心境なのだ。「何が悪いのさ。私は此う、遣りたいのだもの」半意欲《はんいよく》をかなぐり捨て、堕ちる所迄堕ちた状態を顕示したいのか？　一般社会通念からの逸脱は否めない。私の此頃の生活はドックのある日、病院に登庁する日はバスに漫画週刊誌「少年マガジン」とポテトチップ一袋を持ち込み、ポリポリ食べ乍ら漫画を読み耽る。此れこそ何の苦労も何の衒《てら》いも無い。何も考えない。唯、上の空で生きているのだ。そして病院に着くとドックを済まして直ぐ、その足で引き返し家でピアノを弾き食事、入浴を済まし寝る。這い上がった所で何になる。何の為だ。又その努力が堪らなく苦痛で嫌悪の念に駆られるのだ。嫌なんだ無視しちゃえ。開き直った最後の抵抗の状態にあるのが私には分かる。人は堕落したとしか見ないが、しかし、人等何なんだ。人等私の想念には無い。此う云う心理状態に一年掛かって到達した。又後で書く。

扨、取り敢えず社会的義務は果たすだけ果たして仕舞わねばならぬ。しかし此れが今の私には煩わしく重荷なのだ。6月に入る、S子より手紙。学校が楽しそうだ。お昼には帰る。全く自分で自分の墓穴を掘っている。生活は成可《なるべく》、金を使わず済まし余裕が有れば小説を買う。疲れた。今日は休みとする。勤務への怠業に対する罪悪感等疾うに忘却の彼方だ。せめてもの抵抗の積りなのか。満たされぬ反逆心を抱えた儘だが、後一週はドック。患者はどうにか持ち堪えて呉れればいいが。8月には止める積りだが、次の替わりの病院を見つける。此の凄惨な憐れな状態から早く脱却したい。此れが私の運命だったのだろう。蓋し、此れ迄の私は全く自ら自発的な事は何もしないで将来に対する生活設計等全くお構い無しの、云わば人から与えられた生活を後生大事にして来たに過ぎない。私の打ち立てた大切な四つの金字塔即ち大学、東一勤務、裁判所診療所のバイト、ピアノ弾奏の四種の事項も疾うに消滅、消失して仕舞い一場の夢幻《ゆめまぼろし》と化した。全くのナンセンスに過ぎない。自分の生活を自分で自発的に如何斯うする事等何もなく、敷かれた線路の上を力一杯走り続けて来た九年間だったんだ。それから脱せざるを得なくなりハタと困惑状態が出来《しゅったい》した訳だ。それこそ「線路が無けりゃ脱線のアジャパーよ。」を地で行ってる訳だ。全く名言。云い得て妙。

八章　私の巻返し

1　その発動（スタンバイ）

(1) おめおめ転落はしないぞ!!

私は逆境に入れば強くなる。何も彼も打ち棄てて掛かるので強くなるのだ。そろそろ、その下地も出来たようだ。要するに今迄余りに順境に浸り過ぎて来たと云う事だ。病棟では退院を無理に迫られるH患者が私に泣いて食って掛かった。貧しき者の幸いなれ。涙を堪えていた患者が爆発した訳。患者の愁嘆場は何度か行き逢ったがいいものでは無い。カルテ3冊溜まった。今週中に出してしまう。来月から私は私の為に（病院の為ではなく）働く。もう手持ちの金も使い果たしたし、収入を得る必要に迫られている。今日、欠勤する。衝動的な毎日で、何等の計画も無い。今日から預金を引き出す情け無い生活。最近の私の哲学的思想だが「アンリ・バルビュス」によると「僕は僕の思想から逸脱できない。云わば自分から飛び立とうとして幾等《いくら》もがいても、何の役にも立たない。僕は自分を信じ、そして孤独である。何故なら僕から脱出出来ないからだ。」結局、思想は自分を超える事は出来ないのだ。人間が考える事は、人間を超え得ないのだ。正しく私も、そう思う。

夏休暇は8日間。カルテを一週間で済ます。でないと動きが取れない。今、私の精神状態は非常に気弱になっている。散散、事有る事に、彼の薄汚い鬼畜野郎に剣突《けんつく》を食らわされ何時の間にか持ち前の引っ込み思案の私はすっかり弱気になってたよう。今迄大変な勢いで神内の中村元子先生として遣って来たのだ。私が争いを好まない性格ならば、矢張此奴を避けるしかない。此処を止めるのだ。孔子曰く「40にして惑わず」と機は充てり。独立するのだ。一刻も早く!! それ迄、奴への報復は雌伏してじっと我慢するのだ。今は起て!! 奮起せよ!! 母は、彼の美貌の母は終戦後の一家の生活難に、市の失業対策事業に参入して土方をして立ち向かい、未だ小さかった私達子供四人を養って呉れたのでは無いか。誰よりも母に学ぶのだ。母を手本とするのだ。母には強固な、ど根性、土性骨があるのだ。それを学ぶのだ。自分に取入れるのだ。意気地無し等恥ずべき話だ。人間誰しも不遇に一、二度は見舞われる。此れは人間の真理だ。業だ。東一病院が、東大出のみを問題とする所なら、それ等、問題にせぬ所に赴《おもむ》けば済む事だ。私には元々何の関係も無いのだから。今迄の40才までの生活は何も云うまい。考えるまい。過去を引き摺《ず》るな。良きにつけ悪しきにつけ過去の事等忘れて仕舞うのだ。そして新しい生活を、両足を確《しっか》りと大地に付け掴み取るのだ。此の双の手に確りと。意気地の無い詰まんない生活等、断乎として破棄して了え。頑張れ。未だ未だ死にそうにないのだから。自分一人の意思如何に掛かっているのだ。モンゴメリの「赤毛のアン」、何度目かを読了。

私の少女時代を振り返ってみよう。私のそれは貧乏の一事に尽きる。しかし私自身は全く貧乏を自覚した事は一度も無かった。母が季節季節に頭を振りしぼって姉妹三人お揃いを毎年作ってくれたし、私の毛糸の手編の紺のセーラー服等、女教師達の間で評判の出来だった。鞄は中学迄黒い別珍地に可愛い小熊のアップリケをした手造りの手提鞄に教材を入れて学校へ徒歩で通った。私は学業成績はそれこそNo.1を通した。父は躾《しつけ》に厳しいと評判であった。家では、鶏を飼っていて、弁当の御数は毎日卵を持って行けた。後ろの席の子がそれを盗み見して「元子さんな、何時も卵ない。」と羨ましがられて良い気分だった。流行の雨靴は持たなくても母が買ってくれたピンクのナイロンの鼻緒の高下駄を雨の日は履いて登校した。早く皆に見せたくて私は雨の降る日を心待ちにしていたっけ。ひどい時は母が病気に倒れたとき、父はアオサの御付《おつけ》を弁当の御数《おかず》にと、学校迄持って来た。私が「いらない」というと「でも、もう此れ切り無いんだよ。」と父は云って又持って帰った。私だけでない。皆が貧しかったのだ。私の小学1、2年の頃、水俣川で取れる青のりを部落総出で大人も子供も膝迄水に漬って（1、2月頃の冷たい水に）せっせと青のりを取りそれをロープに干して天日干しし、完全に干し上がると手で揉んで粉にして醤油で食べていた。いい香りがしておいしかった。その自家製の青のりを弁当の御数に持って来た子供も皆隠して食べていたが可成のりの匂いが強くばれてしまったり。あの頃の日記は残っているかしら？　矢張日記は付けるべきだ。

扨立秋。未だ暑いが、それでも窓から誠に、爽やかな風が吹き込む。「あゝ、いい風。」昼から三越に行く。商品券55000円で、不足の物を調達し揃えた。伊勢丹で黄色の夢のようなワンピースを買った。勤めに出。給料11万余受け取る。6500円の蟹缶4個26000円で買う。流石においしい。モンゴメリの「エミリ」によると彼等は地下室を有していて、何でも貯蔵する。合理的で「ボン・イデー」注㉑だ。私も家の階段の下の押し入れを食料庫にしよう。昨夜来の降雨で涼しい。私は今年で41才となる。来年の正月は蟹缶（6500円）と数乃子の為に10万円程蓄えて置こう。今頃消極的になり何も彼も空恐ろしい。あの糞野郎の為に私の此の一、二年は全く滅茶苦茶な物と化した。しかし此れも告発しようという思念に駆られたが、却って私の方が逆に惨めではないかと思い返した。物事には凡、終わりがある。彼奴とも、もうお別れだ。奴の見苦しい私への仕打等意に介せず（寧ろ私の方が忸怩たる思いだ。）見過ごす事にする。糞野郎か、全くピッタリの名前だ。

扨、私は矢張今の所、未だ東一の職員だ。確りやんなきゃ。2週振りで病院に行く。夏休み前の庭は美しい緑のクローバの白い花が咲き誇っていたのに今は黄色に立枯れている。もう秋なんだな。何か身につまされる思いだ。はや世は初秋か。私は昨年7月頃から向こう一年余、強いノイローゼによる昏迷状態にあった。因って来たる由縁は様々な要因が考えられる。第一に「父の死」私の支えとする、杖とも柱とも頼むべき父を失った事。第二に此れ迄一途に我慢し続け、しかも誰にも何にも報いられない馬車馬的労働に疲弊し尽した事への反動又はKo医長が止めた後の新任の糞野郎の私に対する仕打等その他いろんな事の統合だ。しかし此れ等に呑まれっ放しで居たのでは自らを亡ぼして了う。糞野郎とは同じ釜の飯を食わねばいいのであって、それにはこの東一を止めねばならない。私は薄穢い糞男の苛めに耐え兼ね、屈して追い出された格好だが認めたくないが事実だ。奴には何時か天の審判が下るであろう。私は「眼には眼を」の復讐の原則で以て彼奴に対抗するには、今の所、余りに非力だ。此れ迄難を避けて通るしか遣って来なかった。此れ以上此の病院に留まると全く敗残者となるだけだ。嫌な野郎の多い世の中だ。しかし如何せん独立した仕事でもしていない限りどうしようもない。いくら何百冊かの小説を読み耽り、小説の世界に逃避したとて、それは単なる自己欺瞞に過ぎない。現実はそっくりその儘存しているのだ。益々、自分の存在を弱くする丈だ。私は「父の記」を如何しても本にして自費出版しなければならない。此れは父に対する私、長女元子の義務であり父への餞であり鎮魂歌であり私の意地でもある。その為にも何を扨措《さてお》いても自分の身分を確立せねばならない。南無阿弥陀仏。

ポッカリ眼が覚めると全く気持ちが虚《うつ》ろなのに気付き居た堪れなくて駆け回って叫び出したい位の恐怖に襲われる。空しさ、虚脱感の極みなのだ。私は曲りなりにも順調に37才迄来たが此の時杖とも柱とも恃むべき父が亡くなった。叫喚を飛び越えてボンヤリになったのはこの時点からだ。全く支えも喜びも張り合いもすべて無くしてしまったのだ。如何なろうと構わぬ。誰が喜ぶ？　誰が悲しむ？　私は魂の無い操《あやつ》り人形になってしまったのだ。私は父にそれだけ負うていたのだ。父の生前気付きもしなかった。父の死後私は腑抜け同然に成り果てたのだ。そして三年経過した。ラテン音楽の好きだった父を、ピアノを弾く事によって彷彿《ほうふつ》させて唯一つの慰めとした。

（2）機は充てり。即刻独立するのだ!!

蓋し、虚構の世界より離脱し、虚構の自画像ががらがらと音を立てて崩壊し、残ったのは後悔にのたうち回って苦悩する自分一人である事に気付かされた。躊躇を捨て自分本来に立ち返り、新しく出発するのだ。私には未だ未だ遺り残したことが多々残っている。それを自分が満足する迄、遣り遂げるのだ。

37才で此う云う状態になったが何時迄もそれに浸る事は許されない。又自らの負の状態を疾病（ノイローゼ等）に託《かこつ》けるのは卑怯だ。私らしくない。現状を疾病で片付け、或いは位置づけるのも一つの逃げ腰的な逃避に過ぎない。自分の負に於てすべて遣った事の結果なのだ。兎も角是が非でも自分を立て直す。自ら立ち直るのだ。母と妹が私を待っている。長女の私が確《しっか》り舵を取らなきゃ。孤独な私は唯一人頼る人とて無いが又頼りにしよう等の考えも私には無い。此処は私の独壇場である。私の強靭な負けじ魂及性格を恃むしかない。今の状態を一刻も早く没却し去り新しく立ち直るのだ。持前の負けじ魂が私に蘇《よみがえ》って来た。私にとって諸悪の根源たる東一を止めて新しい職場を自分で見つけるのだ。そして一人前の仕事をするのだ。しなければならない。私は学位の有る医師という立派な身分と職業がある。それを生かさなきゃ。如何に気分が沈んでも我武者羅《がむしゃら》に仕事をするんだ。雄々しく拉《ひしや》げては駄目。意気地が無くなっては駄目だ。私は小さい頃から意地っぱりだった。意地でも仕事口を探して頑張るのだ。自らの障害となる物は忌避乃至嫌避嫌忌して遣り過せばいいのだ。私の此れ迄の東一に於ける忌まわしい呪うべき情無い何も彼もを過去に葬り去り現在に新しい一歩を踏み出すのだ。そして一人で確り懸命に両足を大地に付けた生活をして生きるのだ。前進あるのみ!! 後や横を振り向くな。お父さん、見てて下さいな。貴男の元子は必ず立派に立ち直って見せます。母にＴＥＬし、Ko子の様子を聞くと、今頃は一応落ち着いていると。唯彼女は精神科受診を嫌っていると。Ko子に何か有ればすぐ私に連絡するよう母に頼んだ。

(3) 賽は投げられた。求職に動く

朝5時に起き動き回り疲れた。体を動かす事は矢張りいいものだ。長閑な気怠い午下がりだ。折しも油蟬がジイーッと高い声で鳴き出した。私は東一を出てちゃんとした行く先が有れば良いが。賽は投げられた。此の一月掛って良く探す。当直、一日通して患者0人。翌朝、腹痛がありトイレで失神した。全身冷汗におおわれ、意識が戻る。自宅で良かった。朝4時頃だ。書斎の座布団に引っ繰り返ってウンウン唸っていた。弾けそうな肛門痛。何の放散痛かしら?

扠求職の件だがAHpを当たっている。当直無。給料は年給2000万。抜群にいいが小児科をみるという条件付き。しかしもう否やは云えない境遇だ。私は10月からちゃんと勤めたい。長い昏迷状態から立ち直り、もう迷わず邁進此れ有るに如かず。此頃は昨年のような体の怠さ等全く無く早く起きれて気分も爽快だ。疲れも一年の間に癒えてしまったよう。何時も不愉快な東一の病棟だが、でもそれが今の私にとって何であろう。12:30にA病院に着く。江北の地だ。殺風景で何も無い、荒涼たる中に団地が林立。汚水処理場。そこに鎮座ましますのが我が尋ねんとする病院。院長はUDr。医科歯科の第一外科出身。10年医局に居て自分でラーメンを食べ乍ら開業したと。果たして私は此処の主戦力として勤まるかしら?

帰りは突風を伴う猛烈な雨でびしょ濡れだ。此の風雨は夏の終わりを告げる。本当に私は此んな所に勤めようとするのか。でも、今の所、私には外の途は無いのだ。金も無い。殆ど無一文なんだ。横浜辺りを当たってみようか。此れ位なら横浜だったらあるかも知れない。正しく虎視眈々だ。東一外来だ。土曜当直だ。虫垂炎の疑いの患者が本当にAppeで以て入院した。12：30迄居て後は飛んで家に帰る。pm4：30病院より採用通知。私は10月か、それ以前に国立東一を止める。そして年収2000万円を得るべく独楽鼠《こまねずみ》になる。私の此の悲惨な一年余の生活が過去の物として笑い飛ばせるようになればいいが。院長も医科歯科で血は水よりも濃しか、此の年余の昏迷状態に終止符を打つ事にする。室温28℃、蒸し暑い。9：30にA病院の事務長からTELがあった。9／21再びミーティングの事。仕事始めは10／1開始と。ようし。手筈は整った。

扨、私は、文教地区、東京、中野から殺伐とした最果の東京番外地へ働きに出る事になった。東一を止める事については私はもう何等未練は無い。私の心も平静だ。外気は爽やかで空は飽く迄青く澄み渡っている。今週一杯で東一の勤務を終わる。長い勤めであった。10月から東一の軛《くびき》から逃れる事になる。神よ。我に自由を与え給え。

A病院との約束の日9／21だ。6時からU院長と大いに駄弁《だべ》り帰りは7：30。10／1より可成へビーになりそう。又夢中になる位頑張る。今度は私の財産を作るのだ。A病院でお昼も出るので弁当はいらないと。今日は東一最後の当直だ。何回やったろう。100回は廻って来たと思う。何時も、冷や冷や、はらはらして此方が重病人宜しきの体で当直に当たった。帰りは神経科のカルテを整理して後は明日、辞表を提出すれば東一での勤めは終了だ。医科歯科大では一外の教授選考で400万円の賄賂が有ったとかないとか全く、吝嗇《けち》な話だが賄賂が悪いとは未だ私には思えない。そういう心根は好きではないが。汚職で、Nkさん（彼は医学部長になっている）が嘆いていた。もう随分彼も年取ったなあと思った。明日辞表を出す。万感胸に迫る!!　此の日が実際私に訪れるとは!!　長くもあったが早かった。十年一日の感だ。全く。

2　其の実動

（1）東京第一病院退職（40才）

今日東一事務局へ辞表を提出した。所定の書式が有るのでその式に従った。ホッとした。本日、東一のすべての仕事は終えて来た。向こう四日間は休みだ。此の休日中に掃除、支払い、貯金は30万残すのみ。しかし此れは直ぐ取り返す。十分に過ぎる程。働きさえすりゃ何でも無いのだ。母から自家製の味噌を沢山送って来た。白檀の線香と蚤取粉も忘れず入れてある。母さん有り難う。元気でな。明日から働きに出る。当直無しの昼間のみの戦いとなる。頑張るぞ。私も漸く落ち着いた。職が新たに、自分で働けそうだと思う所に定まり院長も私の気に入ったし、それこそ、此の中年の残りの力を注ぐ事にする。兎に角、精一杯、働きたい。今の私の願望だ。東一では、彼の糞野郎の為に此れが阻《はば》まれたのだ。すべてを忘れよう。何も思い出すまい。私の東一での忌まわしい、呪うべき、情無い記憶等、何も彼も過去に葬り去り、現在に踏み出すのだ。お父さん、見てて下さい。私は遣り遂げる。万難を排しても遣り遂げる。

（2）君知るや、君が身の丈

蓋し、今後、本来の自分、拵え物でない既存の自分を見出すのだ。此事が此れからの私に荷された仕事だ。自らを容れる容器なんて如何でもいいんだ。今迄私は見せ掛けなる空虚且つ無なる、上部を繕う容器にのみ眩惑されて、それに因って不当な苦しみを自らに荷していたのだ。そんな物はかなぐり捨ててしまうのだ。此の一年余の苦しい思索《しさく》の中で勝ち取ったものは「容器への執心」等、きっぱりと捨てる。私にとってそんな物が何になるんだ。もっと自分をこそ大事にする事だ。見栄や虚栄を捨てるという事なのだ。身を以て此れが分かった。此のような確執を捨て去るのだ。此れ迄、虚栄に支配され振り回されて来たのだ。見栄、虚栄、虚飾、虚構、此れ等によって人をも自らをも眩《くら》まし且つ欺《あざむ》いていた訳だ。虚栄虚飾等は人生という迷路の随処に存し、此れ等に支配される、即ち迷路に一旦迷い込むと出口を見失う。私は今辛うじて出口を見出した所だ。此れ等の確執をすべて捨て去り、自分本来の中身のみになるのだ。此の事なのだ。自助乃至自己依恃だ。

第二部　臨床医として何を得たのか

一章　現実の世間へ向う

1　A病院での診療開始

私の勤務初日。朝の外来5人、内1人、ルンバール。三回目でOKリコール所見np。午後は院長と近くのレストランで会食。メーンディッシュはブイヤベーズだ。伊勢海老の焼いたのは圧巻、流石に美味だ。スープが今一。院長は少し落ち目とかで何と無く元気が無く厭世的だ。矢張疲れる。此れが毎日続くと私も厭世的になる事必至だ。

此の病院では、外来に一人で坐ってると大変だ。私はECGをもう一度勉強しなきゃ駄目だ。何せ、非道いのが来るので落ち落ち、坐ってもいられぬ。私は未だ未だ未熟だ。沁沁と感じる。それに草臥れて、もうグロッキーだ。歯科のSさんは自転車で七分の所と云ってたがその位なら楽だろうな。小児科を診ると云うが、何しろ生後一ヶ月の乳児を連れて来るのだ。非道い!!　医学の全科目遣り直しだ。病棟ではLCとASが私の担当患者だ。退出時刻は7：00。兎も角、此の病院になれる事だ。近くに銀行は無い。中野駅周辺の夜遅く迄遣ってる銀行を探さなきゃ。

外来だが、大変なギョッとするような例ばかり来て戸惑う、此処はTVの「赤ヒゲ」みたいに何も彼も出来る医師が希ましい。Apo（脳卒中）が入院。やくざや社会の疎外者が集う所だと聞くが、然もありなん、それらしい所だ。外来者の私にも分かる。何てったって此処は江北の地。しかし尾久橋からの景色は長閑《のどか》で春になるといいだろうな。川原のグランドでは子供達が野球に興じている。船が寛《ゆったり》と浮かんでいる。こんな風に働きたかったのだ。お茶を飲む暇もない。帰りは7：00前になる。往復四時間掛かる。院長の母上がApoで入院。親子でそっくりだ。素朴で実直そうな人だ。田園足立か。院長は埼玉春日部から車で通ってると。やっと土曜日、一W経過。疲れた。もう体はバラバラに壊れそう。U患者は右の完全麻痺。

体の節々が痛い。一週フルに働くって重労働だ。力一杯働きたいと希んで就職した矢先ではあったものの労働は労働だ。でも楽しい。悔いは無い。私の今の気持は曰く云い難し。10日経過した。さ、勤めだ。毎朝勇躍して出掛ける。外来13人。お昼は栗と枝豆、スパゲッティ、牛乳寒天で満腹。オー恐《こわ》。此れは太るぞ。余りにも疲れて入浴できない。如何して此う疲れるのか。S歯科医による此の病院の内部事情は、知らぬが仏でいたかったのに。否知ってた方が良いのか。

U院長は脱税で既に一つの病院を没収され、更に追徴税が課されるそうだ。それで此の小さい病院に事務長が二人もいると思った。此れから裁判とか、院長も落ち落ち眠れないだろう。増してや、母親迄がＡｐｏってしまったとは心細い限りだろう。嘘や罪悪は避けて通る事。ゆめ、加担すべからず。一難去って又一難。今度は犯罪人への加担か⁉　え⁉　確りしな、元子さん。

尾久橋の上をバスが通り空は真っ赤に夕焼で三日月が出ている。荒川が寛と真っ赤に染まって揺蕩《たゆた》う。辺りは暮《く》れ泥《なず》む薄墨色に包まれ詩そのものだ。「あゝ奇麗だな」と見惚れる程美しい夕焼だった。私は帰りを急いだ。それにしても院長は不名誉な事に‼　魔が差したのか？　悪い事はするものじゃない。「天知る、地知る、我知るならんや。」今頃食い過ぎで大いに太った。50kg以上だ。昔40kgそこそこだったのに。偉いこっちゃ。2週以上も通い漸く私も慣れた。皆一生懸命に働いている。いい雰囲気だ。今頃余りにもきついのでピアノはレッスンを休んでいる。自然ピアノも弾かなくなるだろう。疲れ切って、弾く事に以前程喜びが湧かないようだ。でも止めはしない。外来では気になっていた中学生患者の下痢と血便が止まりほっとした。大腸菌によるものかしら？　歯科のSさんが色んな下世話をする。看護部長のTtが院長の二号だの何だのと。お互いが好きであれば二号だって構うことは、無いと思う。二号のTtが「院長とお茶を飲め」と来た。四方山話をして家に着くのが7時だ。帰りが遅いと買物出来ず夜の御数が無い。ヘルプミー。神様。

41才の誕生日だ。自分御褒美のお祝いはお金が入ってからにする。給料84万円。入院が一人。胸痛だ。乳児検診午後3時迄掛る。お礼が1・5万。病院の裏は畑だ。足立区って本当の田園だ。此処に来て良かった。何ももう希まぬ。此処には話合える仲間がいるもの。一月経過した。江北では百舌《もず》がキィーキィーッと秋だ秋だと叫び立てている。病院へは小路を通って行く。両側を生垣で挟まれ野菊が豊かに咲いている。此んな物をもう幾年見なかった事だろう。蒲公英《たんぽぽ》がずうーっと道沿いに生え白い綿毛のボンボンが種を飛ばさんと待ち構えている。江北て田園の儘だ。埼玉の草深い田舎に境を接しているのだが私は此の地に来て初めて優しく心が癒された。矢張野に置け蓮華草か。しかしこの病院は全くのソドムだ。私は金の為に何年此処で暮らすのだろう。一月あっという間に過ぎ去った。慣れるのに精一杯で疑う間さえない。このソドムの地に慣れちゃう頃如何にか私も風貌が荒々しく且つ卑しく下町風に為るだろうに。今日又院長に呼ばれて点数が低いと説得2時間に及ぶ。「パーマでもかけてイメチェンを遣ったら。」と彼の考え。「オーノーナンセンス幻滅!!」この蒲公英が咲き、百舌が鳴く江北の地では御下《おさ》げこそマッチしているのに。この院長は本当に医業を水商売としか考えていないようだ。私の今迄のソドムは金の無いそれだったが、今度は金の降るそれだ。よりソドムらしいけど。私も大いに稼いで上げたいがなんとも生き方を変えて迄儲けようとは更々思わぬ。第一お金を稼ぐって事自体を未だ私は考えた事が無い。金とか儲かるとか、金と縁の無い世界にいたのだ。此れ迄の生き方を変えようとは本当に思わぬ。私は私で有りたい。院長は私の御下げに「女学生みたいで駄目だ。お奇麗でいらっしゃるからパーマをかけてもっと大人っぽくして客を取れ。」と、全く水商売のホステスに物を云う親方の言分である。苦笑せざるを得ない。笑止千万だ。

腎不全の患者、CCが7・4で透析が必要。エンドキサン200mgは毎日投与する事にするがどうしよう。

悪性骨髄腫の患者は医科歯科へ送った。保険請求始まる。丸井で革手袋、ブーツ、セーター、毛皮コートを買う。冬支度だ。お金は出るだけは出て行く世の常だ。今手持の金465万円。体重48・5kg。この病院の忘年会だ。院長は4、5月に裁判とかで元気が無い。院長と良く話した。母親の事を云うとポロポロ泣き出す。この人本当にマザコンなんだ。禿《かむろ》頭のNs（60才でツンツルテンの御河童《おかっぱ》頭にしてるのだ）が面白い事を云って皆を笑わせる。

2　犬を飼う。**愛犬トトー**

矢張私は寂しい。S58年10／19生まれで、丁度生後2ヶ月だ。雄。名前はトトー。11万円。血統書付きのアメリカン＝コッカ＝スパニエル犬だ。ベージュの絹のような長毛が光ってフカフカだ。両親ともコッカのチャンピオンで5人仔の末っ子だ。私のコーヒーをペロペロパクパクと、まあ、凄い勢いで呑んじゃう。名前は私が予《かね》てから犬の名前は「トトー」と決めていたのでそうした。耳が20cmもある。可愛いなあ。絵本にある通りのワン公だ。未だ未だ赤ちゃんだが犬魂のある顔をしている。冷たいまっ黒の鼻面を押し付けて寝る。院長よりTELがあり喘息の患者を診てくれと。OKする。トトーは私に付いて歩く。四日目になると慣れたのか大人しく寝るようになった。朝は御飯を上げる迄ワン公大狂騒曲を奏でる。もう助からない。トトーは完全に自分の名を覚えた。なかなか賢いぞ。此の犬。

年末から「火の用心」の夜廻りが此の界隈を廻っている。此の拍子木のカチカチという音を聞くと落ち着く。ホッとするのだ。嗚呼、6:00に起きて勤めねばならぬ。渡世の厳しき事よ。病院は29日で御用納めだ。今月の給料は手取り114万円。トトーが来て10日目だ。ピアノはベートーベンの「悲愴ソナタ」を弾いてる。「あゝ今年は本当に悲愴そのものだったなあ」と暫《しばし》、感慨に耽る。もう来年は此れを卒業しなくちゃ。家のデーモントトーは今やっと寝た。可愛い所もあるが、何しろ怒ると噛んで死ぬ迄離さぬスッポン的性状を発揮して憚《はばか》らぬ体。イヤハヤ。犬に感《かま》けず沈思黙考して此れから先の事を考えなくちゃ。

昭和59年正月元旦。トトーの毛は厚い。獣医も「密な毛ですな。」と驚く程。トトーが噛む（歯がはえる時で痒いのだ）ので部屋の外に出すと3時間も踊り場で泣いてた。何たる忠犬、トトーや。家に来て18日目だが足も確りして来てヨタつかなくなる。悪戯も激しく力も強い。トトーを抱っこして寝た。除夜の鐘を聞き「あゝ、鳴ってるなあ」と何時しか寝ていた。正月元旦の夜は近年初めて正月らしい正月であった。賀状四枚。早く寝る。トトーは階段を3段登って来たが、後、降りも登りも出来ずぶるぶる震えてクンクン鳴いて私を呼ぶ。未だ赤ちゃんだ。抱っこして降ろす。散歩に出してみたら、正月で人通りの無い道路を駆ける駆ける、まあ、やっとで捕まえた。此の馬鹿っ子奴！　静かな静かな正月2日だ。トトーは昨日の夜から階段を登れるようになる。昨日布団に入れなかった所ピヨピヨ鳴いて煩い。布団に入れてやるともう舐める事舐める事、ベロベロ舌を出して私の顔を舐める。親愛の情頻りだ。動物の愛は尊厳だ。私が2階にいると（ちゃんと分かるのだ）えっちらおっちら階段を登って来る。まだ降りれないのが愛嬌だが、その内覚えるだろう。御用始めだ。忙しくて眼が回りそう。帰ると買い置きの鮭を頬張る。数乃子は未だ沢山ある。生前父が大きい擂《す》り鉢《ばち》に一杯数乃子を入れ正油に浸してあって、私達子供には「此れを食べると鼻血が出る」と云って食べさせなかったのを思い出す。私は東京に来て17年間だが何とも寂しさは動物を飼っても拭い切れない。私は子供を産む機会は幾度もあったのに、あの頃如何して子供を産まなかったのか。私生児だって何だって構わなかったのに。もう41だし子を産む事は如何しても考えない。自分の体力への負荷を考えて仕舞うのだ。トトーは抱っこして重くなったし見た目も大きい。雑食で何でも御座れで、お腹まん丸、短軀肥満犬だ。でも何処か剽軽《ひょうきん》で可愛い。自分の意思を体全体で表現する。真剣そのものだ。トトーはケージを嫌がる。寒いし一人だからだ。しかし私の勉強時間はケージだ。此れは私の家の掟《おきて》だ。一戸建ての家を探さなきゃ。月14万も払うなんてナンセンスだ。トトーはケージでお休みだ。静かだ。炬燵《こたつ》の温もりがじんわりと優しい。「イーシィヤキイモー」の間延びした声。ハッと我に帰る。「あ、寒」外は満月だ。病院では小脳疾患を入院させた。眩暈を訴えて近医で5年間も貧血として治療されていたと云う。私は小脳性の眩暈と診断する。医科歯科大、脳外に送る。

サテ、大雪だ。真白に積もってしまった。正しく白皚皚《はくがいがい》だ。フランケンシュタインを思い出す。雪、雪、雪、だ。昨日の雪はまだ溶けない。寒い!! 厚い掛け布団を使う。重くて首を寝違えてしまった。暦は大寒。朝から一時止んだ雪が止めどもなく三日間降り続き、すっかり陸地は冷え切ったよう。白一色の町並はとても奇麗だ。雪がドサドサッと屋根から落ちてくる。日暮里駅でブーツをはいてて滑った。背中をイヤと云う程打つ。油断大敵だ。上も下も見て歩かなくちゃ。同じ所で私の後から自転車に乗った通学生がザーッと滑った。今晩も冷え込むそう。夕食後、トトーをケージに入れて30分ばかり相手をしてやる。お腹を掻いてやると喜んでじっとしている。私を盛んに舐める。そして寝る。単純。トトーは本当に可愛くなった。全くの犬の縫包《ぬいぐるみ》だ。約一週間雪に降り込められた訳だが雪は溶けない儘、泥で薄汚れて寒々とした風景を醸《かも》している。私が医科歯科大脳外に送った小脳疾患は「バジラールインプレッション」注㉒と診断された。帰りの電車で居眠りしたのか目黒迄乗り越して仕舞い、随分帰りが遅くなる。御負に風邪引いた。咳、喉がカラカラで痛い。鼻汁、盗汗が有り尋常では無い。家の前の道路が凍結して辷《すべ》るのでおっかなくて歩けない。私は此の地に来て教訓を得た「先ず、雪が降れば雪掻きをして歩道を確保せよ!!」今日は工事人夫が出てガンガン道路の氷を叩き割っていた。正解だ。そうでもしなきゃ此処等は全く通行不可の状態だ。1月は雪で終わった。今年の寒さは例年より一入《ひとしお》厳しい。税の還付40万円某だ。草臥れて10時には寝てしまう。今日は又朝から大雪だ。此の前よりもっと非道い。

2月だ。立春か。勤め先で院長の噂が囁かれるようになった。読売に出てたそう。「脱税」と。愈以て前科者だ。ちゃちな金で残る生涯前科者だ。馬鹿だなあ。昨日の空気の冷たさは一入だ。身に堪える。矢張中野等の西の方より江北の方はより寒く感じる。タイツ2足履いてる。今日等、雪も風もなく春めいた空気。立春だし当然か。焦らず自分の道を切り開いて行く事。全く夜は冷え込む。早く寝よう。黒のモヘアのセーターとアンゴラのグレーのスカートを買う。トトーは鶏の手羽5本食べる。風邪引いたのか嚔《くしゃみ》をして青鼻を垂れている。テンパーに気を付けないと。ケージに入れると寝てしまう。私も早く寝よう。今年は法外に寒い。こんなに雪雪雪の年って17年来の事だ。寒い寒いで2月も終る。

扨、今後の私の進展を如何にすべきか。私は自分の立直りを画る為に少し位、苦労しなくちゃと思っていた矢先だったが、好んで罪人の仲間入りをする事は出来ない。今日の新聞で「脱税御殿」とは良く評したものだ。まさにスキャンダルだ。此の新聞記事の後、殆ど新患は来ないよう。再来6、7人。勤務先は流石に面白い毎日である。トトーは今日何時ものキャンキャンの赤ちゃん声に混じってワンワンと成犬の声が聞かれる。「あっ、大人に成ったんだな。」6ヶ月経過したが犬は一年で成犬になるという。

3　A病院退職。七転八起の渡世如何に

此の病院は矢張止める。今日院長と事務長に辞表を表明して3月一杯でOKとなった。看護師も良く、働き易い所だが矢張私にはタブーの所だ。諦める事にする。所詮金には無縁の私だ。昨夜十五夜の月が奇麗だった。又職探しか。一難去って又一難か。人生七転八起だ。頑張れ、へこたれるな（Look up, Motoko!）貯金は今595万。又雪だ。吹雪いている。バスの窓外は幻想的。薄曇りの紫色と雪の線が青く見える。「奇麗だなあ。」心は寒々としている。私の職探しは進まない。自問自答する。「此れでも生きて行かねばならないのだろうか。」「当り前だ、メソメソするな。父も担癌体で72才迄現役で頑張ったのだ。41才位で音を上げるな。」「無意味ではないか。」「否、人間の此の世に無意味なんて事は何も無い。それこそ無意味な考えを捨て去り天寿を全うせよ。敗けるな！」

4　人間性は他と交換可能か

サテ、犬を飼い、その世話で忙しいのだが、自分は満たされただろうか？　決して、否否だ。唯、多忙と云う物理的な面のみは、確かに多忙だ。が、此の種の満たされ方は、此れは人間の所作の面だけで有って人間性と云う、範疇には全く関係の無い、異次元の事なのだ。動物に依って或いはピアノを弾く事に依り満ち足りると云うのは、人間を廃業した時のみだと思う。犬の世話の多忙さ、犬への、情愛等の感情即ち物理的、心理的な物が、人間性に如何程の影響を与えるかはほんの些少な物か、或いは全くナッシングだ。此れは人間の心理的な、忍耐によって表される物であり、人間の有する人間性とは全く別個の物だ。犬を飼う或いはピアノ弾奏に依って自分の人間性が、満たされる等到底あり得ないのだ。それは一時的の熱中であって人間性とは、全く関係は無い。此れは絶対的真理だ。譬え犬100匹飼ったとしても人間性は全く金剛不壊《こんごうふえ》の状態で残存、存立する。人間性迄浸食する事は絶対に無い。究極の人間性は人間性として人間である以上個体が死滅しない限り永久に保持され残存する。現実の問題として私も自己からの飛躍を企んでピアノ弾奏その他を求めたが結局それ等によって自分から脱出できたか？　答は〝否〟である。中村元子がデンと居座っているだけだ。脱出出来ず悶々として考えすぎ昏迷状態の憂き目を見たが、それ程自らは自らに固着されている。自己から脱出出来ないのだ。言換えれば寧ろ、人間性即ち個性が主体となりその個体を形造り存立させており、個体がそれを外に挿《す》げ替《か》える事は出来ないのだ。個々の個性を持った人間即ち自分以外の自分なんて存在し得ない。有り得ない。考えるべくも無いのだ。何故か？　分からぬ。答は永遠に〝否〟なのだ。此れは私だけでなく人間一般の普遍的な事だ。人間性は各人間に固執され、持ち続けられ、その人間一人一人が取りも直さず真理なのだ。如何に頑張ってピアノを弾こうと絵を画こうと矢張り自分的に弾いたり画いたりで自分即ち個性を脱し得ない。自分から脱却出来ないのだ。悲しい事に猿真似になってしまう。結局、人間は人間を超えられるか。答は〝否〟だ。それこそゴジラや怪獣になるしかない。ゴジラだってゴジラを超えられない。何故なら人間が、人間を超え得ない人間の、能力で以て、人間は然あるべきゴジラは斯くあるべきと人間的な考えしか出来ないからだ。然らば如何するか。此れは哲学宗教的に依存する問題となる。人間性の深奥を究めるのは犬を飼う、ピアノを弾く事ではない。此れ等は次元が違う物で混同する事は、出来ない。人間性の解決は哲学乃至宗教であり自らの自助の問題となる事を銘肝せねばならない。

　此の病院の院長は大変な事になっちゃったけど、職が無くて困ってた私を拾って助けて呉れた人とも云える。私は又以前のように無気力となった。日一日と過ぎる。対策も無い。新しい勤め口を探す事を考えると気が滅入る。昨日より又雪だ。今年はよく降るなあ。もう8～9回目の雪だ。ヤスパースによると文学畑ではダンテ、ドストエフスキー、シェイクスピア、聖書を読むべきと挙げている。私は文学畑で、ドストエフスキーは一応読破した積りだ。シェイクスピア、聖書（新、旧共に）も一応読んだが完全読解には至っていない。哲学畑では、ショーペンハウエルの「人生論」が好きだ。私と合致する孤独礼賛その儘だ。ヤスパースは「彼は一種の邪道で不具である」と評しているが、一面そう云えるかも知れない。しかし私は全面的にショーペンハウエルに賛成だ。後はトルストイの「人生論」か。

3月一杯で此の病院を止める。無為からの脱却を目指して無我夢中で半年間頑張り通したがもう良い。良く遣ったと思う。潮時だ。尋常な生活は出来はしない。往復4時間も掛るんじゃ（西の果てから東の果て迄の感じ）駄目だ。体を壊して了う。矢張、金では無いと痛感する。3月分の給料が出る。母に先ず20万。此れは母への御詫びの為だ。私の母への良心の呵責の代価だ。母の経済的苦境を助けて上げられなかった。当時、私も全く収入が無く重症の鬱状態だった等と釈明するべくもなく、今度曲形《まがりなり》にも少し収入があったので今迄の私の母に対する禍を贖《あがな》う御詫びとしての20万だ。今日で此の病院を退職する。私には道義的には良いのだが経済的には礑《はた》と困る事になる。今日は各支払いを済ます。岩波書店から「アラビアンナイト」全13巻を買った。「アラビアンナイト」は何とも直截《ちょくせつ》な表現で〝春本〟と評してあるが如何にも幼稚な放逸、剥出《むきだし》の明広《あけっぴろげ》な隠す所の無い、精神的老成が見られない娯楽版だ。しかし面白い。実に面白い。どの話も奇想天外の意匠で息もつかせず笑わせる。東洋の見知らぬ遠い異国情趣に満ち溢れている。母より手紙一通「地獄で仏」と思ったそう。可哀想に!!「お母さん。良かったね、今迄御免な。済みませんでした。」私は母もKo子も何が有ろうと守って行く。ちゃんと面倒見る。此れは私の負うた宿命だ。父とも約束した事だ。「アラビアンナイト」13巻読了。聊《いささか》食傷した。全く1巻から13巻迄、丸っきり同じ調子なんだ。でも未知の国の異なった「考え方」や「風習」に教わる所もあった。私は体調が悪く2週間休んだ。久し振りで電車で買い物。桜がすっかり満開だ。父に線香を上げる。3週間遊び暮した。流石に無聊《ぶりょう》に苦しむ。元の無為に陥入《おちい》って行くよう。父の命日（5／12）だ。亡くなって丸四年目。父は呆気無く此の世を去ったが私の気持としては父は何時迄も生きている。線香を8本上げる「お父さん、どうか安らかにお休み下さい。母と私と妹を見守って下さい。私達三人、一所懸命生きて行きます。」合掌礼拝。失職中。4／1より偉い休暇が有ったものだ。病院は止める事無かったかなと今思う。しかし犯罪に与《くみ》する事は何れにせよ避けねばならない。それが道理だ。父も生きてたら即刻止めよと云うだろう。トトーはジステンパーと狂犬のワクチンの注射を受けた。私を信頼し切っているトトーに応える為だ。

扠、幸薄き私にも漸く運命の女神が頰笑んでくれたよう。青梅のF病院の院長よりTEL。私は採用されたらしい。捨てる神に拾う神。「天は自ら助く者を助く。」条件として医師一人60〜70人診る。年俸1500万円、当直週一回と。今日am11：00に面会したいと。早速、青梅のF病院へ赴いた。風光明媚な景観を呈している。院長は日大医出身。私の父も日大文だが父の導きか？　遠いが何とか通えない事も無い。6／1より勤務開始だ。私の食卓には白いマーガレットが九輪咲いてる。シアーズ社から椅子、テーブルが届いた。アメリカ製の堅固な造りで42万円。一級品だ。パイン（松）材で木の節がその儘模様を成している。アーリーアメリカンの造りだ。搬入の人夫に、まあ、トトーが吠え付いている。狂ったように吠え捲る。近寄ったりすると、それこそスッポン力を見舞われちゃうぞ。さすが猟犬だ。良い番犬だ。「いいぞ、トトー、吠えろ!!」とでも応援するか？　椅子、テーブルも彫刻のある重厚な物だ。小柄な私には家具のサイズが大き過ぎる。アメリカ人て大きいんだなと思う。二ヶ月の休暇（失職の為）は長かった。しかし、前の病院の忘却及再び新たな仕事に対する意欲の奔出には役立った。此うしちゃ居られないと。それで十分報われたんじゃないのか。私の三叉神経痛は中枢へ坐を替えたようだ。眼よりもっと頭の中といった感じだ。本当に酷い焼付くような発作的激痛に襲われる。眼か鼻の奥かはっきりしない。白菊を父の為に供える。合掌。お父さん安らかに。

5　青梅F病院へ就職

初日から電車を間違え遅刻した。失敗、失敗。F病院は「小作」駅下車だ。医局の窓外の景色は山が見え雀がチュンチュン鳴き、遠くで「ンモーッ、ンモーッ」と牛が鳴く。牛もいるのか。青梅の山の中だもの。当然。全くの田園でホッと落着く。緩《ゆっくり》昼休みが取れる。この悩ましい頭痛さえ無きゃいいのだが。ジージーと春蟬が鳴いている。本当にサナトリウムを思わせる病院の全容だ。午前の執務中、小綬鶏や名も知らぬ小鳥の鳴声で山の気一杯の病院で嬉しい。受持患者37人。今週末、私のウェルカムパーティを開いて呉れるそう。今眼痛が酷くて出席できるかしら。眼痛の発作があると眼を開けていられないのだ。又眼を使うと眼痛が起る。眼因性の激痛だ。トトーは自分の巣の中で排泄をしない。散歩中に排泄を済ませる。だから散歩は一日一回必ず必要だ。トトーの散歩中も眼痛、頭痛が酷かった。トトーは私に構わずぐいぐい力強く手綱を引く。病院の昼食、いやに黒い御飯と思ったら麦飯だ。麦10％だと。流石奥多摩だ。医局親睦会。鮎の塩焼きがメーンだった。給料は6月分78万。一所懸命「ガマダス」事にする。死亡3人。私の気の弛みは患者の死を意味する。3ヶ月位で軌道に乗ればいいと思う。トトーは満8ヶ月。賢く可愛い。

6青梅に土地、家屋を購入

不動産屋へ行ってみた。「土地60坪に建坪27坪の家屋がある。二階建四DK（8、6・6、8、DK7・5）」の山荘を買う事にした。1880万。此れなら私は返済出来る金額だ。半分はローンに組む。東京17年41才で「60坪の土地家屋を青梅に持つ。」結局精一杯遣って此れだけだと云う事だ。間借↓借家↓持家か。ホップステップ、ジャンプだ。モコちゃん。フレーフレー。トトーにパルボの注射を受けさせた。一安心だ。明日母の所へ帰る。父のお墓に白菊の花を手向けてくる。母には志賀高原（長野）の手巻のハムとマンゴーと箸を5000円余でお土産に買った。

水俣へ帰る。午後11：00に着く。母とam2：00迄話す。頭が痛い。母が細かく気を配って呉れる食事が楽しかった。昼下がり、熊蟬が「シベシベシベ」と鳴く。群雀《むらすずめ》のシュンシュンと群れて鳴く声。一寸異様な聞き馴れない声。「お母さん、あらぁ何の声かな?」と。母は「雀たい。みんな集まって鳴きおる。」と。「ふーん」矢張、水俣は田園も一丁前だ。田園その物だ。夢のような束の間の母と妹との再会を楽しんだ。もっと居たいが東京にはトトーが私を待っている。飢えさせる訳には行かぬ。熊蟬が鳴き群雀の鳴く里、紅梅の木が畑一杯に拡がった大木と成っている。2日目は父の御墓へ。此れは秋葉山だ。掃除をして白菊を手向ける。母が「父の」と云うより「中村家」の墓を一生懸命作ったのだ。立派なお墓が出来ていた。「お父さん。安らかにお休み下さい。お母さんが付いてるから大丈夫だよ。又来るね。」お墓の下が納骨堂になっている。父の御骨はそこに安置された。合掌礼拝。私は深々と頭を下げた。矢張我家はいい。夜明にトトーが鳴く。直ぐ彼を外に出す。排泄の為だ。F病院当直。夕闇が迫る頃、此の「小曽木《おそき》」では「日暮し」が物悲しくカナカナと鳴く。朝方もam 4：30頃だろうか。近く遠く右に左にカナカナカナと日暮しの大合唱だ。何千匹といるのだろう。私は異様な興奮に包まれた。病院の裏山はカナカナの生息地なんだな。山深い病院の当直室での異常体験だった。九州では絶対有り得ない事だ。不動産屋に780万支払う。昨日で「土地家屋の登記完了。」根抵当を抜いて新たに「所有権移転及抵当権を設定。」銀行借金を完済しないと気が抜けない。2〜3日で900万円を支払う。

7　東京中野より青梅友田へ引越

直明けから帰るとトトーが、もう私を懐かしがる事、おかしい位。お腹丸出しで引っ繰り返って手足をバタバタして甘える。「おゝ、よちよち、寂しかったの、トトーや、大丈夫、ちゃんと帰って来るさ」とトトーを抱っこして頬ずりしてギュッと抱き締める。ギョンギョンと鳴く。「おーよちよち」これを二・三回繰り返す。トトーは賢い。他所へ移ったとちゃんと分ったんだ。「賢いぞ、トトーや。」

青梅市役所で住民票と印鑑登録証明書を揃えた。これで私の出歩くのは終った。使ったお金46万円。一寸1000万円は使った事に成る。良くお金があったなあ。静かな静かな山荘の夜。此処は私とトトーの家だ。朝小鳥の声に耳を澄ましコーヒーを飲んでると、隣家の組長さんが「高速道路圏央道」についての話をしてくれた。彼の話では此の私の買った家にトンネルの口が開く事になると云う。すると私が此処に住む事は手放しに喜ぶ訳には行かぬ。何時、そうなるのか、近いらしい。でも越した許りだし打つ手がない。それ迄此処の生活を享受しよう。しかしあの不動産屋はとんでもない食わせ者だ。先行きの不都合が分かってい乍ら売り付けるとは不届き千万!! この世間知らずのお嬢さんの私を騙《だま》しやがった。又私もいとも簡単に騙しに乗ったもんだ。おゝ世の中よ。お前の遣り口は嘆かわしくも惨《むご》い。しかし1880万で済んだから良かったようなものだ。一時的な家の売買に付いての憤慨を他所に年月は経って行く。私も何時しか圏央道の事は忘れて(?)しまった。素晴らしい天気だ。5:30におきて窓を開け放って犬と散歩。小鳥と「ツクツク法師」の鳴声のトンネルの中を進む。途中雨蛙がギャッ、ギャッ鳴いている。散歩の途中、赤い彼岸花2本手折って父に献げた。「お父さん、どうかお守り下さい」合掌。食事は久し振りに鯵の塩焼き、トトーは頭ごと一飲みに平らげた。医局で塩船観音に参殿。秋桜《コスモス》を見に行ったのだ。此処は全山躑躅《つつじ》の名所で有名。犬と散歩に出る時大きい赤褐色の蝦蟇《がま》が坐っている。トトーに踏まれても平然たるもの。ぞっとしてしまう。此の蝦蟇、家の守り神かも知れない。病院で名刺を作ってくれた。家の裏庭のブロック塀が完成。重厚な感じ丸っきり万里の長城だ。両開きの木の門を付け150万だった。後テラスを作る。ピアノ調律師が云うには「どうせ又越す家に何で、そう金を掛ける。」と云う。それも一理だ。私は無駄な事をしてるのかも知れない。母から丹前が送って来た。お母さま、何時も有難う。私の43才の誕生日。ガンジーインド首相が凶弾に倒れた。8発弾丸が打ち込んであったそう。シーク教徒を弾圧した為とか。オーストラリアからコアラが6匹お目見えだ。久し振りに緩と我家の庭園を眺めた。ボールを発止《はっし》と投げて犬に取りに遣らせる。トトーは必ず探して、口に銜えてくる。全回持って来た。流石猟犬トトーだ。寒くなった。炬燵を作る。昨夜満月、真赤な盆のような丸い月。高い杉木立の密林の上に美しい光を投げている。母から玉露が届く。直明けで帰るとトトーが雄叫びを上げて迎えてくれる。「おお、寂しかったの。お腹ペコペコね、すぐ御飯だよ。トトーや。」大分飢えてたらしい。寒いはずだ。奥多摩の山々は雪を頂いている。真底冷える。私は味噌汁を作る。私が物を食べるとトトーはギャンギャン鳴く。自分も早く欲しいんだ。「待ちなさい、トトー。先ず私が食べてから、お前だ。此れは此の家の掟《おきて》だ。

8　本籍を青梅友田に転籍

右の手続きを終え、名実共に青梅の人間になった。今日も木枯らしがピューッと吹き付け落葉を巻き上げる。何千何万という木の葉が風に舞い上がり虚空《こくう》に舞う。「オー。見よ。」「お美事!!」私は此んな光景は今迄見た事が無い。木枯らしを眼の当りにしたのだ。「木枯らし」も矢張、此方の風物なんだ。九州では見られない。風が冷たい。空っ風が吹き荒ぶ。霰と思ったら氷が降った。冬将軍到来す!!　木枯らしが吹き荒れ落葉を舞い上げ、吹き散らす。裏山がザワザワと音をたて物恐しい。私は此んな音は生まれて初めてだ。当直。院長代行だ。竹久夢二の小説から「幽幻境」と云う表現を覚えた。今迄「夢幻境」しか知らなかった。今年の流行語に「ダサイ」「セコイ」「ナウい」がある。低級な言葉だが感じが出てる。「ダ埼玉」(ださいたま)等、最高傑作だ。「木目細工」(私の趣味として)の「港町」が完成。豪華だ。私の傑作だ。(「木目細工」の師範級が取れた)１００～２００万で売れるかな。自分で飾って鑑賞して楽しむ事にする。今日はクリスマスだが、Kt Drが小さい標本瓶に入れた「サハラ砂漠の砂」をプレゼント。「へええ、奇麗な砂ですね」赤くてサラサラした砂だ。息子が地質学をしていると。事務のKg君が「先生、此れは身近な物ですが、どうぞ」と紙バッグを私に持って来た。トイレットペーパーが6ロール。身近過ぎるわね。でも役に立つし有難う。「成程、身近な物ねえ。」とおかしくなった。実際的なもので恐れ入った。

(長年お医者をしているがトイレットペーパーをプレゼントされたのは初めてだ)家に帰ると犬がワンワン交響楽団と化している。ひもじさと寒さと懐かしさで腹の皮が干《ひ》っ付《つ》きそうなのだ。引付寸前《ひきつけ》だ。体全体を以て私を迎える。「おお、よちよち、かわいちょう、分った、分った、寒かったしお腹ちゅいたのねえ。いい子いい子、トトーや。」私はトトーを転がして強く強く抱き締めて二~三回ギョンギョンと云わせる。可愛い可愛いトトーや、私の仔、全く犬子どもだ。愛して余りある。「おお、よちよち、さ、御飯にしようね。」昨日寒かった。皆が云ってる。何しろ寒さが半端じゃ無いのだ。冷えて底冷えがして泣きたくなる程寒いのだ。ふとんの中にいて寒くて眠れないのだ。タクシーの運転手も顔が痛いと云っていた。年越しの除夜の鐘11:00~12:00頃鳴り出す。「ゴーン」「ゴァーン」「コーン」と三種の鐘の音が聞える。友田神社の太鼓の連打がドロドロドロッと小止み無く始まる。今年の厄除けの太鼓の音だ。でも私も此んなのは生れて初めて聞く。トトーもぶっ魂消《たまげ》てキョーンキョーンと鳴き出す。まあ何とも賑やかな大晦日だ。

9　青梅の新年を迎える

正月元旦の朝6:45トトーがキョーンと鳴き出し私も初日を拝む事にした。神社迄行ったが御賽銭を忘れ、外の鳥居を拝んだだけ。父にも線香を上る。

昨年の総括を述べる。青梅友田に家を買い東京中野より此方の自宅へ引越を挙行し、快適に住めるよう、二～三の修復をした事。私は、一昨年10月に東一病院の職を辞し、昨年6月、青梅のF病院に就職す。夢のように駆け去った一年（S59）。何もかも此れで良かったんだろう。「こうしかならなかったのよ。」と父の墓前で呟くしか無かった。しかし良く思い切って選択した。もしもぐずぐずと東一で我慢していたらと思うとぞっとする。本当に彼れも人生、此れも人生なんだ。人間に許されるのはたった一つの人生だと思う。今60坪の土地家屋、我家と犬一匹の家族の生活に満足している。私の青梅時代だ。担ぐ訳ではないが、運勢は威勢運だが、逆上《のぼ》せぬようにと、心を引締めて懸らないと流されてしまう。母も元気。明日から仕事だ。よく休めた。一応総論に述べたが、各論として反省を兼ねて述べてみよう。

10　我が青梅時代、我が伴侶トトー

昭和58年9月30日、国立病院医療センターでの勤務を止める。此れが一大事件。翌日、A病院へ就職。年収2000万円。此れから私は民間病院へ勤め、自らの財を作る事に方向転換を画った。41才。大学院を出、医学博士の学位があり医師のライセンスも有るのに10／月万円だったのだ。東一病院の医員という美名（？）の為にだ。しかし半端な役職しか就けず此の様《さま》だ。余りにも不当に私は軽んじられているのではないかと色色煩悶が生じ鬱状態と

なり私は東一を捨て、民間に出て働いて母と妹を養おうと考えた。先ず何よりも鬱状態から自分の脱却を画る事を考え、高給の病院を探しA病院に就職したのだ。私は父の死（S55 5／12）の前日迄旭日の勢いで何の疑問も抱かずKo Drの配下として仕事に打込んでいたが報いられず敢え無く、父の死と相伴って私は昏迷状態に陥ってしまった。しかし、（時の助けや父や神仏の導きも多分にあったろう）自らの昏迷状態を脱却し、一歩降りて市井の病院に職を見つけ、毎日夢中になり働いた（年収２０００万の条件）。鬱の為一年間の収入のブランクが有り、窮乏を余儀無くされた所為もある。所が一〜二ヶ月の内に同じ職場の医師やNs等より、院長の悪業が密告により発覚し、裁判待ちの状態である事を知り愕然とする。悪に加担する事は出来ない。父より遵法《じゅんぽう》精神下に育てられた。一概に税を払わないのが悪人かは分からぬ。しかし法に与《くみ》しない者は矢張犯罪者たり得る。人柄が良くても。此れは法とは別問題だ。犯罪者を自らの首長に仰ぐ事は忸怩《じくじ》たる思いを拭い得ない。今思えば彼は私が困っていた時を救ってくれた人でもある。しかし此の院長は医業＝水商売と見做していないか。六ヶ月で同A病院を退職。翌年6月、青梅、小曽木のF病院就職。年収１５００万。8月青梅友田に家屋及宅地60坪を購入。代価１８８０万、１１００万を銀行ローンとする。しかし此の物件は曰付《いわくつき》の物だったのだ。圏央道なる道路のトンネルの開口部が丁度、この私の家と聞く。謀られた!?か、後の祭りだ。8月末、青梅友田に東京中野より犬一匹連れて引っ越した。12月、熊本県水俣市より東京都青梅市友田町4丁目624番地の9に転籍する。同日水道台帳の所有者も中村元子へ移す。これですべて、私の物となり、私は正真正銘青梅の人間になった。家屋及周囲の整備の為ブロック塀を周囲に巡《めぐ》らし、門を設置しテラスを設け、庭は造園家を入れ300万の出費を余儀無くされた。斯くて昨年は終った次第だ。

毎日寒い日が続く。トトーの水鉢も、水道管も湯沸し器もすべて、凍り付いている。トトーの散歩は直ぐ切上げた。顔が寒気の為ヒリヒリ痛いのだ。新聞には今年一番の冷え込みと。本当に寒かった。半端じゃ無い。因《ちな》みに都内がマイナス1・8℃、旭川でマイナス20℃だったそう。家の水道管には氷《つらら》が下がっている。白鳥の嘴《くちばし》が凍り付いて開かず餌が取れないと。幾等炬燵を最高温度にしても幾等も暖かくならない。大気が冷たく冷え切っているのだ。釧路はマイナス37・1℃、昼間がマイナス18℃の報、空気が凍っているそう。酷く寒いんだろう。私は堪えられない。真鯵の干物を焼いたがおいしい。ヒシヒシと私と犬とが食べる音が大きく部屋に響く。真面目な真面目な、本能（食欲を満たす）の時間だ。それにしても寒い。何も彼もガチガチに凍り付いている。寒過ぎる毎日である。終に雪だ。此頃は白雪を讃美出来ない。交通の心配が有るのみ。タクシーが坂を登れない為来てくれない。トトーを散歩に出す。裏庭はガチガチに凍りトトーが引っ張るので危い。新聞は「零下列島」と報じている。マイナス45℃の寒気団が居座っているそう。動物園のサイに赤切れが出来て飼育係のおっさん達も大変だ。全く震え上がる程寒い。凍った水道管を溶かすのに30分掛る。朝の忙しい時にチクショウと呪いの百曼陀羅《ひゃくまんだら》。全く、いけ好かない青梅だこと。暦は節分だ。私が東一を止めて16ヶ月が経過した。国立東一に入局する時Ko Drから「後悔しないように」と云われたが。その東一での生活は正しく後悔噬臍《ぜいせい》の毎日でしか無かった。私はそれに堪えきれず東一を止めたのだ。結局、此れで良かったんだ、自分の生き方はこれでしか無かったんだ。此うしかならなかったんだ。夢中で駆け抜けて来た感じだ。「梅一輪一輪の暖かさかな」で白梅が咲いた。人事に関わらず自然は正確に移ろい行く。10年前に医科歯科大のN教授の教室員皆で湯島に梅見に行ったっけが、と思い出す。教授はもう退官されたかしら？懐しい。立春だ。流石に暖かい。柱時計を買った。チクタクと落付いた沈《しず》んだ音色で、ぐっと生活しているって感じだ。空は抜ける程青く寒い。トトーは機関車の如く、びゅんびゅん走り捲《まく》る。春の気に煽られちゃったのかしら。今年は昨年迄の孤独感や遣瀬《やるせ》無さ等は不思議に感じなくなった。昨年迄、「我が孤独、我が隠れ家、我が憩。」（ゴンチャロフ、オヴローモフ）を生活の基調としていたのだが、今は手一杯、精一杯に働く為、此んな引込思案の余地が無い。直明け。滑子《なめこ》と豆腐の味噌汁を作る。此んな事をするのは長い医師生活18年に初めてだ。夜明けと共にトトーが泣き叫ぶ。私を起す。「散歩か、よっしゃ、待て!!」トトーと散歩。もう綱を引っ張る事、グイグイ引っ張る。私の綱を持つ手の平は綱で擦《こす》れて紅く腫れ上る。トトーは喘ぐように興奮して全身の力を振り絞って引っ張る。私がそれ程重いのだろう。「トトーや、お前強いねえ。元気の精だよ。エネルギー其の物だよ。」トトーは頼もしく成長している。

扨、確定申告に取掛る。当直。此の病院は何かが狂っている。しかし私は自分の家の確保が出来さえすれば良いのではないか。我関せずで行く。トイレの水が増えている。雪が溶け入ったのか。青梅は未だ汲取式なのだ随分、陽が高くなった。pm6：00でまだ明るいもの。夜明けも早くなった。今朝は暖かい。トトーの引張る力は何時もよりぐんと強く癪《しやく》に障る。位。私はガクンガクン揺れ乍ら引っ張られて行く。此間《こないだ》80才のYu Drが云ってた。犬に引っ張られて転んで後頭部を打ったそう。それでDrは持ってた杖で犬を打《ぶ》ん殴ったそう。私は笑っちゃったけど、それ程、犬の引く力は女や老人等よりずっと強いのだ。硫アミの原稿料5万円。帰りのタクシーから真白に冠雪した富士の嶺がみえる。此の地に来て9ヶ月だ。家の裏庭の雪は未だ溶けも遣らずバリバリに凍っているが、蕗《ふき》の薹《とう》が一杯で、はや春を告げている。トトーは3才。立派な成犬だ。強い子になったわ。病院のお昼休みの内に市役所へ「汲み取申請」に行った。話は30分で終了。市役所を出て中野に行き、必要な買物をブロードウエーと地下の西友で済まして病院に引返し、pm4：00に当直室に入る。2〜3日後には市役所から汲取に来た。有難い。此頃は毛皮のコートは鬱陶《うつとう》しく感じ、カシミヤのコートに換える。小鳥の声も賑やかさ、華やかさが一段と増す。春の息吹が、加わったからだ。矢張、春はいい。万物春を謳歌す。犬の散歩を終えるとam 8:00だ。すべての窓を開け放つ。春風よ、来りて吹け!! 病院ではレセプトの保険請求だ。どんどん引かれている。一つの病院を潰す等訳無く出来ちゃうと思う。凄いものだ。

母から便り。菫《すみれ》と桜の押花を送って来た。母って何と床しい人柄なんだ。春の雪、又も雪、雪、雪の世界だ。玄関の戸を開けると白い世界が展開している。正に深山幽谷の白い美だ。雪の降り頻る下で人間の営みが練綿《れんめん》として続けられて行く。降り敷く雪を押して魚仁が野菜を持って来た。3/12日は父の誕生日だ。忘れず線香を立てる。合掌。裏庭の雪を踏み締め乍ら、微かに足の下にキシキシと雪の軋《きし》む音を楽しみ乍ら、且つ辷《すべ》りはしないかハラハラし乍ら歩く。トトーは足はびしょ濡れにして懸命に歩く。家では北の窓から秩父連山の雪山が日光に反射して美しい。南側は山の杉木立が見ていて気持がいい。お寺の鐘の音がゴーンと鳴る。「あ、6時だ」トトーもキョーンを始める。小鳥がチッチッと一頻り鳴く。私も起き出しトトーと散歩。昨夜の雨で水嵩が増した裏山の沢の水が急流となりザーザー音を立てて流れる。医員が一人止めて、患者72人となる。直明けで帰宅すると待ち草臥れてたトトーは、もう引っ繰り返ってお腹丸出しにして手足をバタバタさせて甘えに甘える。「おおよちよち、トトーや、唯今でした。」抱き締めて息ができなくなるとギョーンと、その度に悶絶する。「おお。待ってたの、御免ね、ヨチヨチいい子いい子。お腹すいたのね、さ、御飯にしよう。」トトーを先ず散歩に連れ出し排泄させて、御飯をたっぷり与える、直明けで帰る度毎に此のセレモニーを繰り返す。春分の日、折角の休日だが雨で何も出来ない。4時頃雨が上がりトトーを連れ出す。鶯、名調子!! 杉木立で鳴いてる。「ああ癒やされるなあ。」と聞き惚れる。渓流の 潺《せせらぎ》 と清 澄《せいちょう》 な山の気と美しい鶯の啼声がナイス、マッチで「ああ山里ていいなあ。」と思う。「春 宵《しゅんしょう》 値千金。」身も心も酔ってしまう。朝7時、炬燵に入って緩り出来る時間だ。朝が一番頭が冴えているので色んな計画、勉強等は此の時間にする。昨年の日記に「自分を入れる容器に私は惑染《わくぜん》されて自らに不当な重荷を荷《か》していた。」と書いている。哲学しない此頃。小心翼々の体《てい》に慣れ切ってしまった。逆に器は小さいなりに自分を納めてしまった感じだ。此れでいいのか? 逆に疑問が湧かないでもない。楽は楽だが。市川の爺さんから 春 蘭《しゅんらん》 の鉢を貰う。立派だ。爺さんは盆栽造りの名人だと聞く。小雨の中をトトーと散歩。鶯が山の中で啼いている。 後片付けが済むとトトーの長毛をブラシで梳《くしけず》ってやる。長毛の飾り毛が艶艶しく光る。トトーの信頼し切った眼をみると「ウウン。いい子ちゃん」と頬摺りしちゃう。「はい終わりまちた。トトーちゃま。」早朝の散歩の帰りは公園のブランコに乗る。何故か私はブランコが好きだ。今朝タクシーの運転手が「彼《あ》れを見て下さい。」と云う。頭と嘴《くちばし》と足が黒く羽は真白の26～30㎝の鳥が木立に立っている。

「あ、鷲《わし》の仔かしら。」此の鳥は猛禽類の仔だ。まだ羽が生え替る前の赤ちゃん鷲だ。帰りにはもういなかった。翌日は医局で桜の花見に行った。此の所、雨ばかりだ。炬燵を片付ける。漸く天気が回復する。友田のお祭りだ。みこしや山車《だし》が繰り出してるが中野の氷川神社の物よりずっと素朴だ。銀座のベリョースカから、マトリョーシカが到着した。18体が入《いれ》子《こ》に為ってる。5万円だ。私はロシヤのサモヴァールとマトリョーシカが大好き。お店の人に一番大きくて一番可愛いのを頼んだのだ。「招福人形」という意味で、マトリョーシカに息を吹き込むと願いが叶うと云う。園丁の石川さんが来て裏庭に白樺5本を植えた。玄関の植込みとして私の好きな、柊南天《ひいらぎなんてん》が植えてあり、妖艶な芳香が漂ってる。「ああいいな。」家の思う。今日は汲取が来た。斯くて青梅の毎日は過ぎて行く。近所の人が庭を見に来る。家の美しい庭を。医局ではビフテキを食べに〝ウカイ亭〟に行く。ニンニクの合否を聞いて呉れるのでいい。私は否とした。おぞましい香りだ。たまの休日、ピアノ室（座敷）を開け放して寝そべる。此処からの庭の眺めは素晴らしい。裏山から気持ちのいい風が爽やかに吹き込む。良かった。2000万の価値は十分取り返した。5月に入る。一年で一番良い季節だ。

11　仙郷（ユートピア）なる我が青梅

照りも曇りもしない日、細く細く降り頻る霧雨もいいなあと思う。雨が上がり周囲が幾等か明るくなった。と出し抜けに「チョットコイ、チョットコイ。」と小綬鶏が素頓狂《すっとんきょう》に鳴《な》き喚《わめ》くと隣の雄鶏が「ゴゴゴーオォ」と唱和する。此れは閑《のど》かなバス（低音）が基調。小鳥は無数に鳴いている。彼等も、雨上りを言祝《ことほ》ぎ歌っているのだ。それにグルッポー、グルッポーと鳩が混ぜっ返す。高い高い杉木立の上に小鳥が飛び交っている。此う云う景色に会うと、仏のルナールの「博物誌」の田園の記録を読みたくなり、彼誌を紐《ひも》解く。彼の「にんじん」と「博物誌」は私の愛読書だ。特に「博物誌」は皮表紙を付けて常時持歩いている程だ。中国の陶淵明に云わせると、此の佳境は正に「桃源郷」かしら。彼《あ》れは、桃の花が川の両岸に咲乱れ、行けども行けども桃の花、其の尽た所に鶏犬相聞《けいけんあいきこ》ゆ、即ち人里、桃源郷だ。私の場合は苦渋の道を辿り、辿り、やっと、此処青梅の里に辿り着き、物《もの》したユートピアだ。此処青梅友田こそ己がユートピアに外ならぬと感慨を新たにした。数日後トトーは又キョーンを始めた。お尻が痛くて狂い回ったのだが、もう痛みは無いよう。元気に私に愛嬌を見せている。「良かった、トトーや、私も心配しちゃったよ。」庭に鈴蘭が白い可憐な花を付けている。白のセーターを着用。トトーは散歩は平気になった。以前通り定刻に鳴いて私を起す。未明から散歩を強請《ねだ》る。帰るとグーグー寝るのだ。此方《こちら》は夜明けと同時に起されて眠いのを無理して走ってやってるのに現金な奴だ。でも元気になり便通もある。トトー3歳、トトー喜べ。今テラスで寝そべってる。元気で食欲もある。治癒したよう。ピアノを弾き出すとトトーの鳴く事夥《おびただ》しい。曲想がトトーには分かんのかしら。私の子供の頃私の吹くハーモニカに近所のセパードが「オオオオーン。」と遠吠えしてたっけ。昨日裏の通用門が開け放しだった。昨夜トトーが豪《えら》い熱いで吠え砂利を踏みしだく音がしたが矢張泥棒だったのだ。戸締りを完全にやんなきゃ、不用心だ。家は四カ所に戸があるので各戸毎に施錠してしまわないと危い。トトーが良くぞ大声で吠えてくれたので泥棒は逃げたのだ。全くゾーッとする。生垣の有る家専用の泥棒が捕まった。家はブロックべいだが本当に用心しなきゃ。

直明け。トトーが喜ぶ事、この子は可愛いと心底思う。トトーには二心が無いのだ。5月も半ば、すっかり暖かくなった。どうやら家の戸袋には鳥が営巣してる模様。此頃私は此の病院のka院長は少し痴呆じゃ無かろうかと思う。診療に関してだが、遣る事が支離滅裂なのだ。来た当座から、この病院は何かが狂ってるとは思っていたのだが。ま、様子をみよう。散歩の時、トトーの綱を放したら一方《ひとかた》ならぬ喜び様でザッザッと砂利を駆け回っていた。トトーの首輪が又駄目になった。斯くなる上は私が手作りしよう。自家製の頑丈な引紐を。私にはやっと心の平静が戻って来た。東一を止め、八ヶ月後に、青梅なる此の病院に就職したのだが、それで漸く、驚き不安、絶望等から、解放された。やはり父の導きだ。K院長に御礼申上げなきゃ。汗ばむ位、暖かくなった。家の裏山で郭公が鳴いている。「あっ郭公だ。」

此の鳥だけは九州にいない。私は此の啼声を聞いて感動しちゃった。昨日は不如帰《ほととぎす》が鳴いていた。本当に山里の生活に癒される。いい所だ。

税の催促状が来てる。ナヌナヌ？　ええっ‼　131万円払えだと⁉　自分に対する苦言。高額の税が来てる。始めて税は恐しいと思う。金の支払いが無理な時、絶対に、何も買うな。ピアノ二台400万円ベースリーの時計30万円。造園代77万円にして然り。無理して迄、衝動買いするな。私はしがない勤務医に過ぎない。出費が多過ぎる。何でも見境無く衝動買いするから斯う為るのだ。カタログなんか集めるのを中止しなきゃ。私がそれを買わないから相手が死ぬ訳じゃ無い。相手は悠悠たる生活をして私をいい加減揶揄《やゆ》し、嘲笑してるのだ。何も向きに為って買う事はないだろう。何でも一歩下って良く考えて事を行え。43才の立派な大人なんだ。今度ばかりは猛省した。すべての結果は自らが作るのだ。軽佻浮薄を恥ず。

可愛いトトーに、久し振りに、煮魚（鰺《あじ》）を食べさせたら頭の骨一つ残さず完食した。家の二階の戸袋の鳥夫婦はまだ出て行かない。どんな鳥かな。もう巣立ちの頃と思う。「戸袋が開かない。」と思ったら鳥の塒《ねぐら》に為ってたので吃驚《びっくり》したのだ。雨は降っていないが、グアラッ、グアラッと蛙（多分蟆《がま》）が啼いている。四季の移り変りを居乍らにして眺め或は実体験出来るのは全く恵まれた事だ。しかし此んな青梅のド田舎の住人になろうとは、誰が否自分ですら考えたろうか。答えは否だ。人生に伴う、其の時々の人の思惑《おもわく》は全く不可解でしか無い。東京は今日梅雨入りした。母からの鰯を炙《あぶ》って食べた。モーゼル（独ワイン）を開ける。色色ワインをコレクションしたが、矢張、ワインは仏ワインに限る。断突だ。

扨、私も青梅に来て一年、経過した。青梅顔になったかしら。籍を移し名実ともに青梅人なんだけど。直明。トトーの健気な御迎のセレモニーを受ける。「おお、よちよち、おんりこちゃん。」犬を転がして抱締めて頰摺りする。犬には霊感が備わってるのかしら？　私を良く知って見分けるのだ。此れは霊感というより矢張り、鋭い嗅覚、聴覚、視覚を動員する結果だろう。本当に感心して舌を巻くばかりだ。トトーは家《うち》の子、私の子だと一頻り思う。今頃私はお腹が空き大食漢だ。朝から四杯も食べる。白菜の漬物が本当においしい。家のトトーだが、可愛くチビだけど魂は１００～２００％だ。非常に賢く確りしている。私の良い伴侶だ。

12　青梅の四季（青梅二年目）

(1)　夏は来ぬ

此れから暑くなるので、トトーの背中の厚い毛は刈り取る。可成の労働量なんだけど、右の腹側の毛も刈る。さあ、夏だ。トトーと灼熱の中を歩いた。ブロック塀《べい》からホヤホヤ水蒸気が上がっている。家の横を流れる沢のドードー云う水音に交《まじ》って、まあ小鳥が良く啼く事。無数の、小鳥の鳴声が一つの大きな音となって聞える。此んな自然の音って私は初めて聞く。いい所だなあ。

　魚の値段が高いと嘆くまい。汲み取がやっときた。溢れんばかりだったのでホッとする。税の還付金が２０８万円だ。大いなる喜びだ。雨の中を庭の雑草を抜いた。ゴミ袋五個分。「やったぜ、ベイビー。」かんかん照りの炎天下ではこの作業はとても出来ない。雨の中でレインコートを着てやるのだ。私は42才ではじめて本当の土の臭いを嗅いだ。乱診乱療の廉《かど》で、懲役の医師が新聞紙上を賑わしている。あんまり私利私欲を画るからだ。此の病院は非常に低レベルだ。内科の患者に全く不必要な整外の病名を15〜16も表記しているので私は此れは駄目だと思い整外の病名を全部削除してしまった所、院長よりクレームが付いた。不要な他科の病名等削除してしまうべき、必要はないのだと思うが解せない。矢張、此の院長の知能、及医学的常識を疑う。早く此んな劣等病院は止めて出て行く事だ。家の裏山で甲高《かんだか》く日暮しが啼いてる。物悲しく且つ物寂しい其の音色を楽しみ乍ら、台所で無心にお米を研ぐ。良きかな友田の里山。朝６：00に犬と、散歩に出るのだが、此の時間で、もうカンカン照だ。トトーはハーハー息を切らし乍ら私を引張る。その一途な嬉しそうな犬の使命に燃えた顔。私を信頼し切った顔。時々私を振り返る。私は眠いのを起こされて仏頂面をしてやっとの思いで眼をしょぼつかせてトトーに従う。今萱草《かんぞう》の花が真盛りだ。朝4：00頃、日暮しの大合唱が始まる。高く低く遠く近く、絶妙だ。明るくなるともう啼かない。あの日暮しの啼声の音域はいいな。涼味と寂寥に満ち且凄味がある。病院。では三人重症。イスに座る暇が無かった。日曜の午後の事。5：00頃から空が暗くなり7：00頃から雨が降り出す。そして大雷雨。落雷10発稲光も紫色の霊光を不断《ふだん》に発し正に電気の狂乱の態である。そして又雨の物凄い事。恐い位の豪雨だ。未曾有の豪雨だ。「わあーっ、降る降る。」雷はバリバリ落ち乍ら恐ろしくて到頭電燈を消してしまった。流石にトトーも黙って私に抱っこ抱っこだ。洗濯物はびしょ濡れ。沢の水がゴーゴー流れ奔流と化し水音が凄い。友田は盆踊りの予定だったが止めたらしい。でも花火は奇麗だった。昨日の豪雨で砂利が道路に流れ出しているので朝からトトーを散歩に出して直ぐ砂利掻きをした。連動作用か隣家始め彼方、此方でがーがーとシャベルを遣ってる。砂利が流れ出たのだ。家の庭に水路を作らなくちゃと痛感する。病院では皆、異口同音に昨日の雨の激しさを云っていた。パリから、オーダーしていたモーニングカップセット（ピンクの虹の模様があり両手で抱える程大きいが何処《どこ》か可愛い。）気に入った。バスローブもOK。青梅は緑又緑の環境だ。此れは東京随一だ。院長よりベートーベンの大きな肖像画とコンサートのカレンダーを貰った。彼は、もし戦争が終結しなければ陸軍大将に成ってた人だ。昔の幼年学校を出たお坊ちゃま先生だ。此の暑い毎日、37℃の猛暑だが植木にたっぷり水を遣れない。バケツではとても間に合わないし、そんなに体力も無い。如何《どう》してもホースリールが要る。水を遣れず植木が枯れるのを見送るしかない。ミンミン蟬の大合唱だ。毎日の猛暑の中も落着いて「夏は暑いさ。」「蚊に刺されれば痒いさ。」と客観的にやり過ごす。朝の散歩。私の出立《いでたち》はショートパンツにタンクトップルックだ。ジョギングの5人家族連れと「御早う御座居ます」と挨拶を交わす。夜にローソクを燈し乍ら素朴な一生でも良いと思った。病院では下血の患者、埼玉医大へ送る。四人目だ。

大事件だ。8／19 am 9：00、日航機が長野山中で墜落した。524人遭難したと。生存者が2人だ。科学で割切れない何かがあると思う。茄の漬物の、茄紺《なすこん》の紫色が実に美しい。絶賛に価する。味も絶品だ。座敷で日記を付けてると〝ツクツク法師〟の蟬時雨だ。何百何千の〝ツクツク法師〟の大合唱だ。此の美しい青梅の環境は捨て難い。捨ててはいけない。友田は、可成の深山幽谷なんだなと思う。私は生まれて初めて青梅友田に生活するのだ。各々の事象に対して驚きも一方ならず清新だ。私の勤めていた国病医療センター（旧東一）で胃に穴を開けたと患者より告発され新聞沙汰になっている。私も良く気を付けなくちゃ。日本に次いで英国の飛行機が離陸寸前に炎上、52人犠牲だと。日本の御巣鷹山の1／10の数だ。でも良く落ちるなあ。私は航空機の落ちる率は非常に低いと聞いていたが。8月晩夏。流石に清涼の気だ、私はテラスを洗い砂利を濡らし庭の雑草を抜いた。七時まで掛る。蚊に刺され手がチクチク痛いが我慢して夕飯の支度をする、ここ2〜3日コオロギ、鈴虫が鳴き出した。それにツクツク法師の多い事。煩い位だ。今年の夏も暑かった。蚊に良く刺されたわ。秋冬への準備も略済まし気分的に落付いた。此れから生活をエンジョイするぞ。今迄は所謂生活を生活して、生活ごっこをしていたに過ぎない。青梅では、本当の生活だ。夏休みが終り今日から勤めだ。冬休み迄長い長い御苦労様が開帳する。帰ると「エレガンス」が2冊来ている。仏のファッション雑誌だ。流石！　美しい色彩度肝を抜かれる色の感覚。凄い！　日本人に無い色彩感覚だ、真似出来ないな。実に彼等は洗練されてる。

扨頑張って秋、冬乗り越えるぞ。心機一転だ。直明け。此の時ばかりは手放しでトトーを可愛がる。トトーは引っ繰り返って手足バタバタさせて、私が抱っこするのを待っている。「かっわいい。」の一言に尽きる。抱き締めてギャインギャインと2〜3回云わせる、私の本当の子供だと思ってしまう。未だまだ暑い厳しい残暑だ。家の庭の立木は8〜9本枯れた。水分不足なのだ。多摩湖も水枯れだそう。農協からホースリールと米櫃《こめびつ》を買う。山里生活は一年生の生活必需品だ。病院では食事は麦20％の麦飯になるそう。麦飯反対!!　麦飯嫌い!!のシュプレヒコールだ。私は此れから弁当持参とする。昔の服からボタン穴2つも太った。母から荷物2個送ったと。お母さん、何時も有難う。「何かな？」と考えながらダンボールを開けるのは心嬉しいもの。4：00時から大雷雨。雨は大して降らないが雷だけは光の狂乱だ。稲妻が一本の柱となる。ビービーと窓ガラスが振動するとババーンと打上花火みたいな大雷鳴が響《とどろ》く。5：00頃然《さ》しもの雷も納まる。青梅は雷が非道いし多い。空が低いのかしら。10：00室温30℃だ。遠雷が鳴っている。翌朝私は腹痛で起きれなかった。「トトーや、御免ね。人間も病気するんだよ、そう何時も何時も走ってる訳にはいかないのよ。」トトーは真底空腹な時は形振《なりふり》構わず、自らを主張し吠え立てる。私もそれが分るので取る物も取り敢えず、魚や肉を買いに走る。そして与える。トトーが満ち足りた時、家の中は静かに為る。犬はイソイソと床に寝転びスヤスヤ寝息を立てる。その中で一人悄然と胡瓜を拵え糠味噌にひしひしと詰め込んで漬ける。此れが私の人生半ばの暮らし向きだ。母からの荷物を受取。5万円分の品物が詰めてある。有難うお母さん、ああ持つべきものは母なりか。家に帰ると何はともあれトトーを散歩に連れ出す。トトーは力一杯、持てる、有りっ丈の力を振り絞って引っ張る。余程嬉しかったのだろう。引かれている私はたじたじ蹴《け》躓《つまず》きそうになる。トトーは真から愛おしい。嘘のない子だ。邪気とか、人を謀ろうとかが全く無い。無垢《むく》或は純真其の物と云うべきか。此の子の所作は少々荒っぽいがトトーは賞賛に値する。私はトトーを全面的、絶対的に買っている。トトーよ長生きしておくれ。お願いだよ。母からのアオサで味噌汁を作ったがおいしい。私がこれをおいしそうに啜《すす》るのでトトーが堪り兼ねてキュ ーッキューーッと呻吟するので落着いて食べられない。トトーはおかか御飯だ。私の蔵書を整理した所、今の所500冊そこそこだ（専門書、原書、雑誌は別として）。母に七万送金す。〃ゾレイユ〃から中原淳一の絵葉書が附録で付いてる。母には此の葉書を出そう。夕食にじゃがいものポタージュを出した所トトーはそっぽ向いてて機嫌が悪い。おかか御飯を上げたら息もつかせず食べた。「トトーや御免ね、お腹すいてたんだ。トトーは悲しいね。眼と声だけだもの、しゃべれないよね。」幼気《いたい》な犬の仔、元子よ傲る莫れ。戦前の大正時代の雑誌をみると皆が貧しく慎しく生きている。成可く長持させて古いものは解《ほど》いて再利用して創作する事に主力を置いてるよう。私もこれを見習わなくちゃ。今頃雨が降り続く。植木が水不足で枯れてしまい、ホースリールを買ってから雨が降って何になる。全くの馬鹿天気だ。病院では保険が返される。見るも無惨に引かれている。滅茶苦茶の感じだ。私の現在の体重は47kg、東一に入った頃は40kgそこそこで他の女医仲間から「あれはやせ過ぎよ」と陰口をきかれていた。

(2) 秋酣

此頃、真白い御飯を見ると如何しても食指が動いてしまう。薬剤師のTさんより栗を大量に貰った。青梅の在の人だ。彼女も太ってる。栗を沢山食べるのだろう。私は19年間お医者を生業《なりわい》としてるが殆《ほとほと》疲れた。しかし疲れたから止《よ》すという訳には行かぬ。私の生業だからだ。全うすべきだろう。中空高く百舌《もず》がキイーッキキキと鳴き喚《わめ》いている。柿の葉っぱが処々落ちている。母が云ってた「お母さんも柿の葉っぱが好きで、よう集めておった。」母は一枚の葉っぱに赤、黄、緑が混じってるのが好きだと云ってた。美貌の母を思い出す。雨の中をトトーと散歩。所が、家に着いても石の階段を登ろうとしない。雨が降って散歩を早目に切上げたのでトトーはそれが体感として分るのだ「未だ足りてないよ。走ってないよ。」トトーの抗議を聞け。トトーは本当に賢い。舌を巻いてしまう。「トトーや。今、雨なの。風邪引いちゃうよ。」午後から晴れる。トトーとボール投げして遊んであげる。昨夕、多摩川の川辺の欅《けやき》の林に月が出てて、いい眺望を呈していた。空は夕焼けだ。又行こう。

買出しに中野に出る。途中、東青梅で140万定額預金。電車の中で、私は矢張疲れているらしく電車の窓にゴッンゴッン後頭部をぶつけていたようだ。中野丸井で手袋、財布を買い西友で食品を買う。もう持てない。限界だ。重い重い。家に着くとシャケ四片を焼き、私も犬も狂ったみたいに、食べ捲《まく》った。やっとで落着く。魚に飢えてたのだ。魚仁は不良品や不配達で信用出来ない。私が東京迄買出しに行く。後は都内のデパート農協の通販を利用して確かな物を買うようにしている。直明けだ。雲一つなく風も穏やか。帰ってから「ああお腹空いた」犬も私も食いに食った。食後静かな静かな夜。コチコチと時計の時を刻む音、逝く秋か。家の裏庭の柿、もう甘いかしら。20個成ってる。天高く馬肥ゆる秋。途中の道には野菊が咲き乱れている。病院では待ちに待った昼食だ。持参の弁当を開《あけ》る。椎茸と寒漬、梅干弁当だが、おいしい。私のは「空腹は最高の調味料」という奴だ。トトーは久し振りに肉と骨を貰って御機嫌だ。

冬支度が忙しい。野菜をカートン買いする。味噌、砂糖も20kgずつ買う。雪で外に出られなく成るのだ。今日は10株の白菜を漬けた。一冬分の支度だと思えば何でも無い。白菜は一日で美事に水が上がった。霜が降《お》りた。ずーんと底冷えがする。此うなると朝起きが嫌だ。「ああ、夏の方がいい」となるから人間て身勝手な物だ。風邪か、熱発。勤めを休む。pm 4：00には38・5度に上昇。体は脱力感で腑抜のよう。近年此んな高熱を出した事はない。一日中寝ていたが熱は退かず不安になる。翌日37・7度、まだ有熱状態だ。頭痛あり。オラスポアを飲む。翌日は38度より下がる。矢張過労だ。気を付けなきゃ。身一つで世渡りしているのだから。12月に入った。室温3度、寒い。風邪は自覚的に完治していない。ずっと尾を引いているよう。全く酷い目にあったものだ。又食欲も戻ってきた。自前の白菜漬けが、おいしく漬かった。食べ頃だ。此の赤穂の天然塩がいいのかしら。原稿料12万入る。此の病院では人間らしい生活が送れてそれだけでは無い。尚且つ、余録（御負）があるのだ。即ち原稿料が給料外に入るのだ。これは助かる。魚仁が肉、魚の外に一本五千円のハムを3本届けて来た。今日高島屋から黒の毛皮のロングコートが届いた。来週から着用。寒い。都内でも氷が張った模様。病院ではボーナスが少ないのでNsの総決起集会だそう。しかし、此の病院に18億の借金が有るとは驚いた。初耳だ。全く。ボーナスも低い筈だ。

(3) 冬到来

俄然寒くなった。夜の冷込みが厳しい。裏庭は一面霜で真白だ。芝生の下の地面は霜柱でガチガチだ。トトーと散歩に出ると顔が寒気でヒリヒリする。全くもう冬だと痛感する。二年目の青梅の冬か。静かな冬だなあ。こそとも音がしない。冬特有の静けさだ。此れに雪がしんしんと降る、凍《しば》れる夜だと、もっと静かなんだ。きっと。犬が煩さく鳴く。寒くて鳴くのだ。炬燵から出ると手が悴《かじか》んで出られない。三越から羽毛のガウン2着届く。12月半ばだが室温マイナス1℃だ。寒い。トトーは寝坊して6：00に鳴かない。「あれ？　死んだか？黙って死んだな。」と思ったが、何のその、元気でホッとした。犬も寝坊するんだと知った。1985年は全く事件の無い年であったが物を買っただけで何もしなかった。詰んない年でもあった。しかし、この一年で今迄の肉体的及精神的な負荷がすべて帳消しにされた。私にとっては無くてはならぬ、本質的に有難い年でもあった。此れが無ければ今頃私はどうなっていた事か。文化果つる所に長居は無用とも考えるが、私の軽薄な思い上りでは無いのか？慎重に慎重に塾考を重ねて行動するんだ。世間はそう甘くは無いと自分としても十分理解出来たんじゃないのか？　先ず負債を早く返済してしまうのだ。何よりも此れを片付けない内は何処にも動くな。を信条とする。食材の事だが矢張、ハムは貯蔵品として抜群だ。今頃トトーの鼾《いびき》は二階迄聞えて来て吃驚してしまう。年末も押し詰って来た。Ta Drよりシャンパンを頂く。開けた途端にポンと音がし、シューッと泡立ち半分方零《こぼ》れてしまう。スパークリングワインだ。豆腐に鰹節を乗せてワインを飲む。「ロビンソン・クルーソー」の「飢えの恐怖」、は確かに人間誰しも、本能的な恐怖は此れだけかもしれない。何故なら此れこそ「死」に直結しているからだ。１９８５年よ、左様なら。私にとっては善き年であった。

（昭61）１／１東京18年目突入、昨年は平穏裡に終った。唯、物を買い揃えた。造園（77万）を気取ったが大半を水不足で枯《から》してしまった。全く馬鹿気てて、お話にならない。今後、無理無駄を遣らない。物事を遣る前に如何するか、遣るか遣らないか二者択一なれば良く考えて事を行うのだ。遣った事の結果はすべて、自分に返ってくる事を銘肝せよ。此れが今年の目標であり反省である。それと、常に、真逆《まさか》の場合を慮《おもんぱか》って貯金を怠り無く行う事。「健全強壮、自由な人間性、此れが第一の徳《とく》である。」（ジャン・クリストフより）。

夜、私は今後何を求めて生きて行くのか。43才。32才で学位を取り医博となった。ピアノはスタンド次いでグランドピアノを買った。４００万。41才で青梅に土地家屋をもった。（中古住宅）だが家を持つのは必然的な結果だ。後10年で都内に土地、家屋を持つ。生活の利便性を考えるのだ。これを今後の目標として行きたい。4日から仕事始め。矢張青梅は酷寒の地だ。何もかも凍結している。バケツの水、道路も凍っててトトーの散歩中止。道路が辷って危い。此れからが思い遣られるな。ブーツが壊れた、電燈も灯《つ》かない。風呂も駄目。ドミノ現象だ。何たるボロ屋なんだ。中古住宅等、二度と買わない。トトーは綱を放しても私の云う事を良く聞く。家から病院迄の交通費、タクシーで自宅送りの為、月15万懸るのだ。此の費用を如何に捻出するか。小作駅迄歩けば（30分）如何《どう》か。冬期は雪路の中を小作迄歩く等不可能で絵空事に過ぎぬ。当直を2回／Wにして交通費を作るか。しかしそうなると犬や私の体力等を考えると週1回の今でさえやっとなのだ。とても無理だ。安易に考えると失敗するぞ。物を買うのと違うんだ。自分の体力を消耗する事なんだ。犬を飢餓に曝《さら》す事に為るのだ。斯《かく》なる上は却下。今少し現状維持しか無い。原稿料等極力頑張って収入を増すしかないいか。1月も半ば過ぎた。此の寒いのに小鳥が多い。トトーはお風呂に入れないので焦茶色の塊《かたま》りと化している。（本来は美しい光沢のある淡いベージュ）。でも可愛い。此の原始村にはトリマーが近くに居ないのだ。

13　再び都心での生活へ止み難き渇望

鑑《かんが》みるに人間は佳境のみで生きているのではない。矢張、此の山の中に引き込って居ちゃ駄目だ。何も彼も都心に出ないと無いのだ。今一度考え直さなきゃ。生き死にの問題だ。兎も角、情無い事に文化施設が何も設けてないのだ。病院は勿論何事も無く愚直な好人物、且つ善意の医師に囲まれて平穏裡に過ぎた。此の青梅友田の生活は傷心の自分に取って、本当に幾重にも謝意を表したい。友田よ。小曽木よ。有難う。しかし一旦文化的進歩的生活を欲するとすれば全部それは都内のみに限られるのだ。山住《ずみ》の者はすべて、交通費と時間と云う代価の代償として都内に出ないとそれが得られないのだ。都内からの恩恵を受けるには代償がいるのだ。自らが此れを払わぬと手に入らぬ、全く不条理、不都合だ。自分としては不如意だ。傷心を癒やすべく赴いた此の山里はその目的に対しては全く打ってつけの所だった。しかし時間と環境によって、それが癒やされ夢中からの熱《ほとぼり》が冷めると再び、以前の自分は復活してしまうのだ。再び文化的生活を羨望《せんぼう》し、所望《しよもう》する、止み難い欲求に駆られる。都会の人込みと喧騒と粉塵の中に埋《うま》りたい、耐え難いばかりの欲求に懊悩《おうのう》するのだ。格言に云う。「自分の為さんとする事は為し遂げない内に他人に漏らしてはいけない。」真理だ。トトーは今日は肉、骨、御飯、魚二匹分の骨をすべて食べた。満腹してぐっすり寝ている。動物はお腹一杯食べて満腹する以上の幸福は無さそう。人間にして然りか。

扨、此の病院Nsが10人以上、止めるそう。人員整理は出来るのだろうが診療自体が遣って行けるのか。此の病院、乱脈経営の煽《あおり》は何処へ向かうのか。一体働く為の必要十分条件は何か。或る程度の定収入があって食べて行ければ良い訳だが、此れは人間の最低生活条件であって、此れだけで果して十分かと云うと良い訳が無い。「ああ中野での生活が恋しい。彼《あ》の、元《もと》の、生活に戻りたい。此処は生きて行くだけの全くの穴蔵の生活だもの。閉じ込められて何も出来ない。取敢えず都内の何処かの住宅のある病院に籍を移して働き乍ら行動するとした方が一番無難だ。勿論すべてに先立つ物は此の家の借金完済だ。残る問題として、再び都内へ出る願望切実なるも、此の家を売る事は今一つ、二の足を踏んでしまう。正直云って売りたくない。やっとの思いで手に入れ、私は私なりに自分の家の、「あるべきよう」を心に描き、それとこの古家に精一杯の努力を持って色色手を施したのだ。それ故、此の我家を人手に渡し、此の我家を不意にするのは惜しくもあり悔しくもある。可成愛着があり捨て難い。問題だ。一歩後ずさりするのだ。慌てる事は無い。今一度それこそ熟慮してみよう。此の病院は倒産の危機に曝《さら》されていると聞く。小作の運転手すら知ってる話である。

又あの院長は病院の栄養士を女にしていると聞くが、早晩倒産するだろう。そもそも、基金からも金が来ないそうだ。如何して病院を運営して行けるの? 対策として私は当然、此の病院は止めるが都内に宿舎のある病院を探してそこで当分働く。家に帰るとお腹が空き、腹一杯食べた。トトーと一緒に一日2合食べる。50kgだが、何のその、背に腹は換えられぬ。トトーは青梅煎餅をカリカリ食べてる。トトーを抱っこすると、もう太ってまん丸になって重い。デブ子ちゃん。トトーはお腹がくちくなると寝る。単純明快。（1＋1＝2の計算式通り）。私は勤めを替わる前提で机の上を片付けてしまった。此の傾きかけた病院は如何為るのか。院長はさして具体策は無いようだ。此の病院は倒産であって別に不正を遣ってる訳では無い。如何とも為し難い。父（日大文）に導かれて此処に来た（院長は日大医）と思ったが結局は徒花だったのか。妹のS子の「姉さん、国立を止めるな、止めてはいけない。」との叫びは真実だったのか？　しかし私は当時、とても我慢しきれなかったその儘、居たら結局自殺か、狂死か、狂人か、自滅の道を辿っていた筈だ。結局成るに任せるしかない。S43年東大闘争より此の方、国立大医系大学院、国立東一病院と迷わず来たが此処に至って如何にすべきか、今迄大きな機関の中で組織の一員としての行動に過ぎなかったのだが、自分が主体となると、それだけ、舵取りが難しいのだ。

降雪。pm４：00には病院を退《ひ》ける。でないと雪で帰れなくなるのだ。此の病院ではNsが18人止めＲＨも閉じたそう。私は患者の診療が遣って行けるのか危惧する。随分春めいて来た。雀がチッチッ啼いてる。在京19年目の春だ。フィリピンではクーデター。マルコス政権が退陣してアキノ氏が大統領となる。此処の病院では院長に退陣を迫っているそう。しかし彼のTu（事務長？）とか云う男は非道い奴だ。人非人だ。人間てわからない。良く気をつけないと。今朝7：00にトトーと散歩。トトーの嬉しがる事。「ヨチヨチ。雪で散歩できなかったものね。私が怠けてたんじゃないのよ。いい？　分かった？　トトーや」、中野の西友に買物に出る。肉、魚の買出しだ。西友の各ケージの食料品の豊富な事!!　驚くばかりだ。いいなあ。東京に住んでいるんだから東京の恩恵を十分に受けなきゃ。その為に粉骨砕身して稼ぐんじゃないのか？　母から〝ツクシ〟と〝菫〟と〝菜の花〟の押花の床しい便りだ。向こうはもうすっかり春なんだな母は高菜と大根を四斗樽に漬けたそうだ。人間は精一杯、健《したたか》に生きなきゃ。母に右へ習えだ。楚楚として、しかも強《したたか》に逞しく生きる母に声援を送る。お母さん頑張ってな。

暦では彼岸の入りだが未だ未だ寒い。裏庭で蕗のとう一個見つけた。春はもうそこ迄来てる。昨夜雷雨で落雷2発。今日は吹雪いている。雷も鳴る。市役所の放送。「大雪警報」を報じている。風が強い。裏山の木が何本も折れ、ドサドサ雪塊が地響きを立てて山を転がる。隣家のTVのアンテナがポッキリと二つに折れてる。「凄い」の一言に尽きる。今も未だビューッビューッと吹雪が猛り狂っている。周囲は薄暗く凄惨な光景だ。雪も此処迄降ると美しく無い。凄絶としか云いようが無い。到頭此う云う猛吹雪に出会《でくわ》した。私は、此んな雪嵐、猛吹雪は、生まれて初めての経験だ。本当に降り込められるのだ。半端じゃない。ブリザードだ。此の雪、今日一杯、降り続く模様だ。漸く雪も止んだ。朝早くから起きて玄関と石段の雪掻きを遣る。汗びっしょりだ。雪の重みで沈丁花が二本倒れている。木を起こす。新聞によると停電が至る所で発生。電車が追突し２０４人重軽傷とか。お彼岸でも大雪が降るんだ。兎も角、雪への防災と食料品の確保が重要な課題となってくる。

14　院長より医局長就任を勧告。拒絶

Ka院長より医局長を引き受けて呉れと勧められたが今更倒産を眼の前にしている病院の役職等引受ける積りは全く無い。私は丁重に御断りした。5月迄のローンが終われば止める覚悟だ。雪は道の両側に積んであり、両側壁をなしている。その中をトトーは直走りに走る。此の子は本当に散歩が好きなんだ。生理的欲求なんだ。矢張、猟犬だし、非常に身が軽い。あんなに沢山食べてお腹まん丸なのにと思っちゃう。

15　一陽来復

3月も終る。室温10℃、鹿児島は24℃もあったとTV。

此頃、私は食料品を買う事に執心している。此間の雪嵐にこりたのだ。此処等は山里で店が無い。「一寸買物。」なんて事は先ず出来ない相談。中野ではお店が多く買い溜め等しなかったが、此処では、それが必須条件だ〝伊勢丹〟から砂糖等の食料品が届く。トトーが口の辺りを真白にしているので、何時も御飯の時泡吹くので「あれれ、此の子真白に泡吹いて」

と思ったら、袋（1kg）を破いて白糖を舐めているのだ。4袋ダメにしている。トトーも時には馬鹿を遣らかす。4月に入り吉野梅郷に足を延ばした。全山梅林で良い匂いだ。花は二部咲き程度だった。5月に入ればトトーの毛を一掃する。色んな木の葉が毛に絡まって毛玉になってる蓑虫みたいだ。一心に走ってトトーなりに笑って甘えて呉れる。とても可愛い。

扨、私の近況について述べる。現時点に於る、私自身を慮ってみると、都内から遠隔の地、此の山里への幽閉状態、自ら欲して、絶対的に欲して、此の状態に無いと自ら、自分を救い得なかったのだ。此の今の状態が必要不可欠の要素だったのだ。現状態と為っては必要悪でしかない。重症ノイローゼによる昏迷状態より脱却し得た事。私は今、即ち、現状態下では十分世間に対応出来る。否それ以上の自信を持ち得た。完全に持ち得たという事だ。私は深刻なノイローゼよりの回復途上の状態で此のF病院及青梅に来た。狂気に近かった私が行き着いた先と云えばいいか。その窮状を真底から、徹底的に打破乃至脱却して救済の手をさし延べて呉れたのは、悠久なる青梅の時と、此の病院（否気極まる麦飯20％）と、友田の美しい悠揚迫らぬ四囲の環境なのだ。その退引《のっぴき》ならぬ窮状も、この一～二年の内に改善し私も次第に周囲に従来の頑さが和らぎ幾分か迎合、同化し、窮状から完全に脱却可となれば当然又元の生活、健全だった頃の東京の生活に戻るのは必然の事である。此処では完全に何かが抜けてて足りないのだ。私の殆ど病的な神経衰弱状態を癒して呉れた、偉大なる、青梅の悠久なる時の流れと環境（物的、人的、すべてを含めて）に脱帽、心底からの謝意を表明して止まない。しかし又私は昔の生活に戻りたいのだ。何としても、それを切望している。戻らないと又おかしくなっちゃう。この為に、今私が我身を余儀なく任せている心身仮眠状態即ち肉体的、精神的幽閉状態即ち慢性的な微温湯《ぬるまゆ》漬けからの脱却を画らねばならない。もう今や、私には此れ等の環境は不必要且つ無用の長物と化してしまい、却って重荷なのだ。再び私は迅速なる時の流れと回転とそれに伴う生活の困難さと面白さ等、大いなる困難とを求めてぶつかり羽搏《はばた》きたいのだ。微温湯に浸りっ放しは御免だ。何の興味も覚えない。此の課程はもう卒業してしまった。何度も何度も熟考を重ね右の結論に達した。

可愛い犬ころ人形のトトーを膝に抱っこして暫《しばし》戯る。何の苦悩も無ければそれで良いのか。神様の罰が当たらないかしら。さあ、花咲き鳥鳴く4月だ。春、真盛り。鶯の発音、桜は三分咲き。家の紅梅も沈丁花も満開だ。春ウララの季節。私の頭もウララカだったのだろう。毒韮《どくにら》（韮もどき）を食べて酷い目に会った。全く死に損ねた。家の壁際に韮と覚しき植物が群生している。普通の韮より少し細くてやや硬い。「あはあ、山の韮は此うなんだ。」と。臭いは韮そのものだ。何の疑いもなく豆腐の味噌汁に刻んで入れ食べた途端、何とも云えぬ悪心がありドアーッと嘔吐した。「ああ、此れは毒だ!!」。直感が走る「韮なんかじゃない!!」あー。死ぬ所だった。悪心が落着く迄寝ていた。am 8：40出勤だ!!　注意せよ!!

毒韮。韮擬きか。医師の私は「ああ、此れは催吐剤として使えるぞ。」とも思った。御用心!! 梅は七部咲きとなった。私はブランコに乗りトトーは側に控えている。今朝6：00トトーが酷く鳴くので外に出した。此の早朝に〝小綬鶏〟の出し抜けに鳴く、かん高い啼声に驚いて吠えるのだ。一時間位吠え捲っていた。サテ、風呂釜が壊れてて、此の埃っぽい春先なのに随時、風呂に入れないのだ、神様、私、何か悪い事したでしょうか。ガス屋が来て風呂釜に6つも穴が開いていると、修理するのに13万掛かると、13万か。考えちゃうなあ。私は此の家は出て行かなくちゃならないのだ。

ムク鳥夫婦が又来て営巣《えいそう》している、昨年と同じ夫婦鳥だろう。手堅いものだ。トトーの顔の毛も切って遣る。一段と可愛くなった。Ta Drと岩蔵温泉「ままだ屋」へ足を伸ばす、庭が美しい。鶯が鳴いている。未だ赤ん坊で下手糞だ。「ホーホケキョーケキョキョ」と鳴く。5月に入る。6日に東京サミット終る。医局で塩船観音に行く。全山ツツジだ。5／18にソ連のチェルノブイリの原子発電機が爆発した。その放射能が日本の野菜、牛乳にも見い出されるそう。低いｐｐｍ濃度と云うが、矢張、免れ得ない事だろう。青梅はすっかり、緑一色に染まった。ムク鳥一家はまだ出て行かない。借地権を主張している。私は戸が開けられない。ま、しばらく待って上げよう。何処かの動物園（日本）でアフリカ象の赤ん坊が生まれた。生下時体重１００kgだそう。

風呂釜を新たに設置した。これで尋常に風呂に入れる。しかし私は早晩、此処を出て行くのだが、風呂釜を新しくしたのは早計だったかしら。しかし背に腹はかえられぬ。と云っても私は何時も何時も、損ばかりしている。先を的確に見越して行動する事がどうも苦手なのだ。目先の利かぬ、矢張、鈍臭い部類に入るのかな？

16　愛犬トトー、疾病に苦しむ。

トトーは、具合悪そうだ。幾等も歩けないでへたり込む。のたうち回って苦しみ、ブウーッブウーッと唸っている。余りにも痛いのか、クゥーンクゥーンと泣く。私が側に行くと痛みを堪えて、ちっちゃな尻尾を振る。「うん、私だよ、此処にいるよ、トトー痛いの？」言葉を喋れない。痛くて苦しいのに飼主が来ると本能的に尻尾を振るのだ。此れだってエネルギーを消耗するのに「うん、いい子ね、早く良くなってね、トトーはお利口ね、うん、分かってるよ。」畜生の悲しさよと慨嘆する。もう外に車が来ようと来るまいと吠えない。自らの肉体的苦痛に堪えるのが精一杯なんだ。私も腹痛の苦しみは十分、心得てるし、苦痛の時は身も世も無い体だ。トトーのは特に酷いようだ、勤めから帰るとトトーは生きてた。私の外の鍵を回す音に、内からカリカリと戸を引っ掻いているのを聞いて私はキューッとトトーへの愛おしさに胸が張り裂けそうになる。トトーのお利口ちゃん。トトーは私の心の糧だ。

未だ苦しそう。クルクル回る。2回なので少しは納まったのか。「トトー死んじゃやだよ。」友田では松蟬がジージーと物憂気に鳴いている。夏は来にけりか。今月も「ままだ屋」で食事。岩蔵温泉なのだが紫陽花《あじさい》が大株となり壁を成している。天然記念物にして良い。紅葉も素晴らしい巨木だ。此の岩蔵には私の未知の自然が溢れている。トトーは2～3日で持ち治したかにみえた。朝7：00に散歩に出すと力一杯綱を引く。私はたじたじだ。時にはトトーは振り返って私の顔をみる。その表情がおかしく可愛い。「よしよし。」と私は頷く。「心配ないよ。」家に着くとすっかり安心してグーグー寝てしまう。トトーには100％何時も元気で主人に仕えて欲しい。わたしの願いだ。朝食をけやきの丸盆に乗っけて庭を鑑賞し乍ら味わう。ホーホケキョルルーケキョケキョケキョケキョと実に澄み切った美しい鳴声が周囲の空気を振わす。鶯の谷渡りだ。一刻値千金。全く千金出しても尚借りがある。ムク鳥の親子は戸袋の巣で順調に育っているよう。私が一寸でも、音を立てると親鳥が「スワ!!」とばかり、ババーッと戸袋から飛び出す。「おう恐!!」警戒するのだ、子供を守るのだ。しかし可愛気がない。家をロハで貸してんだぞ。概して鳥の眼って鋭く冷たい。病院の昼休みを利用して沢井の「ままごと屋」に行く。家のムク鳥殿の赤ん坊はビービーと姦しい限り。親鳥も、子に劣らず、ギャーギャーバタバタと煩《うるさ》い。正に傍若無人。戸袋は糞で真白だ。私の家は犬、鳥、人の糞塗れだ。イヤハヤ。トトーに首輪につける紐を作ってやる。首輪につけるととても可愛い。ホースリールで今夏こそは撒水に精出す。「枯らしてなるものか」と決意も新ただ。多摩川上流の「かじか苑」で山里会席。天然山女塩焼き4匹がメーンディッシュだ。隣の家はガレージの天井をぶち抜いて即席のブドー棚にしている。蔓が大分のびてる。もう梅雨かしら。雷雨だ。雷鳴をトトーが恐がり「クーンクーン」と悲鳴を上げるので抱っこしてやる。雨が上がると鶯が鳴き出す。ケキョケキョケキョとこれはもう煩い位鳴く。清少納言の「長啼きするは悪し。」だ。不如帰が遠くで啼いている。椋鳥《むくどり》一家は巣立って引揚げてったよう。コソとも音がしない。黙って出て行くって小鳥は本当に愛想が無い。岩蔵温泉の「ままだ屋」で鮎を食べる。折りしも鮎が解禁になったばかりでまだ高値だ。

初夏の候、トトーと散歩。私がちゃんと自分と一緒に走っているか、自分の走るのが早過ぎはしないか、振り返り振り返り走る。その大人びたトトーの笑顔が可愛い。「有難う、トトーのパパさん。私ドタドタしてて。」犬って何物にも代え難い。犬は飼主に対して深い深い真に忠実な情を持っているのだ。人間みたいな薄情さは無い。矢張人間は言葉が邪魔するのだと思う。人間は言葉で嘘を云う。動物は言葉を持ってない。今頃そう考える。今日事務の方で再契約の件を云って来た。退陣したKa院長の替わりに院長として出戻りのKg Drが「再契約して下さい。僕は貴女がいるから戻って来たんだ。」とそんなにはっきり云う人は初めてだが、取敢えず契約書に判を押した。私は9月には止めるので現状を8月迄維持できればそれで良いのだ。それ迄の時間稼ぎだ。世間が世間だから狡賢くもなろう。

トトーの肛門疾患が再発だ。仏のルナールの「博物誌」の解説に家畜の死に「可哀想」という見方をしない。と云っているが彼等欧米人は肉食人種であり案外家畜の死にクールなんだ。私は違う。幼気なトトーは私の魂なんだ。トトーが鳴き乍ら芝生を一所懸命駆けて行った時や、お腹の痛みを堪えようと前足で床を引っ掻いている時の後姿を見たり、グッスリ熟睡している姿をみる時、又直明けの私を迎えようと引っ繰り返って丸いお腹を丸出しにして手足をバタバタさせて喜ぶ姿をみる時、そのいじらしさや愛おしさで胸が一杯になるのを禁じ得ない。私は心の底からトトーを信じ愛しているもの。「家畜に過ぎぬ」等とは更に考えも及ばぬ。私の子供と思っている。昨夜トトーは苦しみ抜いた。セッセッと喘ぎキューンキューンと一晩中泣き通す。私も眠れず4：30に起きた。トトーは鼻が熱く舌もカラカラ、脱水状態だ。高熱が有るんだ。水は飲めるのでテンパーではない。鼻を冷たいタオルで湿す。「センセファリン」を水に溶いて飲ませたが幾等ものまない。食物は全く受付けない。戸を開けても外を見ようともしない。此の儘死ぬのか？　トトーは一時も私を離そうとしない。こんなにトトーが大人しく抱かれているのは今位なものだ。トトーに一日付いてて遣りたいが生憎、私は当直だ。病んだ人間の番をしなくちゃいけない。「トトー頑張るんだよ。」と後髪を引かれる思いで家を後にした。直明け。トトーは生きてた。元気がない。仙痛の間歇期に眠っている。今日鶏一羽分の胸肉を食べた。食欲尿量も病的に侵されてはいない。痛いのは腹痛か肛門痛だ。未だ便通は無い。トトーにユーロジン2mg飲ませた所30分後で激甚な疼痛が来て頭をカンカン床に打ちつける。大変な苦しみようだ。ユーロジンは45分で血中濃度が最高になるのだがトトーには効いていない。ルナールのように「家畜は家畜」と割り切れるか？　私は出来ない。トトーの苦痛は私の苦痛だ。pm 9：00に下剤を飲ます。これも抵抗無く飲んだ。それからコトンと寝てしまう。トトーはもう立てない。寝ている。ユーロジン効果なのか、昏睡前状態（プレコーマ）か、はっきりしない。それでも痛みが分るのか足を縮める。空はどんより曇って私の心も重っ苦しい。此んな天気にピンヒョローと鳶が鳴いてる。「嗚呼無常」死は遅かれ早かれ、此れだけは確実に来る。トトーに3才で来たとしても何の不思議も無い。彼の寿命だったのだ。可愛い可愛い私のトトーよ、左様なら。二度と動物は飼わない。トトーは後弓反張が来て、ぐっと体を反らせた。私がpm 5：00家に帰る時には、もう天国に召されて天国の牧場を駆け回っているかしら？　今日7時頃20cm位の排便があった。良く食べ尿量もある。てっきり、死んだと思っていたトトーが生きていて私は嬉し泣きに泣いた。トトーは未だ盛んに頭を床に打ち付けている。排便と同時に鮮血が出た。何れにせよ、感染を起こす。薬は良く飲んで呉れる。此んな人形みたいに可愛い犬ころを死なすなんて勿体無さ過ぎる。他家の犬より１００万倍も可愛いのだ。純粋なスパニエルなんだ。

トトーは矢張駄目。変な声で鳴いているし立てない。トトーは昨日、致命的に痛かったのか冷たいコンクリートに息を絶えなんとしている。今朝、白眼を剝いて私を見たがすぐ寝てしまった。水も飲まない。死を止める訳には行かない。小鳥も雨にめげず結構沢山鳴いてる。悄然としてるのは私だけだ。ユーロジンは飲まさない。病状が隠蔽されて状態が分らなくなる。雨が降ってる。トトーはお腹が空いたのか、水と鶏肉200g、骨2本、魚骨2尾分、おかか御飯、卵一コを続けざまに食べる。食欲が出てくれば占めた物だ。痛みが遠のいたのか犬相が幾良かいい。「マーシャーラー。」「やったぜ、ベイビー。」良く頑張った。元気出すんだ。トトーは立って排尿出来る。でも全く吠えないで大人しい限りだ。此の儘死ぬのかな？「トトー。どうしちゃったの？」ときいても無関心。「トトー。生きててよ、お願いよ。」翌朝、硬便が15㎝位出ている。もう大丈夫だ。坐ってる後を見ると膿が多量出ている。「あはあ。此れか!!」と原因を思い当る。膿瘍《のうよう》が自潰したんだ。又新たに出来ない限り痛みは無くなるだろう。確定診断は「肛門周囲蜂窩織炎《ほうかしきえん》」だ。脂腺が感染を起したのだろう。兎も角、抗生物質を飲ませお尻の毛玉を一掃する事。トトーはまだ痛いのか、お尻を下げている。犬て「すべてか無か」の法則に則っているよう。実に明確に。状態のいい時はいいし、悪い時はもうダウン寸前なんだ。此れを見逃さない事だ。

17　青梅三年目。猛暑の夏

暑い!!　私が自らについて深く掘り下げて思惟しなくなり、即ち哲学しなくなって何年だろう。浅薄な物質的満足のみ考え、それで得々として、或いは、もう思考力が深層に及ばないのかも知れない。思考力を養うには、矢張哲学的思考の鍛錬が必要なんだ。そういう環境或いは境遇に居ないからか、単に体験的且つ表面的な事しか考えない。一体此れじゃ、いけないのか。現在の私は、否、此れで十分良い。間に合ってると考える。人間とはそも何か!?物を欲するだけ持った事が、此んなに内面の貧弱な自分に至らしめたのか？　唯、唯、日々の生活、物質的な事しか考えない。自己の物質的満足のみに追随し追い求める。そしてハッと気付く頃50～60才で、又深く自己に沈潜するのか？　物を考えるのが近頃は面倒だし嫌だし無益だと考えるようになった。唯食べて満足して生きて行ければいい。以前より一歩も二歩も退歩し、本能のみに支配される、半動物的人間に退化してしまったと思う。それ以上の必要が人間にというより今の自分にあるのか？　答えは否と、今は考える。暑い!!　トトーの毛を切ってしまう。長毛て、百害あって一利無しだ。お腹は湿疹で真赤だ。春の頃は決して此うではなかったのに、ここ一～二Wの事だ。私が治して上げないと可哀想。此頃トトーは階段で寝る。板だからお腹が冷えて気持いいんだろう。何となく微笑ましい。トトーは食事も進んでいる。缶詰の鮭を御飯に塗《まぶ》したものを喜んで食べる。「トトーや、元気でいてよ。

何時迄も私と一緒だよ。」昨日のTVの「ルパン三世」で吸血鬼の女ボスがピアノで「パセティーク」を弾くシーンがあった。あゝ、何時、聞いてもいい曲。私が今ピアノで弾いてる大好きなベートーベンのソナタだ。トトーはもう散歩なんか忘れた顔だ。私には此の方が楽でいいのだが。今日初めてテラス迄歩いて来た。私は此の病院は早晩、止めて出て行く。次は何処に流れて行くのだろう。犬連れで次の船着場を求めて行く事になる。何処にいても満足しない私。父が「風来坊」と私を笑ったっけ。その父ももう過去の人だ。

　庭のブロック塀で数羽の雀が餌を探している。すると未だ小さい巣立ったばかりの小雀が大きいパン屑を胸一杯に銜《くわ》えて塀《へい》の上に停まると兄弟雀がパンを奪おうと、その小雀を追っかけると又飛び立つと云った具合だ。生物の生々しい生存競争を目の当たりにした。トトーは排便も排尿も外でやるようになり快癒したのだ。約一ヶ月間、心配しちゃった。全く酷い肛門様だ。原稿料四万入る。毎日30℃、朝からカッと烈日が照り付ける。昼は「ままだ屋」でTo Drと会食。会席料理だ。岩清水豆腐を6個買う。3個はIt Drへ。これは彼へのお返しだ。〝医事新報〟が来た。又勤めを探さなきゃ。長らく青梅よ、有難う。カナカナ蝉が物悲しく鳴いている。蟹缶を開けた儘、外の事に気を取られていると「あれ、身がないぞ」実はトトーが早々と失敬して彼のお腹へドロンしている。油断した。お茶に氷を浮べてテーブルに置いてた所これに鼻面を突込んで呑んじゃった。「まあ、私のを、みんなトトーがせしめちゃう。」トトーと生存競争を実演する。部屋に坐って編物をしてるとトトーはちゃんと私の横に来て緩と横たわって寝る。何もかも心得ている。参った、参った。トトーに軍配だ。可愛い独裁者だ。平和その物と熟《つくづく》思う。犬は私が絶対叱らないと先刻承知だ。知能犯奴。ピアノは今日は良く弾けた。そんな日があるのだ。矢張TVだが象の生態をみた。敵から逃走の時は、生れたばかりの1m位の赤ちゃん象なのに短い手足で、必死に走って親に付いて行くのだ。涙含《なみだぐ》ましい。しかし此れが自然の掟なのだ。動物の生存競争だ。自然は過酷だ。しかし此れに敗ける事は死を意味する。動物は此れに耐えねば生命を全う出来ないのだ。私は人間で良かったわ。

8月。立秋だ。家では素晴らしいカナカナ蟬の大合唱だ。流石に清涼の気だ。冷冷と肌寒い中をトトーと駆けた。神様、健康を有難う。今日、銀行より300万円を下ろして私の負債（ローン残額）を完済した。首尾よく行きますように。10日後に抵当権は抹消される筈だ。一件落着。家屋・土地の売買は難しい。都心でなくても馬鹿に出来ない。と痛感した。飽く迄慎重に用心深く事を運ばなきゃ。母に6万円送金。今年の10／26日で私は44才。東京20年目だ。此の夏休暇は働きに働き充実した休みだった。隣家の悪餓鬼共が居ないので（山梨に帰省したと）、まあ、静かな事だ。夏休暇が終り早速当直。現実に引戻される感じだ。直明。お昼はTa Drと「かじか園」で会食。鮎の塩焼き。帰宅するとトトーは流石に御飯を沢山食べる。お腹空いてるんだ。一日食べず主人を待つ訳だから過酷だよな。御免よ、トトーや。我慢してね。私がクッションを編んでると傍らでトトーはスヤスヤ寝てる。8／21に「退職届」をKa院長に提出。後、一月勤める。

（S62）8／26抵当権抹消登記済証の書類を西武信金より受取り、翌翌日、28日付で登記済謄本が同信金より書留で送付された。此れで友田60坪の真正の地主である。私の私有財産だ。本当に元子さん。御目出度う御座居ます。御苦労様。快挙だ。私は一つの仕事を成就したのだ。2年間、毎月53万円を積立預金するのは容易ではなかった。しかし此れはもう了った。今度は強いられない、貯金をマイペースで遣り、先ず３００万貯金する。今後の私の目標だ。「物事には必ず終りがある。」は今迄の私の生涯のメルクマールになっている。苦しい時、必ず「終りがある」と念じ自らを慰め且つ励まして来たのだ。夏も終る。陽が落ちるのが早くなりpm6：30には、もう、とっぷり暮れる。残照の僅かな紅味の中で水撒きをすると蝶や銀やんまやトンボが水を慕って飛んで来る。蚊がもうもうと飛び立ち水を歓迎する。御負けに私を襲って刺し捲る。チクショウ!!　水、あげないぞ!!　友田の裏山の蝉時雨は凄い。本当に鳴き頻るのだ。ミンミン、日暮し、ツクツク法師（此れが一番多い）、油蝉、此の四種の、何千何万匹が一斉に鳴いているのだ。荘厳なる蝉の合唱だ。

　患者一人死亡。病院を止める事で気が散漫なんだ。私の気の弛みは全く、患者の生き死にに恐い程反映する。私は飽く迄医師なのだ。気を引締めて患者を次の受持医にバトンタッチせねばならぬ。今日の富士は青紫にくっきりと見えた。9月に冠雪していない富士を見るのは初めてだ。

18　青梅F病院を退職

本日を以てF病院を退職。又職無しになった。美しい花束を各部門から貰った。事務の職員が「先生結婚式みたいですね。」と、タクシーの中は花束で一杯。此んなに沢山の花を貰ったのは初めてだ。青梅の人達は人情が厚い。皆様、本当に有難う。美しい花束に囲まれはしたが私は気が重い。職探しが後に控えている。後門の虎か、向後の憂いという奴が牙を剝いてる。ピンクのバラが美しく開いた。バラは蕾で有りたい、と世に云う。何故？　私は満開してこそ美しいと思う。トトーと散歩。心は鬱として楽しまない。盍し、此の友田は我が人生のユートピアだった。何の苦労も無い。仕放題を為て、十全は望めなかったにしろ、四囲の環境の美に酔い痴れ、動物への愛おしさや人生の機微《きび》に触れ、人間の心の琴線に触れる物すべてに酔わされつつ、一昨年より今日に至る迄此れ等が、連綿として存続して来たのだ。その永遠の悠久の時の流れのごく一時期を私も共有したという事に外ならないのだが。此の得難いユートピアを捨てて行かなくちゃいけない訳だ。それを憂慮する余り寂寥《せきりょう》の思いに鎖され鬱として胸塞《ふさ》ぐ思いを拭い得ない。しかし此の思いに何時迄も浸る訳には行かない。時は移ろう。すべてを忘れて過去に葬り新に活動するのだ。何も彼も過去の物になるのだな。表の庭のアスナロの爽やかな香りが部屋一杯に入って来る。兼ねてから取り沙汰されている圏央道のトンネルの出口が丁度私の家になるような事を聞く。此処は住み難くなるようだ。私のユートピアがユートピアでなくなるのだ。チャンスだ。引越すのだ。何時迄も感傷に浸っている時ではない。既に此の、土地家屋は私の物だし心残りは無い。売却しちゃえばいいのだ。とまれ、生活して食べて行かなくてはならない。此の為には是非を問わず都内へ越すのだ。その手始めとして此れ迄のタクシー通勤の消極的な方法でなく自ら歩く事を試みる。

一大転換を図った。即ち、初めて試みに、小作駅迄歩いてみた。30分掛る。思ったより難しい事は無い。10時前に友田の自宅を出る。寛《ゆった》りとした多摩川の美しい眺めをボーッと佇んで眺めた。何時かトトーを連れて此の砂洲を歩いてみよう。今度の日曜あたり如何かな。釣糸を垂れて呑気に構えた太公望が何人か。二年半も友田に居たのに初めてこの橋を渡った。

中野に出て食料品、トトーの首輪と黄色のボール、新刊の図書13冊を買う。此の買い物で肩は折れそうに痛い。忍の一字で此れを肩に掛けてヒッチハイクで帰った。もう足はガクガクで死ぬ一歩手前で、やっとの思いで家に着く。約6時間、歩いたり電車に乗ったりしていたもんだ、家に着くと同時にぶっ倒れ、一時間後に漸く落着いた。トトーはハムやチーズの味を占めたのか鶏肉を食べようとしない。「トトーはアメリカ人だものね。おズルさん。」私は西友で買った玉蜀黍《とうもろこし》2本を茹でて食べる。おいしい。庭に出て黄色のボールを発止《はっし》とばかり遠くへ投げ「ソレッ」と云うとトトーはパッと突っ走りボールを銜えてくる。何しろ賢い猟犬だ。それにとても愛くるしい。「トトー大好きよ。ずっと一緒だよね」今の所、手持ち金が少なく早く職を見つけないと不安だ。又職が見つかるか不安だ。気が重く暗然たる思いだ。秋闌《たけなわ》。10月に入り10日間無為に過ごす。目的がなく不安な為何も手に付かない。今朝9：30に西荻のS病院からTELだ。結局この病院に決めた。あゝ肩の荷が下りた。安堵の息を付く。やっとで秋を楽しめる。年収1300万で低給料だが彼れ此れ云ってらんない。状態が切羽詰まっている。今日は緩りと一日中、日向ぼっこして我家我庭を心行く迄楽しんだ。バイロン卿の「チャイルド・ハロルド」を読んでいる。バイロンの恋愛描写は凄い。私が此れ迄読んだ作家の内で断突だ。描写が如実で美しい。

二章　我が人生に於る爛熟期を迎える

1　東京杉並西荻S病院へ就職

此の西荻のS病院は通勤時間往復4hrs掛る。肉体的疲労は免れ得ない。混んだ電車の立通しは疲れる。TaDrより早速手紙。帰宅してからバナナのスフレを作る。此の病院のNsはMチューブの挿入も出来ない。レベルが低い。此れじゃ医師が大変だ。御負に低給料だ。(此れが一番堪える) 2〜3日後にはホトホト疲れちゃった。此の儘行くと私は倒れてしまう。当直どうにかしなきゃ、我慢できない。不動産屋に当たってみよう。きついのだ。此んなの地獄だ。帰りが7〜8時になり此れじゃトトーも可哀想。折悪しく下腹部痛が酷くとても歩けず病院にTELして休む。アスピリンのんでも効かぬ。一日寝通した。シュベアーな痛みだ。帰り途で西荻の西友（地下）を見つけて中野に帰ったみたいに嬉しい。西友が有ればそう焦る事は無い。10/26　44歳の誕生日だ。TaDrより山梨よりTEL。心配してたそうだ。悪い悪い。TaDrて本当にいい人だ。

此のS病院は可成待遇が悪い。契約書を貰うが年収1300万、低い。低給料だ。正しく安かろ悪かろを待遇にも及ばせている。悪質だ。も少し様子を見る。何れにしろ、来たばかりだ。その内に五分の虫にも一分の魂がある事を見せてやる。体が疲れ切ってて本を読もうとしても直ぐ眠気に襲われ読めない。直明け。今日のトトーの喜んだ事。「何時も遅くて御免ね」今、安心してぐうぐうぐっすり寝ている。

TaDrを訪ね甲府へ。TaDrがホームで待っててくれた。Drのマンションへ直行、彼女の運転だ。pm８：00、料亭「穂積」へ。和風会席料理だ。翌日はどんよりと垂れ籠めているが、折角来たのだ。車を出す。途中は濃霧で視界零だ。日輪が霧を通してはっきりみえる。そして、とあるトンネルを越えるとどうだろう!! 忽然と富士が現れたではないか。「おう!! 富士山」それから素晴らしい青空となって「あゝ来て良かった」と思った。富士の偉容を目の当たりにして何度も感激した。偉容、偉大、富士は大きい。途中、越路吹雪のカンツォーネを聞き乍ら「あゝ素晴らしい。先生はいい事しているんだなあ」と敬服。スバルラインへ入り有名な〝青木ヶ原〟を通り抜け、富士五合目まで車で登る。四合目で雲海を下に見る。五合目駐車場は一杯だ。富士の雄姿。霊峰だ。日本が誇る富士の偉容。納得した。暫し、自然に平伏《ひれふ》す。富士を後にして山中湖畔で食事。帰りは地場産業へ寄る。３日目は昇仙峡へ。此の山（?）の岩肌は奇異な感じ。何岩だろう。pm４：00に帰途につき７：00に家に着く。トトーはお腹空いたろう。御免ね。翌日は勤め。保険請求71件。am５：00迄掛る。此れと当直は内科医の宿命だ。引受けた以上義務は完遂する主義だ。今頃沁み沁みと働く喜び、働く場所のある喜び又疲れを癒やせる喜び等を感じ有難いと思う。結局仕方が無い。此れで良いのだと思うしかない。本当の労働者になりつつある私。今迄学生気分だったのだ。コーヒーを持って芝生でトトーと遊ぶ。此の子だけは、二心無く私が好き。am 8：00まで寝た。疲れてトトーの呼び声に応じられなかった。「御免よ、トトーや。お前には此頃は誤ってばかりだね」トトーは今一つ元気が無い。何時もの開けっ広げの快活さ無邪気さが無いのだ。私が東京に勤めを移ってから食事時間が区々《まちまち》でストレスが溜まってるんだろう。「でもね、トトーや。仕事と遊びは両立しないの。私には無理なのよ。分かってね」愛おしいトトーの頭を優しく撫でてやる。最近は睡眠時間を5時間確保するのが難しい。今朝電車の吊革に下がってて膝がガクッと折れる。首がガクッと後ろに折れる。電車の暖房が丁度適温でもう電車の眠い事。自制できず瞬間的に熟睡してしまい、右記の始末だ。全くミゼラブルだ。ハイヒールなので立って電車での居眠りは非常に危険だし辛い事この上無しだ。精神一到何事か成らざらん哉か。午前5：56だ。明け遣らぬ内に落葉の散り敷く道をトトーはせっせと歩いて呉れる。有難よ。家の庭の落葉も掃き集めたがトトーが掻き回して元の木阿弥。病院の院長は手持ちのアパートの2室を潰して私の宿舎を考えて呉れてるが、私はもう引越等御免だ。直明け、今朝8：00、腹痛で便座に坐ったまま気絶したようだ。眼鏡は床におち、前のめりに壁に顔を押し付けていた。何時意識を失ったか全く覚えていない。腹痛は恐い。全体に体調が悪い。無理が祟っているのだ。睡眠時間が5時間、陸々《ろくろく》取れないのだ。此れが最大原因だ。

三原山の大噴火。11/23。東京でも震度3の地震があった。震源は三原山だ。三原山の噴火を「怒れる火の山」等と云うが、天災ばかりは甘く見れない。翌日も余震が95回との報だ。今朝、霧が濃く煙っている中を散歩。小暗い道を、枯葉をがらがら踏みしだき乍らトトーはひた走りに走る。道が濡れてて歩き難そう。トトーは3才2ヶ月だが、あまりキューキュー云わなくなった。大人になったんだ。キューキューは子犬の証か。

晩秋だ。私は素晴らしい物を見た。風が無数の落葉を吹き上げてるのだ。空は落葉で一杯なのだ。「うわーっ。空一杯落葉が舞い上がってるう。」初めて見た光景だったが、如何にも壮観だった。今年は寒く成りそう。3ヶ月の天気予報では12月末から1、2月に掛けて大雪だそう。青梅は雪が酷いから、もう懲々《こりごり》だ。三原山の噴火は納まった。又、四日後に、ハワイのキラウエア火山が、火を噴いた。数千戸が溶岩流に呑まれたと。何しろ向こうは規模が大きい。12月に突入。朝霜が真白だ。昨日、小作坂下で一人の老婆が車に轢《ひ》かれて死んでいた。あの坂下は危いと思っていた。ダンプカーが物凄い勢いで走るんだもの。森の香りが不《ふん》断《だん》な朝、トトーと散歩小綬鶏がこの冬に鳴いている。木枯しが吹き荒ぶ。ザアーッと裏山の木々が吠える。冬だなあ。昼間は長閑だ。芝生でコーヒーを飲んで最高の気分。落葉は掃いても掃いても舞い上がる、此の幸せ、高い高い代価を払っているが失いたくない。高い代償でも、払えない物を得ているのだ。午前5：00、ダーンと雷が一発。大雷雨だ。トトーがウエーンと鳴き出す。「男の子は鳴かないの!!」翌朝、有明の満月が皓々たる光芒を放ち冴え渡っている。24日、クリスマスイヴ、もう糞忙しい。明日は忘年会。私は当直だ。寒い。寒気がピーンと張り詰めている感じだ。三越よりシモンズ社（米）のセミダブルベッドが届く。リネン類も含めて65万だ。

2　西荻S病院一年経過

昨年はF病院からS病院へ転勤した事と此れに随伴する引越だ。頑張って今年も乗り越えなくちゃ、少々の事で音は上げないぞ。雪だ。首都圏に「大雪、警戒」の新聞報。当直、保険請求だ。運悪く眼鏡のつるがポッキリ折れた。ボンドで何とかくっつける。通勤条件が過酷過ぎる。疲れ切った感じだ。今朝am6：00嘔吐、下痢、食べ過ぎか？　全部排泄してしまった。所が通勤の電車の中で再び便意。必死に堪え病院に着きトイレに駆け込む。下痢。「嗚呼、私は駄目だなあ。」37・1℃発熱。風邪かな。夕食は舌平目のホイル焼とした。久し振りに人間らしい食事をした。青梅に引籠もって2年余、人間離れしていたわ。でも、もう左様なら。青梅の生活は、生涯の思い出となろう。そして此れは父亡き後の私の精神の立直りに取って必要十分条件だった訳だ。お昼休みを利用して東中野迄ピアノピース（全音）を買いに行った。欲しい楽譜が一杯ある。嬉しい。やっと元の私に戻れた。西荻のアパートは遅かれ早かれ出来るだろう。しかし私はアパート暮らしはしない。私は自立した一戸建を中野か東中野に建る心積りだ。その方が本来の私としての生活が出来る。父から孤高の精神を植え付けられた私は誰であれ、人に追随する事が出来ない性分だ。私の或る何かが許さない。そう、プライド乃至自己依恃の精神、自負心かもしれぬ。小雪の舞う中をトトーと散歩。此間《こないだ》、ボンドで張り付けてた眼鏡が完全に壊れた。中野に飛んで行って修理2500円。此頃は弁当、新聞持参で通勤する、新聞は家で見る暇が無くHpの昼休みに見る。院長よりアパートに私の住む部屋が出来たと。疲れている私を見兼ねて院長が作って呉れたんだから住まない訳にはいかぬ。今日、青梅からピアノを運び込んだ。8万円掛る。確定申告は19万円の還付だ。青梅の家ではムク鳥の夫婦が帰って来て営巣を始めた。何か仄々《ほのぼの》とした物を感じる。西荻へは青梅から9割方の荷物（家具等）を運んだ。22万余円掛る。3月は呆気なく過ぎ去った。人生泡沫《うたかた》の如し。私の保険請求が返されている。薬の使い方が杜撰《ずさん》だと云うのだ。私の今後の生活方針は、兎も角、節約だ。争いを避け迷妄より脱出し自立する事。一日も早く。トトーが甘えて困る。私から離れようとしない。放ったらかしにしてるし、酷く寂しいのだ。日中、青梅の家に私が居ない事をちゃんと知ってるのだ。散歩に連れて行ってやっと落着いた。

3　山中湖畔、富士を目の当たりにす

先日、TaDrより手紙。山中湖に1、2泊すると。絶対一眼レフを買うわ。TaDrへ速達で返事。ミノルタオートフォーカス一眼レフ12万を買った。2／5甲府へ出掛ける。Drが待っている。二度目の料亭「穂積」でDrと会食、会席料理、でも昨年程の感慨は無い。人間の慣れって恐い物だ。翌日、宿舎「洗心寮」に入る。前庭に白樺と桜が植えてある。am8：30より箱根の芦ノ湖へ行く。途々で美しい富士を堪能出来た。二日目の夜は疲れてぐっすり寝た。朝6：00に眼が覚めた。「あんた、富士が丸見えよ!!」とDrが私を叩き起すので「すわ!!」と飛び起きて見ると、オー!!　富士が眼の前に全容を現しているのだ。全く文字通り、富士を目の当たりにする。「ウワーッ、カメラ、カメラ。」シャッターチャンス120%だ。もう夢中で撮り捲った。3日間で54枚富士ばかり撮った。今日は富士のスバルラインを通過。二度目の富士だが今度の富士がずうーっと素晴らしい富士だ。矢張、天気が関係するのかな。マリモを買う。地場産業で水晶のペン立てを買う。帰りはDrのマンションの近くでトトーの肉を買う。「先生有難う。」此の御恩は何時か必ず倍返しする。トトーは寂しがってちっとも私から離れない。お肉を沢山食べさせた。「せめて散歩を一緒にね、トトーや。」蓋し、此の山中湖畔の素晴らしい休日はもう二度と無いだろう。最初にして最後の試みだった。

今年は雨が降らない。千葉と埼玉は可成の渇水と聞く。東京も渇水が酷いそう。東京は猛暑だ37、38℃の気温だ。確かに雨が少ない。トトーは砂埃を巻き上げて進む。今日は羽村の犬屋にトトーのトリミングを依頼。トトーは憤《むずか》って一日寝ない。毛を刈って丸裸のピンクの地肌丸出しだもの。きっと寒いのね。私の着古した羊毛のガウンで包んでやると、最初嫌がっていたが諦めてそれに包まって寝たよう。今朝は毛布のガウンに包まって「毛布大好き」の感じ。トトーも漸く毛の無いのに慣れたのか一所懸命に愛情表現をして呉れる。可愛いの一言に尽きるトトー。今頃トトーは甘えが酷いが寂しいのだ。たった一匹で此の60坪の青梅の家、土地で留守番してるんだもの。トトーをどうしようと悩んでしまう。早く此の青梅と杉並の二重生活を脱却しなきゃ。給料たったの66万。東京と青梅の二重生活を脱却すべく、東京に一軒の家を思い切って買い、青梅を売りに出す。もう家や周囲の環境の美醜とかに惑わされない。そういう問題では無いと悟ったし踏切《ふんぎり》がついた。院長は犬を手放せと進言するがそれは出来ない相談だ。此処を止めるとして如何して食べてくの。私とトトー。直ぐ生活の問題が立開《たちはだか》る。働かないと食べて行けない。憐れ!!

ピアノは桐朋大のYo先生に師事することにした。彼女は流石、優秀だ。最初ショパンのノクターンNo1とする。来年1月は伊に行く積りだ。私の生活史に外国が入り込んでくる。新しい局面だ。此頃はバスを利用する事を覚えた。此れだと随分早く西荻に着く。今迄全く馬鹿をしていたと後悔頻り。バスは良い。此んな事なら彼《あ》んなに大枚（60万）叩《はた》いて、又物凄い時間と労力を継ぎ込んで引越しなんかする事は無かったのだ。後悔先に立たず。バスだと雨にも濡れないし早いし、全く今迄馬鹿な事をしていたものだ。無知の至らしめる所だ。反省せよ。馬鹿は何時もの事だが、私は性格的に性急な質で目先の事しか考え得ない損な性分だとは自認している。

虫の集《すだき》が猛烈。秋になったんだ。あんなに猛暑だったのに、涼しき秋は寂しかりけり。青梅に帰るとトトーは寂しかったのか、お腹丸出しにして引っ繰り返って手足をバタバタさせて歓迎してくれる。「おお、よちよち、寂しかったのね。いい子、いい子、トトーや、私の子。」確り抱っこしてやる。「かわいこちゃん、トトー。今日は元気でしゅか。唯今帰りましたよ。」病院では患者が次々と死ぬ。高齢の所為もあるが私が手一杯余りに忙しく診察に心血を注げないからだろう。切り捨てるべきを切り捨て、医業一本に打ち込めば多死は避け得ると思う。職ありて心、此処に非ず状態が多死を、もたらすのだ。又私自身だってずっとその方が楽だろうに、彼も此れも欲張るからだ。犬が好きならトトー一匹にしてずっと青梅の我が家に居れば良かったのだ。私は真底欲深なんだ。久し振りにTa Drと会食。秋の会席は羽村の「魚観荘」。松茸の網焼きは最高の味だった。F病院を止めて丸一年経過。9月も終わる。何か落着かない一年だった。青梅に住むのも、もう三年だ。二重生活も、もう直ぐ終わるんだと念じつつ一年間、此の遠距離を闊歩した。「八風吹けども動ぜず」で行く。此の病院で食いっ逸《ぱぐ》れは、如何にか免れたが、もっと大きな問題が立ち開《はだか》っている。向後の憂い無きようを画らねばならぬ。第一に、住居だ。私の家を都内に構えるのだ。都庁でパスポート申請。

4　一大椿事、トトー排水溝へ消ゆ

昨夜pm 11：00トトーと散歩。一所懸命駆け回っていたトトーが居ない。「あれ？　トトー!!」と大声で叫ぶが居ない。彼方此方、探すが居ないのだ。もう諦めて帰ろうと思ったその時、何か足の下でパシャパシャ音がする。「ン!?」一個の黒い固まりが下水溝から一所懸命這い上がろうと踠《もが》いているのだ。「トトー、お前、下水に落ちたの？」それで引き上げたのだが、全く真逆《まさか》の異常体験だ。トトーはずぶ濡れだ。当然乍ら。10月だが寒かったろうに。トトーも一声も泣かず出口を見つけていたのだろう。「いい子、いい子。水で洗ってあげるね。トトーや。」全くの椿事だ。此頃トトーは「トトー」と呼ぶと良く聞き分け何処からでも飛んでくる。此間は矢張、あの排水溝の上の石畳が壊れていたのだ、それを踏んだトトーが石ごと溝に落ちたのだ。折良く私が気づいて引き上げたから助かったものの、気付かず遣り過ごしていたら今頃トトーは？　と考えると、ぞっとする。今日見ると石の破れ目を被せてあった。トトーを犠牲にしやがって、畜生‼「私のトトーを、可哀想に‼」

院長は私の伊行きに難色を呈している。辞表を又書いて此処を止めて伊に行くしかない。人生、泡沫の如し、生じては滅し、滅しては生ずだ。虚《むな》しい。私の人生は虚しい。流浪の民だ。今度は荷物があるだけ大変だ。私が大学の頃父が云ってた。私は下宿が少しでも煩いと直ぐ下宿を変わって医学部6年間で11軒の下宿を転々とした所「お前はまあ、本当に風来坊だな」と嘆息していたっけ。しかしすべて、困難を乗り越えて来たのだ。自助あるのみ。10／26、45才となる。年取ったが此れからが正念場だ。トトーも4才になった。Ta Drと会う。奥多摩の「かじか園」で会食。山里会席だ。紅葉も見頃だ。多摩川の源流の潺《せせらぎ》も波の色も秋の風情だ。今日のメーンは「ジビエ」だ。鹿の肉（焼肉）。少し臭いらしく葱や味噌を薬味にして食べる。鹿肉自体の味は分からなかった。

トトーは食欲が出て来た。食べる食べる、面白い位食べる。天高く犬肥ゆる秋だワン。冬に向って脂肪が付くのだろう。12／18より二週間の休暇をとり、伊へ飛ぶ。翌年1／2帰国す。

帰国後一週間で私も平常に戻る。今日から保険請求に入る。又来年10月、渡仏する計画だがそれ迄頑張る。その間家の問題を片付けたい。中野か東中野にする。家を新築するには矢張、自己資金が必要で、私は青梅の土地家屋を売却し自己資金を作る考えだ。トトーは咳が出てる。毛布で包んで上げる。物云わぬ動物は可哀想。「寒かったの？　トトー、御免ね。」トトーは愛する愛する私の愛の魂だ。如何することも出来ない、私は。トトーは酢蛸とドライソーセージ、トリ肉560g骨も7本残さず食べる。Ta Drと「かじか園」で会食。山里会席だが、出端《ではな》の竹の子を食べる。土中に在って頭を出していない竹の子を掘出し、網焼きにして味噌で食べる、甘くておいしい。いける味だ。

5　青梅の私邸、売りに出す

中野の、Mi不動産部へ家屋の売買を依頼した。骰は投げられた。切角私が手に入れた立派な家を売るのは惜しい。しかし郊外で余りに遠過ぎる。通勤往復4時間のロスは如何考えても絶対的不可要素だ。それに圏央道のトンネル開口部になると風評も聞かれる為だ。売値を3000万とする。色んな人間世界の浮沈を他所に、春は訪ない来る。裏庭の蕗のとうが、大きく芽立っている。味噌汁に入れる。春の風味（苦味）だ。時正に桜満開。「羽村の堰《せき》の桜、何処迄行っても桜の道が続く。堰の手前と向い側道一つ隔てて二重に桜が林立する。奇麗　此んなの見るの初めてだ。ピアノは嬰ハ短調。名曲だ。今日合格。全く暗譜してしまい空で弾ける。次はノクターンNo.2。お握りで弁当を作り、トトーと一緒に庭の芝生で食べる。楽しかった。私は45才だが大分白髪が多くなった。気だけは若いけど、もう老境なんだ。久し振りで中野まで出てトトーの肉4kg買う。重いが、此れは誠実なトトーの私への二心ない愛に応える為だ。いじらしい、トトーの為だ。私の子だもの。トトーはトリミング。緑のリボンを付けたダンディに早変り。横に太ってる。「いい子や、トトーや。お前がいるから寂しくないの。でももう、お前も4才なのよ。」青梅の売家（私の邸）を見に来た人がいたが、私は凄まじい格好で掃除の真最中であった。髪を振り乱し、ピンクのガウンの前を開《はだ》けパンティストッキングで腰を結えていたのだ。何構うものか。Mi不動産のHoのおっさんが、「犬が臭い」と文句を付けてきた。その為に3500万を3000万に我慢してるんじゃないのさ。Ta Drと吉祥寺で待ち合わせ。「魚観荘」で食事。Ta先生いつもいつも有難う御ざいます。バイロン読了。遊蕩児で誇高く悩ましい風情で貴族だと、それは誰でも傾くさ。チャイルド・ハロルドよ、驕る莫れ。贅沢な悩みと卑下だ。生活苦を知らないから、此ういう事も出来るのだ。それにしても此処の院長は良く休む。しかも早く帰る。気晴らしに働くんだ。それもいいだろう。長生きするこったて。今朝、タクシーの運転手が「S病院の先生か、いいなあ、リッチな生活で。」とケラケラ笑っていた。少しイカれているらしい。何がリッチなものか、早く我家が欲しい。それだけだ。今朝駅の階段を駆け上がった時又失神、次第に落着く、矢張、血圧が高いのかなあ？　ピアノは「ショパンのエチュードNo.9」凄い素敵な妖美な曲で魅せられてしまう。難しい技術があり、私よりずっと上級なのだ。指も開かぬ。ショパンて、手の大きい人だったんだ。しかし諦め切れない。必ず弾き込み自分のものとする。パリ行き（11／19より12／14迄）２Ｗ。パリはビザがいる、Mz君が同行して呉れるので安心だ、切符もホテルもＯＫと。カンヌやニース迄足を延ばせれば素晴らしい旅行だが。昨日電車で酔払いから握手を強要されちゃった。付き合えと煩く絡むのだ。此ういう手合いへの対策も考えとかないと。10／26、46才の誕生日、お祝いはパリで遣る。私の家の売買の件だが、Mi不動産を止める事にする。MiのHoは失脚だ。Su不動産に委託する。明日から11月の保険請求だ。請求額も２０００万と大台だ。青梅の家ではトトーが緑のボールを銜えて私を見上げてる。「僕、ボールを探して来たの。」と堪らなく可愛い。カラダにバカを一杯くっつけて毬栗《いがぐり》になっている。幼気《けなげ》な、愛くるしい、いじらしい、愛おしい私のトトー。「お前さんとは未だ未だ付合が続きそう。頑張ってね。」今日は東京外為へ行く。日本の50万円は仏の２０７００Ｆだ。１Ｆが24円に相当か。仏の紙幣は「ソクラテス（５００Ｆ）、ドラクロア（１００Ｆ）」共に大きいお札だ。仏人の札入れはハンドバッグくらいないと入らない。カメラ修理、フィルム購入。犬は院長が預かって呉れると。11／19に渡仏。12／4帰国する。翌日は院長へお土産、シャンパン、ディオールのネクタイ二本、セーター。トトリュフ入りフォアグラを上げると彼は「こんなに沢山？」と驚く。「そうよ、先生、トトーを有難う。」と。午後6時に院長が三人の子供を引連れてアパートに、トトーを返しに来た。私はトトーをバッグに入れ、四苦八苦して、やっとで青梅に連れ帰った。此れは大変だった。外来患者より、ロンドン土産のヒースのブローチを貰う。ヒースの幹に彩色を施した物だ。此れは珍しい物を貰った。私は如何しても、一度、ヒースの花が咲き乱れた原野を此の眼で見たい。日本ではエリカの花と云ってるが本当に英国原野の物と同じかしら。12月も終る。夜、トトーの待つ友田に帰る。除夜の鐘が聞える。御岳神社の鐘の音、カンカン響く音を聴き乍ら緩と入浴。斯くて今年も終りぬか。

6　昭和天皇崩御、元号平成に改元さる

46才だ。1989年平成元年は在京22年目だ。今年の抱負は（1）安住の住居を獲得する。此の事に尽る。

7　東京中野に土地購入、1億円の借財

H元年1／30は佳き日なり。銀行より「35坪余の土地、更地の角地の物件」が呈示さる、一億だ。一億余円の家を建てる。更に青梅の私の物件をSu銀行に依頼する。Su銀行から連絡が入る。2500万円で青梅を買うと。「諾」。何《ど》の道、待ってもそれ以上では売れっこない。圏央道が口を開けるし、山を背負ってるし、家は犬の臭いがとれないし、床の根太がピアノの重さで折れてる等の難点がある家だ。しかし此れは内装を変えるか、古家を建替えるかすれ済む事だ。私は一刻も早く片付けたい。病院では、私が他院へ送った患者、アッペだが可成化膿し重度のアブセスを形成していた模様。でも診断が適中していて良かった。

8　青梅友田の私邸売却

青梅の家屋土地2500万円で売却。本日、買付書に判を押した。嗚呼。万物流転の感強し。46才。女、何する者ぞ!!　今年の私のモットー（1）「安住の住居を得る事」が実現の一歩を踏み出す。パリの荷物「船便」が今日届いた。丸二ヶ月掛った。沈丁花、匂う季節となった。3月だ。売買の為、印鑑証明書6通とる、銀行の8800万のローンを組む。（1200万は自己資金）税務署へ行く。トトーはチャンプ（犬屋）へ預ける。8・5万／月で少々高いが急場しのぎだ。兎も角、私は青梅を立ち退かなくちゃ。青梅の荷物を置き、新築の家が出来る迄、寝泊まりする場所として取り敢えず上荻の新築アパートを借りた。家賃7万円だ。

9　緊急避難の場を上荻に設ける

早速青梅より上荻へ引越を実行。中野の家が出来る迄、上荻を生活の場とする。如何なる事も切開き打開しなきゃ。今迄もそうして来た。例外が有る筈が無い。青梅にはもう再び行く事も無いだろう。身体的、体力的には辛かったがそれにも増して友田の美しい四季と四囲の環境には甚《いた》く癒やされた。一生涯、忘れ得ぬ思い出となった。青梅よ、本当に有難う。永久に左様なら。丸三時間、ピアノ弾奏、緩《ゆっくり》と弾けた。いい気分。中野の新築家屋の図面を工務店より受取る。桜の花は五分咲き。トトーを連れて善福寺公園へ行く。トトーも大奮闘で綱を引張る。「トトーや」ニコニコ。犬も笑えたらいいのにね。〝かじか園〟でTa Drと食事。4月に入りトトーをチャンプに預ける。トトーとお別れ、寂しく悲しい。「一時だから我慢してね。待ってて、迎えに行くからね。」所が、ハッと気付く。私は暗然となった。お金が無いのだ。今の所8・5万円要る。不動心だ。不動心!! 必ず道はある。慢心を用心せよ。すべてに用心深く事を行え。今西荻には動かせない家財道具とピアノだけを置いている。生活の場は上荻に移した。大安吉日を選び建築契約をする。上荻では就寝前、一時間、勉強に当てる。病院までの通勤は40分だ。十分、睡眠時間もとれる、青梅時代とは雲泥の差。正に、コペルニクス的転回だ。当然の事だが、院長とは旨く行っていない。一方が良ければ他方が悪い。逆も又真なり。弥次郎兵衛のバランスだ。十全は希むべくも無い。中野の家が出来る迄我慢するんだ。私は負けない。必ず道を見い出す。面と向う必要は無い。そっと避けて脇を通り抜けるのだ。家が出来る迄じたばたしない。雌伏して待つのだ。5月の保険だ。私は此の病院を土台にして大きく一歩前進した。此れを院長が良く思わないのは当然だ。皆やっかみと思う。しかし自分が此れを遣らないと此方が安給料で飼殺しに会うだけだ。自立を考えれば院長の思惑通りには絶対に出来ないのは理の当然だ。私は人に囲われる肌合いの人間ではない。自己依恃の人間なんだ。私はすべて遣り抜く。卑下する必要なんか更に無い。利用出来るだけは利用する主義だ。院長とは断絶、絶交だ。未だ止めろとは云わない。ピアノはYo先生よりショパンのエチュード（マウリツィオ・ポリーニ編）の、テープを貰う。彼は世界に冠たるショパン演奏家だ。此んなに弾けるもんじゃない。羽村の「魚観荘」でTa Drと昼食。新緑が眼に痛い程。工務店より中野の上物の削《はっ》り代金77万、確認申請代18万、計88万円の請求。お金、お金、お金が要る。が“Don`t Give Up, Motoko!!”

10　中野新築中村邸の地鎮祭挙行

中野の新築家屋の地鎮祭を行う支度金として10万円包む。現地に案内される。35・7坪、確かに広々としている。銀行の職員が既に待っていた。支店長からの御神酒2本、奉献。神主が到着して神事が始まり12時に終る。此の禊が始まると同時に雲が切れて雨が止む。霊験あらたか。幸先良いぞ。現地は前方が妙正寺川（神田川支流）の川向うに大和小学校。静かでいい。病院ではNsより沖縄の星砂（スターサンド）を貰う。白い貝殻みたいな星型の砂

「まあ奇麗ね。有難う。」銀行より滅失登記済書を渡される。西荻に残している家財道具を上荻へ運び入れた。家賃は7万だ。前進あるのみ。もう欺されない。馬鹿の振りもしない。その必要は毛頭無い。銀行員が元地主の分の固定資産税を持って来た。此れで元地主の関係書類は完了だ。

11　中野新築中村邸の上棟式挙行

地鎮祭に次いで右挙行した。一世一代の大事だ。西荻アパートのガス全面的に止めた。中野の「菊鮨」のお店に連絡を付け、上棟式の準備はほぼ整う。私の新築の家「中野区若宮2丁目21番21号」の上棟式、6月13日取行われた。工務店の社長の指示で酒席での御抓《おつまみ》やビール、ドリンク類を1万円で買う。大工さん達の分だ。現地では柱が6~7本立って真上に幟《のぼり》が翩翻《へんぽん》と翻《ひるがえ》っている。早速写真を撮る。材木を並べてテーブルに見立て御鮨を並べてある。菊鮨が手回し良くセットして呉れたんだ。pm5：00から宴を始める。「先生は頭《かしら》の横に。」と社長が席を示した。式場では鳶《とび》の頭、私、社長の順に着席する。此の昭和の御代《みよ》でも業界によっては「頭」という呼称は未だ残っているんだと感心した。大工8人私を入れて9人だ。「さあ、皆食べてくれ。飲んでくれ、椀飯振舞《おうばんぶるまい》だ。御目出度い日だ。」宴が終ると折詰を持って帰る。銀行に折詰二個届ける。上荻のアパートに帰り一人で酒を汲む。折詰を開ける。大きな鯛の御頭付き、串を打って飾り塩がしてある。もう一つは赤飯の折。おいしい。菊正宗の特級酒300ml一本、此れ一式で10万御祝儀が6万他で計17万掛った。更に500万円の中間金の支払いの予定。此れで私の目出度い上棟式は終った。三年間、誕生日も何もやってない。私の集大成としての御祝いだ。Mzの誘い。官能耽美の極みに溺れた。Ta Drと「魚観荘」で会食。料理は鮎尽くしだった。御刺身迄鮎とは？　鮎が解禁されたからであろう。今頃、煙草を飲み乍ら、ボーッと瞑想に耽る。穏やかな日が多く、その幸せを噛締めている。7月に入る。お中元のシーズン、銀行支店長から「冷麦」の御中元だ。「かじか園」でTa Drと会食。鼈《すっぽん》料理だ。私は何か気味が悪く料理に乗れなかった。雨のザーザー降り頻る中でDrは御岳山迄車の運転は大変だったろう。気丈な方だなあと思う。8月某日、猛暑の中、私はTa Drを新宿西口の「ホテルセンチュリーハイアット」に誘い「満漢全席」の豪華な中華料理を会食した。何時も御世話になるDrへの私の奢りだ。満足満腹だ。おいしかったが食べ切れず残した物も可成ある。一品を全部食べると次の料理が食べれない。鮑等、後の膳で、もう満腹で、どんな味だか分らない。此んなのは始めの皿に持って来なくちゃと後で思う。ワインは仏、白、甘、のソーテルヌだ。試飲は作法通り遣ってのける。煙草を飲む。王者の気取だ。帰りは中華万頭を含む御菓子が手提にして御土産だ。3600円だ。季節は早や秋だ。私の上荻のマンション暮しも大詰だ。邁進せよ。前進あるのみ。栄養大学のＫ氏が「時に孤立する事もある。此れを恐れていては何も出来ない。」と。そう。不動心だ。父よ。守らせ給え。自分本来に立帰り、生活新規蒔直しだ。47才。42才で青梅に家を買ったが、諸事情があり、46才で再び東京中野に土地を買い家を新築建造したのだ。私に全く悔いは無い。よしんばそれがローンであっても。恃むは自らのみ、自助の精神だ。野菜が安い。茄子10本３００円。キュウリ6本２００円を買う。上荻に帰って焼き茄子を作る。やっと夏の風物を口に出来た。青梅の固税10万円。不動心を心に誓うが矢張金には動ずる。敬老の日。Ta Drと「かじか園」で食事。今日の会席は松茸の土びん蒸。スープがおいしい。各地でお祭りだ。杉並と中野の氷川神社。友田もお祭りだ。彼方此方で御輿が繰り出している。本日を以て西荻の照明をすべて、切る。pm１：00より西荻で、ピアノをそれこそ熱演した。「モーツァルトニ短調ファンタジー」も、得る所があった。ピアノっていい。久し振りだ。こんなに演奏の快感を得たのは、今迄ショパンに打ちのめされていたのだ。此の位の難度が私には手頃なのか。モーツァルト、官能的だ。陰惨と云えばいいか。モーツァルトならではだ。ショパンにはこの感覚はない。ベートーベンより、もっと上を行く。秀でてると思う。今日、此の感覚を体感し得てよかった。11月18日中野へ引越予定。ＮＴＴが来て私の中野のＴＥＬ番号を知らせて呉れた。「かじか園」でTa Drと秋の会食だ。私の給仕は社長が遣って呉れる。彼は和歌も詠むし優しい人柄だ。玉堂の銀杏は未だ黄葉していない。帰ると、又ピアノを夜迄、弾捲る。院長に手紙を渡す。引越予定に付いてだ。11月半ばより引越準備に一週間費やす。何も彼も夢のよう。荷造りその他でam3：30寝るが手足が冷たくなり、いつものショック状態となる。30分トイレに坐り下痢。翌朝、めまいがする。今健康を損ねる訳には行かない。神様。私に健康を恵み給え。pm1：30引越屋が見積もりに来る。工務店の社長より中野の家を見て呉れと来たので同行する。一時間の予定で私の中野若宮の我が新築家屋へ。瀟洒な全館真白な家。佇は厳しい。屋根が灰色の所為か。12畳四間の広い部屋。伊製、スペイン製のシャンデリアが下がって四隅にダウンライト。防音の為鉛を張ったピアノ室。セミコンのGPがデンと置いてある。素晴らしい。トイレから洗面所迄、すべて整って華麗な宮殿みたい。良いお家だ。最高の出来だ。やっとで一人で落着ける。此れを待っていたんだ。此の為に、一億もの借金を敢えてしたのだ。神様、お父さん、お母さん、有難う御坐居ました。どうぞ今後も見守ってて下さい。合掌。病院に4：30に帰る。銀行より50万入金してくれとTEL。此れからは高円寺駅がメーンステーションとなる。何れにせよ、8800万の借金を抱えているのだ。此の為今後、私の生活すべてにブレーキが掛ってくる。引越前日、タイル屋が来て風呂場のタイルを剝がす。此れで一面目を果した。私が設けた物はすべて除去して此処を出る。これが報復だ。私の長期間の院長への復讐だ。トトー。仇を取ったぞ。思い知ったか覚えたか。院長さんよ。

12　中野若宮の新築私邸へ引越挙行

中野の私の素晴らしい住居。早速入浴する。シャワーも抜群にお湯の出が良い。ピアノ室は鉛張りの完全防音を施した。今迄ピアノが煩いと、どんなにか迫害を受けたか。此れから思う存分弾ける。私だけの生活を始めるのだ。サテ、翌日は快晴、引越日和だ。残りの荷物を中野に運ぶ。運送屋四人出ている。家具の外、90個のダンボール。お昼迄掛る。お昼は私の奢りで運送屋と一緒に御ソバにする。食後、2Fへベッドやタンス等運び込む。彼等の素晴らしい体力を見よ。運送代金24万円だ。

引越後、私は、中野若宮の我が新築邸に於て、其の素晴らしさに当分酔っている事だ。GPは鉛張りの防音を施したピアノ室に安置。ショパン・ノクターンNO.1を又始める。フォルテシモが力一杯弾けるのだ。私にとって、此の事は無上の喜びとする所だ。書籍は二階の書斎だ。腰が萎えて動けない。休憩。ドレクセル（米）の応接セットで横になる。

此の若宮で難を云えば道路が狭くてバスが入らないのだ。歩いて中野通りへ出る。早速東急デパートで食料品を買う。本当に久し振りで米沢牛でスキヤキを作る。鮭、お豆腐の生姜正油等食す。あゝ生き返った。凄い多忙で、一週間位、食事も陸《ろく》すっぽ出来なかったのだ。やっとで飢えを満たした。片付けが終るのに一週間は掛る。何れにしろ借金８８００万をも一日も早く完済する事。今後のモットーだ。私は此の時は未だ８８００万の重みがどんな物かてんで理解し得なかったのだ。

通勤は楽だ。幾等も掛らない。あるべき様は此うだと強調したい。今迄あるべきようが、あるべく満され無かったのだ。結局それを是正するのに一億円の金が必要だったと云う訳か。納得。建築費として、１００３万４０００円支払う。今後の生活手段として重要なお店を探す。高円寺駅近くの西友を見つけた。駅から左にずっと商店街だ。右手に東急もある。西友さえあればとホッとする。明日からブルーフォックスのコートにする。寒くなった。在京21年目だ。私は此の素晴らしい住居で生活するのだ。此処が私の生活の場なのだ。21年目に我が手に得た我が家なのだ。頑張って生き抜かなくちゃ。'89（H１）11／18。引越挙行。感無量だ。神よ、父よ、どうか私を守らせ給え!! 私は精一杯頑張ります。この体を闘争其の物にします。合掌。私の冷蔵庫は（26万）台所の家具とコーディネイトされた焦茶色。冷蔵庫迄、コーディネイトの対象とは世の中も進歩した物だ。病院より蟹缶の御歳暮が届く。受取った物か？ 今更と思う。サテ、借金地獄が始まる。何時迄も浮かれている場合ではない。冷静になるのだ。何はさておいても、負債を早く返済する事だ。此処中野若宮の地に、確りと両足を着けて、残る人生を送るのだ。一人で生きる者最も強しだ。嗚呼、やっとで私になれた。私、本来の私である。私自身である事。今日大晦日だ。此の美しい新築の家でお正月を迎えるのだ。トトーと二人ぼっち、寧ろ、願う所だ。イスカバーを作っている。此んなに緩した自分のお正月なんてあったかしら？　人生て何だろう。47才にして得た幸せ。私は借金にしろ、兼てから念願の東京中野に独力で家を建てたんだ。満腔から快哉を叫びたい。神よ、父よ、母よ、有難う御坐居ました。合掌。此うして我が幸福を噛み締める事が出来る。此の借金必ず返済しなきゃ。未だ銀行の担保物件に過ぎないのだ。此の美しい家を確実に我が物にする為に戦闘開始だ。11時半より、除夜の鐘が鳴る。よく聞えるなあ。

13　昨年一年の回想

東京中野に終の棲家を得た。在京23年になるがこの年月を通して私の切なる願いだったのだ。それが此の'89（H1）11／18に成就した。快挙という外無い。父が生きてればどんなにか共に喜べた事だろうに。未だ銀行ローンが大半なるも返済する。長い道のりだが頑張る。又、伊とパリへ旅行出来た事、飽くまで８８００万円もの借金の頸木を引摺っている事を銘肝せよ。今後の目標として（1）借金完済を一刻も早く。（2）再度パリ旅行を無事に終る事。（3）健康で健《したたか》に。恥を恐れず不敵不敵《ふてぶて》しく生き抜く事。（4）職場の決定。47才となった。若気（若くも無いが）の短気は厳に慎む事。（5）生き方については、前述したが恥を恐れず健に行くのだ。誰に対する恥なんだ。生きてる者、すべてが生き恥を曝しているのだ。生きてる自体が恥じゃないのか。以上5件だ。昨年パリで買った「ブラン・ドゥ・ブラン」を開けた途端、栓がポーンと2〜3m先の壁にぶつかり、ヴァーッと泡が噴き出す。如何にも此れは正真正銘のシャンパンだ。キャビア（露）がお相伴だ。今後何があるか分らぬ。一寸先は闇の世間だ。何事も耐え忍び首尾良く乗り越えて生き抜くのだ。大晦日の夜、除夜の鐘を聞き乍ら記す。

昨夜、午前3：30分頃、私の新築の家に5〜6個の石を投げ付けた不埒者がいる。物騒だ。私は寝ていて落ち着かなかった。トトーがウウッと吠えたが用心の為外には出さないで午前5：00に外に出す。トトーはam10：00頃迄外で鳴き詰め番をする。甘えん坊だが非常に賢い猟犬だ。昨夜寝ずに考えた。矢張私は今の病院は止める。留まるのは事態が許さないし院長と全く反《そり》が合わない。今年の正月は新築の広い美しい家でトトーと正月を迎えた。一人だが此れは私の宿命だ。「孤高」と「楚楚たる中に気品を」は父が私に託した詞だ。私はこの詞に則って行こう。4月より仕事始めだ。TaDrと「かじか園」で食事。「若竹の味噌和え」未だ土中の筍を掘り出しそのまんま焼いて御味噌で食べる。甘くておいしい。職を求め、拒絶し、此れを繰り返し乍ら働き詰めの廿数年だった。今後も続くだろう。「日溜りに蹲《うずく》まる雀一羽、憐れなり。何を思へり、汝と同じ我も孤独ぞ。」（元子作）。工務店より、「登記済証書」を持って来た。8・5万円。

1／28より再度、渡欧（英仏伊の三ヶ国）。’90 2／11帰国す。疲れた。2週間は流石に長い。今回は伊でエスプレッソ3kg買った。

欧州旅行から帰って3週間だ。やっと日本に居る実感が戻って来た。此の西荻では色んなことがあった。人との出会いも多かった。青梅の2年間は眠ってたようなものだ。しかし振返れば、此の恰《あたか》も眠っていたような二年間は私にとって無くてはならぬ、絶対的に不可欠の過程だったのだ。有難い二年間の休憩があればこそ、此の激動に耐え得たのだ。神、仏、父、母に見守られて為し得たのだ。心から謝意を表したい。合掌。無駄に一生を過ごすまいぞ。母にもTEL元気だった。8800万円の借金は重い。首が回らない、とは此の事だと分かった。身を以って知った。借金の重さと借金してはいけないと分かった。借金等厳に忌むべき事だと心底から理解した。それを遣ってしまったのだ。銀行の罠、詭計だ。勿論「はいはい」と乗った私が全責任を負うが、ピアノの調律師が云うには「我々だったら五千万だって返せませんよ」と暗に私を非難してたっけ。金が欲しい。痛切に感じる。Yoさんよりスウェーデンの花瓶をお土産に「此れは新築祝いです。」と彼女は飽く迄慎ましく優雅だ。直明けだ。病院をそっと抜け出し善福寺公園へ。ヘッセの「メルヒェン」を携えて急ぐ。東女の構内の桜も綺麗。小鳥が飛び交っている、公園の池の水は黒く澱んでいる。鴛鴦《おしどり》やかいつぶりが桜の花弁が散り敷いた澱《よど》みをスーッと或いはセッセと後肢で水を掻いている。クイーッと鋭い水鳥の声が時に、桜花のソフトタッチの淡紅の中に垣間見える黒い枝、ハラハラと花弁が舞う。20分もベンチに座って風景を楽しむ。心が洗われる。去年はトトーを連れて来たっけ。もう来る事も無いなあ。Ta Drとドライブと食事。桜を堪能した。患者から卵60個貰う。毎日卵だ。有難う。水道局へ名義変更を申請した。私は借金で首が回らぬ。借金を負うと此んなにも何も彼も萎縮するものなのか。正直云って私自身すら小さく萎けてしまった感じがする。ベートーベンの「ワルドシュタイン」を今弾いてる。此れで何も彼も忘れたいのだ。渋谷のヤマハショップで「ベートーベンソナタ全集、ヘンレ版」を一万円で買う。私はベートーベンの深刻さが好きだ。当今、金も無く職探し等で心が低迷状態なのでピアノの曲想にも反映するのだ。当然の事乍ら最近は寝汗（盗汗）が酷く朝、汗びっしょり濡れてる。バレオンを飲む、今日は「子供の日」だ。漸く私も落着き自分を取り戻した。少し来し方を振返ってみる。論文作成の為借りた中野5丁目の家賃（新築一戸建13坪）が家賃月15万に高騰し支払困難となり、10年も経った古家に月15万も支払うのは馬鹿気ていると思い60坪の土地・中古住宅を青梅に１８８０万円で買う。勤めも青梅に変えた。しかし何をするにも不便極まりない青梅の家を２５００万円で売却した。勤めも杉並に変わり此処で病院が所有するアパートへ行ったが所詮アパートはアパートでしかない。古くて薄汚く居住人も下層の連中だ。別に新築アパートを居住用に借り（上荻）都合3軒の家を毎日往復する非常に不経済極まる超人的努力を強いられる結果となった。此の間、ローマ、パリ、ロンドンと二度の渡欧を行う。私は愛犬則私の分身とも思う犬を飼っていたが病院及アパートで犬を拒絶され私は絶対的な自立を考えた。如何しても自分と犬で住める居所が必要である。そしてSu銀行より一億円を借り１２００万円は内金として支払い、８８００万円のローンを組む。中野区若宮2丁目21番21号に37・5坪の土地を買い、家を新築した。１億３３００万円懸った。そして中野区の自宅で新しく自分を取り戻せたのだ。H１年11／18日に入居した。昭和43年（上京）より23年間の念願を果たせた。残念乍ら此れを待たず父は他界した。西荻の病院にも見切を付け職場を他に求めざるを得なくなった。が、住居は確固たる物となった。今や私は一国一城の主なのだ。神様、父よ、どうか私をお守りください、合掌。住居が歳月を経ると共に変還して行ったのに対して、その住居の主、居住者たる私自身は如何様に移ろい行ったのか、私自身を振り返ってみよう。

私は余りにも驕溢《きょういつ》ではなかったか。何故、あんなに驕り高ぶって驕慢だったんだろう。多分人がしない渡欧を簡単に二度も遣ってのけ、自分は他より優れているとでも思い込んだのか。それで優位に立ったのか。巨額の借金に辟易し乍らも、華麗な居宅が東京の文教地区に持てたのを、さも自分が他とは違う者であるかのように錯覚したのか？　しかし今に至る迄、私にはその事は分からなかった。私は銀行借金に対しては全くの初《うぶ》で認識不足も良い所だったのだが、私は此れ迄借金に対して、足りない金は銀行から借りて、ローンを組んで返す、皆そうやってるし当たり前の事だと、聊《いささ》かも疑わず、いとも簡単に考えていた。現下に住宅が無くて困っている。是が非でも中野に一戸建の家が欲しい。しかししがない勤務医で自己資金として１２００万きり、保持していないから不足分は（少々高額だが）如何しても此の借金が必要だ。私の熱望する自宅を自分にしつらえる為のこの借金が如何に牙を剝き出して来るか等、全く想像の予知外であった。借金に踏み切ろうとする、その時（頂点）に於いては、以上の想念に溺れ切っている訳だから、高額借金に対する危惧も躊躇も全く覚えなかったし、僅かに脳裏を「大丈夫かな」が、かすめてもそれを打消し、敢えて認識しようとしなかった。金額についても同様だ。高額借金の恩徳はと云えばいいのか？　災厄（借金禍）よりの訓誡《くんかい》を受く。即ち借金禍によって私は変わった。自分の此の華麗な住所の代償に、未だ経験した事のない全く世間的な、借金返済という、所謂《いわゆる》、社会規約に雌伏せざるを得なくなり、14年間を堪忍んだ。全く悔やんでも悔やみ切れない。自分の仕出かした自分への責務は自分で果さねばならぬ。世間の掟に屈し従わざるを得なくなったのだ。

借金に圧し潰される事が如何に苦しく惨めなものか知るべくも無かった。新築した素晴らしい住居を中野に獲得し、新しい生活を展開したのだが、自らが遣ってしまった事は途方も無く、自らにとって重大な負荷であったと気付いたが、如何んせん今更取返しもつかず悲しい醜悪な結果が残されてしまった。じっと食い入るように「ローン返済票」を見つめる。何も彼も後の祭りだ。愕然と肩を落とす。借金（特に高額になるとこれは災厄に外ならない。借金禍と云うべきか）は人を雁じ搦めにし、人間そのものを萎縮させてしまう。人はその重圧に抗しきれない。ローンの終る年月を力無く心待ちにするだけだ。此れ迄の自助の精神に燃えていたとしても悄然と世間のすべてに背を向けてしまう。全く馬鹿気た事を遣ったと後悔しか残らぬ。後述するが私は此れによって14年の苦節を味わされた。しかし乍ら、別の見方をすれば借金禍の苦しさは自分の驕慢を諌める良き誨諭《かいゆ》即ち訓戒となった。誰も自分に誨諭等してくれやしない。借金禍がそれを教えるのだ。借金は自分の遣らんとする事すべてにブレーキを掛けてくる。已んぬる哉。

今後私が自ら遣れる事は、二度と此の愚《ぐ》を繰り返さねばいいのだ。悲しい苦しい終末は終末として置かないで此れに抗して片付けねばならない。自分で蒔いた種は自分で刈り取るのだ。自分が遣った事は必ず自分に返ってくる。借金の存続する間は、世間の掟に屈せざるを得ないのだ。今後借金返済に向かって苦しいが、自らの仕事或いは生活に邁進する事だ。今度こそが正念場じゃないのか、新聞に「しゃぶり尽す」とあるが全くその通り。銀行だって絞って絞って絞り取るといった遣り口だ。しかも平然と、当然の事として。私がその自ら望んだ生贄だ。鴨だ。しかし鴨は鴨なりに魂、根性があるのだ。此れに挑んで、意気消沈せず、始めの零の状態に帰さなくてはならない。此れが今後の私に課された課題だ。

此の病院では6人のNsが止めるそう。帰宅するとトトーが、引っ繰り返ってお腹丸出しにして手足バタバタして私を歓迎して呉れる。「おお、よち、よち、今帰ったわよ。」我が愛しのトトー。私は涙が出る程トトーを愛している。プクプク太って可愛い。6才になる。「可愛子ちゃんや、大分三葉の芽を食べましたね、悪い子ちゃん。」ジャン・クリストフに「1本の細流、2~3本の木々、僅かな畑地、広い青空が有れば十分だ。自分は暮らして行ける。」とある。私もその通りだ。家の前を一条の妙正寺川が流れ、私の庭には大小の木々、芝生があり、野菜を植える余地もある。此処で十分過ぎる程楽しく暮らせる。思い返せば昨年の今日私は西荻から上荻へ越し、大忙しで息つく間も無かった。毎日疲労困憊の極に喘いでいたのだ。全く良く遣って来た。今、此の美しい充足した住宅に落着けた。借金の方は銀行の金利が高くなり銀行自体も今迄と気風が違って来た。早く返済して仕舞わないと末恐ろしい。トトーはパセリの芽も全部食べてしまった。夜8時まで夕涼みを兼ねてトトーと一緒に庭石に坐って夕空を見る。風が優しく吹き抜ける。上を見ると大天空。ああ、この幸せ、失うまいぞ。人が我慢するという事は故意に無関心を装うと云う事か。妙正寺川に鴨が5~6羽降りてギィーッギィーッと啼き交している。サツキの赤い花が鈴生りに咲いて木を被っている。トトーは柿ピーを、私の顔を見乍らポリポリカリカリやる。彼は犬の子だけど私の子供分にしている。此頃トトーは食べて直ぐ寝る。6才だと、もう老境なんだ。

院長に辞表を渡す。彼は黙って受取る。最後の当直だ。直明けの朝8：55最後の別れと思い善福寺公園に赴く。私はボードレールの「パリの憂愁」をお尻の下に敷いて暫く池の水面を見詰る。池の中央に小さい島が作ってある。鴨の夫婦が一羽は佇み一羽は羽繕いをしている。アメンボがツイーッと水面を走る。水面には白い雲が映っている。良く心に刻み込んだ。毎週直明け30分ばかり、此の公園で心を癒した。善福寺公園よ。此れでお別れだ。左様なら。私の杉並での生活は完全に終止符が打たれた。ともすれば怯《ひる》み勝ちになる此頃確かりしなくちゃと自分に鞭打つ。誰も助けてくれない。私は一人なんだ。老いが間近い私。借金を済まして晩年を全うしなくちゃ。猛暑だ。朝から30度だ。ローマから持ってきた松笠が開いてしまった。吃驚した。日本て暑いんだ。7月31日で西荻のS病院を退職。働いても働いても金は出て行く。じっと手を見る所の話じゃない。借金の恐さを知った。世に云う「首の回らぬ」状態が此れだ。此れなんだ。折良く他院の勤め口があり、取敢えず其処で働く事にした。当直2日も務める。何処で働こうと同じだ。不動心。私は負けないぞ。兎も角借金返済第一だ。毎日世田谷に通う事になる。疲れて何も考えられない。勤めが退けると帰って直ぐ寝るの繰り返しだ。私は健康を害しているよう。浮腫で大きい大根みたいな足をしている。風邪も半年位治らない。怠《だる》くて立って居られない。偶《たまたま》休日だと「助かった寝よう。」此れが私の唯一の願いだ。疲労困憊の極なんだ。借金禍と肉体的疲労のダブルパンチだ。電気釜に穴が開き新しく購入。三越から3万円だ。商品券で買うので私は1000円出すだけだ。ローンの為、後10年は如何しても頑張らざるを得ない。「頑張り過ぎてくたばるな。」を目標の此頃だ。唯もう忙しく疲れて寝るだけだ。富士が初冠雪だ。「かじか園」で会食。「松茸」会席だ。世界のニュースとして東西ドイツが統一合併された。東京中野では中野祭りだ。此頃気取ってるのが嫌になり日本人に返ろう。辛い辛い青梅と杉並から疲れ果て、再び中野に舞い戻ったのだ。中野の地元に極力、同化を考える。塩辛トンボが妙正寺川畔に群生している。この川辺に棲息してるんだ。私はエスプレッソを飲み乍ら自分に云い聞かせる、「生きる事、生き抜く事、遣り抜き勝つ事、躊躇する莫れ。健かに行くのだ。」と。10／26で私は48才だ。トトーも7才となる。昨日より、アメリカ製セミダブルベッドを使用、寝具も毛皮の毛布。毛皮のシーツ、羽布団、羽枕等を寝具として満足している。永年の夢だったのだ。Mzと明日約束。セブリーヌになり切る事。母の畑では今夏南瓜が沢山獲れたそう。母は南瓜とジャガ芋と菜っ葉で逞しく生きている。お母さん頑張って。Su銀行の住宅ローン、胸糞が悪くなる。自分が仕出かした事だ。勿論必ず私が始末をつける。家屋は二年目に入る。「伊勢丹」よりマホガニー材のデスクとイス、ドレッサーが届く。以前から欲しかった物だ。40万円余だが商品券で只だ。

14　48才の総括

私も今や、48才となる。今思うのだ。私がパリに行った事は一場の夢だったのか、あの45才、46才、47才の3年間の私のヨーロッパ旅行は何だったたんだろう。今後此のまま老いて行くのか。西荻の病院においては、国立東一の女史タイプからの脱皮を画った積りが聊《いささ》か、度が過ぎたようだ。ローマに行った後の、私のそれ迄の人生観は確かに一変してしまった事は事実だ。しかし借金の頸木を引摺っている事実が、現実の私のすべてを制動する。無意識のブレーキと成ったのだ。私の48年一ヶ月の時点で此の40才台程、目まぐるしく大転回を成し遂げた年は無かった。一大転機であった。其の中でも業腹なのは忌忌しい借金だが、此れは私の美しい住居の代償だから万止むを得ない。潔く観念せざるを得ない。私の遣った事どもは、すべて、軽挙妄動に過ぎなかったのか。其の時と場に於いては、それしか取る道が無かったのだ。凡、浮沈を賭けての二者択一の選択に迫られた結果なのだ。結果は良きにつけ悪しきにつけ自ら処理黙認する外無い。極力頑張るしかない。

結論すれば、私は40才台で云わば私の生涯に於る爛熟期を迎えたのだ、と考える。熊本より上京して、大学院へ入学し、優秀な教授の下で私は医学博士の学位を得た。後、国立東京第一病院で研修2年後、神経科に籍を置き乍らドックの非常勤医として東一病院に籍を得た。私は此の頃は未だ未だ遣る気満満で誇りと持久力に溢れていた。大学院卒業後東一に入りパッと花開いた初回の開花期とも云うべき10年を経過した。其の後は父が亡くなり引立ててくれる上司も退職してしまい、私は次第に腐っていった訳だが、此の過程に於いてノイローゼ（？）となり、東一病院を退職した。しかし心機一転を画り、青梅F病院での呑気な生活を送ったが、これにも飽き、東京へ立ち戻る事を考え杉並西荻のS病院へ就職した次第だ。S病院でも私の学位取得者であり東一10年の勤務歴を買って呉れたのか、給料は安いが一応優遇してくれた。此れを良い事にし、私は此の病院のアパートでピアノを弾きまくり(同宿者の人々は、さぞ煩さかったろうに)、苦情一つ出ず毎日が送れた。更に私は、第2年目（45才）で伊へ飛び、翌年はパリに飛び更に47才で再度パリ、ロンドンと飛び派手な生活を普通に送った。住居は病院で手直ししてくれたアパートにピアノや家具を置き、上荻に新築アパートを借り、此処で寝泊まりし、青梅の自宅に飼犬一匹を置くという三軒の家を毎日往復する複雑、多忙な生活を送らざるを得なかった。二度目のパリ旅行を終えて、Su銀行より一億円借金し中野に新築の邸宅を建てて、周囲の人は唯、唯見守ってて呉れただけで私は全く自分の欲しい儘に行動したのだった。順風満帆の忙しい生活を気儘に暮らしたのだが、仕事だけは抜かりなく行った。此の40才台程誇り高く、多忙極り無く、目まぐるしい生活を送った事はない。全く私自らもあれよあれよと云った感じであった。そしてこの美しい家に住みワインとキャビアを毎日食し我世の春を欲しい儘にし、愛犬トトーもそれこそ目に入れても痛くない可愛いがりようで美食を与え続けた。此れは、しかし、一億円の借金は、しがない勤務医の安給料ではとても重荷となり私のすべてにブレーキがかかるようになり、次第に萎縮していく。この借金をものとも考えず、家を建てる49才迄の間が思えば私の爛熟期であった。東一時代の開花期に続いて迎えた爛熟期とみて良いと思う。もう二度とこんな時期は来ないだろう。私は以後十四年の苦節に堪えねばならなかったのである。爛熟期を終えて次第に衰退の一途を辿っていったのだ。平家の「驕れる者は久しからず」の独身女医版だ。銀行という虚飾に操つられ、一皮剝けば無間《むげん》地獄に過ぎないと気付く。そして私は又自分本来の地味な「楚楚たる中に気品を保持しつつ孤高」の自分を見い出すのだ。

15　三年を経過した我が新居

Ｈ４元旦。今年の抱負、①健康②借金返済の二件だ。静かな元旦の夜。ワインを愛飲している。夕食時、シャトームートン、ロトシルトを飲んだが急性アルコール性胃炎でpm８：00まで吐き続けた。参ったわ。中東の湾岸戦争。イラクの降伏。新居の屋根部屋に上がってみた。３Ｆだ。可愛い小部屋だ、６畳はあろうか、此れから思索する時は此処に籠《こも》って遣るといいなと思う。此頃は「嵐が丘」「テス」等の英文学を読んでるが皆同じ調子だ、暗い。私はロンドンにも行ったが然《さ》もありなんと思う。あの暗いロンドン塔。牢獄だ。反逆貴族を収監した牢獄。雲が低く垂れ籠めた陰鬱な所だもの。私は矢張、ロシアや南仏の文学が好きだ。性格的なものか。文学に没頭できればなあ。私には許されない。医師だもの。私が文学に没頭出来てたら、今頃小説の2〜3冊も書いて一旗あげてるだろうと後悔する。医師なんて何の興味も無い唯、唯、口過ぎの為に過ぎぬとはっきり断言できる。ものを書く（書き出す）には若さと時間が必要なのだ。何にも増して、そう思う、もう年取ってしまい私の文にも新鮮味がない。それに忙しくて書く閑もない。私の庭には柊《ひいらぎ》南天が見事に黄色の花穂を付け妖艶な芳香を放っている。夕食のワインはソーヴィニオン、トトーに緑のボールを買う。ピアノはショパンの「幻想ソナタ」。弾き込まなきゃ。今間《このあいだ》、JALから「シルバーナ・シャトーマルゴー」が届く。トトーは今年の10／19日で8才だ。私は10／26日で49才になる。お互い、爺さん、婆さんになったなあ、人生泡沫の如し、人生は短い、浮世は夢か。雨の中を帰るとトトーは濡れそぼって私を待ってた。幼気なトトーよ。私には「御免ね待ってて呉れたの、トトーや、さ、お家に入ろう。」の一言しかない。母にTEL、母のスージーは16才、「野菜しか食べない。」と。母は「蕗を油炒めしておいしかった。」と。「雨が漏る所に一斗樽を置いてる。」と聞いて笑っちゃった。母は雄々しく生きてる。私も見習う事にする、九州雲仙岳が火砕流の報。雲仙岳が噴煙を吹き上げている。死火山と云われてたが。母にTELしたが母の所まで火山灰は降って来ないと。安心した。トトーが跛行《はこう》している。

例の破落戸《ごろつき》がトトーに何かぶつけたのだ、急に跛《びっこ》になる筈が無い。畜生!! 危険な奴だ。此の所ラッキョウの塩漬けばかり食べるので私は放屁専らだ。ピアノは「和音パッセージ」だがいい曲だなあ。好きな曲だと進むのも早い。「モンテ・クリスト伯」の小説の中で、ローマのポポロ広場、コルソ通り、コロセオン・ピンチョの丘等が出て来る。古い古い小説なのに、今昔の感がする。私も伊で実際歩いた所だ。皆懐かしい。新居の家に大事件が起る。ベランダの排水孔が落葉等のゴミが詰まり、階下の台所へ此の排水が流れ込み台所は約10cm位の水浸しと成った。直ぐ大工に連絡。原因が分かり一件落着。大工が云う「奥さん。良く掃除して下さいよ。」と。全く聞かずもがな。耳が痛い。久しぶりでTa Drと「かじか園」で会食。10／26は私の49才の誕生日。在京24年。トトー8才。日本の景気下降気味との報。私は負債を抱えているので不安だ。静観するしかない。今日震度5の強震がありJRが止まりpm8：00にやっとで家に着く。此の事故で考えた。電車バスばかり頼ってちゃ駄目だ。地理を知って自分の足で歩けないとハタと困る事になる。身を守るのは所詮自分しか無い。夜遅かったが、ビフテキを焼きシャトー・マルゴーを飲む、ワインだけど利酒だ。

私は高校大学時代を通して何回か「罪と罰」を通読したが、今迄のは唯読んだ、所謂通読したに過ぎない。今回は身を入れて本当に精読した読後感だ。

露文学ドストィエフスキー原作「罪と罰」読後感。殺人者ラスコーリニコフの苦悩、即ち無限の孤独と逃避について考える。……暗い感情が突如、はっきりと彼の心に浮かび上がって来た。無限の孤独と逃避を願う感情……。彼は二人の人間を殺した。人を殺したからには普通の人間社会からの疎外を受けるのは当然だ。彼自身がそれを強く感じるのに反して、彼の行為を知らぬ周囲の人々は人並みに彼を扱い人並みに考える。彼が罪悪感に慄《おのの》けば慄く程普通の人間との距離感が倍加されて行く。「俺を一人にして呉れないか。」という事か。無限の孤独と並の人（非殺人者）とは到底分り合えない……人を乗り越えた訳だから……と周囲からの孤立化は望まずして、覚えずして絶大なる願望となって行くのだ。自分がそれを苦にしているから、それを苦にしていない人間とは当然疎外感が生じ自らと他とは到底分り得ないのだ。自らは深く深く自己だけに沈潜する。即ち孤独化する。……此のように私はラスコーリニコフの気持ちを解釈するのだが、強い罪の意識がそうさせるのだ。それが取りも直さず罰なのだ。此の罰は大きければ大きいほど、罪に慄く人には満足なのではないか。体感的には極刑だが、此う云う物で身を亡ぼすにしても罪人の罪の意識は途方もなく人心を深く執念《しゅうね》く侵すのでは無いか。そこに信仰が芽生えるのだと思う。神（すべてを凌駕する）が現われ神と一体化する。其処には、初め望んだ孤独も疎外も存在しない。神と一体なのだ。罪人は救われるのだ。神への媒介を果たすのが愛なのだ。殺人者ラスコーリニコフに対する淫売婦ソーニャの愛なのだ。愛は神を凌駕するのか？　と云うより寧ろ、神へ一歩でも近付く昇華的作用を認めざるを得ない。私は未だ、其処迄踏み入って思索していない。今、論破できない。外界はすっかり春めく。四十雀がツピーツピーと盛大に鳴いている。春だ春だと声を張り上げてる。

16　八王子S病院へ就職（50才）

八王子。駅迄、病院の送迎バスが出る。此方は桜が満開。トトーと散歩。トトーは脇目も振らず綱をハーハーと云いながら引張る。大分太った。少し痩せなきゃ。可愛いトトー。死ぬ程お前を愛してるよ。私は夕食後、風呂の栓を捻《ひね》りっ放しで、お湯は流しっぱなしだった。疲れて、ソファーで眠りこけてたのだ。中野若宮の我家も、四年経つなんて全く速い。八王子も二ヶ月経ち落着く。50才になった。私も、もう此れ以上ではないらしい。早くローンを返済し本を出すのだ。自費出版とする。先ず「父の書」をまとめる。作家志望の父の書を。次いで「自分の記」とする。此れを、神に、亡き父に誓う。私は悟ったのだ。過去との決別を‼　此の儘じゃ死に絶えるだけだ。何か残すんだ、と。「クローバーに寄せる詩〔病院の前庭の土手に楚楚と咲けるクローバーの花を見つけ思わず駆け寄り手折る。懐かしい花。捨て去った苦々しい悲しい過去の思い出と懐かしい胸の痛くなるようなノスタルジアを秘めて夢に迄見たクローバーが、打ち捨てられ、流れて放浪する我身に「摘んでください」とばかりに風に白い頭を垂れている。汝、我友よ胸に抱きてクローバーの楚楚たる床しさを愛でる。我にだけ、頬笑め、クローバーの花よ。我は汝を愛で慈しまん。」」(元子作)
トトーは左眼が角膜溷濁《こんだく》と結膜増殖がみられる。早晩失明するだろう。10日後右口角より著しい流涎がある。「トトー頑張って、一緒だからね。」トトーに鯖を煮てやる、喜んで食べる。折りからの雷雨。雷鳴にトトーが脅えて泣く。凄まじい雷雨だ。7／26はスペインでオリンピック開幕。日本は参議院選挙。トトーは具合が悪く坐り込んで歩けない。直明トトーは無事。直明の私を歓迎して、引っ繰り返ってお腹丸出しにして手足バタバタする。二日振りで嬉しいのだ。目脂《めやに》とヨダレはダラダラだ。「いいよ、トトーや、元気だったのね、御飯にしようね。涎《よだれ》と目脂を拭き拭きしようね。」目脂で汚れたトトーをきつくきつく抱き締める「よしよしトトーや。」私も嬉しくて一緒に泣いちゃう。トトーは80才の老犬なのに、生後一～二ヶ月の赤ん坊時代と同じく引っ繰り返ってお腹丸出し、手足をバタつかせて歓迎のセレモニーを繰り返すのだ。8年間此れを繰り返して来た。その飼主への愛の深さと一途さに、心からのトトーの愛に何時も泣かされてしまう。老犬トトーの愛おしさ、愛らしさ、いじらしさには完全脱帽の私だ。トトーはパンと霰《あられ》とじゃが芋を食べた。私は今頃スコーンを作る。失敗ばかりだが、皆トトーが食べる。トトーの頭に、たん瘤が出来ている。この辺をうろついている破落戸がトトーに吠えられて石を投げつけたのか。酷い奴。糞野郎奴。地獄に落ちろ。トトーに目薬とミルクは欠かさない。今日はちゃんと歩いた。

私は満50才になった（‘92 10／26）。此処、若宮に越して丸三年経過、四年目に入る。在京25年だ。トトーと妙正寺川の土手を散歩していると「まあ、珍しい犬をお連れですね。スパニエルですね。」「まあ、太って」と笑われた。中年の婦人。相手はチビで痩せっぽちのシーズーだ。更に歩いていくと土工が二人、ドラム缶の火で手を炙り乍ら「あれ、可愛い猫だな。」と。「犬ですよーだ。」何時かの悪餓鬼が「じゃがいも、コロコロ」と。実《げ》にも実《げ》にも、ゴム毬みたいにまん丸だもの。「あの悪餓鬼、取っちめてやんなきゃ。」でも何となく楽しい夜の散歩だった。不眠症の私。何か不可解な夢をみた。私の、行き暮れた困惑の態の夢であった。私の将来を暗示するのか、或いは現実の精神状態なのか、私は夢も何か空恐ろしいと思う。現実には犬だ、ピアノだ、仕事だ、寝る間も無い等と、忙しい態を呈しているが、実際の心情は、現実の、不安な、不確実な、暗中模索的心情或いは様態。心の内情の焦り（借金返済のめどがつかぬ、勤務を続け得るか等の）が、現実の忙しさとして或いは上部を取繕う快活さとして、明確に云うならば自己への斟酌《しんしゃく》或いは忖度《そんたく》としての表現なのではないか。実際の不安から逃れる為に買物したり、食べたり、ワインを痛飲したりしている訳か、自分を欺く、自己欺瞞なのか。我知らず、自己を取繕っているのだ。夢の解析だ。Ｈ４の最後の日、大晦日だ、来年の目標は①借金返済②健康維持③生活の充実の三件だ。除夜の鐘、あつ鳴った、第一声。50才の抱負を満載して私の航海'93年、スタンバイ。旨く渡り切らなくちゃ。H5正月元旦、トトーを連れて年賀状出しに行く。私は10kg太った。人間てどんな粗食でも太り得ると身を以って証明し得た。原稿料16万円入る。4月に入る。トトーは全く元気がない。鼻汁に血液が交じる。心配だ。当直am1:55より「ラ・マルセイエーズ」仏映画、ジャン・ルノワール監督。ノーカットでam4:30迄放映された、いい映画だ。疲れた。桜吹雪の中をトトーと歩く。手持ちのシャンパンを開けたら栓がピューッと天井にぶつかる。「オウ! シャンパンよ、お前は生きてるの?」半分は泡となり吹きこぼれてしまう。トトーと散歩してたら何処かのおじさん「その犬太ったな、あんまり太らしちゃ駄目だ。」と。ちゃんと見てるんだな、私も若宮5年になるのだ。トトーは膿漏眼、具合悪そう。「トトー死んじゃいやだよ約束だよ。ね。」北海道は大津波だ。30・5mに達したと。「津波てんでんこ」(津波は先ず一人で逃げろ)津波の教訓だ。8/28~9/6まで露。(モスクワとベテルブルグ)へ旅行。疲れた。トトーは御飯にオゼックスを混ぜて飲ませる。満10才だ。例年通り、11/18JALよりボージョレーヌーボー届く。スキヤキと生ハムでボージョレーを飲む。利《い》けるなあ、此れ。11月も終わった。トトーも最期に近い事を知る。何も彼も空しく切ない。私は為す所を知らない。何で犬等飼ったんだ。一番トトーに対して責任があるのは私じゃないか。所がam3:00になるとワーオーンと泣いて戸を引っ掻くのだ。「ああ、トトー生きてたの」。可哀想で可哀想で私は大声で泣いた。トトーを直ぐ家に入れた。「御免ね。トトー。おお、もう駄目かと私思ったの。生きてて呉れたの、よしよし、トトーや、私の仔や。」トトーを抱きしめる、「いいのよ、病気だもの。」と、トトーは老衰も手伝ってもう長くない気がする。寿命は10年だった訳か。トトーは一所懸命私に尽くして呉れた。最高に優秀で二心なく私だけに忠実でしかも愛らしい、私の子供分だった。ＴＶで、田中角栄が亡くなったと報じる。Mzと来週約束した。私は一体、彼との関係に何を期待するのか。一口に云って快感だ。セヴリーヌばりの純粋な性の極限を極め、それに溺れたいだけ。年末の夜廻りが始まった。カッチカチカチと拍子木の澄んだ高い音を聞くと落着く。今年も終わりか。大晦日。１９９３年の大晦日の夜は更けて行く。今年を振り返ると（ⅰ）年収１５５６万円（ⅱ）ロシア旅行（ⅲ）我家は築後5年目だが次第に壊れ始めた。ベランダの排水溝が詰り下の台所が水浸しになる（ⅳ）トトーの病気。10才で老衰が顕著だ。ローン残額８０００万。来年の指針は（1）健康。肥満解消（2）借金返済。Ｈ６正月元旦、ソ連共産党レーニン像が倒された。世の中は激動其物だ。私は大きい借金を抱えているので世情の不安定は堪える。トトーはゴッゴッと咳している。肺炎かな？　一日中鳴き止まない。此の寒い真冬というのに、犬屋が犬の毛を刈っちゃったのだ。大馬鹿頓痴気婆奴!!　トトーには麻痺等全く無く頭はしっかりしている。眼が見えないのでヨタヨタ危なっかしい歩き方だ。此の散歩の途中、妙正寺川に鴨が四羽降り立った。ガーガー鳴いている、もう見慣れた光景だ。1月3日は一晩中鳴き通して疲弊しきったのか、今玄関で熟睡している、絶命寸前の気がする。昨夜もトトーは一晩中啼き通した。ここ2、3日食事もしない。よたよたやっとで立つ。両鼻腔より出血多量。これは何故だろう。私は当直の為その儘、トトーと家を後にした。しかし此れが最期であった。トトーの生きた姿を見たのは。

17　老犬トトーの死

H6年1月7日、トトー死亡確認。中野若宮2－21－21の自宅にて死去。昭和58年10／19生10才3ヶ月。私は直明けで気が急く儘に「サワシリン」を買って帰宅。「トトー。トトー。トトー。」しかしもう既にトトーは此の世のものでは無かった。トトーは冷たく土に帰っていた。顎が仰《の》け反《ぞ》り氷のように冷たい。昨日の内、私が当直、夜勤の間に死んだのだ。死後硬直が完全に来ている。トトーを私の白い浴衣で包んだ。

18　トトーへの弔辞、高が飼犬と云う莫れ

トトー死す。「飼犬への本気の愛」について思う。10年3ヶ月本当に有難う。私の伴侶で子供分だった。共に食べ、泣き、寝、笑った（?）よね。日曜日葬式。お骨に焼いて家の庭に葬る。犬屋が「土に帰した方がいい。」と。そうする。「トトー。きつかったね。でももう楽だよ。死の苦しみで三日間鳴き通したものね。お前を守って遣れなかった事が悔しいけど、もうトトーは神に召されたものね。トトーや、どの犬も私のトトー程誠実な主人思いの人懐っこく、いじらしい、真直な愛おしいのはいないよ。世界中で一番優しく賢い、そして甘えん坊だったトトー。私はもう二度と犬は飼わない。一人で生きて行く。トトーは何時迄も私の心の中に住んでいる。いつもお前と一緒なんだ。トトーや。」トトーを真白なシーツに包んだ。もう死後隔解が始まってる、南無阿弥陀仏。トトーよ、左様なら。永久に左様ならトトー。安らかに眠ってね。合掌。今日は心からピアノを弾く、トトーへの葬送の曲、鎮魂歌だ。お寺から水曜日に骨つぼが来ると。トトーや、どうか天国で幸せになってね。私は本気でトトーを愛した。お前が居なくなって私は本当に寂しい。此の広い家は蛻《もぬけ》の殻だ。しかしトトーと暮した10年間は何だったんだろう。私の遺場のない心、人や世間に苛め尽された心の癒やしをトトーに求めた10年間だったのだ。何の為にトトーに、あんなに四苦八苦したかと問われればトトーこそ我命だと思い為す事自体が私の心の癒やしだったのだ。トトーに私しかいないとすれば、私にもトトーしかいなかったのだ。10年間夢中でトトーと過ごした事は事実だ。私自身が墓掘人夫となってトトーのお墓を拵えた。沈丁花の根本に墓穴を掘り、羽二重に包んだ骨つぼを安置して土を被せた。墓標は「トトーの墓」とした。トトーよ。安らかに眠れ。10年間一緒だったね。本当に有難う。トトーが死に、一段落した頃、約3週後の事。朝方、夢を見た。朝見る夢は正夢と云う……私は多分海外旅行の同行予定の人が行けなくなり私も旅行を中止しようとして行かない組に並ぼうとした所、誰かが私の袖を引き「私が一緒に行くから取消すな」と云う。見知らぬ男の人で「誰？」と思ったがもう場面は変り、私はその声を掛けた人と一緒なのだ。それが見た事もない女の子なのだ。そしてその娘の部屋には白い薄縁《うすべり》が敷いてあって、その娘は腹這いに寝ているのだ。私も腹這いに臥す。部屋を見渡すと天井の酷く低い部屋で薄鼠色なのだ。窓も一つも無いが、その部屋だけは開いている戸口の明りで明るいので蚋《ぶよ》や蚊が飛んで来る。「まあ、貴女は此んな部屋に住んでるの？」と云った所で目が覚めた。彼れはトトーじゃないのかしら？　始めに声を掛けた人も彼の女の子もトトーじゃないかしら？　そしてあの部屋はトトーの犬小屋じゃないのか。と確信を以て云える。と云うのは普通人間なら、寝るのに、仰向けになるか、壁に寄り掛かったりはするが、人が傍にいるのに腹這いに臥せたりはしない。彼の娘は犬の化身なんだと思う。トトーが死後24日目に私に会いに来たのだ。あのいじらしい主人思いのトトーが私を逆に慰めに来て呉れたのだ。私には、残されている事って死しかない。トトーの所へ早く行きたい。そして一緒に暮らしたい。何回目かのタナトスが始まった。

19　愛犬の死後、無気力挽回を画る

サテ、私はトトーの死後、晴れやらぬ気分を一掃する為、イスタンブールへ旅行した。八王子の病院は退職した。帰国後、職探し。後4、5年無感覚になって借金を返す。残額5000万だ。私の風貌に漂うそして消え遣らぬ憔悴の気は拭い得ない。母の所へ帰ろう。そして気分を新たにして再起挽回を画ろう。54才の出直し。人間て悲しい。再起を願っても往時の力は無く肉体的衰えしか残されていない。気力だって脆いし、弱弱しいものだ。兎も角私の生涯に於る、何度目かの岐路に差し掛かった訳だ、頑張って、慎重に遣り過ごすしかない。勇気を奮い起すのだ。何れにせよ、此の儘ではいない。

母からの小包が届く。アミの塩辛、鰯の燻製蒲鉾、梅干、寒漬け、等等。母は店に有丈のアミを買ったそう。母は本当に尊敬に価する人だ。実に素晴らしい精神の持主だ。私は夢中になってアミやノリ茶漬け、柚子胡椒の旨味に浸っていた。12月に入り追って、母から、又、アミが1kg届く。これは凄い。本当においしいのだ。アミが是程おいしいとは!!　正に知る人ぞ知る。生でも、お茶漬けでも、ホイルに包んでネギを添えて焼くと、格段においしい。御飯さえあればこれで行けるので何も買わなくて良い。私の食卓には「嬉し悲し」のアミとアオサしか無い。本当に、お母さん有難う。

終に大晦日だ。預金1000万溜まった。ローンとは別に借金自体の元金を減すのだ。

一つ知恵が付いた。お金は無一文でも構わぬ。借金さえ無ければ。借金は二度とせぬ。してはならぬ。此れこそ、身も心も滅茶苦茶にする破滅路線に外ならぬ事を悟った。私の借金哲学だ。彼の頃は、すっかり、いい気になってたようだ、恐ろしい事に。謙虚さ、自らの非力等全く省ず何とも無謀な事を遣らかしたものだ。しかし今は良く分る。分り過ぎる程分る。人の情あって自分が成立つのだ。しかし図にのれば図られるだけだと。すべてに用心深く構えるのだ。今年も暮れ行く。H9年の目標は（1）健康（2）借金返済。金を溜める事だけを考える。この2件だ。母から嬉しい小包み。〝甘酒〟と〝青のり〟だ。この甘酒こそ母の味だ。母は酒造りの名人だもの。私も借金を済ませたら、味噌と甘酒は自分で造りたい。

中野への、私の家建の意義について考えてみたい。此頃、すべてが空しく且つ無意味だ。此んな大きな家を建るって何の、どんな意義があったのだ。今は全くナンセンスだ。何も彼も無意味だ。此んな大きな家に一人で住んで、家の為の借金で首が廻らぬとは、全く以て笑止千万、いいお笑い草だ。正に銀行の思う壺、犠牲ではないのか。此れに気付こうともしなかった曾ての自分の迂闊さに嫌悪感、軽蔑さえ覚える。何故だ。此んな馬鹿気たことを遣ったんだ。ローンの残額は４７００万だ、やっと半分に漕ぎ付けた訳だが。残る半分を懸命に自分に鞭って、皆無にしなきゃ。全く気狂い沙汰だ。馬鹿気切っている。馬鹿な事を仕出かしたものだ。後悔先に立たずか。見栄と虚飾ばかりで生きて来た私だが、彼の当時は家の無い煩しさと苦渋に、耐え兼ねており、是非、一戸建家屋を切実に切望した所で家の大、小に関しては考える余地がなかった。35坪の土地、これが目玉だったのだ。その地に一人で住める家、自分だけの空間が欲しくてこの家の新築となったのだ。美しい家に住み贅沢な生活をした代償が一億だった。でも借金返済によって一億円の重さに打ちのめされたという次第だ。止むを得ず遣った借金の呵責無さに驚き怪しみ且つ嘆き、しかし、結局私だけの責においてやった事の結果。他を恨まず、その重さを真摯に受止め、結果を片付ける事だ。借金についての私の見解と結論だ。

20　R病院就職。翌年同院院長に就任

H9年4月、杉並区高井戸のR病院に就職した。此頃考える。貧しくてもいい。借金が終れば母の所へ帰り、何も気兼ねせず自分の為に自分だけの生活をしたい。母と一緒に田舎暮らしをするのだ。私は長い間の一人暮しに疲れ切ってしまった。

H10年3月半ばの事、F理事より管理Dr（院長）職を受けないかと打診されたが結局受けるしか此の病院に生き残る道はなさそう。（今借金を抱えているので、どうしても定収入のある所で働かないと返済の目処《めど》が立たないのだ）受ける事にした。今日母にTELで「院長になった」と報告。恩師のKo Drにも会ってお話しなくちゃ。昨日私の回診の時、87才の

S患者が私をNsに示して「此の人は女医さんだよ。品があって僕は大好きだよ。」と私に向って「久し振りだね。毎日来てよ。」と。母にＴＥＬすると母は御数にする、胡瓜とトマトを畑に植えたと。勇猛果敢な母。泣事を云わない母、独りで生活を産み出して行く健気な母、私も此うありたい。借金を早く返済し、晴耕雨読の生活に徹し、そして母と一緒に暮らしたい。9月の事、又泥棒が戸を抉じ開けている。三回目だ。何故私の家ばかり狙う？　大きな家の女の一人住いと知って狙うのか。ローン残額３７００万。後3年かかる。この家のローンの為、何もかも犠牲にして来た。でも最低、此の家は私の物として残るのだ。私の30年の成果が此れなんだ。この家なんだ。空巣が3回も入った美しい広い家。借金の重み即ち、家の重みだ。私の15年間を奪った一億三千万の家。後3年が私の今の御題目だ。後3年何があろうと此の病院に齧り付いている。10／26　56才の誕生日だ。私もチャップリンの「ライムライト」のアルルカンのように、その昔の姿はなく、年老いて悲哀との途を辿っているのか。母に2万送る。沢山送って母を喜ばせたいがローンが邪魔して、とてもできない相談だ。お母さん、も少し我慢してよ。来年57才。在京32年だ。負債を終えたら、ひっそりと身を隠したい。勿論私の死に場所だ。死ぬ前に金を片付けて無一物無尽蔵の境地を体得するのだ。身一つで死にたい。一人になるんだ。一人で死んで行くんだ。死ぬ前に自叙伝を書く。書けるか？　年齢的に間に合うか？　幾分焦燥を伴う。焦ってはすべてに失敗する。

寛《ゆったり》りと構えるのだ。

母も一人で統合失調症の娘を抱えて精一杯奮闘している。母には本当に頭が下がる。私は母の長女だ。確かりと母を支えなきゃ。今逆の立場になってる。済まない、お母さん。母から梅干しの小包み。メモが添えてある。「梅干しは水又はお湯に漬けて塩出しして食べてください。」と。母の梅干しは最高級品だ。高雅な香りと母の優しさが溢れている。

扨、私が院長を務める病院だが、今私は病棟に80人、連日外来。医師会、産業医、検食医、職員検診評価等、全く、すべて背負わされた。院長だから仕方が無いか。後2年頑張って、ローン残額1800万を返済してしまおう。今日は此の病院の前院長の七年忌だそう。喪服の持合せの無い私は黒の別珍のジャケットを着て出席。院長だから顔丈は出さないといけないらしい。喪服の一着は矢張持つべきだ。その内揃える。兎も角借金が終る迄低姿勢で行く。今頃パソコンで眼が疲れる。4月某日、恩賜公園浜離宮の近くへ行ったので雨の中覗いてみる。入場料300円、欝蒼《うっそう》とした木立、潮入湖、すべての佇が落着いている。雁《がん》のハマリがよくなついている。6月残額ローン1200万円余。完済する迄、病院での波立ちを避けるのだ。なんとしても、此れだけは返さないと私は此の先、自分が現状より、もっと苦境に立たされる事になるのは歴然としている。自明の理だ。恥なんて問題外だ。すべて自分で忘れてしまえばそれで終りじゃないのか。面の皮厚く、厚顔無恥で行くのだ。H14年ローン残額３７０万円。ローンが終れば抵当権抹消が残っている。此れは銀行が遣るのか？　小説の〝ローラの父さん〝のように「期日に借金返せばいい。」と。私は母の所へ帰ろう。そして母の此れ迄の苦労を少しでも労《ねぎら》って遣りたい。９／12、昨日アラブテロ（オサマ・ビン・ラディンを首魁とする）が米の貿易センターを破壊したとの報。全世界が驚愕し、震撼させられたと云うが凄い事件だ。

21　銀行への一億円の借財全額返済（60才）

14年もの長い間、私を締上げ苦しめたさしもの借金より解放された。ブラボー。万歳‼　永かったなあ。実に永かった‼　消耗し尽くした感じ。御苦労様。元子さん、矢張り、為果《しおう》せたのだ。万感、胸に迫る。万歳。西国の父が「矢張、私の娘だ」と嘯《うそぶ》いているかしら。我が父の冥福を祈る。どうぞ安らかに。合掌。

私の心残りの、私の著作は、如何する。何処かに蟄居《ちっきょ》してこの方面の事を熟慮する必要がある。しかし焦る必要はない。急がば廻れだ。二度と失敗することは許されない。私の今後方針を如何するか、自ら決定決行しなくてはならない。画らずも10年余の道草を食ってしまった。勿論ローン返済も重要欠くべからざる事であったが、もうそろそろ私本来の自分、中村元子に帰らないといけない。と私の心が叫ぶ。私も、もう満60才だ。私は本当の所「何を欲しているのか」「何が遣りたいのか」「如何なりたいのか」等の諸点を自ら、納得行く迄思惟したい。時間は十分ある。昨年10月、私の借金が完済となり、心身共にホッとしたのだが、ローンはH14年10／14を以て満60才で完済した。一億円の借金は流石に、私にとって重圧其物であった。丸っきり首が回らぬ状態を余儀無くされた次第だ。ローン完済の其の時点で私は生れ変わった。お金は手持ちは一銭も無い。しかし「一億三千万の土地、家屋を、この生馬の眼を抜く東京に最も文教的な中野に所有しているのだ。」という自負に満ち溢れんばかりの私に変った。父が大学生の私に「お前は家を持つなら中野に買いなさい」と云っていたが、その言葉通りに為果せたのだ。何が起ころうともう怖くない。人に追随する（私は此れが大嫌いだ）必要もない。「オウ、あんた達勝手にお遣りよ、私も好きに遣るからさ」と。此れ迄何が何でも齧り付いていたこの病院にも、何とはなしに疎ましさを覚えるに至ったが強《あなが》ち不自然では無かろう。飽きたし気疲れが出たのだろう。兎も角後々の生活を考えてお金を溜める。何故か母の所へ帰りたい。61才だし、地丸出しで行かなきゃ。気疲れが堪える。此の病院に七年間もいる。4月半ばより、一ヶ月間、私はトルコへ旅行した。5月半ばに帰国したが日本は流石に緑が濃い。日本は瑞穂《みずほ》の国だと痛感。我家の郵便受けも、病院の机にも、沢山の手紙や文献の類が山積みだ。矢張一ヶ月て長いのだ。明日は早番。残った仕事を片付けてしまわなきゃ。早番のみならず遅番もやる。金が欲しいのだ。耐えに耐え抜いて得た私の此の土地家屋、手には入れたが掃除する暇もなく汚れ朽ち果てて行く家を凝然と見るのみ。往時の美しい家の面影は今や全く無い。週一回の研究日にはＧ Hpのバイト（それも金の為）を遣っている。その折々に人の情に触れる。クリーニング屋のペットボトルのお茶の小びん。墓石屋の一缶のジュース。受付のおじさんのコーヒーの一杯等は、炎天下のバイトでは本当に嬉しい。人に見捨てられた小さな片隅にいて、此んなに人の情があるとは、世の中捨てたもんじゃない。私は母に会いに行かなきゃ。母に会って今後如何するか、方針を定めたい。

22　水俣へ帰省、二ヶ月後R病院退職。

五日間の帰省だ。pm２：00水俣着。18年振りだが何も変わってない。家は昔の儘、打ち捨てられた古家だ。母は両隣を買い取ったそう。裏戸を開ると一人の老婆即ち母が居る「只今。あれ？　お母さん？」母も同じだ。「あれえ、元ちゃんかい？」お互いに一瞬、戸惑う。母は、小さく、背が丸く曲がって円背を為している。熟《つくずく》、母を見る。あの魅力的な二重瞼の大きな涼しい眼（父は母の事を「眼美人」と云っていた）は何処へ？　今、皺の為、細くなっている。でも正真正銘、此れは私の母だ。母の家（私の実家）は佗しい大きい箱と云った感じ。二階建てで部屋数11もある。ホテルを開業できる。１００年も経った家だ。今85才の母は体力も気力も無く掃除も出来ない（身に詰まされるな）ので埃で、全室が真白だ。

「此の居間だけは拭くんだよ。客が来るし檜《ひのき》張りだからね。磨くのさ。」と云う。当然こんな円背でやっとで歩く母に掃除等出来ない。母に16万円渡す。「お母さん、好きなっぱ買いなっせ。」と。一風呂浴びないと蒸し上る。こちらも猛暑だ。風呂はステンレス製（昔は五右衛門風呂だった）でスイッチを入れるだけでお湯が出る。なかなか快適だ。「お母さんの、お風呂いいね。」「うん、いいだろう。」と母。母は面倒臭がって味噌汁を作らない。お数なども買い置きのものばかりだ。母が扇風器を回して呉れて助かった。が、周囲が熱気を帯びてるので涼しくない。顔の火照が何時迄も取れない。8時就寝。母は曲った背でカーテンを掛け窓を閉めている。（2日目）6：30起床。「未だ御飯のでけんけん寝とれ。」「うん、朝が勿体無いからね。」私は下の畑で葱と胡瓜を捥《も》いで来た。葱は味噌汁へ。「ね、お母さん、矢張、味噌汁はあったほうがよかろ。」「うん、面倒臭いよ。」「私が居る間、私が作るよ。」と請け合う。昼は水瓜を切る。その後母と買物。海老と卵と米10kgを買う。母は足が悪くタクシーで用を足す。父に線香を上げる。母を写真に撮る。「お母さんも年取ったなあ。」と改めて思う。「もう85だよ。長う生きるよね。」と母は自嘲気味に云う。「お母さん。１００迄生きてよ、此頃１００なんて珍しくないよ。」と私は東京の私の患者を思い浮かべて云う。今日も暑い。首に汗疹《あせも》が出来てぴりぴり痛い。（3日目）東京は39・5℃此方は32℃だ。でも暑い。今朝は南瓜の味噌汁だ。母も黙黙と食べる。デザートは母特製の生姜の砂糖煮と水羊かん。5時に風呂。母は11室の畳を全部剝いで全室板張りにしたと。又120万出して白蟻を駆除したと。「板張がいい」と母は云う。母は茶の間の檜の板の間（父が檜にして呉れたそう）を大事にして此処だけピカピカに毎日掃除するそう。階段の多い母の家。向臑《むこうずね》を嫌という程、階段にぶつけて青痣《あおあざ》が出来た。（4日目）朝7時から熊蟬がジャンジャンと啼き出す。唯唯蟬蟬蟬。暑!! 暑!! 暑!! 此れが此地の今夏の表現だ。此の緑濃き暑い暑い美しい水俣の地に今日は緩《ゆっくり》と母と茶の間に坐り通した。（5日目）暑い!! 明日帰京だ、母と買物。燻製鰯蒲鉾《かまぼこ》40本、スキ身鱈、切り昆布、雲丹《うに》等、母が日曜に東京に着くよう送って呉れると。腰曲りの母は大変だろうに。却って世話を掛けたかしら。御免ね、お母さん。

母の家は、母のオリジナルの工夫で、セメントで壁を拵えたりして「ロビンソン・クルーソー女版だ。」と私が評すると母も苦笑していた。母はなかなか頭がいいし気転が利く。彼方此方に階段や踏台があってセメントで塗り込めてあったり、本当にロビンソンの洞窟を思い出す。私は蜱《だに》や蚊の刺痕が痒くレスタミンも無いし、暑いし気が狂いそう。しかしグッと我慢する。明日は帰るのだ。短かったが非常に母の生様に共鳴した。（6日目）帰京だ。母はam 4時に起きて蒸籠《せいろう》で糯米《もちごめ》を蒸して赤飯を作る。私も4：30に起き荷作りだ。6：30に蒸し上がる。母は弁当箱に赤飯を詰めて7時にタクシーを呼ぶ。7：10にタクシーに飛び乗りam 3：30に東京着。水俣から東京迄遠遠と七時間掛るが、私がS43年、東京に出た時はブルートレインで車中一泊し、丸一日掛ったのに比べると格段の差だ。唯《たった》の7時間なのだ。翌翌日、母からの荷物が届いた。母の写真が出来る。此れは私の心の糧だ。大事に保存する。私の此の生涯で今程、母の存在と故郷の現存在を有難いと思った事は無い。母からのゼリービーンズ、水羊かん、金平糖等、昔懐かしいお菓子も嬉しかった。ヘミングウェイの「誰が為に鐘は鳴る"For Whom the Bell Tolls"」の冒頭に「誰が為に鐘は鳴ると云う莫れ。自らの死の為に鐘は鳴るのだ」と。「ふうーん。」そう解釈するのか。始めて知った。

R病院の午下り。忙しさのピークは過ぎ暫休憩、静かだ。今年は暑かった。しかし、もう秋風を感じる。嗚乎。年だけが逃げていく。母にTEL。やっとでS子一家が帰ったそう。S子の娘Yu子が母の財産を狙っていると母からの手紙。その時は私が出て行く。母は銀行で私からの700万を受取り、ちゃんとしてきたと。「少しは安心したでしょ」「うん有難う。」と母。母によるとS子一家が此の大きい「母の家」を乗っ取り、母を老人ホームに送り込もうと企んでいる由。然もありなん。S子たちの考えそうな事だ。油断大敵だ。しかし私が母には付いてる。指一本触れさせはしない。S子の手紙に母の手紙も同封してある。彼女の送金を母が断ってきたと怒ってたが、母も果敢な手紙をS子に書いている。此の帰省の2ヶ月後に私はR病院の院長を辞し同病院を退職した。今後、母と妹Ko子をヘルプすることが私の残る人生の課題だ。勿論私の「物書き」は続ける所存だ。

後編

我が内省の記　私には文学しか無い

一章　故郷のM病院に就職

早速だが水俣のM病院に就職。あんなにも嫌い抜いて忌避し続けた水俣アレルギーの私も此処で完全に水俣を受け入れざるを得なくなった。母が私に助けを求めている。母は85才の老軀で痛痛しく老いさらばえて朽ちなんとしている。私は母を見た時（18年振りの帰省の際）全く私は母の子であり、その他の何者でも無いと、はっきり悟った。母からのＴＥＬでM病院で皆が待ってると聞いて今朝8：13の新幹線で、懐かしい母の待つ水俣へ。蛇蝎《だかつ》の如く忌み嫌った水俣、東京に邸を持ったにしても、私は所詮、水俣の人間だと諦観《ていかん》の念を持って新幹線の人となった。家に着くと母は昨日から「今日か今日か」と待ちあぐね色色準備していたそうで魚を醬油で辛くなるまで何度も煮返していたそう。確かにこの鯛は、醬油辛い。子薯の煮っころがしはこれぞ母の味という物でおいしくお腹一杯になる。ご馳走様。朝食は蛸、此れも煮過ぎて辛い。でも母の真心の結果が辛いのだ。約束の面接は朝10時だ。M病院は海に面した山中の新しい病院で此処から海を見晴《はる》かす眺望は誠に素晴しい。「いい所だなあ。」妹は此処に入院と。勤務条件として医師用の個室があり、朝夕の送迎がある昼食は出る、年収は1620万と決定。勤務は10／19からとする。

気懸りは、母の事だが、此の打捨てられた、広いガランとした陋屋に老軀の耳の遠い身で、一人で住み、家政を切盛し乍ら、家屋、土地を私に引継ごうと懸命に守り抜いた、雄々しい敬服に価する母であるが、腰は90度に曲がっているのを見て、私は始めて肉親の深い深い恩愛の情及び母親への憐憫の情を禁じ得ず愕然としたのだ。母を此の儘にして置いてはいけない。母を今迄の恩返しのみならず母を守ってあげなくては人の道に外れると直感したのだ。上部でなく心底から母への援護を思い至った。親子の義務は当然だが、それを越えて深遠なる恩愛の情を覚えたのだ、母への恩愛の情は、此れは生き続けるのだ。私の母なんだ、分身なんだ。何が御座なりにされていいものか。私は母に傅《かしず》く事に決めた。そして実行するのだ。母は私の思いを余所《よそ》に私の為に一所懸命遣って呉れる。過労にならぬよう祈るばかりだ。母に30万渡す。「お母さん、自分で欲しい物買ってよ。」と。母は無表情で受取る。

献ぐ、麗しき陣内河畔への讃歌。朝の散策だ。水俣川は実に奇麗な河川だ。白鷺が柱みたいに5、6羽も潮止めに羽を休めている。潮止より上流は緩《ゆった》りと澱んでいる。澄み切った清澄な空気、美しい景観、此れは私の物だ。父が「陣内河畔」と讃えていたが、正しく陣内河畔は讃美に価する。嗚呼!! 此れは長い、東京生活の間忘れ去っていた、見失っていた物だ。水俣に生まれ18才迄生活したが、その大半は私は受験受験で机の前に釘付けで、水俣の何処も知らないが此れだけは私の物だ。此んなに美しい所が何処にある。此れは私の物。私の物と心に叫ぶ。毎日散歩しよう。62才の今日からずっと此処に住むのだ。私の胸は歓喜に震える。「ああ、散歩終わりだ。」私は潮止《しおど》めより先にはいかない。「さあ、帰ろう。母が待ってる。」食事が済むと裏の畑で柿取り。31個ある。母と二人で紐で吊るし棹に掛る。それにしても畑で竹竿を振り回している中村先生を誰が想像し得たろう。

今後私は、病院への勤務の傍ら、東京から水俣への引越しも平行して行う事を計画した。10／12より翌年の10／21迄一年余掛て、水俣から東京中野の私宅迄、新幹線で往復12回に及び（此れは連休や休日を利用して水俣の勤務先には全く支障なきように画り）、東京の私宅では、衣類、書籍、陶磁器他すべての家財道具をダンボール１００個分荷作りして、東京から宅配便として水俣へ送った。送れない物即（机、応接セット、タンス、ベッド、等の大きい家具等は二回に分け、一回目はH17年1／31、次回はH17年3／8に）引越荷物として水俣に送り返すという大作業を行い、中野若宮から九州水俣への引越しを成し遂げた。交通費だけで１００万円を費やした。此の一年余の病院での勤務はすべて、平穏裡に済ませた。すべて平たく云えば、水俣のHpに勤め乍ら、東京からの引越しを平行して行ったという訳だ。すべて、独力で行う。東京からの帰りは毎回、終列車に間に合うよう荷作り作業を終えpm11：

20には水俣着。母は87才の老軀に鞭打って私の夕食を準備して待っててくれた。母には心から感謝する。お母さん、有難う。深謝。

東京へ行かない平日勤務の日。母の竹の子、牛ぼうの煮付けは抜群においしい。母が3000円のメンタイコを買ってきた。百舌《もず》がキィキィと甲高く鳴く。秋だなあ。肌寒い。母の家の窓外には、柿の木が大きく枝を広げ、秋其の物が丸ごとある感じだ。ヒヨドリが枝に止って柿を失敬している。市役所で転入届け、肥後銀行で通帳を作る。

1　M病院勤務、初日を迎える（62才）

私のM病院勤めの初日だ。医3が私の部屋。私の受持は2F病棟。私は、午前中回診、午後病棟とする。職のある事は有難い事だ。住民票を病院へ提出。更に医師免許証を事務長へ渡す。此の病院は、土、日が休日だ。11月に入り、社会保険庁より東京都保険医証を返却するよう、代りに熊本県のを渡すと。何か侘《わび》しい。そんなに熊本が好きな訳では無い。万、止むを得ないが複雑な心境だ。今日は初めての当直。ナヌナヌ!?　当直室は何と畳の部屋ではないか。布団も自分で押入れから出して敷けと!?　何とも野蛮極まりない話だ。東京は40年ずっと医師当直室はベッドが相場だったのに!?　矢張り、田舎の精神病院だよねえ。トホホ……。環境抜群。此処に此うして余生を過ごす。一面恵まれた事だと思う。しかし、しかし、何かが足りないのだ。田舎は田舎でしかない。遠く来て今日で一月になる。我が故郷、勤めの為、母の為と思うも何故か東京が偲ばれる。此れで良かったのか。時期早尚に過ぎはしなかったのか。本当にずーっと此処にいるのか？　等の東京を去った事への後悔とも付かぬ思いの悩ましい事よ。勤めから帰宅すると母がコーヒーセットを取出してコーヒーを入れる。曰く「お母さんの道楽さ」とニッと笑う。可愛いお母さん。私も笑う。母は昨日も一昨日も電気釜のスイッチを忘れ「惚けた」と心配している。そうじゃない。此のところ、母の周囲（此れは単に私の事だ）が忙しく母もそれに翻弄《ほんろう》されちゃったのだ。今迄、世捨て人のような生活でマイペース其の物の母の生活を掻乱《かきみだ》しているのは私だ。母よ、許せ。医局の窓を開け放つとピイーッと空高く小鳥が飛んでいる。ハックスレーの「生物学」を思い出す。微風を受け乍ら読書三昧の贅沢て何年振りかしら。とてもいい所だわ。私は此処で死のう。私の死地は此処だ。良かった。見つけた。見つかった。私は此れ迄何処で死のうかと考えていた。中野若宮の我家の庭に坐ってトトーみたいに、或は家の中に油を撒いてすべて焼き捨て家諸共、自らも焼身自殺しよう等とも考えた。しかしそれでは余りに自らが惨めだ。私は此処で、此の地水俣で死を迎えよう。死地は水俣だ。私は生れ故郷で父母弟と一緒に、父母弟の傍で死ぬのだ。そう決めた。東京には此んな安らかな美しい所は無い。今日は私の歓迎会だそう。福田農園のスペイン館へ車で山坂道を登って行く。眺望は夜の海が奇麗だった。

医局の庭に尉鶲《じょうびたき》が来てる。私は弁当持参。大根葉の漬物と塩コブの御数だ。教訓「人を信じず、又相手に此れを感じさせない。」此れは絶対の至言だ。家の玄関で転倒した。左第5中足骨を骨折した。治癒するのに6ヶ月掛った。骨折したが回診も当直も一回も休まない。四日間入浴せず。事務長がゴディバのチョコを持って来てくれた。此頃、私は涙脆くなった。喜怒哀楽毎に泣くのだ。昔の豪気、傲慢はすっかり影を潜めたよう。62才になって知る人の情だ。素朴な水俣の人々の温情を感じる。骨折第5病日、腫脹は幾分引いたが内出血がひどい。感染は無いよう。

少し歌を詠んでみた。（i）都より、帰る娘を待ちあぐね、老母の打疲れて炬燵に突っ伏す黒き小さき顔ぞ、悲しき愛しき尊き。（東京より帰りたる夜）（ii）帰り来て見れば、古家の打捨て置かれしに、我を迎えて矢庭に起きつる老母に、垣間見る、生気ぞ鬼気ぞ（母85才）（iii）絢爛《けんらん》と暮れなずむ夕陽を背にし、小さき鎌以《もて》、老母の菜取る姿ぞ痛ましき神々しき（iv）朝夙《あさまだき》に、摘み立ての大根の葉の冷めたる味噌汁に我舌鼓打ちし朝餉かな（老母を煩わすまいとして煩わしてしまう不肖の娘）（v）ごそごそと這い蹲裾《つくば》って炬燵より這い出《いず》る、老母、その儘を制して、立つその強さよ。我も此の強さ、あらまほし。

朝の回診。私が跛《びっこ》引いていると、患者が「中村先生、足は如何しました？」「骨折です」「まあ」と吃驚している。4Fは女性の精神病棟。

2　62才の総括、母と二人で

㋑R病院を退職。東京を断念して生地水俣に永住を、決意しM病院に就職する。㋺母とKo子を私の扶養家族とす。㋩妹Ko子は統合失調症で身体障碍者一級に認定されている。私はKo子の後見人兼保護者となる。㊁今後の水俣永住の為、東京若宮の私邸を売却する。㋭水俣へ住居を新築する事。㋑〜㋩は既に実施した。今後目標として㊁㋭に主力を注ぎ、これも完遂する。此れが当面の私の課題だ。入院先の病院から妹Ko子が帰宅した。「まあ、Ko子ちゃん。」繁繁《しげしげ》と彼女を見る。眼瞼が垂れ下がり顔が老け切って弛みDMを併発し、白内障の為視力低下で良く見えないと。「嗚呼、変わっちゃった。此れは私の知ってる昔のKo子じゃ無い。昔、彼の美少女だったKo子が此んなになって⁉」運命の残酷さよ。時の冷酷さよ。

何等も引き留める事は出来ぬ。大晦日は母、妹、私の三人で年越ソバを食した。H17年正月元旦はKo子の為、精一杯お持為《もてなし》として私も料理の腕を奮った。食事は充実した正月料理を支度出来た。4日は御用始め、私は勤めに出る。Ko子も病院に帰った。Ko子は「今度盆に来るよ。」と。

閑閑《ひまひま》に、母と談話す。乳母車（板製）に私を乗せて、何度も浜の自宅から大窪（家の疎開先）に通った事。或日、従妹の子も一緒に乗せたら此の子が車から食《は》み出しちゃったと。

「あの娘は強かった。」と母は云う。自転車を漕ぐ父に付いてずっと大窪迄走ったと。長崎の原爆は、母は大窪の山の上から原子爆弾の原子雲を見たそう。近所の人に「珍しかっぱ見なっせ。」と云われて見ると、原子雲は雲の中に黒い雲が有りその中に火の紅があった事等、「ふーん。」と私は聞き入った。母に妹Ko子の病状を聞く。「彼の娘は其処の窓を開けてソファに坐ってワハハ、ウハハハハと一日中笑ってたよ。父が『何故そんなに笑う。』と聞いた所『自分でも困ってる。止めようと思うが止まらない。』と答えた」と。病初期の頃は母が大量に炊いた御飯を全部食べていたが御数を食べなくなり胡麻塩だけになり段段腴せてきた。母は心配したが軈《やがて》、立てなくなり、部屋に籠り戸には襖《ふすま》を立て掛けバリケードとし、父母が入れないようにして大声で笑い続けた。と悲しい思い出を母は語る「とても大人しい子だからね。」そう云う事だったのか。可哀想に。私は絶句した。母はKo子を「あの娘こそ人の世話をしてやろうなんて絶対考えない子だよ。世に云う極楽蜻蛉だよ。矢張、人間は働いて食って行かなくちゃ。それが出来ないようじゃ人間じゃ無いね。働かざる者食うべからず。うん。鳥でも獣でも或る時期になれば親離れして独りで餌を取るよ。それが出来なきゃ死ぬだけだよ。」「そうだねえ、お母さん。」「人は野の百合に非ず。働かざる者食うべからず。」と聖書にも書いてある。此れこそ真理だ。私も全く母に同意する。（でもKo子の症状は母の見解不足）（医師でもない母には当然理解し得ない事だが）これこそ妹の病状の主症状なのだ。

て良いと思う。

「無関心」(アパーティッシュ)と云う。私は母には云わなかったが、矢張統合失調症と考え

正月も過ぎ寛《くつろ》いで母と二人で炬燵に坐っている時、母が気掛かりな事を云い出した。母に幾らかの金を渡してあるが「モーちゃん、お母さんはもう惚けたから、お金の管理は全部、あんたが遣りなさい。私は小遣いを貰うだけでいいよ。」と。「家ン中に誰か人が居るような気がしてならない。恐いから、お金は持たないよ。」惚けたと云い乍らKo子の小遣いの計算はバッチリ遣って除ける。しかし「全然眠く無い。」という傍から、もう、うつらうつら寝ている。「確かに人の気配がする。誰かに見張られている。」老化による被害妄想と思うが今月半ばより一切入浴しなくなった。「寒いし、風邪引くよ。今年は寒いよ。」と。暫く様子をみる。お金は私が責任以て管理する。母は自分の寝室の廊下にポータブルトイレを据えた。「トイレが遠くて此処で遣るのか、考えたな。」と思った。母は自らの生理的な事は何も私に云わないが次第に此うして老衰が進んで行くのかと思うと、人間の運命とは云条、「何か寂しく切ない思いで気が沈むのだ。「嗚呼、折角二人で新しい生活を築こうと東京の家も売ったのにすべて、私の一人相撲に終って仕舞うのか。」と情ない。母から預金通帳は全部預かった。Ko子の分もある。今後私が凡、管理する。母にはお小遣いを欲しいだけ上げる事にする。

急遽《きゆうきよ》上京して引越しの算段を付けた。グランドピアノ（時価３００万）はKi楽器店で30万で買うと。黒檀と象牙の逸品で３００万のセミコン用のＧＰ、私のこよなく愛したＧＰで売りたくないのが山々だが腹を決めた。30万で売った。移送は１／12に決定。此れが最も、長年、頭を悩ましていたので肩の荷が降りた感じだ。ホッとした。家財全般の引越は１／31と２／２の月、水両日掛けて行う。引越しの手続きもすべて済ます。70万用意の事。此の際だ、委細承知す。

３　東京中野から水俣への引越（初回）

約束の引越デーだ。（２００５年１／31）晴。私は前前日より上京して待つ。８：00から10：00迄積み込み終了。56万余円支払う。食器と書籍が積み残しとなっている。此れは次回だ。東京から水俣へ第一回引越の荷物を送る。本宅の右横の小屋に全部収納する。母が立ち会って呉れた。（２／２ pm３：00）東京から引越荷物（第一回引越（１／31）分の積残しの分）が水俣に到着。pm３：00～５：00、２時間掛ってトラックから積荷をすべて、積み降ろした。母が立ち会う。大荷物の為東京から30時間掛ったそう。高速道路代金５万円追加。総計61万支払う。本当に御苦労様。お母さんも有難う。着物や布団は蒸れて仕舞うから外に出したがいいと母の進言に従う。母も随分活躍した。あの曲った背を忘れて、お母さん重ね重ね有難う。母に洗顔クリームを上げると「私ゃ、ハンドクリームを顔に塗ってたよ。」「そうですとも。お母さんですもの。」今日の分量位の荷物がまだ東京の自宅に残っている。今、私の手持金は61万円しか無い。引越、必ず断行する、一億余の借金を14年掛けて返済 為果《しおお》せた私だ。利子とも二億だ。引越位と思わなくちゃ。病院の医局では尉鶲が来てる。前よりも太って丸くなっている。黄色の雌を連れている。春の気を感じる。間違い無く季節は廻って来る。

4 東京中野から水俣への引越完遂

扨、私の正念場。朝8時30分より引越屋（女性2人、男性6人）が来た。今日こそは、何から何迄運んで行って貰う。前回（1／31）の積み残しの分だ。11時に積み込み終了。私は此れを見届け、水俣へ帰る。3日前に上京し我家に泊っていたのだ。今日の下りの新幹線から目一杯、雄大な、雪を被った富士が見えた。2回に渡る東京↓水俣の引越が、此んなに厳しいとは思わなかった。何しろ中野の家が一億三千万もする本格的な土地家屋の引越だから当然だが、自ら独力で企て、独自で此の遠距離引越を為果せたのだ。ルックアップ元子!!へこたれるな。神が見てる。父が応援して呉れてる。ああ、疲れた。私の東京↓水俣への引越は終った。一段落だ。次は東京の家の売買と、水俣に於る家建てだ。兎も角、私を震撼させた引越は終ったのだ。気分的に落着くまで10日間くらいボーッとしていた。水俣では誠に何事も無く安穏とした日が続く。そういった或る日、私は畑に野菜の種を蒔き終えて畑をほうきで掃いてると母が「まあ、畑ば箒で掃きおるが、誰がそげん事ばするもんけ。」と大笑いする。「葉っぱの汚なかろ?」「葉っぱは肥やしになるとじゃけ。」母は此の道の師匠さんだ。母と私の会話だ。3月も末、再び上京し若宮自宅の大掃除だ。売却するのだ。もう此処、若宮へ二度と来る事は無いだろう。中野若宮の我が家よ。左様なら。母が畑に大輪の紫陽花《あじさい》を植えた。水俣川の土手に、小さい岩燕が(多分橋の下に営巣してるのか?)数十羽も(奴さん達、コロコロに太っている。喉は赤くない。)土手の草原にぶつかって転がり回ってる。「へえぇ、小鳥も、此んな事をするの?」私が居て逃げようともしない。(遊び興じて夢中なんだ。私は木ぐらいに思ってるのか。群をなしてて人を全く恐れていない。)水の青、無数の燕の黒い点、桜並木が薄紅の霞を為している。潮止めに四羽の白鷺が身じろぎもせず、突っ立っている。水は飽く事無く、流れ続ける。「ああ、奇麗だなあ。」此れこそ悠久の自然だ。私の求め続けているものだ。今日、母は私に帽子、シャツ3枚、パンツ4枚買って呉れた。有難う、お母さん。多分私が身繕い等する暇も無いのを母は見兼ねたのだろう。「モーちゃんは未だ若いから。でも私だって未だ車引っ張って市役所でん、どこでん行けるんだから。」と年老いた母は負けん気を発揮する。「その調子!! お母さん頑張って長生きしてよ。」祈る気持だ。此の強い母が私は大好きだ。日に日に母に対する敬愛の念が深まって行く。母は本来の自分を生きる人だ。人の生き様とは⁉　母との生活を追って此う考える。人生とは何か、人の道とは何なのかに考えが及ぶと人の知能それに伴う名声、名誉、或いは行跡、又此等に対する理想等此れ等は何なのか。何でも無いのだ。又それが達成されたとして、何にもならないのだと云う事に気付いた。現実の生身の人間が如何生きるか、その生き様は、人が見て、良いとか悪いとか人の評する所では無い。其んな事じゃない。「我身を如何するか」なのだ。人の評価する名声とか名誉とかを得るべく粉骨砕身して、目標とする物に心身を託す。或いは精力を傾倒し尽す事は、全く下らぬ事だ。「三才で神童、廿才過ぎれば唯の人」なんだ。精力の限りを尽して何かを得て、しかも人から評価されない事は恐ろしい程、空しい。それじゃ、何も遣らないがいいのかと云うとそうではない。「人間即努力」と釈迦も教える如く人間は努力せねばならぬのだが、その努力が報いられないのが大部分だ。が、此れが人生なのだと悟る事だ。しかし自ら努力して得た何かは自負とか誇りとして自らが有し自らに残るのだ。先ず「我身を如何する。自分は如何考える」此の事に尽きると思う。母と共に生活して母の生き様を見て、母こそは、今後私の指標とする人生の水先案内人だと熟《つくづく》思うのだ。人の人生は、名誉とか行跡とか、全くそんな事ではないと真底考える。私は50才台迄、此の事が分らず迷妄の日、月を空費した。しかしもう惑わされない。62才になって、やっとで、私は母の老い衰えた姿に自分を見い出したのだ。此れからは、生来の自分、本来の私で今後を生き抜いて行く。山の方からホーホケキョと澄んだ声。「あっ、鶯。」私は顔を輝かす。と母が「うん、あれは何時も啼くんだよ。」と平然と云う。私は拍子抜けしてしまう。味噌汁は、たっぷりの汁だけ。「おやおや」と思うと何のその、母は畑から三つ葉を一掴み採って来てザク切りにして味噌汁に入れた。そのおいしい事、「恐れ入りました。」人間の本性の儘の、飾らぬ、取り繕ったりしない母。「母よ。何時迄も」と祈る。『我母の、背なの丸味の増すや今、我が逗留の長きを悔ゆ。』5月の薫風《くんぷう》と云うが、此の辺はザボンの花の香《かんば》しい香りに満たされる。TVの放映だが、横綱の大鵬親方(65)が「人間は執念を持たないと駄目だ。何事にも打勝つ精神を持て。喋らなくてもいい。」と流石親方だ。いい事を云う。pm 3：00母にTEL。「私や、買物に行って来るよ。」「気ィ付けて。5時に帰るよ。」「うん、御馳走しとくよ。」と。二人で笑う。面白い元気な母。何を御馳走して呉れる？　多分眼張《めばる》の煮付けだ。蛸かも知れない。「母っていい人だなあ。」と今更乍ら思う。母が「小さくてもいい。新しい家が欲しい。」と云う。此の母の家は、100年経った、ガタビシの古屋だもの。「よし。分った。お母さん、引受けた。」東京の家を安くてもいいから売却してしまう事だ。今日は母と紫蘇《しそ》毟《むし》り。梅干を作るのだ。熊蟬がシベシベと啼き出した。夏の到来を告げている。今夏母が御数に蛸を煮て呉れて、もう10匹目だ。此の病院勤務も早や一年を迎えた。母の人柄も良く分った。素晴らしい人だ。亡き父が、尊敬する人を母としていたが、正解だ。本当に真直ぐな本能の儘に正直に生きて行く人だ。母は87才だが「ハリー・ポッター」が面白いと、第4巻目を読んでいる。母の読書熱には感心する。見上げたものだ。

H18年、正月元旦。今年の抱負（1）水俣に於る家建。（2）健康に留意。（3）母と妹を大切に（特に高齢の母を）。この3件とする。お正月の料理は巻鮨と散鮨とした。母と妹に一万円ずつお年玉とした。『肥えた背の、病みし娘の坐り居るを、見遣る母の老いし眼の、時に暗く時に明るし』（元子作）。1月10日は母の誕生日だ。87才だ。夕飯後、母に一服椀をプレゼント。母はとても喜んで両手で囲っていた。翌朝、此の茶碗を食卓に出していて、お茶を注いで「おいしい」と連発していた。母に湯呑を贈って本当に良かった。犠牲と我慢の一生、少しは報われないと嘘だ。私の母だ。何でも遣って上げたい。昨夜8：00頃誰か離れのドアをドンドンと叩くので開けると母が両手にビニル袋を下げている。「一人じゃ寂しかろ。此れを食べな。」と甘納豆と海老煎餅と蜜柑だ。「まあ、お母さん、こんな雨降りに態《わざ》態《わざ》。有難う。」済まない。私は朝食は朝7時前には起きて母屋で母と一緒に摂る。眠い眼や痛む体で母屋に行くと小さい背の曲った母が、やっとでガニ股の足を広げて立ち乍ら石油焜炉で絶えず手を炙って暖を取っているのを見て、「あゝ、眠い等愚痴を云うまい。母は私等よりずっと酷い状態なのに早く起きて私を待ってるんだ。」と。私の為に暖め直しを繰り返し辛く煮詰った味噌汁を更に冷やすまいと温め続け、薬鑵の沸騰してるのを冷やすまいと温め続けて火の番をしているのだ。「お母さん、御免、御免、苦労かけるなあ。」と頭が下がる。今迄の喉迄出掛った苦情をぐっと呑み込んで「お母さん、お早う。」と声を励ます。「おや、起きたかい。私は上がるぞ。」と炬燵に戻る母。「うん、いいよ。」と私は何時ものように、お茶を入れ味噌汁を注ぎ御飯を装う。そして二人で朝食を始める。此れが私と母の毎朝だ。母は何時も「刺身」を買う。何故？「働いて疲れて帰る娘の為に刺身を食べさせなきゃ。刺身が一番だ。」此れが母の思惑だ。86才の母は叶わぬ、か細い体で、押し車を押し、雨だろうと風だろうと悪天候を押して刺身を買いに、行く。「御免な。お母さん、毎日刺身でなくていいよ。」と、何時も云うが平目、鯛、海老、烏賊、蛸と母は頑として刺身を買いに行く。殆《ほとほと》、参ってるが母の買物を阻止する能わずの体だ。

中野のSu銀行より若宮の家は3500万で買手がついたと。笑わせるな!! 全く笑止千万!! 一億三千万の土地家屋なんだ。私が14年掛ってローンを払ったんだ。それがたったの3500万!? 何とも言い様の無い憤激と落胆と失望!! 私の、あんなに苦労して心血を注いで手に入れた家がたったの3500万!? 銀行、曰く「お宅が家を買った当時（20年前）丁度地価の高騰期で地価だけで一億もしたのだ。所が此の20年の内に地価は下落してしまった。又家屋は３３００万だが20年も経つ古屋で、妙正寺川が氾濫し我家も浸水（床上浸水）してしまい、此うなると家屋としての価値は０円。」なのだと説明があった。私が世事に疎い事も手伝って、此の20年の間に不動産関係の何も彼もが変わったのだ。私ですら、62才の老境だもの。家・土地だけ若い時の儘ではなかろう。泣いても笑っても３５００万にしかならぬ訳か。そして手許不如意で直ぐ入用な金という事で足元を見られた事もあって、二束三文で買い叩かれた訳だ。色々苦渋の決断を迫られ、母とも相談して結局３５００万で売却とした。おお!! 呪いの３５００万よ。兎も角、今は金が要る。纏《まと》まった金が必要だ。私は此方に母と一緒に住む積りだし東京に家は無くもがなと思う。私は、不思議な事に此の時点に及んでは、もう中野の家には一抹の未練も覚えなかった。今年一年は、家建だ。水俣の地に母の念願の家を新築するのだ。母もそれで満足するだろう。

5　Tu建設へ中村邸の新築を委託す

「さあ、お母さん。念願の家建が始まるよ。」と母に報告。測量だ。Ｔ・Ｋ（Tu建設事務所、以後Ｔ・Ｋと略す。）より１００坪の新築家屋の完成見取図が届く。母は雨を押して蛸を買いに行く。母は蛸をお茶で煮るのだが蛸本来の味が深く柔かくおいしい。父が亡くなり早や27年目だ。

3年目の水俣の夏か。熊蟬鳴く。

6　大豪雨

大雨が続き水俣橋の警戒水域を越える。河口に近い母の家は海水が堤防を乗り越えて押寄せ、海に漬かった状態になった。おう、見よ!!　川も土手も畑も無い。一面、茶色に濁った海だ。恐ろしい凄まじい光景だ。「あらーっ、海ン中だあー!?」生れて初めて見る光景だ。ドブーン、ドブーンと打寄せる潮鳴りが直ぐ、窓の真下に聞える。私は興奮してしまった。「海だ、海に漬かってる。」水で戸も開かない。其の儘母と顔を見合わせ黙って夕食を食べ、其の夜を過した。翌日正午には雨が上る。潮が引く。蟬が啼き出す。トンボが飛び立つ。母の畑は一面に灰色の泥（多分、此の地方の白砂《しらす》）で被われている。母屋の解体が始まり、私と母は離れに移る。当面必要な物だけ運び入れ大きい物はT・Kの倉庫2軒に運び入れた。母の家は解体され更地となった。赤土の100坪の一等地だ。此れから、南側に石垣を築き土を入れる。高く台地とす。水俣で一番高い台地となる。解体事務所より「解体終了」の報。母が可成参っている。回復を待つ。工事は土台を築き、石塀を作っている。鉄骨入り1・8mの塀だ。明日の地鎮祭の買物に行く。酒（松竹梅）、米、塩、真鯛2尾を買う。H18年9／25。中村邸の地鎮祭だ。家の基本柱の位置を定めた。家の四隅に柱が立ててある。

家は土台が出来上った。10／19は上棟式だ。上棟式迄来た。

7　中村邸、地鎮祭次いで、上棟式挙行

屋根の上で神事が行われている。私は屋根の下で見物。M病院入職後丸二年で新築家屋の上棟式を挙行した。秋空を高く百舌《もず》がキイッキイッと甲高く鳴いている。今迄の苦労が洗われるようだ。10／26は私の64才の誕生日だ。二年前、東京中野から此地へ来てM病院に就職。今年私は、父母が保持した水俣陣内の一等地に中村邸を新築した。家の全面を石塀で囲んだ豪邸だ。私の生涯最大の、一世一代の大事業を成就した。家は外壁を張るばかりに成っている。T・Kの倉庫に預けた荷物すべて受取終了。H19年、1／3仕事始。目下、新築中村邸の荷物の片付に大童《おおわらわ》だ。2月一杯掛る。「新築落成祝」としてT・K事務所宛に折詰17個分を1／20に九庵に依頼す。

8　中村邸落成。水俣市陣内二丁目一番一号

中村邸完成し市役所へ赴き、住居表示「陣内二丁目一番一号」のプレートを貰う。（H19、1／17）T・Kより鍵一式を受取る。此れですべて終了だ。さあ、遣るぞ。母の荷物から、母が父の日記其の他の文献を一纏めにした物を見つけた。父の文学活動の記録が母に依って

大切に保管されて、そっくりその儘、現存しているのだ。私は此の文献が欲しかった。半分諦めていた所だったので地獄で仏だ。お母さん、有難う。流石、文筆家の妻だ。助かった。母に心から謝意を表したい。著作家だった父の書いた物、日記や色んな作品。此れ等を集録して本にして、亡父への餞《はなむけ》としたい。ダンボール200個の片付けに3週間を費やした。私の家建に関しては全部完了した。後、登記済証を貰えば良い。良く頑張った。頑張り尽した。しかし、向後の憂いは、尽きぬ物。勝って兜の緒を締めよ。抜かりなく、すべてに油断するな。Look up, motoko !! へこたれるな。怯むな。弛むな。

9　新居に一人住まう

私は母と別居し、新築の我家に一人で住まう事にした。今迄、新居が出来る迄、母の離れに母と一緒に住んでいたが、いざ、新居が完成し、そちらへ引越そうという段になって母の強い拒絶に合い、面喰った。「お母さん、何で。」と母に問うた折、母は「離れは自分の物だ、絶対他所へは住まない」と主張する。家建の際の引越騒動などに倦み疲れたのだろう。高齢の母の意を入れる。様子をみよう。私は我家に一先《ひとまず》落着いた。直ぐ父の日記の読破に掛る。私自身も上京頭初からずっと日記を付けていて膨大な量（37冊）になっている。矢張「自分史」を出版する。此れは私に課された今後の使命だ。必ず遣遂げる。文才はある。私は父の子だ。此れは単なる自負かも知れぬが、私のすべてを出し切って挑む積りだ。父が残した日記を読み私が如何に父に負うていたか今更乍ら父の深い情愛を思う。母だって同じだ。今後は今亡き父を良く供養し、母を大切にしよう。私の父も母も立派な素晴らしい人だ。

10　新築中村邸の土地家屋登記完了

登記完了。今朝8：40分出勤前に代書《だいしょ》に行き、権利証（登記済証）を受取る。その足で市役所に不動産取得税を支払う。土地、建築物は完全に私有財産となった。早や6月だ。不如帰が聞き飽きる程鳴く。夕方はブッフォーブッフォーと梟が鳴く。母に私が作った大きい胡瓜を3本プレゼント。母は早速それを塩もみにして食事に供した。8月猛暑が続く。暑いなあ。昨夜まんじりともせず、色色考えた。来し方行く末、七転び八起きの生涯を送って来たが、私が仏教思想、仏教哲学を意識し始めたのは矢張り、自分の迫り来る、現実の死を自覚するようになってからだ。私は今年の10／26で65才だ。何時死んでも（此れは人の生死《しょうじ》の理《ことわり》なのだ）良いようにして置きたい。為すべきを為し終えて（父の陣内河畔と私の自分史を各々纒めて出版する事）死にたい。私は死地を水俣に決めた。静かに父と母の眠る此の地、水俣で死にたい。母は87才で未だ元気だ。父には心から冥福を祈る。父よ、西国で安からん事を!!　合掌。
私は10坪程の畑に野菜を栽培しているが、偉大なる大地の恵みに感謝吝《かんしやぶさ》かではない。「大地様」と伏拝みたい。大地の恵み等考えた事があったか？　此れ迄、植える人間の苦労しか考えた事が無かったが大地有っての人間、生物なんだ。現在の自分は多くの人、生物に支えられて存し、人、生物は大地によって支えられ始めて存在するのだ。私も65才になった。色色有ったがすべて、乗り越えて来た。恙《つつが》無く65才を迎えられた。食事はお米は南魚沼の「コシヒカリ」お茶は宇治茶にしている。せめていいお米、いいお茶で余生を送りたい。私の細《ささ》やかな贅沢だ。今後は晴耕雨読に邁進《まいしん》しよう。「仏教の思想」を全12巻読了した。幾等か仏教の知識を得たかしら。水俣に家建を完成した65才は生涯の一区切りであった。今年は我家の完成が最大のニュースだ。美しく堅牢な我家。此れこそ、はからずも、私が神から授かった至宝だ。南無阿弥陀仏。

H20、65才正月元旦。風に氷雨が混じる、寒い。御飯一升炊いて巻鮨11本作る。おいしく出来た。昨年中村邸を建てたのだ。早くも一年過ごした。今年の抱負①自己の完成②健康の維持③母への援護の3点だ。私は左股関節が痛くて酷い跛になってしまった。何時も一所懸命遣ってるのに何か報われない。何時も劣性な私。母は陽気に大声で喋る。意気軒昂だ。

「お母さんは100迄生きるかも知れないよ。」と鼻息が荒い。「法華経」と「浄土三部経」を読む。私は「死後の世界」等「とんでもない」と此れ迄、否定一辺倒で「輪廻転生等、有得ない。死ねば一巻の終りさ」と鼻先で嘲わらっていたが、私は浅薄で思慮が足りなかった。「仏教の世界を見ると矢張「死後の世界」は此れは異次元即ち信仰の世界で現在の私とは異なるステージだ。私は仏教に対して、まだ批判の段階で信仰迄踏み込んでいない。すべてを静観して否定肯定等の批判する事なく、自らの死を（何時かは訪れる）迎え入れる準備をする。是だけだ。

母が倒れた。「スワ!!」と思ったが、TIA（一過性脳虚血発作）だったのか。特に麻痺もなく3時間経過し病状は心配なさそうだ。此れを機に母の食事の支度は全部私がやる事にした。若葉香る5月だ。何時の間にか外界は、緑に包まれてしまった。九州の緑は強烈且つパワフルだ。時間が空いてる時を縫って私は野菜作りに精出す。私の作った廿日大根の素晴らしい事。直ぐ写真に撮る。甘酢漬けにした。グリーンピースは笊《ざる》一杯収穫した。母が皮を剝いて豆御飯にした。おいしい、文字通り生活を享受する。此頃は母は、以前のようにお茶を沸かして私を待つようになった。私は味噌汁を持参して母と食べる。私の家の付近一帯はザボンの花の強烈な芳香が立ち籠めている。私が今遣っているのは机上の観念哲学では無く実際生きて行く上に必要欠くべからざる実践哲学だ。此の儘、有りの儘、此れが私の人生哲学だ、見栄等、こればかりも無い。其の儘、生きる。すべてを受取る人間、中村元子の生様だ。私の生様なんだ。2～3日前から「不如帰」が啼いている。飛んでいくのを見たが尾が茶色の縞模様で割と大きな鳥だ。声も大きいから然もありなんと思う。夜も明けやらぬam4：30頃鳴く。家のじゃが芋の収穫だ。白く輝くホクホクの「男爵」だ。中国の詩句に「恨む莫れ。農と成りて故郷に老ゆるを。」母の介護の為、都を去り「自農自食」し乍ら母と共に生きる事を見詰る。此れは自然の人の道だと思う。有らゆる事を遣って其処迄の過程に至った訳で何を恨む事等有ろう。しかしだ。自ら希んで此う成ったのだが、今、一抹の寂しさ、空しさ、後悔にも似た諦観の心情が蟠《わだかまり》と成って胸に支《つか》うるは禁じ得ない。

母の事だが母には矢張、付切《つききり》の介護が必要だ。母に15万渡す。母はきちんと記帳する。立派な字を書く。雑誌も母の好きなのを買う。しかし此の夏真最中の焦熱地獄の唯中に黙して坐る我が母には絶句する。室温30℃なのに「いや、暑くないよ。私は汗は出ないよ。」と平気でいる。脱水による熱中症が恐い。エアコンもちゃんとしつらえてあるのに。母は89才7ヶ月だ。私は当地に来て四年経過したが、当初の頃からして母は顔貌も確かに大分違う。現実はちゃんと追っ駆けて来るのだ。目下、私の生活訓として「拠って来る由縁を直視する。此の先に起り得る事態を測り、それへの構えを画る。その際為すべき事と、為すべからざる事を、きちんと区別する。そうした冷静さと叡智が求められる。」可哀想、可哀想、その内、その内じゃいけないと云う事だ。母は小遣いは10万で良いと云う。母の希望を入れる。今頃私は眼が霞《かす》む。加齢による白内障か？　眼だけは大切にしたい。母は長い二本の杖を両手に持って歩く。pm３：00母は蜜柑を食べている。「お母さん。一寸待って、抹茶を入れるから。」と作法通り抹茶を入れる。抹茶碗も揃えてある。「はい、どうぞ。」と母に供する。「おいしいね。矢張、抹茶はいいね。」御茶菓子は、京都の「東小豆」。pm４：00だ。「じゃあお母さん、行って来るよ、今日当直だから。」「うん、行っといで、気ぃつけてね。」秋分の日、お彼岸なので稲荷鮨を作る。此処数日、母と二人で抹茶を楽しんでいる。甘味は京都の「栗羊かん。」母もニコニコしている。母の畑に美しい白と黄色の大輪の彼岸花がある。「彼の花、あんたの畑に移してしまってよ人に盗られるから。」と母の達《たっ》ての願い。暇をみて移植しょう。本当に素晴らしい花なのだ。母は嚥下障害が強く、昼のカレーに噎《む》せていた。私は母の背中を一所懸命叩く。

或る晴れた10月の日、病院の昼休み、白浜の土手道を初めて歩いてみた。途中ザブーンザブーンと潮鳴がしている。土手の下には如何にも、山地の打ち捨てられた昔の船着場の風情を漂わせて、荒々しい草木が生茂り、其処に茶色に濁った波が白波を蹴立てている、静かな静かな浜辺の秋だ。烏瓜《からすうり》が茶色に干からびて木に垂れ下がっている。我家の建築時に30本の貝塚を植樹したのだが当座は１ｍ足らずだったのだが、今では３ｍ余となり樹が茂りに茂って前方へ傾いでいるので造園者に手入れして貰った。流石にプロ仕様だ、杭を打ち込み青竹を渡して木を練って倒れないようにして呉れた。「お見事」と云いたい。青竹がなかなか風情があってよろしい。巡回植木屋で山椒と柚子を買う。後、南天を買えば私の和風庭園は盤石《ばんじゃく》だ。今朝、大根の間引菜のおいしい事。母と舌鼓を打つ。里芋も籠一杯収穫。母が「芋御飯にしよう」と云う。里芋御飯と里芋の味噌汁。まあ、此んなにおいしいものがあろうか、御馳走様。私は10／26日で65才になったが健康は何かと不首尾だ。閃輝暗点が出る。眼が疲れているのだ。30分、閉眼静坐すると消失する。後頭葉領域に何かあるのだろう。あったとしても私は今迄通り働き続けるしかない。此方に来て5年目だ。秋も深まる。私は山林を所有しているが、その一つに竹が密生して竹藪《たけやぶ》を成している由。そこを猪が巣穴にして、近隣は危ないそう。地主の私が何とかしろと市役所から云って来る。「え!! 猪!!」此れは又、猪等想像だにしない物を、又其の猪の害を何とか納めてくれと頼まれるのが此の私とは!! 猪の始末なんて、まあ、青天の霹靂だ。本物の猪さえ見た事も無いのに、矢張九州は別天地だ。一応現場へ市役所吏員と車で行った。「へええ此処が私の所有地なの？」初めてみる所だ。笹藪の除去料を私に払えと、二万円だと。「私は払いません。」と答えた。

H21年正月元旦猪御難の年が明けた。妹のKo子はDMの薬を投薬されている由。今年の目標①健康②母、妹の後見③私自身の研学。私は今後「自叙伝」を出した後も農芸を基本職と

㉓頭の上に魚籠を乗っけて売り歩く女

して生きて行く（体力が続く限り）強い決心だ。今年は既に立春も過ぎ母と共にゆっくり寛《くつろ》ぐ。＝母の思い出話＝（イ）昔、生姜の保存は厚紙の箱に白砂《しらす》を詰めてその中に生姜を入れて置けば枯れない。箱は矢張壊れたな、水分を吸収するんだね。（ロ）古賀の婆さん（私の祖母）はね、昔、天草の頭石《がぐめいし》注㉓の女達から鰯を安く買って糠漬《ぬかづ》けにして、それで人を持て成してたんだよ。（ハ）古賀の婆さんは丁度モーちゃんみたいだったんだよね。頭が良くて何でも出来たからね。（ニ）昔、「鯛の花」と云って鯛を硬く固めて、鉋《かんな》で削って醤油を懸けて食べた。削ったのを缶詰めにして売ってた。旨かったな。（ホ）ウドン屋のウドどんの話だが、店にさと（浮浪者）が来てウドンを丼から漫《すずろ》に盛って七〜八杯も食べたげな。（ヘ）子供の頃は、梅土港の大きい岩の上で遊んでた。船が繋《つな》いであって、船ン中で遊んでたなあ。岩に富士壷が一杯くっついてたっけ。（ト）これはお母さん家《ち》の近くで起った事件だよ。乳呑児を抱えた女が、仕事中は亭主に児を任せて、お昼になるとその亭主が母乳を飲ませに児を連れて女の仕事場に通ってたが、女に男が出来て、亭主と児に会おうとしない上に母乳も飲ませない。そこでその亭主は怒って女を包丁で刺し殺したんだよ。お母さん達は皆で見に行ったんだ。そしたら田圃は血の海さ。（チ）小学生の頃、山嵐みたいな体育の先生が皆を並ばせ「がらかぶ」「どんがっちょ」「ぼん幽霊」と云い乍ら生徒の頭を片っ端から打って歩くんだよ。「ええっ？　お母さんには、何て？」「豆人形だったよ。」と母は手に握り拳を作ってそれを振り動かして打つ動作をした。「アハハ！」と私は笑う。「でも、その先生はお母さんを可愛がって呉れたよ」「そりゃあお母さんが、飛切、別嬪さんだったからよ。」と私。和やかな母娘のお茶の集《つどい》だ。直明から帰ると母が煮卵を作って呉れてた。水俣5回目の春だ。此頃母はとても元気。「私や、ひょっとして100迄生きるよ。」と楽しい期待を自分に寄せている。母は風呂こそ入らないが、杖歩行が出来、茶碗を洗い茹卵を私の為に作り、白菜漬を切り、本を読み、とても優秀だ。何時迄も達者でいて欲しい。母は今「家なき娘」を読んでいる。感心だなあ、何でも一人で考え、一人で実行する。三越からショッピングカー（15kg収納）を買う。新聞によると46年振りの皆既日食で奄美やトカラに人が集まっている由。硫黄島でダイヤモンドリングが見えたと。今日は刺身とした。母に鯛、私は平目、「コリコリしてうまいね。」と母「お母さんは、お父さんに毎日毎日魚を食べさせてたけど、自分で食べた事は無かったよ。」「そうですとも。」と母の述懐に頷く。可哀想な母。それを又当然の事として受取っていた父の横暴。実《げ》にも実《げ》にも、今度は私が母にお腹一杯刺身を食べさせて上げる。「お母さん、お安い御用だよ。」「お母さんはね、高い魚でなくて太刀魚とかその辺の地魚でいいんだからね。」「ま、ま、お母さん、そう卑下し給うな。高い魚を買って来る。」「魚を沢山食べたいもんだ。」「はい、はい、了解。」2~3日後、阪急デパートより車海老25匹（大鋸屑《おがくず》の中で跳ねている）届く。海老の握鮨を早速作り皆と食べる。甘くてコリコリしておいしい。夏休暇で帰っていたK子に６０００円の刺身を振舞う。それにしても少し雨が欲しい。毎日の植木の水代も馬鹿にならない。雨降は大歓迎だ。此方は大助かりだ。京都から「潤眼《うるめ》の丸干し」が届く。母は焼いた潤眼を腹ごと食べる。魚が本当に好きなんだ。畑の小松菜や蕪《かぶ》の葉が大きくなった。畑の恵は我家の生活の糧だ。お昼は「天麩羅」とする。玉葱、ピーマン、じゃが芋、鯵だ。随分久し振りでおいしい。母も全部食べた。

今年は10／26で私は67才、10／19には水俣の勤めが丸5年。母は来年１／10で90才となる。色々あったが、すべてに真面目に向き合った積もりだ。此の九州には未だに知人一人いないが私は父の日記に教えられる事が多多ある。預金３０００万を突破。気晴らしに築城４００年の熊本城を見に行った。大晦日の日、Ko子を自宅へ連れ帰る。

二章　私は内省の時代へ一歩踏み出す

H22元旦。謹賀新年。雪だ。しんしんと降り続いている。久し振り鋤焼《すきや》きをした。母は90才、今後、食後の食器洗いはすべて、私が遣る事とした。朝からじゃが芋の植付けをやって午後４時には当直、私は当直が大嫌いだ。此れは当直者の健康と精神をも蝕《むしば》む。金どころでは無い。私は此の水俣に来て何をしたか。家を新築し３０００万の預金をし、母と妹と自分を養う為勤めに出、又生活の足しに畑を作り毎日毎日働き通した。そして5年経ち67才となったが、きつい厳しい生涯だった。何の報われる事もなかった。蓋し、人間の生涯て何も期待する性質のものでは無いのだ。父が云ってる、十全は有り得ないし望み得ない。すべて我慢我慢だ。人を世話する場合、世話される者より少しは優位に立つというのが、せめてもの神の応報なんだろう。私としては何としても家族を守り父母より受け継いだ財産を守る事だ。自己の拠所は自己のみだ。仏教では、「正しい知恵」とは？「無常な物」を無常だと、「無我なる物」を無我だと、有りの儘に知り、見るのが正しい知恵だ。所が凡夫は無知故に「無常な物」に「常住性」を、「無我なる物」に「我」を意識する。即ち期待すべきでない物を期待し意識すべきでないものを意識する所に煩悩による業《ごう》が生じる。その結果は苦だ。人間は、「正しい知恵」を得る事によって煩悩から解放される。それは凡夫の悟りの領域に入る事である（仏教の思想Ⅱ）と説かれる。

勤めの帰りに出店で蕨《わらび》三輪買う。醤油と調味料で煮たが苦い。母は「旨い旨い。此の苦いのが何とも云えないねえ。」と満足したよう。母は苦瓜も好む。食品の苦味だけは、全く頂けない。一緒に買った筍で五目鮨を作り母と食べる。母は酷い難聴だ。二人で読唇術を遣ってるみたいだ。母は生きる為に必死だ。私も極力協力する。

67才だが、宗教に対する哲学的思想について述べる。哲学しないと宗教は解明出来ない。私が宗教を求めて如何しても未だに求め得ないのだが、それは「生と死」に対する哲学的思惟の欠如に外ならない。西田幾多郎に依ると、直接経験の状態に於いては、主客相殺して天地唯一の現実、疑わんと欲して疑う能わざる処に真理の確心がある。知的一般者と云えども尚最期のものではない。更にこれを包む一般者即ち「絶対無」の場所という如きものが無ければならない。それが我々の宗教的意識と考えるものである。宗教的意識に於いては我々は心身脱落して「絶対無」の意識に合一するのである。其処「絶対無」には、真も無ければ偽もなく善もなければ悪もない。宗教的価値というのは価値否定の価値である。反価値的価値の極致として宗教的価値という物が考えられる。それで宗教的価値とは自己の絶対的否定を意味する物である。絶対的に自己を否定して見る物無くして見、聞く物無くして聞くに致るのが、宗教的理想である。之を解脱と云うのである。真に絶対無の自覚に至れば見る物も無ければ見られる物も無い。心即是物、物即是心と云わざるを得ない。哲学的思想の立場からは唯、右の如く云う外は無い。「心即是物、物即是心」は「主客相殺して天地唯一の現実、疑わんと欲して疑う能わざる処」言語思慮を絶し禅家の所謂「心髄万境転転処実能幽」の境地である。西田の説から「宗教的価値とは自己の絶対的否定を意味する物である」と、事実、確かにそうだと共鳴を覚えるが、私に宗教の為に自己否定をできるか？　否、不可能事だ、恐いのだ。其処迄行けるのはもう人間ではないと思う。生半可な私は、それ故に宗教に踏み切る事は出来ないでいる。私は、人格的に脆弱、卑怯なのか。

今、「天台法華」の「絶対の真理」を読んでいるが、現世に、私の住む此の世界に、絶対は有り得るか？　私は「有り得ない」と答える。何故なら私自身「此れは絶対」という物を認識しているか？　死を除いてすべては自分の経験内の事で、此れは絶対だと一人合点しているだけの相対的な物でしかない。絶対的な物が理解、認識できないのに「此れは絶対だ」と思っても、それは絶対で有り得ない。結局絶対と云う名の相対的な不完全な物なのだ。仏教で云う絶対の真理（空）を人間が悟る事は、結局不可能なのだ、何となれば人間自体が相対的な不確実要素から成る存在でしかない。死は或いは「無」と云う事に関しては完全絶対であり得るかもしれない。「死即ち一巻の終り」此れは絶対たり得る。しかし、死の絶対性は物理的な形態に於いてしか論議できない。「死後を信じるか否か」の問題になるが今の所私は否と答える。

私は10月に今勤務しているHpを止めるにつき、其の後の金策を如何するか？　私は年金を受ける事にした。5月半ば、年金相談に行く。病院を止めた後１７８００が隔月終身支払われると最低の生活は保障される訳だ。24時間自分の時間だ。今迄、私は高い代価で時を売ってた訳だ。病院は高い代価を支払って私の時間を買っていた訳だ。私は此の高い代価の時を得る為に、青春を勉学に費した訳だ。そして退職後、此れを中止する。私の時間の売買をキャンセルする訳だ。何と自由な事よ、私は此の貴重な時間を無駄にすまい。「父の書」と「私の自叙伝」を製本し此の二冊は墓に私と一緒に納めたい。其の後は晴耕雨読だ。矢張り著作は続けて行く。今後私に残された物は先ず第一に私自身の著作への熱意と願望、副次的な物として、母と妹、幾らかの資産と云う事だ。67才の生涯を、医師・医博として働き通した結果だ。生活は有る物で用を足す。母も妹もそれに賛成だ。少欲知足の生活方針だ。時間がたっぷり有るのだからそれだけでもいいと思う。我故郷、陣内河畔に寄せる思い。

緑壁なる山々を背に、両岸に並木為す桜の巨木を抱き水俣川は流れる。此の陣内河畔に住する我は幸福ならんや。四囲を石塀に囲まれ、我居宅は安坐せり。石塀に副う、30本の貝塚は3mになんなんとす。西南に我が台所を潤す10坪の畑あり。我業を助けて余りあり。有難きかな故郷の土よ、家よ、そは我心なり又我を支える支柱たらんと欲す。年老いた母何とも物静かな穏やかな事よ。遣るべきは、きちんと考え行う偉大な母、40年の東京生活を頓挫し母の元へ戻り来たる我。妹も連れ添う。此れ等をすべて包括する陣内河畔。連綿として今後も続いて行くであろう。

私は細く長く生きられたら、それでいい。そして余生を此の地で全うしたい。「莫恨農成老故郷」の句だが、恨み等するものか。自ら希んで母と妹を看、農と成りて、年を取り此の地に朽ち果つる喜び。父、母、弟、私、家、畑と共に存する喜び、私は喜んで此の地に果つる所存だ。私は此地を自らの死地と定めた。

不如帰の初音。向かいの山で啼いてる。もう6月だな。6年勤めた此の病院にもお別れだ。今日は3ヶ月前だが辞表を提出した。少し休みたい。疲れた。10／18に退職する。新居に住して本日で3年半を経た。退職後は、躊躇する事なく直ぐ「父の書」に取り掛かる事にする次いで「自叙伝」をまとめ製本する。長年書き溜めた日記を底本とするのだが、旨く文学として表わせるか。此れが今私の切なる願望だ。今後は、全く他からの干渉を受けず母と二人切りで、自らの故郷にて生活する訳だが、私の内省の時代の具象に外ならぬ。他からの干渉を全く受けない生活は私の永らく求め続けた物だ。

三章　我が内省の記

晩夏。今日の弁当は私の自家製の梅干しで日の丸弁当にした。弁当箱は曲げわっぱ（水俣ではガエと云う）母が此れを見て「あれ、ガエを持ってるよ。」と笑っていた。西田幾多郎の「善の研究」読了。可成回りくどく読辛いが、彼は四高の教師だが、良く考え抜いたものだ。しかし私は矢張文学だ。明確に断言する。哲学の終結は宗教か？　成程。文学の終結は、即ち行き着く所は死だろうか？　蓋し私は性格的に脆弱でどうしても唯物的に怜悧一辺倒になれない。余裕は無いのかと常に求め続ける。

忍び寄る秋の気配。蟬も2〜3日前から、めっきり鳴りを潜めた。家の庭で熊蟬や油蟬の死骸が転がっている。一夏を鳴き通し命尽きたのだ。私は67才で此の地水俣で生活の基盤は略《ほぼ》、整えた。父から譲られた中村家二代目の当主として生き抜く。母と妹をちゃんと守って行くのだ。

1　M病院退職す

10／15本日で退職す。私の6年間の此の病院に於ける勤めはすべて終了した。10／26で68才となった。本来の自分に立ち返り「物書き」の生活に入らんとする。先ず「父の書」次いで「自叙伝」を出版する。病院は自分の為に、文学に徹したい為に自らの強い意図を以て止めたのだ。此の事は、明確に断言する。勤めを止めて3週間だ。他からの介入の全く無い生活だ。一日働かない事への罪悪感及、良心の呵責からなかなか脱け出せなかったのだが、やっとの事で、当たり前と思うようになった。矢張り働かない事（此れが正当なる理由があるとしても）に対する良心の呵責って有るんだなと自ら感じた。私は勤めに出ていたほぼ40年の間全く休み（休日も当直）が無かったが、此れから毎日が休みなんだ。人並みに人並みの生活をするのだ。人並み以上の事は何も無い。だって人間でしか無いのだ。朝7時に起床。カーテンを開け線香を父と弟に上げる。そして緑茶を入れ洗面を済ます。新聞を見る。何も事件は無いな。母は私より早く起きて、お茶も味噌汁も沸かしたと。「お母さん、世話掛けて御免。逆だね。」と二人で笑う。ゴミ捨て。此れから時間に追われて忙しく働く事の無い生活に慣れる事。私の新しい自ら選んだ仕事、「物書き」に徹するのだ。

2 私は何故退職したのか

蓋し、私の退職に対する切っ掛けとなったのは、道元禅師の詞に、甚《いた》く同調し、動かされた為だ。即ち、道元曰く「無常迅速生死事大」と命短し、生死無常。直ぐに生は終わる。ボヤボヤしないで怠り無く努め、雑事を離れて学道（仏道）に精進（只管打坐）せよ。兎に角、坐れ。坐せよ!! 坐して瞑想せよ。無一物無尽蔵の精神で、衣一枚鐘一つでいい。後何も持つなと。一方は宗教家、一方は凡愚の私なのだ。私は今の所晴耕雨読を貫いて「読書」と「物書き」三昧の日を送ろう。矢張り母の面倒を見乍らの私は学問一筋と云う訳には行かぬ。生活の傍ら学問と行こう。此れ迄より更に自己に立ち返って、試行錯誤を重ね乍ら物事に真面目に対して行くのだ。折角の人生だ。暇の有る人生が持てたのだ。無駄にはすまいぞ。曇遷《どんせん》の「亡是非論」は一応肯けるが、一思想として記憶に止めて置こう。私は生きる意義、死ぬ意義を今少し真剣に考えたい。「愛して愛に囚《とら》われず憎んで憎しみに囚われない境地。」「住する所無くして、しかもその心を生ずべし。」先人の云う通り此の境地にいれば何の問題も起らないのだが、凡愚の私には出来ぬ事だ。私は唯自己を深く見詰め、母を見守り、簡素に生き知足を旨とする生活をするだけだ。家の八畳間を仏間兼書斎にして開けっ広げにしない主義だ。本の精読に際して集中する為だ。

母が少し変だ。興奮している。久し振りの発揚だ、母の所へ行くのが何時もより遅過ぎたのだ。「モーちゃんが遅いので誰かに殺されでもしたかと心配でS子ん所に出掛ける所だった」。といそいそと私を迎え喋る。「ああ、遅うなって御免、明日からもっと早く来るよ。」母は何時になくペラペラ喋り昔の事なども交える。「さ、お母さんお腹空いたでしょう。御飯にしよう、明日から早く来るね。」次第に母も落着き夕刻には殆ど喋らなくなった。「可愛い、可愛い母。」私は自分一人ではない。母がいるのだ。まず母をそれから自分だ。此の事で、年老いた母親の情が甚く身に沁みた。自分の事に、感敗《かま》けちゃ駄目だ。母に教えられた。猛省する。今後、此れからは「母が先、私は後」を此の家の掟としよう。働き続けた私が職を止め、全面的に休みだと今度は、何かに急き立てられでもする焦りにも似た衝動に駆り立てられる。「早くしなきゃ、何かしなきゃ」と為すべき事は分っているのだが「早く早く」と何かに急かされる。良心の呵責なのか。「人間は無為に過ごしてはならぬ。」という良心から仮借無く責め立てられるのか。「休むとは」「無職とは」？　緩《ゆつくり》と無為に過ごす事は、私の良心は罪悪だと捕らえているのか。御大層な事だ。

　再び、宗教観について。「人生は、どんなに苦しい事があっても、しかも生きるに値する。此の事。死を観念的でなく現実的にとらえて覚悟する必要のある事。永遠の生命は現実を力一杯生き抜く事の内に存する。唯物論者ともあろう者が宗教等、口にするのも恥ずべき等と考えていた。だが此れは間違いだった、〝民衆〟の為の阿片の作用をする宗教とは別に信念の浄化と思惟の鍛練の道を宗教が為していたのである。僕（尾崎秀実、唯物論者、共産党員、ゾルゲ事件に関係して捕われて死刑）の云う宗教はあらゆる叡知の上にたつ、実にそれに即して、此れを越えた所にあるので有限の世界に確固として生きる者が、同時に無限の世界に生きんとする場合の跳躍板の働きをなすものです。」以上は唯物論者、尾崎秀実の論だが、死を待つ学者の宗教論だ。法によって自らが死滅させられる恐怖を越える手立としては宗教に自らを委《ゆだ》ねる外は無いという事か。

　母に金平ごぼうを作る、二人で舌鼓。ニコニコ顔だ。愈《いよいよ》年の瀬《せ》だ。霙《みぞれ》が雪に替わった。朝方、虹が出ている、東の山から、西へ大きく弧を描いている。大晦日の今日大雪だ。屋根に5cmは積っている。直ぐ雪掻きを済ます。母の所へ行き台所を掃除する。夜はカレーシチュー。餅を一個ずつ食べる。母は砂糖正油で、私は黄粉餅とする。道がガリガリに凍結してる。辷って危ない。Ｈ23年１／１退職後初めての正月だ。68才。母は１／10で91才。母と黄粉餅一コずつ食べる。「未だ未だ死なないよ。」母は息捲く。実にも実にも、確りした食べっ振りだもの。今「大無量寿経」を読んでいる。此れは大人しい。法華経とは大違い。私向きのお経だ。このお経は親鸞上人が「真実の教え」と讃え、道元が死ぬ間際まで読んでいたと云うお経だ。母は私に手を合わせて拝んで云う「長う生きて、あんたは、きつかろ。御免ね。よろしく頼むよ。」と。「とんでもない。お母さんこそ私の生き甲斐なんだ。生きてて貰わないと私が困るんだよ。此方こそよろしく頼みますよ。」私も手を合わせて母を拝む。母の為何が有ろうと生きるんだ。持ちつ持たれつで行こう。西の空に有明の月。此れこそ、お月様だ。黄色くまん丸く美しい。今日、じゃが芋を3kg植え付けた。春の農作業が次々と私を待つ。

３　**東北大地震による大津波**（ＭＧ８・８）

日本史上最大の地震が東北に起り津波が押し寄せている。津波て生れて初めて（ＴＶ）見た。海がぐんぐん押寄せ、家、人、車、木等すべて、波に呑まれて流されて行く。天災は不可抗力だ。逃げるしか無い。人間なんてちっぽけだ。此の津波は凄じい爪痕を残して引いて行った。私はＴＶに釘付けだった。「山へ逃げろ」「津波てんでんこ」という言葉を覚えた。

我々人間は自然の驚異の下に唯、唯、額衝《ぬかづ》くしか無い。今日の新聞で改めて昨日の東北地震の災禍の大きさを知る。人間よ驕《おご》る莫れ。自然の驚異の前に人間何する者ぞ。全く此ればかりはお手上げだ。地震も凄じいが、福島の原子炉が爆発。放射能に暴露され一帯が汚染された。私は此の方がもっと恐ろしい事だと思う。原子炉の冷却水が不足し炉心が暖まり溶融（メルトダウン）して爆発したと。何《いず》れにせよ、此の津波は大災厄だ。10ｍの波が来れば私の家だって高々3ｍ、すべて、波に呑まれて同じ運命を辿る訳だ。もし、津波が来れば「津波てんでんこ」で山へ逃げるが私は母を背負って行くが重くて旨く歩けない。矢張二人共お陀仏か。死者は15000人を越えるとか？　東北の津波から10日目だ。凄絶其の物。地獄絵だ。すべてが根刮《ねこそぎ》だ。壊滅状態だ。津波から19日目、原発事故の放射能で野菜が駄目になった。農夫が一人首吊自殺をした。悲観の余りか？「今少し待て」と云いたい。冥福を祈る。それだけ追い詰められる程、被害甚大で行く末を案じたんだろう。可哀想!!　新潟、南魚沼産の「コシヒカリ」を取り寄せていたが中止とする。放射能汚染米だ。中国の黄砂が来ている。兎も角、大地震津波が九州でなくて良かった、肩をなで降す。

干鱈を塩出しして甘辛く煮付けた。母が云う。「モーちゃんが何時も、良う料理して呉れるけん長生きするが、いいのかい？」と。母の精一杯の私への讃辞だ。「いいんだよ、お母さんは私の生甲斐だから、お母さんを世話する為東京から帰ったんだよ。百迄生きてよ。私の事は何の心配も要らないよ。」母は六年前と随分面変りして老衰の域に入っている。熊本は梅雨入り。

今思うのだが、私は母に20年間送金出来なかった（S61～H16年）の間、此の期間は妹のS子が母の面倒（資金面の援助）を見て呉れた由。私はその頃、東京に家を新築して銀行に一億円の借金をし、月々の給与が全部銀行ローンに消えて仕舞う、全く首が回らぬ状態だったのだ。此れが14年間も続いたのだ。全く拷問以上の苦しみだった。母には此の事は一言も云わなかったが、本当に向こう見ずというか無謀此の上無しの事を遣ってしまった。持金1200万しか無いのに一億の金を借りたのだ。此の借金を完済するのにH1～H14年の14年間此の状態が続いて私も必死だった。返済金より利子の方が高くて返済金が0となる時もあり、銀行に食ってかかった事もあった。本当に安請合なんぞするものではない。借りる時、魔が差すと云うか、大ニコニコで借金してしまった。その結果、母の事（母への支送り）も放棄せざるを得なかったのだ。今はすべてが片付き、此方に又再び豪邸を建てたが、今以上に私は母に尽くして上げたい。お母さん、本当に御免なさい。どんなにか心細く私を恨んだでしょうね、でも委細は右述の通りなの。S子は母に2600万使ったと云っている。私は母と一緒に暮らすようになり「S子に2600万返上しようか。」と母に相談した時、母は私の言葉を言下に突っ撥ねた。「私は世話になっただけ十分S子達には物も作って上げたし尽くしもした。何の負目もない、返金等無用だ、それ以上の返礼をした心算だ。」と。然も有りなん。私の母ですもの。私も母も苦労したんだ。そして今があるんだ。薤《らっきょう》礼賛《らいさん》おいしい「お母さん、沢山食べてよ、ボール一杯あるんだよ。」じゃが芋収穫お初のオリヴィエを作る。母のアナログのＴＶを地デジに交換。世の中は目まぐるしく変遷していく。日進月歩だ。

仏学は「観経」に入る。結局、宗教に没頭するのは此の厳しい現実からの逃避なんだと気付く。皆、仕事、仕事、就労等と云うが此れだって立派な現実逃避だ。仕事の中に暫の安逸を求める訳だ。人間の現実社会の柵《しがらみ》はすべて、煩わしく、或いは苦渋に満ちた厭うべき物だ。此れからの脱却即ち逃避（人は此れを追い求める物だが）こそが仕事なんだ。此の仕事が宗教とすれば、一挙両得で、金と安逸此の上無い事だ。68才になって此の思惟に到達した。結局私が求めていたものは、永遠なる現実逃避だった訳だ、この手段として仏教をとった訳だ。最も完全なる逃避は死だ。（自然死にしろ自殺死にしろ）死に尽きる、しかし死は最後的な物だ。年老いた母は唯、唯、父の追憶のみに毎日を暮している。彼の頃の、彼の時、彼の瞬間の、良き事共をすべて思い綴《つづ》って、その中で生きているのだなと端で見ている私には分る。私も少々疲れた。父や母の後を追って私も逝くだろう。死を目前に控えた母の思いや如何に。

今、畑仕事をしているが一時間が限界だ。腰痛が酷い。しかし父母は此れにも増して、特に父は担癌体でストマイ（肝臓癌の転移性肺癌、当時は結核と診断されていた由。知らぬが仏とは云い乍ら）を注射し乍ら、炎天下で農事を、本業の傍ら遣っていたのだ。私は東京に居て父母の苦労など全く思い及ばなかったが、父は私に迷惑掛けまいと故意に、自分の病状を知らせようとはしなかった。父は自らを犠牲にして、私に細心の心使いをして呉れたのだ、右は父の死後、母に聞いた話だ、今更乍ら私は父を誇りに思う。「父の子で良かった。」と。父から受けた恩愛を忘れまい。今後、父の冥福を祈って過ごす。仏的な供養も励もう。父を改めて考える。静かで優しいハンサムで、真摯で実直な反面、冷徹な人柄で辛辣な口を利く人であったが、私も父の様でありたい。夜は何時も私は前庭のポーチに出て気持を静める。静寂。貝塚が月光に黒々と影を落している。此の静寂を破るのは勒虫《くつわ》の声のみ、水俣川には早や鴨が飛来した。今夜は法蓮草の御浸しだ。母も満足したよう。野菜につく害虫は片っ端から捕殺。ホロコースト路線で行く。

母がめっきり弱って来た。誤嚥が頻発し、食も細い。肺炎を危惧する。母が云う「私や、今幾つかい。」「今度の正月で92才だよ。」「御飯の辛うなればもうお終いだ」と。あゝ、弱って来たな。母は又「死ねば天国、生きれば地獄」と云う。貧血なのか顔が蒼白だ。私も母の介護に本腰を入れなきゃ。机を整理していて父の手紙（S54年8／10付け、東京の私宛）。

妹Ko子（30才）の病状。S51年3月頃より笑いこける。頑固。引き籠り。両親が寝てから、日常生活を始める。洗濯し、炊飯し食べる。畑からフダン草を摘んで食べる。S51年4月から炊飯しなくなり食べなくなる。笑い声、喋る（独語）部屋に一人住みバリケードを築く。ふすまを立てる、両親が入れないようにする。S52年10月痩せこけて足が立たなくなる。壁を伝い歩きし、転ぶと立上がれない。S52年10／2精神病院へ強制入院。その後一年七ヶ月入院。S54年5／31退院。S54年8／7より再び笑いこける。独語も大声で笑う。「何故そんなに笑う」との私（父）の問に「自分でも止まらなくて困っている。」と答える、以上。

　鹿児島の桜島が噴火爆発を繰り返している。夕食後、母が珍しく私を引き止めて云う。「も少し、此処にいたら?」「うん、でも色色忙しいよ。」「向こうは一人で寒かろ。炬燵も二つ使うより一つの方が倹約だろ」となかなか母は鋭い。「そうね」と母に付き合い四方山話をする。母は一人でいると心細いのかしら？　母の所で流《ながし》の掃除。茶碗の片付け。生ゴミ排棄。トイレの清掃。母は全く処理出来てない。もう掃除とか清潔とかの概念が失われてしまったよう。トイレの紙等水洗に流すだけなのに、それを塵箱に入れ山積みに溢れている。「オー」と眼を疑う。「茶碗だけは自分で洗う」と云っていた母が、食事が済むと直ぐ炬燵で寝てしまう。老衰が押し寄せている。兎も角「お母さん、今年の正月は迎えてよ、92才になるんだよ。」母の形相は死相を帯びるというのか顔面蒼白で温か味（人間味）の無い恐ろしい顔貌を呈している。私は買物に出て刺身を買う。母はニコニコ笑って「正月みたい」と全部食べた。母が喜べば私も満たされる。私は子としての義務を果す事にもなる。母は今日は気嫌がいい。「未だ未だ死なないよ。」と云う。母が、とてもミゼラブルだ。四肢の力が抜けて硬縮もあり立てない。排便だけで、小一時間、懸かる。便器に坐る頃には失禁してしまう。打つ手は介護Hpへ入院させるのだ。私は2011年12／23より「父の日記」の筆写を開始。一日原稿用紙5枚て所だ。今年の正月準備を始める。

4　衰え行く母、老衰の一途を辿る

今年も年の瀬となる。母は誤嚥が酷い。「もう、私や駄目だ。何も食べれないよ。」と母は嘆く。「お母さん、心配しなさんな。年取れば皆そうなるんだよ。でも、窒息が恐いから気い付けてよ。」母の背をトントン叩き乍ら云う。「あゝ、もういい。」母が全然駄目だ。坐椅子から立とうとして立てない。「もーちゃん」と呼ぶので見ると椅子に頽《くずお》れている。「あら、あら、お母さん。」やっとで坐椅子から引きずり出して「お母さん、立つのは危ないし出来ないよ、ベッド迄這って御覧よ。」母は這ってベッド迄5mも行く。ベッドに先ず私が上り母を引き上げる。母の呼吸《いき》使いの激しい事。「よーし、此れでいい。おかあさん、いい？」「うん、足に力がはいらないよ。」此うなればもうお仕舞いだ。と、御飯を食べれば長生きすると食事も拒絶する。「もーちゃん、じゃこがいい。じゃこを食べたい。」此れはいい考えだ。「はい、明日買って来るから。」妹のKo子が来る、彼女は殆んど盲目だ、DMで視力を失ったのだ。

H24年正月元旦。今年の抱負（1）父の書、出版へ運ぶ（2）母の介護（3）健康（4）経済及生活の管理。昨年税に苦しめられたが2月迄の我慢だ。日本の税制が一年遅れで課税されるので私は非常に苦しい立場に置かれた。食後母をベッド迄連れて行く。母は四つん這いで行く。物を伝って必死の移動だ。私はベッドに上がって母を引き上げる。母は此の間に尿失禁。母はこの失態を私に見られるのが辛いらしい。「いいのよ、恥ずかしくないよ。」「そうだよ、皆同じだ、あんたも同じだ。」「そう私も同じだよ。」と答える。此れが此の所毎日、母と私の会話だ。「もーちゃん世話になったね。良うして呉れたね、有難う。」布団を掛けようとすると「要らないよ、もう明日死んでるよ。」と。嗚呼、お母さん、御無事で、南無阿弥陀仏。後髪を引かれる思いで母の家を後にする。母は拒食を続ける。「何時迄も生きるからもーちゃんに世話掛けるから」「排尿排便が非常に困難」な故に母は拒食を思い立ったのだ。毎日、毎日「有難う、有難う」と。嗚呼!! 加齢を恨む。人生の末期を生きる常道と云え、母の衰えを恨む。痛ましく哀れで悲しい。

5　お母さん御目出度う、92才だよ

母の92才の誕生日。大変な誕生日になって仕舞った。気に懸かるのは母の事のみ、今日1／10は私が待希んだ母の誕生日。「お母さん、御目出度う。92才になったんだよ。」此れを云って上げたかったのだ。所が母の答は悲しく厳しかった。思い詰めたように母は云う。「生きて行くには、大小便も、せんならんし、あんたは、その世話が出来ない。病院なり施設なり入れておくれ。」と。私は愕然とした。母は此んなに排泄を苦にしていたのか。私も気に懸り苦慮していたが母はそれ以上に思い悩んでいたのだ。「うん、お母さん。そうしよう、そのほうがずっといいよ。」所が次の日には「何処にも行かない、此処が一番好きだよ。」と云う。フワフワのシラス干しと海苔の佃煮をおいしそうに食べた。「お茶は尿が出るからいらない。」茶碗に米粒一粒残さず食べた。母を病院に送ると云う事は生き別れになる事か。都を去って相携えて楽しい生活を築こうと張切って準備した事が全部おじゃんだ。私に残されるのは、何時も、後のまつりか、期待はずれの残骸かの何等かだ。何時も何時も後手後手の劣性の負の私。嗚呼、慨嘆するのみ。しかし事、此処に至っては万事休すだ。すべて、現時点を受入れるしかない。自分の涙を拭って母の介護に当るのだ。母は如何してるかしら。悲しい可哀想な苦労し続けの母よ、昨日、毛布に包まれた母に「お姫様みたい」と云うと「うん、私はお姫様だよ。」と笑っていた。「海苔の佃煮が一番食べ易い。」と云う。母の失禁

状態を考えると沈鬱《ちんうつ》な気分に閉ざされる、暗澹《あんたん》たる思いに駆られる。今日は母に刺身詰合せ、鰈《かれい》、烏賊《いか》を買う。刺身の大好きな母は「ようし、頑張って生きるぞ。」と云う。母の顔は蒼白だ。血の気が無く浮腫んでいる。貧血だ。原因疾患は!? 今朝の事、母の所へ行ったら（am 8：00頃）母が「もーちゃん、もーちゃん。」と叫んでいる。吃驚して「お母さん、何？」玄関に入ると「あ、もーちゃん、良かった、お母さんば打っちゃって何処かに行っちゃったと思ったよ。死ぬかと思ったよ。」「お母さん、心配しなすな。誰もお母さんを置いてきぼりなんぞしはせんで。」私も思わず甲走った声で云う。私は母がとても愛おしくなった。可哀想に!! まるで子供だ。無心に食べる母を見ると涙が出て止まらなかった。一粒も残さず食べる母「お茶」「御飯が硬くて、とても呑込めないよ。」「はい、どうぞ」宮沢賢治の「父母の下僕となりて百千の恩愛に報いたし……と。母の汚物を塵芥に出す。「夜も食べない、お茶入れて。」と「お母さん、烏賊を煮付けたから食べてよ。」「うん、あ、家ん蛸《たこ》はおいしいな。」と、ごま塩を掛けた御飯を一粒も残さず食べる。「お母さん、全部食べたね、上出来、上出来」とほめる。そして母を寝かした後、台所で烏賊の残りを食べた。空しい。侘しい。母や妹の病苦を噛み締める。

母の状態は旧態依然だ、寧ろ、日に日に悪くなっていく老衰が進み漸く92才を迎えた。此れは喜ばしい事だが現在、耳は聴えず、体も動かず、硬縮が来ている。母は牛乳が呑みたいと云う、直ぐ牛乳屋に手配する。母の排泄時、母をベッドから抱えて便器に坐らせる。母は重く、抱えると私は腰が抜けそうで母と一緒に便器に坐り込む事になる、此れじゃ母娘共倒れだ。無理だ、私が頑丈で大きくがっちりしてればいいのだが、私は小さくきゃしゃで力も無い。此の先ずっと失禁が続くと思うと暗然とする。毎朝母が「生きてるか?」「あゝ生きてた」と安堵する、此れは当直より悪いわ。あゝ、神よ私に知恵と明察を与え給えと祈るばかりだ。思い切って市役所の介護相談に行くと医師の診断書が要ると。母に話すと「明日にしてくれ、どうせ死ぬんだ。」と云う。母は私に負担掛けまいとして拒食している。排尿排便も我慢しているよう。可哀想で遣り切れない。斯くなる上は、兎も角何処かの病院で意の儘に気兼ねなく気の済む迄排泄しないと駄目だ。最期の今際《いまわ》の際《きわ》迄、何処迄も我慢して我慢して……。「あゝ、お母さん」絶句する。

6　母、緊急入院

近医に往診依頼す。診察の結果(1)貧血(2)脱水(3)栄養失調で緊急入院要すと。OHpに急遽入院した。取合えず3週間入院とam9:00に市役所へ行き介護申請をする。妹のKo子にも一応母の入院を電話連絡す、又一つ確信した。「死の前には哲学的思惟も何も無い」と云う事だ。そんなのに格好付けてる心の余裕等無いのだ。母の安からん事を願うばかりだ。母は流動食二、三口、口にしただけで拒絶した。「お腹空かないよ。」と「未だ死なないぞ。」と母が云うので二人で大笑いした。此んなに笑ったのは幾日振りだ。母も私も、母の入院で安堵したのだ。一応正解だった。母の部屋の掃除だ。尿々だ、敷布団迄尿が染み込み、すべて廃棄した。母は1月の厳冬の折、冷たくて落ち落ち眠れなかったんだ。「あゝもう地獄だ。早く死なないと。死ねば天国、生きれば地獄だ。」と云ってたのは、此のような不都合をすべて、反映した言様だったんだ。お母さん、相済みませんでした。母のお見舞いに黄色のシンビジウムの鉢を送った。母は入院しても私への気遣いを忘れない。「あんたは良く寝ないと。あんたが居ないと家は駄目だ」と。今日は晴天。心は真暗。母は輸血開始。母よ安心して入院してね。本当に心からホッとした。病院で母はバランスのとれた食事で心置きなく排泄できる。入浴、車イスで散歩、室温は適温に調節されている。此れだけでいいのだ。此れだったら母は100才迄難無く生きられる。輸血により顔は幾等か紅味がさしてるが耳はまだ真白だ。奇麗なお母さん。

7　母の帰宅願望、妄想に発展

入院の2週目だ、母に帰宅願望が出て来た。「もう何っ処も悪く無いよ、もーちゃん、早く家に連れて帰ってよ。」私が少しでも遅れると「もーちゃんが、私を置き去りにしないか心配で心配で」と云う。私は母の住居を片付けて母が住めるようにしなくちゃと分かっているのだが未だ何も手付かずだ。母は病院の流動食を食べない。「菜っ葉でお茶漬けにして食べるんだ」と頑張っている。「早く家に帰らないと此処に長くいると馬鹿になるよ。」母は珍しく眼をパッチリ開けて起きていた。「あんたは私が寝れば直ぐ帰るから寝ないよ、私の入院代が大部掛かるだろう。家は売り払って構わんよ。」「お父さんの写真、持って来ようか。」「否、いらんいらん。お父さんは『此んなに良か所に居る』と腹を立てて怒んなはるからね。」二人で大笑いした。「お父さんはあんなに苦労して汚い所に居て死んじゃったよ。」「そう。お父さんは、如何考えても死ぬのが20年早過ぎたよね。」父は72才で亡くなった。私が別れを告げると「又ね。待ってるよ。私ぁ命拾いしたよ。」母は私を見ると「もーちゃん。早く家に連れてってお呉れ。お願いだ。」母は懇願する。母の気持は分かり過ぎる程良く分る。私だって直ぐにでも連れて帰りたい。しかし現実は無理だ。「介護度5」なのだ。家には私一人だ。とても世話し切れない。せめてS子でも居ればと思うが住所さえ分らない。今連れ帰れば奈落が口を開けて待ってるだけだ。元の黙阿弥だ。それに未だ褥瘡の治療が残っている。此れが完治して力を付けて足で歩ければ上出来だ。此のHp介護病棟に入れて貰えば得策だが。母が沁沁《しみじみ》と云う。「此処は野菜が出ないよ。法蓮草を柔らかく煮てごま醤油で食べたいよ。」と10回も繰り返す。「法蓮草はOK。」私は請合った。

母は此れからRHと云うが、可成浮腫が強く、母自身も「動きたくない。じぃーっと寝てるだけで良い。」と悲観的。私も、92才で今更RHでもあるまいと思う。「入院が長くなれば老人ホームに入れてよ。あんたに迷惑だからね。私が死んじゃえば何処か、捨てておくれ。」「とんでもない。お母さん。何を云う。馬鹿な事を‼ 死んだら、ちゃんとお父さんの横だと決ってるよ。お母さんが納骨堂を作ったんでしょうが。」五木の子守歌じゃ、あるまいしお母さんは、医学博士中村元子博士の御母堂なんだ。もっと誇りを持ってよ。そんじょそこらの婆さん達とは違うんだ。母自身が父が亡くなった時、立派な納骨堂を建堂したんじゃないのか。忘れちゃ駄目だよ。母は元気無く寝る。RH主任には話して置く。私は法蓮草のお浸し、ごま醤油和えを作り母に持参した。母は全く誤嚥なく、ペロリと食べた。「旨いねえ、法蓮草が一番旨いよ。もーちゃん、又明日もね。」翌日も翌翌日も法蓮草を礼讃する。「法蓮草は旨い。矢張青菜だ。もーちゃんは料理が旨いねえ。」と食後、一頻り。「面倒臭かろうが私を見捨てないどくれ。」「当り前よ。安心して。」病院の組織立った介護には、絶対個人では太刀打ち出来ぬ。入院一ヶ月後、母の帰宅願望が妄想に変って来た。「私や、何処も悪く無いのに、誰にも頼んだ事も無いのに此んな所に来てるよ。誰がしたんだろう。」「早く家に帰りたい。」今の所、褥瘡《とこずれ》の肉芽がなかなか上がらない。私は一応老人ホームを観に行き、一応母を申し込んだが、入所待機の人が多く、数年後になると。病院では部屋替えをしている。三日と置かず替えてるよう。悪質な遣口だ。これじゃ患者も落着けない。唯、病院の経済だけの為に、患者を動かしているのだ。

今日の母は冴えてる。病院の5階から見晴かす景色を見て「此方の山が新地、向っ側は丸島、そん向うが百間。」と、若い頃母は日窒《にっちつ》に勤めていた。「小さい会社だが火力発電で自家発電だよ。カーバイドを燃してたよ。」「此処は眺めがいいだろう、水俣は良い所だよ。話したい事を話さないとストレスが溜まって気狂いになるぞ。」と。家の畑で収穫した九条葱の「ぬた」を母に持参した。「旨いね、旨いね。」と「病院の飯（ミキサー食とトロミ）と、此の『ぬた』を比べれば、病院のは死んだ魚を食ってるみたいだよ。『ぬた』は生きてる魚を食ってるみたいだ。その位の差があるよ。」と。「うーん。」成程、良い比喩だ、その通り、図星だ。良い発想だ。一本参った。「お母さんは頭いいねえ。」私は思わず笑う。母はベッドから「左側は配電会社だ。火力、水力、小さいが全部出来るからね。」「もーちゃん。畑には、唯、植えとけば良い。蒔く時季さえ間違わなきゃ、ちゃんと生えて来るから。」母は頭が良く凄い切れ味を見せる。私もたじたじの時がある。母は顔色が良くなり「自分でも確りして来た気がする。」と。私の帰り際に「交通事故に気ぃつけてな。怪我した者が、敗けや。馬鹿共が飛ばすからね。事故で幾等《いくら》、金を貰った所で、片輪にでもなれば、お仕舞いなんだから、ああ、お仕舞いさ。」「はい。仰る通りね、気をつけます。」母の訓示を有難く受る。

４月から市内バスを利用する。市内１１０円だ。ＲＨは母は可成進歩し、一人で立ち、15ｍ歩けると。今日家の庭の「つわぶき」を摘み、煮付けにして母に持参。母はもう夢中で食べた。〝つわ〟が好きなんだ。母が喜んで呉れて良かった。母は〝つわ〟で山を連想したのか「もーちゃん、海にも山にも絶対行っちゃ駄目だよ、危いからね。」母は、まるで私が５、６才の子供であるかのように云う。「はい」と返事。翌日「鶏の空揚」を上げると「おいしい」と云い乍ら酷く噎せていた。嚥下障害が可成重症だ。固形食は危険だ。矢張「粥食軟菜」か「半流動食」が正解だ。

　母はずっと微熱が続いている。母の担当医に「母の事、ちゃんと診ているのか。検査しないのか。如何考えているのか。」と問うと「丸めの為検査出来ない」と抜け抜けと云う。此の大馬鹿、本当に告訴しようかしら。母は傾眠状態。私を見ても直ぐ寝てしまう。熱発《ねっぱつ》毎に意識は低下する。今日は可成興奮状態。母は止め度なく妄想を話す。「古賀（母の実家）に小屋を持ってる、其処へもーちゃんと一緒に行く。腰掛便器（母が一万円で買ったと）と、毛布二枚、上掛布団一枚有ればいい。お父さんの写真は飾っといておくれ。もーちゃんが米を買って呉れば私は味噌で良い。古賀にはエミ子達四人いるから話し合って仲良くして呉れ。」と母は病院と昔の実家と陣内の離れとを、ごっちゃにしているようだが、母がこれから、娘を連れて、一緒に自分の実家の小屋に住もうと考えるのは、直ぐに此の病院を出て、何処かに行きたいとの切なる願望なのだ、それを私に切切と訴える。母の興奮状態が覚めるのを待つ。私も小さい小屋で母と一緒に暮したい。御飯と味噌汁だけでも構わぬ。嗚呼、悲しい可愛い、お母さん、涙無しには母の顔は見れない。母の妄想を実現してあげたいが、あく迄妄想なのだ。現実に不可能だ。「お母さん、御免ね、堪忍。」母は38度の微熱が続く。鯛の煮付を持参したが半身しか食べない。「気イつけてお帰り。」と私を気遣う。「うん、有難う、お母さん、さようなら。」母は興奮状態から一週間経過。その間37、38度の熱発が続く。しかるに此の病院では血算、CRPの検査すらせず解熱剤一コ投与するのみ。39℃の高熱があっても家族に告知もしない、Nsが氷枕をあてがうだけだ、此処の院長は馬鹿なのか、全く乱雑、無責任、無頓着、無知の程度を見聞し、開いた口が塞がらない。此んなのが病院を標榜《ひょうぼう》しているのか。悲憤に堪えない。気を付けないと患者は殺されてしまうぞ。此んな処に大切な母を入院させた私に非がある。母に生卵を持参したが食べず直ぐ寝てしまう。笑顔も無い。「母は93才迄行かないで死ぬのかな」との想念がふっと胸を横切る。翌日も元気無く素っ気なく寝てしまう。母はもう永くない気がする、点滴2本している。食べなくなればもうお終いだ。母は「何でも売ってしまえ、何も持つな」と云う。そうせざるを得ない。5月に入り家の庭はジャスミンの花が咲き乱れ芳香を放っている。私はジャスミンの咲き乱れ、その芳香に包まれた邸宅の主になろうとは想像だにしなかった。神様有難う御坐居ます。此れは何時も何時も損ばかりしている私への応報でしょうか。合掌。「お母さん、気分は如何?」「上々」と答える。「嘘?」と云うと母は笑う。私も笑う。「帰りは気ぃ付けて。」と。母の難聴は高度で話はすべて、一方通行だ。母の言葉はすべて妄想に基いていて私を見る事による現実との混同が見られる。毎日、日参している私に母は「ああ、もーちゃん、待ってたよ。寂しかった。やっとで来たね。そんなら帰ろう。お母さんも一緒だからね。ああ良かった。」「あんたも此処に泊まりな、私一人じゃ寂しいから。隣に寝なさい。」時間で帰ろうとすると「まだいいだろう。お母さんも帰るから。一緒だからね。さ早う帰ろう。一人じゃ動けないから、あんたと一緒にね。」「布団は一重ね、いるね。元子ちゃんと一緒だからね。」母は鼾《いびき》を掻いて寝て仕舞う。激しい興奮と譫妄《せんもう》があった後は眠るのだ。それを繰り返しながら智力、体力共に衰退の途を辿るのだ。嗚呼、母よ安かれと祈るばかりだ。母は食堂に居た。法蓮草の胡麻正油和え、おいしいと食べた。話も出来た。「お母さんが帰れるように気イ付けといてね、此処に居れば死ぬばかりだ。家に帰って草でも取って寝転がってれば、その内力も付くしね、帰りは気イ付けてね。」と、母はスヤスヤ寝入った。翌日、私が来るが早いか母の言葉が飛ぶ。「早う連れて帰ってよ。一緒にね、お願いだよ、あすこの小屋にぶち込んどいて呉れればいいんだから。早くね。タクシーが直ぐ連れてってくれるよ。あんたも一緒に乗って行くだろう。明日ね。待ってるからね。気イ付けて帰りな。」母の譫妄を伴う帰宅願望には私も如何対応すればいいか考えてしまう。母が可哀想でたまらぬ、遣り切れないよ。全く。我家に帰る事を請い願い取り乱して私に訴えるのだ。しかし冷静に考えれば、叶わぬ相談なんだ。母は介護5度の支援が何如に人手が掛って現在の状態に自分が成ったのか、全く理解出来ないのだ。一人で良くなった、或いは始めから悪くなぞなかった位にしか考え得ないのだ、私だって、母を連れ帰り、以前のように我家で母と暮したい。のんびりと母と二人だと如何なにか良かろう。が、それは二人共健康であればこその話だ。母は重症貧血、脱水、栄養失調及老衰（介護5度）で体の動きも儘ならないのだ。母には一切病状等説明していない。徒《いたずら》に心配させたくないからだ。それに私だって毎日毎日病院通いは辛い。重い洗濯物を持ち運ぶのは苦痛だ。でも母の為に我慢しているのだ。母には笑顔と優しい言葉しか掛けない。以上の通りで現在の状態では家に連れ帰ってどうなる物でもない。振り回されるだけだ。私一人では如何する事も出来ない。その為にあえて入院もしたのだ。人の手が如何しても必要なのだ。私一人では母と共倒れしか待ってない。我家へ帰れば現状から救われる等そんな生易しい甘い物ではない。もっと悪い結果が待ってる事が目に見えてる。「お母さん、分ってね。」その翌日、海老のマヨネーズ和えを三匹食べたが「もう、いらない」と寝てしまった。「お母さん帰れないんだよ、此処にいた方がいい。御免ね。堪忍。連れて帰った所で嬉しいのは一、二日だよ。エアコンも壊れてるし風呂にも入れない、便器にさえ坐れない、又糞尿に塗《まみ》れて結局死という事になる。病院であって始めて、住む環境が整備され更に介護の人手が有るんだ、「御免ね。堪忍して!! お母さん。決して意地悪してんじゃない。」おう!! そんな事する物か。お母さんの事を思えばこその事なんだ。物の道理なんだ。母には今、合理性、分別が無い。「お母さん、どうしようもないの、我慢してね。」と云うしかない。父の云う十全は無いんだ。気が滅入る、しかし何れにしても頑張って乗り越えるしかない。

8　母と私の「お握り蜜月」一ヶ月

母は点滴をやっていた。「もう、ひもじくて死にそうだったよ。もーちゃんを古賀中探したんだよ。居ないから此処に戻って来たんだよ。病院中探したけど居なかった。」「何も食べさせて貰えないんだよ。」目付が少し鋭い。DIV（点滴静脈注射）をするからといって病院で食事を与えないらしいが此れは問題だ。水を補給するから生きてはいるだろう。生きてればいいのか。生身のRH等もやってて空腹を訴える老人に一日中食事を与えないとは!? 言語道断だ。此処の医師を本当に告発しようか。馬鹿でしようがない奴だと思う。母は飢餓を訴えているのだ。分ったよ、お母さん。御飯食べてないのね。持って来て上げるよ。「明日、握り飯がいい。持って来て。」「何がいい?」「海苔が一番いいね。御数は高菜ででも何でもいいよ。」母の妄想は時間的に前後しているがすべて事実だ。陣内の記憶、古賀の記憶。病院の記憶すべて正確だ。嘘は無い。古賀の事が一番心にあるのだろう。兎も角、此の病院の食事が出てないのだ。母が点滴５００ccを一本やって、それで事足りると思ってるのだろうか。畜生!! 頓痴気野郎奴が!! 私はその日、母の御握りの件が気になり、買物に出た。焼海苔5帖、青のり6P。ソーセージ2本、アイスクリーム、グレープフルーツ、法連草2P購入した。御飯を炊き海苔塩結びを9個作る。梅の果肉を芯にいれpm４：00、Hpへ向った。母は開口した儘寝ている。母を起して坐らせて「お母さん、御握り持って来たよ。」と母は起きる。矢張此れを待ってたんだ。良かった。梅干入りの海苔塩結びを渡すと「あれっ、此れは温かいよ。」「うん、炊き立ての御飯で作ったんだよ。」母は上手に一コ食べた。そして、安らかに眠った。「おいしかった。日本の味だ。塩味がおいしいなあ。」母は入院四ヶ月振りで初めてお握りを口にした。おいしそうに眼を細めて、良かった、私も作った甲斐があった。食べると直ぐ寝た。お腹がくちくなったのだ。此れから後一ヶ月、母と私の「お握り蜜月」がずっと続いた。お握りって斯くもおいしいものか。私も再確認した。母は元気。「おいしいよ。又明日持って来てよ。日本一おいしい。」「中は何がいい? タラコにしようか。」「梅干しにして」翌日も御飯を炊き海苔結びを作る。本当においしいのだ。「まあ生き返ったようだよ。」母は喜ぶ。母の喜ぶ事は、皆私が出来る範囲内で遣って上げたいのだ。光熱費等支払。市役所で税金、及妹のKo子の身障者手続きを済ます。病院では、母が御握りを待っていた、直ぐ齧り付く。「おいしいな、生き返ったよ。御握りと炊いた御飯は違うね。」「刺身も持って来ようか。」「いや、そんな贅沢はしないよ。」と。「帰る時、気ぃ付けてね。此処のNs共が「お母さんがボーッとして寝てばかり居ると、娘さんのがっかりしなはるけん、確かりしとって下さい。」という訳で母は2時間確りと眼を覚まして呉れた訳。有難う。

6月に入った。母曰く。「お母さんが食事を断るとNs共が怒るんだよ。『元子さんに云い付ける』て云うんだよ。あんたの名前をちゃんと覚えてるんだよ。」私も微苦笑を禁じ得ない。「昨日の風呂は良かったなあ。水道の蛇口が5つ有ってね、斜《はす》に坐って、お湯を懸けて呉れるの。あれは個人じゃ出来ないね。」「ふーん、良かったね。」今日のお握りは「日本一だ。おいしいなあ。」母はニコニコ。一緒に食べる私もニコニコ「明日又ね。」翌日は母は活気無く嗜眠的。時々眼を開けて「日本一の御握り」と三回繰り返す。次の日、母は元気。梅干入りの海苔塩結び。一個完食。良かった。「おいしかった。御握りと普通の御飯は同じ米飯でも違うねえ。」と母の感想。母は元気だ。御握りをパクついた。「こらぁ、太か。」と直ぐ気付く。私は苦笑する。「もーちゃん、家にゃ電気釜は有るかい。あんたが買物してよ。一緒に住んで呉れるね。」母の頭から古賀は抜けないのだなあと思う。私は今頃疲れを覚える。

勤めを止めてからも一日も休まず働いて来たもの。当然だ。死しか休める道は無いのかしら。母は元気。御握りに齧りついて「おいしかった、中は梅干しがいいね。」母の評価は千金の錠だ。母は色色、造語している。「人間猿《にんげんさる》」(何時も茶色のセーターを着ている斜向いの患者)や「龍宮女」=偉い女「ま、モーちゃんの事だよ。」私はそんなに見えるのかしら?母はヘルパーに「帰りたい」と漏らしている由。私だって冷血漢ではない。母を連れ帰って二人で生活したいとどんなに願っている事か。しかし現時点では無理だ。私は入院前の、あの悲劇を二度と繰り返してならぬと思っている。今少し様子を見るのだ。母はお握りを「おいしい」と食べた後云う「古賀にエミとサチはいるかい。だけど彼の子達とは別だから、小屋に二人で居るんだよ。あんたは何時迎えに来るかい。明日かい? 待ってるよ。気ぃ付けてお帰り。」6月も終りだ。母は眼を覚ましている。お握り一個完食。少し噎る。私はお握りを握る時「あれ今日のは少し大きいよ。」と思ったが、確かに母は直ぐ分った。「今日のは太かが」と。母は全く冴えてる、ノルマルだ。「やっぱりおいしいのは塩加減なんだね」と「普通の飯と違う。」しかし今日は、此のお握りに酷く噎《むせ》ていた。「お握りも駄目なのかな」と思う。外は、ひどく雨が降っている。誤嚥がお握りに対してもひどくなると矢張一月前よりも状態が悪くなった訳だ。喉が遣られるって結局人間廃業だ。母は「院長が『水だけで良い』と云った。非道い事を云う」と5、6度も、繰り返して云い怒っていた。「あゝ、腹空いた。もーちゃんが来なければひもじくて死ぬ所だったよ。」母は天井を見上げて「彼所に猫がいるよ。」幻覚だ。「急がなくていいから迎えに来てよ。タクシーが直ぐ来て呉れるから直ぐ出られるよ。」「あー。もーちゃんが来てくれて助かった。」母は眼を見開き（涼しい、大きな、私を譴責するような眼で）じっと見詰める。次の日、母は誠に安らかに口を半開きにして鼾を掻いて寝ている。お握り一コ完食、元気に食べてくれた。しかし今日も、傾眠状態だ。妄想無し。「気いつけてお帰り。明日又、左様なら。」「お握り、おいしかった。」後水も飲まない食べない。人は自分の命だもの、此れが守れないならば、それは天なり命なりだ。翌日の10時近く、介護認定、母は介護人の説明にきちんと答えていた。お握り一コ食べた。

7月に入る。母は輸血を受けていた。私の持参したお握り食べない。二度程「死にたい」と漏らす。「お母さん、死ぬなんて云わないで。今度こそ良くなって二人で古賀の小屋に住もう。」翌日もお握りを食べて呉れた。「おいしかった」と5、6度も云う。7／7、七夕の日だ。今日もお握り完食した。唐突に「おいしかった」と云う。後は寝てしまう。翌日お握り半分で「もういらない」と。7／9私が母の所へ行くと母は嘔吐している。吐血だ。母は胃痛を訴えた事はなかったが、多量の輸血で心負荷になったんだと直感した。その後ゲプゲプ嘔気が続く。私の要請でプリンペランが打たれる。次第に母の眼は空ろになり眠ってしまう。此の眼は二度と開かなかった。時々「紙、紙」と云う。私は丁度持合わせのティッシュを母に渡す。pm3：00頃血圧54、O_2sat（酸素飽和度）計測不可と呼吸促進がある。午後9：00に心停止した。左様なら。私の大好きな可愛いお母さん。御免なさい。助けてあげられなかった。母を守って上げられなかった。何時も何時も外れの私。「お母さん」と何度呼んでも眼も開かない。（開く筈もない。）頬笑みもない。（頬笑む筈もない。）母はもう亡くなったのだ。母は何も云わないで眠るように死んで行ったのだ。合掌。お母様どうぞ安らかに。母の冥福を祈る。

9　母の死（享年92才）

H24年7／9、母が死んだ。私は69才。私は虚脱状態に陥った。何か無性に、摑み所の無い、悔しさ、腹立たしさ、惨めさ、憤《いきどお》ろしさ、悲しさ、余りにも自分の死の前での非力さが疎ましく、腹立たしく無力感に襲われた。母の呆気無い最後に唖然とし、慙愧の念に堪えず後悔に暮れた。あんなに可愛い、私を信頼し切って私だけを頼りに生きてた母に最後に報いて遣れなかった。嗚呼、父にも母にも犬のトトーにも最期に最も必要な時に何もして遣れなかった。私も即刻首を括って死んで父母と一緒になろうかと一瞬考えた。しかし母の葬いを放棄する積りか？　それはならぬ。せめて母の葬儀は誠心誠意務めて上げるのだ。葬儀所は雲雀ケ丘、喪主は私だ。母の遺体に経着を着せお棺に安置する。身寄の無い私は一人で母の葬儀を遣ろうと決意した。Ko子は葬儀への参加は断って来た。所が何十年も会ってないS子がひょっこり現れて葬儀を手伝ってくれた。二人で母の通夜をした。着のみ着の儘で葬儀所の控室で寝た。明日の葬儀を待つ。S子は喘息を病んでいる。

10　母への弔辞、野辺送り。

翌朝11時より葬儀。こぢんまりと整った葬儀で良かった。弔辞「お母さん、葬儀、ちゃんと遣りましたよ。近所の人も皆参列して呉れました。お母さんは生前云ってましたよね。『近所の人も呼んで通常のお葬式をしておくれ。近所の人には世話になってるからね。』と。其通り遣りましたから安心して旅立って下さい。お母さん、もう、苦労は何もありません。お母さんから、私は色色教わって本当に有難う御坐居ました。私達二人だけの生活は楽しい物でした。私は貴女が私の母である事を誇りに思います。お母さんは賢明な勇婦でした。お母さんの冥福を切に心から祈念致します。」合掌礼拝。葬儀終了後、津奈木の火葬場で母を茶毘《だび》に付した。お骨を拾って帰途に着く。11日の葬儀も着のみ着のままで終った。お母さん、きつかったな、でももうそれも終ったよ。どうか安らかにお眠り下さい。私は至らなくて済みませんでした。本当に御免なさい。仏壇横の床の間に母の遺骨を安置した。49日の忌明け迄、母の魂は私と一緒に居るのだ。熊蟬が鳴いてる、もう夏なんだ。母の初七日、お寺に行き母にお経を上げる。私の家は代代浄土真宗だ。49日の忌明けは老荘思想から出ている。真宗は「死即仏」だ。母は死んだと同時に仏になったのだ。我家の仏間に仏になった母が、あの涼しい讃責するような眼差しで私を見ている。2週目、お寺にお経を上げに行く。水俣川の干潟に鷗《かもめ》が100羽以上も群がりキャーキャー啼き騒いでいる。夜蟋蟀《こおろぎ》が鳴いてる。秋来ぬか。8／26は母の49日の忌明けの宴を設けた。忌明けの法事無事済ます。帰りは菊花を一抱え持ち帰る。お母さん、本当に左様なら、西国で父と弟と一緒ね、本当に良かった。母の冥福を心より祈る。母とは色色話した。教わる事も多かった。本当に母には一方ならぬ世話をかけた。こころから謝意を表したい。

11　母、「中村スエ」（法名釈恵光）の納骨式挙行

秋晴。母の遺骨を中村家納骨堂に納めた。僧侶を一人呼ぶ。石碑に母の名が彫り込まれ金箔が押してある。母の法名は「釈恵光」だ。父は「釈唯徹位」だ。納骨堂など初めて見たが小さい石室（暗室）が有り其処へ母の遺骨を父の遺骨（S55年5／12没、32年前に安置された物）と並べて置く。僧侶が、その間読経する。私も合掌する。それで納骨式終了す。お母さん、良かったね。きちんとした立派な居場所が決って（お父さんの左横だよ）安心したで

しょう。此れ迄お墓の無かった私の弟（生後43日で死亡）重厚の「釈芳真位」の名が彫り込まれている。（此れは母が遺って呉れたとKo子が話す。）今度は私が母の左横に並ぶ訳だ。南無阿弥陀仏。合掌礼拝。

　私の庭は、台風で貝塚が一本倒れた。支柱が要る。夜庭に出る。星月夜だ。夜空が澄み切って美しい。柚子の実が月光に金色に光っている。癒やされるなあ。柚子は楽しい。青い実が黄色く熟すと片っ端から取って食べる。10／26、70才となる。「不惜身命。但惜身命。（命を惜しむ莫れ。危機に望んで動じない。但し命を惜しまざる事莫れ）」禅は仏になる道（仏道.j であると共に（仏の歩む道）である。三昧に安住するのが仏であり仏となる為に通るべき正門が坐禅である。母の家（離れ）の相続登記の為、司法書士を訪ねる。私の今あるは母に負うている。母の物を片付けている。母は貧しく子沢山（四人）だった。何も云わずに死んで逝った母。小さくて優しくて雄々しい。辛抱ばかりしてじいっと我慢し続けた私の母。本当に有難う。きつかったな。西方で、どうぞ仏様として幸福に成って下さいね。母の冥福を心より祈る。合掌。母は生きてる内から私の心の仏だった。お母さん、どうか今後も私を見守っててください。合掌。扨、母の事はしばし置いて、又進むべき自分の道を前進するのだ。前進あるのみ、ゴミ袋七袋も出す。ホーッとする。気を抜かず此の家を守るんだ。目下禅書「無門関（無門慧開《むもんえかい》）」を読んでいる。名著だ。「平常心是道《へいじょうしんこれどう》。」当り前の生活が一番なんだと、今頃、本当にそう思う。何も気取って突っ張って生きる必要等ない。何もかも捨てて自分、本来の自分に生きるのだ。身近には、私の母、あの飾らない雄々しい母を学ぶんだ。母こそは私の仏であり先達だ。仏書は抑《そもそも》、何を教えるものか？　私は「人生解明の書」と答えたい。此の混沌とした世に自ら生きる為には、自らに頼るしかない。頼りにならないものを頼らない。此れだと思う。禅は中国士民の真面目な生活力の現前したものだ。臨済は、それこそ、中国の大地から生れたものだ。釈迦の死に対する諦観「生死《しょうじ》無常の理《ことわり》によって静かに世を去って行く。」私も此うしたい。父と母の、私の心の像を共にして私も静かに死にたい。何時の日か確然たる物は無い。人生無常なり。

12　母の遺産相続登記完了

本日、母の遺産相続登記完了。登記料10万弱。此れで母の死は法的にも一段落。陣内大通りの幼稚園から「諸人挙《こぞ》りて迎えまつれ」と園児達の甲高い歌声が流れて来た。「あゝ、クリスマスの月か。」、何もかも夢中で過して来たんだなと思う。「無門関」、誠に素晴らしい禅書だ。洒脱な禅師達の言動に魅せられる。「詩を作るより、田を作れ、脚下を照顧して畑の草でも取れ、其処に絶対化の門が開かれておる。」と。病院の勤務医を止め、草取り更に土を耕して肉体の苦痛を忍んで野菜を作り、此れを日常的に食事に供しているが、少しは増な人間に変ったと思う。私の作る大根、じゃが芋、高菜は生活の必須アイテムだ。Ko子を病院より連れ帰る。彼女と久しぶりにシャンソン（彼女はアダモの「雪が降る」が大好き）を聞き、いい気分。家の白菜が漬かっておいしい。

13　老境に入る（70才）

迎春、新年御目出度う。父母の冥福を祈る。合掌。母の喪中につき賀状御免を願う。亡父の日記の筆写を遣っていて気付いたのだが父は3ヶ月、6ヶ月、一年と事ある毎に日記を書いていない。何故？　今頃、私にも、分ってきた。人は、自分の身辺に切羽詰まった重大な事変が勃発すれば、日記等書いていられない心境に落入る。人は自らにとって重大な危機（物理的、或は精神的）に遭遇すると常態を失うのだ。その結果日記等書けなくなるのだ。人は自らがある困難に直面した時は自らが、主体、主観的立場しか取り得ないし、思考もそれに限定される物であるから、客観的な心的或は思考の余地等失ってしまうのだ、云い換えれば日記を書く心の余裕、落着きを保てなく（失う）なるのだとすると日記は人にとっては無くもがな或は無くて当然、余計なもの即ち、手遊《すさ》び、或は贅沢な物という相場になる。私も二、三ヶ月日記を書く心の余裕が無かったがそれも癒えたよう。H25（8／15）は母の初盆だ。もう一年経つのか。早いなあ。法事が済むと駅前の〝三笠〟で食事。S子が幹事役だ。Ko子は盲目のため家に残ると。彼女はしかし些もいじけていない。健気だ。Ko子の肩を叩いて「大丈夫よ。何にも心配しないで。私が付いてるよ。」と云って遣る。Ko子の面倒をみる事は今後の私のテーマワークだ。9／19は中秋の名月だ。黄色の、くっきりした満月だ。古人が「名月や、池を巡りて夜もすがら」と愛でている。大昔の人々も今私が見ている、此の同じ月を見たんだ。貝塚の根元に赤い彼岸花が一輪咲いた。私は花を愛する。そんなのどうでもいいと思ってた時代もあったが、今は一輪の花にも沁沁と心を動かされる。今日お彼岸だ。稲荷鮨を作って弁当箱に詰め、私の丹精込めた庭の緑を御数に一人食べる。御飯のおいしい事。「此の世の幸福て此んなものよね。」と一人、納得。私が小学5年生の時、学校の行事の兎狩《うさぎがり》（朝4：30に出発）で、母が大きい三角形の油揚に鮨飯を一杯詰めた大きい稲荷鮨を弁当に持たせて呉れたっけ。彼れもおいしかったな。彼の頃、家は貧しかったが、母は精一杯の事をして呉れたわ。お母さん、有難う。家の庭に出ると三日月が耿耿《こうこう》たる月光を放ってる。轡《くつわ》虫が啼き出した。秋酣か。静かだなあ。家の木犀の花はまだかしらと思っていたが、翌朝庭に出てみると金木犀《きんもくせい》が満開だ。樹全体が橙黄色で、強烈な芳香をふんだんに放っている。さあ、これで秋も本番だ。ベゴニアの真赤な花は花壇から溢れんばかりに咲き誇っている。道行く人も足を止めて見る程美事だ。生活を謳歌するって此の事かしら？　真赤に咲き誇るベゴニアの横で金盞花が一輪、毅然として咲いている。如何に小さい花でも其の物の美しさを発揮している。此れが「万有宇宙の絶対」の現前したものか？11月半ば植木屋が入る、5～6人。台風で倒木した木を直しに来たのだ。倒れそうな木に青竹を交ってある。此れは風情があって、しかも立派。矢張り、専門の職人は違うな。今頃月が奇麗。月は孤独。私も孤独。禅で「小欲知足」を云う。今、生きてるだけで有難い、と。家の沓脱《くつぬぎ》で轡虫が大声で、啼いている。みると、玄関のドアの把手に茶色の大きな轡虫が、縋りついている。「あはー。此れが、あんなに大声で鳴いてたんだ。」と、そっと外に出してやる。何時か母と炬燵に入っていた時、直ぐ傍の板の間でリリリーーと閻魔《えんま》コオロギが鳴き出したのには吃驚した。大きい声なのだ。難聴の母にも聞えて母は吃驚して「まあ、太か声。」と二人で顔を見合せた事だった。今年の大晦日、「除夜の鐘」が良く聞えた。H26 1／1 71才、謹賀新年。今年の目標（1）「陣内河畔」の製本に漕ぎ付ける。自費出版につき、資金面も良く考える。（2）家屋の掃除、片付け怠りなく（3）健康に留意、の3件だ。庭の柊南天《ひいらぎなんてん》が黄色の花穂を付けている。冬の夜空は澄み切って月も一際美しく高い。「お月様、どうかお守り下さい。一人で頑張っています。」合掌。今、「日蓮」を読んでいるが、彼は狂気だ。又狂いでもしなければ宗教を興すなんて事は出来ない。押車で買物。往復一時間も掛る。15kgの荷物を押車に乗せやっとの思いで家に着く。「あー、きつかった。」一番先に遣った事。牛乳、コップ１８０ccを45℃にレンジしてグウーッと一気に呑み干した。少しは落着いたか。我家の白梅開花。私は朝の洗顔が大嫌いだ。何故って、顔を洗うと確実に一日が始まってしまうからだ。朝を少しでも遅らせたい心根からだ。6時に起きても顔を洗うのは9：00になればいい方だ。時間稼ぎに他事を故意に（？）思い付き其方を先に遣るのだ。何しろ無精に生まれ付いた。今後の私は父母弟の菩提を弔い、Ko子の面倒を見る傍ら、晴耕雨読の日々が送れれば良しとしよう。畑の収穫は私にとっては「嬉し悲し」だ新鮮な野菜を口に出来るのは一方ならぬ喜びだが、収穫した物を運ばなくちゃならない、これが一苦労だ。酷く重いし、左下肢痛と腰痛が待受けており泣きの涙だ。今朝起床時、又虚無感に襲われる、何をしてる？　同じ事をして何になる？　何の為？　此れで此の儘でいいのか？　ツーツーッと涙が落ちる。しかし新聞を読み朝飯を食べると此れでいいんだ遣るっきゃないと、又思い直したのだ。生活の為の一念発起だ。自分で作れる物は作る。梅干、高菜漬等実施。私は漬物が如何しても必要なので先ず、此れに精通したい。母から「畑は出来たしこ（方言でだけの意味）」と。此れは誠に有難い哲理だ。母からの訓示だ、花や結実の後、お礼肥をやる事。今日の夕食は鱈と白菜の煮付け。おいしい。口福だ。3／12父の誕生日。父は金時豆が好きだったと母が云ってた。家にはレンズ豆しかない。無い袖は振れぬ、此れで餡を作り父の仏前に供えた。眼がどうも霞んで調子悪い。白内障（老人性）だが私は手術はしたくない。生まれた儘の眼で死にたい。母が植えた辛夷《こぶし》の花が満開。美しい白い大きな花をびっしりつける背の高い雄雄しい木だ。毎朝辛夷の花と貝塚の緑の枝を楽しみ乍ら食事を取る。桜も満開だ。陣内河畔の美しい桜並木、必見に価する。今の私には最も必要な訓戒は、此れ臨済義玄の偈「要用 便《すなわち》 用更莫遅疑。」

14 「独一静処」我が楽園に於ける瞑想の夜夜

本棚に父の遺品の半紙を千枚見つけた。日記や雑記帳等、此れで手作りしよう。母の庭は雑草を片付け。梅やぐみ、ソテツの大枝を薙ぎ払う。日当たりを良くする為だ。文学の傍ら家の居住を整え、落着き、そうした後、死にたい。未だ未だ初手に過ぎない。「自覚聖智独一静処」（楞《りょう》加《が》経《きょう》）……自己自身の絶対的な知恵に目覚める。一人静かに瞑想する……。

今日、上弦の月。私の庭（我楽園）の美しい四囲《しい》の環境。耶悉茗《ジャスミン》の芳香と闇の抱擁に身を委ね美による内的快感に酔い痴れ、のたうつばかりだ。それ程凄まじいばかりの芳香、佳香なのだ。庭に満てる芳香を求め私は夕闇の訪れと共に其の中をさ迷う。大きく息を吸い込む。動かぬ夜の闇の垂れ込めた妖艶なる芳香に私は至福その物だ。「嗚呼、良い匂い、嗚呼、此の匂い」凄絶なる芳香の無言《しじま》静かなひたひたと押し寄せ、包み込む凄まじい芳香だ。宵の一時を此れに浸れるのは素晴らしい。至福の頂点だ。此所こそが私の世界（仏国土）なのでは無いのか、私の仏の世界。自己絶対高しとする私の崇高なる世界、此れこそが来世の真理なのでは？　私は此れで十分幸福だもの。此れ以上何が要る。此れこそが悟りだ。臨済義玄の「立所即真」。又は白隠の「衆生本来仏なり。衆生の外に仏無し。」此の芳香の我が四囲こそ私の楽園なのだ。耶悉茗の高雅な芳香に包まれた私は香りに酔い痴れる。私はホーッと嘆息し我に帰る。

暑い。買物からの帰り私の押車が、えんこしてしまった。一人の坊やが手伝ってくれた。「君は何年生?」「六年です。」と。とても良い子だ。「有難う。」良い大人になってね。スーパーからの帰りの30分の道中、私は熱中症で立てなくなった。ダウン寸前で家に帰り着く。一時間ベッドにぶっ倒れていた。真夏に買物なんぞに出るもんじゃない。体力の無さを沁沁と感じる。私も限界だなあ。嘆息。気概ばかりでも駄目なんだと痛感す。

禅では自己絶対化を宗とするが、此れは、矢張り強固な自我を持ち、強固な性格で無いと不可能だ。お墓も、父母も友も無い自己本来の仏の完成。清浄なる行住坐臥。でも私は母だけは必要。母は私の生仏だった。禅は、今の私には思想として受入れるだけだ。仏教哲学に徹する必要がある。

台風8号。大雷雨だ、雷鳴頻り。此の陣内地域でも避難勧告が発令された。消防署が出張り「避難して下さい。」とふれて廻る。私は自宅に留まる。私は此の家で死ぬ。私の標語「物事には必ず終りがある。生き延びて乗り越えよ。」

梅雨明け。夏到来だ。熊蟬が啼く。水俣川に鷗が百羽以上も飛来し鳴き騒いでいる。可成の数の鷗が川面を旋回しているのだ。「ほう。」と見蕩れていた。長野木曽御嶽山が噴火した。9／27火口から吹上る噴石の直撃を受けて51人の登山客が即死。南無阿弥陀仏。時速300km。新幹線の速さの噴石が後頭部、背部等に当り、一撃で即死しているそうだ。新聞記者がクレートをみて、地獄絵と評していた。

暫く立止まり一考する。臨済義玄曰く「平常の儘で良いのだ。自己の思うようにせよ。決して躊躇《ためらう》な。わしの見解からすれば此の自己と釈迦とは別では無い。」と。自己絶対化に生きようとする私。何も恐れない。恐れるな、怯むな躊躇うな。一所懸命自己に生きるのだ。家の彼岸花が咲く。毎日毎日畑に出る。良い加減労働者だ。母の畑には大根、蕪等を植え付けた。蓋し、生前の母は朝必ず畑に出て11時迄働く。私は11時になると「お母さんお茶にしよう。」と母を呼んでいた。今私を、そう呼んで呉れる人等誰もいない。黙然と草を取る。一頃、咲き誇っていた花壇のベゴニアは今は尽《すが》れて花が2～3個。正に私の行く末を象徴しているかのよう。働き過ぎか、左股関節痛が酷い。歩くのもやっとだ。「働き過ぎてくたばるな」の忠言を守る事だ。私は若い頃盛んにワインとブラックコーヒー、煙草を飲んでいたが今すべて止め、緑茶にしている。季節は秋酣だ。轡虫が啼き、百舌が猛り鳴く。私の不始末からだが、風呂場の汚水が洗い場に逆流するので、配水管を掃除した所、私の髪の毛が手拳大の一塊り、詰まっていた。その後は洗い場への逆流はない。折をみてちゃんと掃除しないと駄目だ。

15　来水10年となる（72才）

水俣に来て10年経った。72才となる。しかし自分では老人などとは絶対意識していない。エボラ出血熱流行。一万人を越えたそう。昔のサーズを想起させる。彼の頃は東京で医師として頑張っていたっけ。父は72才で亡くなったが私はどうかしら。私は未だ未だ業半ばだ。死ぬ訳には行かぬ。

秋深し。此頃すべてが無為に感じられ自らの存在の確かさを疑うのだ。私は父、母、弟は既になく妹Ko子を一人面倒見る事のみが心の支えなのだが、堕落してはいけない。他から何があろうと自分、中村元子を堅持しなくてはならない。朝7：30。元子よ急いで顔を洗え。一思いに洗えば五分掛らない。私は此の水俣に来て10年経ち美的感覚其の物が変わって仕舞ったよう。死んだ愛犬にマーガレットを供えるとか、小さな優しさが失われてしまったよう。繊細な美しい物を愛する昔の私は何処かへ行っちゃったようだ。多分そういう物を必要としなくなっちゃったからか。私は文学書及至小説類を一切読まなくなった。「自分が本を書いているのに人の書いた物なんか読めるか」という意地から読まないのだ。読むのは禅書のみだ。此の書から今後の生き方、考え方を学ぶ。ツルゲーネフ等、再読して精神的豊かさを養う必要が有るが此れ等の文学書は禅と両立しないのだ。自己絶対と相対的な美意識が果たして両立し得るか？　禅では相対美等存在しないのだ。禅は飽く迄第一義諦であり相対的（普通の私の属する俗世の世間的な関わり）な事項はすべて、第二義諦なのだ。此れは今後の私の課題である。それと、西田の「宗教は価値否定の価値に外ならない。」此れなんだ。今、自分のすべてを捨てなきゃ現に今入信せんとする宗教には入れないのだ。今迄、自分が培《つちか》って来た、大切に育て守って来た自らの人間性をすべて投げ打って（否定して）掛らなきゃいけないのだ。宗教は新しく信仰に入らんとする者に。此の難題を要求するのだ。其処で私は尻込みする訳だ。しかし又、そうして打込んだ宗教、教義に果して自分はどこ迄、どの程度迄、迎合し得るか、即ち今後、ずっとその入信した宗教で以て生きて行動して行けるのか疑わしい。残念乍ら私自身が自らに対して懐疑的なのだ。禅書は其処に一抹たりとも疑いを持つなと釘を打ってる。私は此の点こそが信仰の原点だと思う。すべて捨てた積りの或いは捨て掛けた筈の自己の内に残存する第二議諦が存するばかりに先への進行を邪魔され且つ阻《はば》まれてしまうのだ。もっと厳密に云えば宗教は宗教に入らんとする者に、宗教の絶対性を要求するのだ。所がそれの用意の無い者には絶対に無理な話なのだ。宗教には入れない。此れはもう、学識の有無の問題では無い。人間性というか、もっと深い未知の物（天性）を持つ人或いはそういった天性を発揮する準備状態にある人に限って宗教に入る事が許されるのだと思う。

それ故に今少し穏やかな物をと、本来の自己は望んで仕舞うのでは無いか。そこで「一寸待った」の赤信号、「待った」を掛ける。此れが取りも直さずノイローゼ或いは鬱状態として現前する訳だと私は今の自らの状態を解釈している。私の信仰に関する複雑な割切れない心情分析だ。此れで何時も、戸惑って仕舞うのだ。おまけに時間ばかり用捨無く過ぎて行く。「嗚呼、已んぬるかな。」未だに自らに如何、対処すればいいか不明の状態だ。何時かは解明できるだろう。

大晦日だ。Ko子と年越ソバを食べて今年の別れとした。H27年正月元旦72才。Ko子と彼女の好きなシャンソン・アダモの「雪が降る」を二人で鑑賞する。

16　父の「陣内河畔」をN出版社に寄稿

右原稿を寄稿す（H27・3／19）。四年掛かったなあ狐疑《こぎ》俊巡《しゅんじゅん》の四年間であった。其の翌日の夜、亡父は私の夢枕に立った。夢か現か。私は眼を凝らして見た。「あーお父さんだ。」写真で見る父だ。私の心配や懸念が夢に父の姿を借りて現われるのだ。眼を覚ますと誰も居ない。「夢か」と思う。「お父さん、心配して呉れて有難う。」最近股関節痛が酷い。半端じゃ無いのだ。私は明日手押車を押して緩《ゆっく》りと陣内河畔を散策しよう。父の魂と一緒だ。今私は禅の教え「平常心是道」を心懸けている。仏教の究極は唯「平常の儘」即ち、大小便の排泄、衣服の着脱（寒ければ着、暑ければ脱ぐ）。食事、疲れたら寝る等の行住坐臥を自らの意の儘に行う。又自らを確りと保てば他に惑わされない。又徹底見極めて絶対に疑わない。自立せよ、拠所となるのは自己のみだ。しかし禅の教理は矢張難解だ。話は別だが、九州大分の高崎山に両手の無い猿が他の猿達と一緒に「唐藷《からいも》争奪戦」に罷《まか》り出て見事に唐藷をゲットしたと報じている。食べるって決死の行動なんだと思った。人間て必ず逆境に出会うものだが、逆境は結局、自分が作りだしたものである。試練に会っては物事には必ず終りが有ると信じて耐え抜いて乗り越える事だ。今後の私の生き方として、残る人生を健勝で強《したた》かに恥を恐れず、しぶとく生き抜こう。しかし、母が生きてた頃よりすべての事に張合いが無く面白くない。今頃ズーンと気分が沈んでいる。何事があっても「あ、そう」と、その先を考えなくなった。全体としてすべてに投げ遣りで熱意を覚えないのだ。「陣内河畔」の父の原稿を紐で括った。「左様ならお父さん」と。次は私の物語か。私は私の力で自分のものを書いてみよう。お父さん見てて下さい。私は文学に関してはサラブレッドだ。父の子だもの。

昨日の台風は酷かった。家の貝塚16本が全部倒れて仕舞う。「オー、猛烈」だ。又離れのブロック塀が倒壊しペチャンコになっている。瞬間風速60mを越えたと思う。「植木屋」と「九還」が来て夫々処理万全を画ってくれた。「陣内河畔」の刊行は10月半ばとの事。妹のKo子が云う「お父さんのペンネームは惟哉。中村惟哉だよ。」と、私は「違う、お父さんのペンネームは『中村コレヤ』惟哉はコレヤと読むんだよ。」何時か、私は父に聞いたのだ。「お父さんのペンネームは何？」「コレヤ」と父は即答した。「ふーん」と私は答えたっけ。

17　下肢動脈癌の疑いで熊大病院受診

H27・9／9頭痛悪寒があり風邪か？　全身違和感がありアスピリン一錠飲み様子をみた。3日後朝、何気無く無く正座しようとしたら、右膝に激甚な関節痛があり「ギャーッ」と悲鳴を上る程の疼痛あり。翌々日皮フ科受診「ノベド紫斑病、PN等が疑わしい」、と最悪の場合、PNか動脈癌か？　熊大病院、皮フ科受診を勧めらる。皮疹も治まった一月後、I教授の診察を受けたが特に所見無しだった。ホッとする。右膝激痛後発疹もなく、特に疼痛もない。

18　初版本「陣内河畔」が刊行さる

初めて自分の出した本を手にした。72才だ。父の本の編纂者としての私だが、それでも大快挙だ。本を手にして三日後10／26は私の誕生日（73）だった。次の本は私が著者として出す。父の書「陣内河畔」は文芸春秋と毎日新聞に広告を出す。広告も純文学的に行きたい。それが父の趣旨だから。父曰く「困難には体ごとぶつかれ」と。病院のKo子に面会。父の「陣内河畔」を彼女に贈呈。彼女も父を敬愛していたからだ。彼女は嬉しそうに「此れは私が持っていていい?」「うん、いいよ、それ、Ko子ちゃんのだよ。後の表紙にKo子に『贈呈、中村元子』と判子を押しといたよ。」「うん、有難う」。今日大晦日だ。全く早いなあ。今年の一大事業は父の「陣内河畔」(中村元子編纂)の出版であった。残る生涯の糧ともなろう。農事は本出しの為、少しお留守になってしまった。でもいい。「畑は出来たしこ」だ。母の詞《ことば》だが、この詞は人生万般に渡る哲理だ。世の中のすべてが「出来たしこ」で結果待ちだ。悠悠自適で残る人生を行く。

H28年73才、正月、元旦に際して「何時《いつ》も、うまく行く丈が人生ではない。」此れだ。昨年(10/23)「望郷　陣内河畔—待て、而して希望せよ」出版の儀。今年は何事もなく正月を迎えられた。Ko子は今年から家には来ないと。母のいない家なんて面白くないのだろう、御免ね、Ko子ちゃん「好きなようにしなさい。」Ko子とも別離を予感する。私達の運命だったんだろう。其の儘受け止めよう。今年も、何も彼も忘れて野菜を作り食べる分だけ作り出さなくちゃ。今日1/1は美しい有明けの月だった。静かだなあ。全く静寂其の物だ。こんなに静かに一人坐って読書する夜なんて私には無かった。今やその時間と心の安らぎを得たのだ。一人の良さを満喫している。扨、“文芸春秋”の一月号に父の「望郷　陣内河畔―待て而して希望せよ」の広告が掲載された。今後も此の世で、生命ある限り、精一杯、努力し生きて行く。何も要らない。生きて行ければそれで良い。下の畑でせっせと草取り。ふっと前を見るとお馴染の赤いお腹の尉鶲《じょうびたき》だ。まん丸に太って、チッチと小さく鳴き乍らちょんちょんと歩く。「おや、尉鶲君、今日は。」此んなに間近に小鳥を見たのは初めてだ。1mも離れていないのに全然恐がらないのだ。人懐っこい小鳥だ。小鳥は矢張人を慕うようだ。一月も終る。今日大雪だ。4℃美しい白一色の世界だ。母が云ってた「寒いと体が動かないよ。」と。四十雀《しじゅうから》がツピーツピーと甲高く啼いている。この寒いのに元気だなあ、「華厳」を又読んでいる。「華厳」と「禅」の関係を幾らかでも知りたい。家の庭には沈丁花、白梅、侘助、水仙、大根花等がひっそりと風に吹かれて咲いている。紅梅が満開で我世の春を謳歌している。私は赤い小さい花弁の舞い狂う中で黙然と草を取る。

19　今後の私の処世訓

早いなあ。2月も終る。今後の私の生き方を考えてみる。何も彼も一つの事象として表面的に受止めて行く事にする。余り深刻に嵌《はま》って仕舞わない。人生に起るすべてが、七転八起、或いは寄せては返す波に過ぎないと、そう受け止めれば葛藤も何も無いのだ。此の生き方、処し方を身に付けるのだ。沢庵を初めて樽から出す。此れぞ本物の味だ自分で沢庵が作れるなんて思ってもいなかった。

20　熊本地方大地震（H28・4／14）

熊本地方は大地震に見舞われた。「ウワーッ揺れるぅー。止まんないよ。」と私は懐中電燈を持ち、ジャンパーを羽織る。防寒の為セーターを着込む。棚の上の皿が落下しそうになるので全部、流しに置く。3ℓの薬罐に水を張る。食物はパン、沢庵があり何とかなると考えた。此れだけの準備を余儀なくさせるに充分の地震の揺れ方だった。何回も何回も余震が来る。此の地震による津波は無いと云う（内陸部の震源の為）TVの報が一つの救いだ。津波が来れば河口近くの川辺の我家は一溜りも無い。天災は不可抗力で恐い。水俣は震度5強のゆれが3～4度来る。一夜が明ける。空は美しく晴れ、昨夜の被災地の、阿鼻叫喚《あびきょうかん》は嘘のよう。地震も漸く納まったよう。食事は沢庵です。

釈迦の教え「怪を怪とせざればその怪は自《おのず》から消ゆ。“Rely upon yourself don’t depend upon anyone else.” 6月、錠の取付け（門と勝手口）だ。此れで錠前の安全は確保（?）された。以前から気になっていたのだ。今日、市役所へ戸籍の確認に行く。「戸籍抄本には、中村元子さんと中村Ko子さんのお二方の名前しか載せて有ません。」と。「それでいいんです。どうも有難うございました。」と係に答えて退出した。「Ko子が血圧が下がり、トイレで倒れてた」の報が病院よりあった。Ko子自身は何時倒れたのか分からぬと。ＴＩＡか自律神経失調だと。回復して、良かった。母の離れに置いてるKo子のベッドについて、彼女は自分にサイズを合せて作った自分のベッドだから片付けないで欲しいと。Ko子の切なる願いだ勿論ＯＫだ。左様ならKo子さん。私に残されたのはKo子のみだ。今日も満月が美しい。「お月様、どうぞ、私とKo子をお守り下さい」合掌。Ko子にガーゼケット2枚送る。10／26で74才となる。健康でいたいものだ。米大統領はトランプ氏が大勝利と。

21　出版社より印税を受理す

此れ迄に味わった事の無い異種の喜びを満喫出来た。生れて初めて印税１８６０（実利１６８０）を出版社より貰った。文房具に消えたけど最高に心が満たされた。「お父さん、印税が入ったよ。これはお父さんのよ。」と父の仏前に献げた。「陣内河畔」の印税だ。今朝、梅干を入れた塩のり結びを作る。外側に海苔をまく、亡き母と二人だけの思い出の一品だ。母と二人で母の亡くなる前、一ヶ月間、何にも食べない母は、これだけは食べてくれた。「のり塩結び」を二人で頬張った。その都度御飯を炊いて温かいのを母に運んだ。「あれ、此れは温かいよ」「うん、炊きたての御飯で作ったんだよ。」「……」と云って食べてた母。「日本で一番おいしい」と五〜六度もくり返し、お握りを食べてくれたっけ。私は74才となり、杖を付いて跛行《はこう》し乍ら歩いているが「父恋し、母恋し」の毎日だ。せめて父母には源光寺（先祖代代の家の菩提寺）へちゃんと戻して遣りたい。此れは私の義務だ。子としての意義を果すのだ。今度、父の書「陣内河畔」初版本に誤字誤植を多多認め、此れを正しくし、平易な仮名等漢字に直し改訂版として増刷する事にした。此の父の改訂版増刷の目的は「間違いの無い完全な本」だ。私の「父の書」には、此の目的を確実に達成したい。12月からの私は誠に忙しかった。勿論「陣内河畔」の改訂版を出す為だ。一応手直しが終了し、速達で東京へ送った。改訂版は１００冊頼み私が10冊貰う。本の値段は税別の２５００円とした。どうせ、売れないだろう。しかし売る目的で出す本でも無い。父への餞が出来ればいい。

国土交通省より私の〝袋〟の地所を買収したい旨ＴＥＬがあり承諾した。家の庭木、貝塚（私のシンボルツリーとしている）の巨木に蔓が絡まって原始林様の風情を為し威風堂々の押し出しだ。此の私の家が緑なす館になりますよう。妹のＳ子が「陣内河畔」を評して「ちっとも獅子吼等していやしない。唯の暴露本だ。」と御託を並べる。「私小説結構。私自身から出た言葉でしかない筈だ。人間て不完全で汚い。一体人間は完全無欠たり得るか。誰しも自分の過去を引き摺っており、或いは放《ひ》り出そうとしている。何が暴露で無いというのか。愚かな小賢しい口利くのお止し。」と私は答えよう。H28の大晦日。何れにせよ、「陣内河畔」改訂版を出版に漕ぎつけなきゃ。年始めのモットーは此の事に尽きる。昼間ロッキーで正月用品を買う。何しろ年金で限られた額の生活物資しか買えない。慎ましく、しかも心豊かに生活する事。此頃押し車を押すと両手（特に右）が痺れて10分位も押せない。ジンジン痺れてくるのだ。休み休み、押車を押す。目がかすむし、歩行困難もある。

22　我が私有財産と仏学

貧しかった父母が汗水垂らして守り抜いた此の土地に私が建てた家（勿論、私も額に汗して此の家の費用を稼ぎ出した）を私は死守する。誰にも渡す事は無い。私の死と共に此の家も死ぬのだ。私は残る生涯、此の家と土地から離れないし、離さない。此の土地家屋と一体になり、此れを守り抜く事を、神仏、亡き父、母、弟、及び妹Ko子、及び陣内2丁目1番1号の我が土地、家屋に誓う。何があろうと私は此の自分の土地・家屋は死守する。

H29年正月元旦の抱負は、①改訂版「陣内河畔」の完成（5月予定）②私の「自叙伝」に取掛る③健康、以上3件だ。私は孤立無援で此の世の中の険しい道を切り開いて渡って行く訳だが、力強い味方は臨済義玄の教えだ。「平常の儘で良いのだ。自己の思うようにせよ。決して躇《ためら》うな。此の自己と釈迦とは別では無い。自己が本来の自己である事が最も尊い。」

私事、元子に関して云えば亡き母が知ってる「モーちゃん」が本来の私だ。此処に2つの容器がある。一つ目は白いすんなりスマートな磁器。一つは黒くてごつごつした無骨などっしりした大きな陶器だ。「モーちゃんは此れが好きやろ。」と黒いのを指して母が云う。御名答!! 本来の私だ。臨済の勧めんとしている事は地で行けという事か。奇麗に飾り立てた散鮨より、大きな、梅干の入った高菜で巻いた目晴鮨がどれ程好ましいか、私だけに分る。母にも分る。母は私を分っているからだ。亡父が「陣内河畔」で「私が神なんだ。貧乏な凡愚の神なんだ。」と。私はそれを「何を馬鹿な事を云って。」と最初の頃、思っていた。しかし私は誤まっていた。臨済が自著の臨済録の「示衆」に於いて「自己が本来の自己である外は何も要らない。人は外に、神だ、仏だと求めて回るが、それは全く論外の事だ。人は、五大山に文殊が居ると云う。居はしない。自分が文殊の境地になればそれが文殊だ。普賢も同じ、自分が普賢菩薩なのだ。自分が観音なのだ。此の三昧の境地になればそれが其の物なんだ。自己の外に求め廻る事を止めよ。」と。此の事を悟った。父の詞も此れで説明が付く。私も今迄神なり仏なりは外に即ち人知を超えた非科学的な枠外に存すると思いたかったがそうではない。存しはしないのだ。自己こそが神或いは仏たり得るのだ。其の為に、自己は本来の自己で無ければならない。自己が自己を有している限り、何も恐れる事は無いのだ。臨済に於る自己の解釈は非常に難解だ。臨済より以上の見解に及んだ。

私は今迄臨済が「他に求めるな、計らいをするな。」と云う意味を理解出来ないでいたが、今や出来た。「外に求める必要は毫も無い。自分が、本来の自分がいるでは無いか。」と云う事に気付いたのだ（自己性と云ったがいいのか?）。自己の意味が理解できた。臨済を何回も読んでて忽然と分った。長く掛った。一つの悟りなのか。もっと深奥を究め度く、研学する事にする。私は「仏教哲学書」及び仏書として「碧巌録」「臨済録（臨済義玄）」「無門関」を読むに至り物凄い程の感激感動して一時期は禅其の物に為り切った。臨済録の示衆の中で私は忽然と悟ったのだ。自己!! 本来の自己。計らいをするな。有るが儘の自分たれ。此の意味が分ったのだ。此れが悟りなのか? しかし、その後私はノイローゼになってしまった。何故病的に迄なったのか。此れは矢張、宗教の唯中を進むという事、此れは取りも直さず、今迄の自分乃至自分の生き様、自分の在り方、自らの糧としていた物すべて転換乃至棄却しなくてはいけない大変な事なのだ。即ち、大いなる完全な自己否定なのだ。西田哲学では宗教は、価値否定の価値という。従来の自己という一線を越えなくてはならないのだ。此れに対する躊い、今迄と全く違う出家の生活に対する不安と恐怖、不確実性、疑惑等に甚《いた》く躊躇《ちゅうちょ》したからだ。私は矢張其の水準には、とても、とても及ばぬ。自己否定、有らゆる物の価値否定等到底出来ない。信仰に到達徹底する事は、全く容易な事で無く恐いのだ。単純な問いが、「今迄の私を捨てて、じゃあ、私はどうなるのだ?」此の事だ。新しい私は、蛻《もぬけ》の殻《から》じゃないのか？　そこへ以てきて禅や哲学を一杯詰めこめと!?　兎も角、私は宗教に対してはー時的な逆上、良い加減な詞の遊戯に浮かれ溺れた迄だ。私の持前の性格、不徹底さが此処でも随所に見え隠れしている。私は全くの最下位の凡愚に過ぎないのだ。しかし在家でもいいのだ。臨済は在家、出家に関係は無いと云っている。在家の儘で自己を仏的に鍛錬する。私の行住坐臥に仏即禅を込めて祈りを込めて正直に行う。有るが儘で良いのだ。新聞記事に強度ノイローゼは自律神経失調症であると説明してある。それでも可と思う。

扨、足腰の痛みを堪え乍ら畑作りだ。尉鶲が来てる。真赤なお腹丸出しにして行儀悪いぞ。レディーの前だよ。仮市庁舎に初めて行く。途中の水俣川の両岸が絵のように美しい。我家の庭は黄色耶悉茗《ジャスミン》が満開。今頃チーズフォンデュに嵌っている。私の畑仕事に水を差す不心得者が百姓等するな。そんなじゃが芋唯《たった》の百円だと。しかし人の考える百姓と私のそれとは全く別物だ。私は生産する喜びを味わいたい。植物が種から成長して実を結ぶ迄、植物によって各々異なる自然の神秘の開帳を見守りたいのだ。私は自然とのつきあいを止めない。止める所か、私の中村一家のアルバムを私流に作っている。このアルバムと、父の形見の菩提樹の念珠と、初版本「陣内河畔」の三品は私の死出の旅路の道連れだ。一緒に葬って欲しい。父丈は最期迄私の味方であり唯一人の理解者であった。父を忘れてはならぬ。父の冥福を祈る。私の父と母とを家の菩提寺「源光寺」へ早く戻してあげたい。お父さん待ってて下さい。

23　父の書、改訂版「陣内河畔」刊行

4／26の事、出版社より「改訂版」が出来たと二冊送って来た。「お父さんの改訂版が出来ましたよ。」と早速仏前に本を捧げる。今日はお祝いとして鯛と大根の煮付けとする。一日魚か、肉か、食べないと考えが死滅の方に傾くようだ。今一番の大仕事は畑の草取りだ。毎日大汗を流す。中国からの黄砂が非道い。此の緑なす邸宅の当主は中村家二代目の私だ。雄々しく強く泰然自若たれ。何人たりとも怖じ恐れるな。そして我生活を享受するのだ。年金で慎ましくてもいい。昨夜来の大雷雨だ。今日は父の命日。没後37年生きてれば109才。本二冊書いた。父の事は絶対忘れない。私の心に確り根を下して生きてる父。「お父さん。有難う御坐居ました。」と誰よりも先に父を思う。母は皆の母だった。だが父は私だけの父だった。父よ安らかにお眠り下さい。改訂版をみると既に2ヶ所の誤りを発見。「嗚呼!!」と暗然たる思いだ。「已んぬるかな。」次に出す本には「正誤表」を矢張、付けざるを得ない。今回の出版で一番教えられたのはトーハンの書評であった。私も独力で書かなくては本物じゃ無い。と、思い知らされた。私の実力がどれ位あるか、本当に試みたい。兎も角書くのだ。死んだ父に甘えてはいけない。父も決して喜ばないだろう。私は私の書いた物を世に問うのだ。

耶悉茗が素晴らしく咲き匂っている。私は疲れてるのか昼御飯の途中から眠いのだ。私の

一日水分摂取量は１０００cc内としているが両下肢は浮腫でパンパンだ。庭の植物への水遣りは気温30度以上に限って行う事にしている。僅かの貯金は後20年の為取って置かなくちゃ恐い。陸陸《ろくろく》、年も安心して取れないよ。全く。私の今頃の生活信条、第一に睡眠だ。たっぷり寝る事と生活全般の質素化だ。買物に押車を押して行く途中、左手の森の近くで「キョキョキョッキョキョキョ」と、「あ！　不如帰だ。へえー。鳴いてるじゃん。」私は手押車の手を休めて聞き入る。二声あったかしら。懐かしい。山では不如帰。川端から、ゲロゲロと蛙の声。暫く行くと、今度は「チョットコイ、チョットコイ。」と小綬鶏が大音響で鳴き立てる。「ふーん。小綬鶏も此所で鳴くのか。」以前は我家の向いの山で鳴いてたのに、開けた三号線（国道）沿いの陣内では全体に鳥が鳴かなくなった。鳥達は此処に避難して来てるのだ。此処辺は未だ未だ里山だもの、自然が保護されてる訳だ。逆に鳥の鳴かなくなった陣内に住む私は侘しい。

扨、６月より私は「自叙伝」への着手の心構えが出来た。先ず自叙伝を仕上げ完成する事。外の事は考えない。此の仕事を遣れるのは私、自分しか無いのだ。今私に残された唯一の仕事なんだ。私の膨大な量の日記。記録にしては生々しく真に迫っている。当時の気持が痛い程良く写し出され読む者を引込む。本当に、苦しかったんだ。よく頑張ったものだ。原稿用紙等の準備が要る。此頃は、もう、Ｔシャツ一枚でも寒く無い。夏になったんだ。熊蟬が初啼き。リビングの窓を開け放つと涼風が入り窓外の緑のグラデーションが展開する。此の所、毎夜熱帯夜だ。畑の収穫、ザル二杯のインゲン。「水俣の夏は厳しい。」と父は夏になると口癖に嘆いていたっけ。赤トンボが飛び盆だな。8月から〃朝日〃をやめて〃毎日〃を購読している。コーヒーを飲んでいるが、確かに利尿作用がある。あの酷いまん丸だった両下肢の浮腫みもすっかり退いた。家の彼岸花（赤）が咲く。母の畑の黄色の大輪の彼岸花が誠に豪勢に咲き揃った。美事だ。一抱えも摘んで家の大きい花びんに活けた。9／21は75才以上（後期高齢者）の保険料の説明会が秋葉館であり出席した。畑仕事も遣っているが足腰が痛く約2hr掛けて1・5㎡シャベルで耕す。75才に垂《なん》んとしている我身なれば致し方無い。此頃は6：30起床す。貝塚の巨木を目前としその右横に母が植樹した辛夷の木が有って、私の最も好きな眺めだ。木々の佇まいを楽しむ。マッシュポテトとコーヒーの味を堪能する。一人だけの贅沢な一時だ。一人生活の醍醐味だ。癒やされるなあ。「朝っぱらから癒やされてどうすんのさ。」とも思う。

H29・10／26・75才誕生日、家の庭で轡虫が啼いている。私が靴音を立てても如何な啼き止まない。すっかり家畜化しているのかしら？　塀の上にぶら下がってる蔦《つた》の根を払う、大きい茎だ。築後10年だが、家の庭も大分野生化してきた。二件の解決すべき事がある。（1）父の改訂版「陣内河畔」の毎日新聞掲載の件（2）浄土真宗本願寺派恵日山源光寺の門徒となる事。此れは父母の為だ。以上2件だ。11月に入る。今日は立冬だ。木に残った柚子、昨日31コ本日31コを収穫。そろそろ正月準備を始めよう。出版社と交渉して、改訂版「陣内河畔」の広告が毎日新聞第一面に2／12に掲載予定の運びとなる。此れが第一の布石完了。次は源光寺へ連絡して私の死後の安寧を図りたい。父母弟親族を含めて、源光寺に帰依し門徒となる。私の代（中村家二代目）で断絶する（私には子どもが無い）かも知れない。しかし私の生前の仕事としては精一杯遣ったと亡き父母弟も満足して呉れよう。

24　改訂版「陣内河畔」、毎日新聞広告掲載

H29・2／12今日は私の記念すべき喜ばしい日。2／12日付。毎日新聞紙上に、父の書、改訂版「陣内河畔（中村元子編纂）」の広告が掲載された。私は本当に嬉しかった。早速父の霊前に新聞朝刊を献げ（価86万円也）線香12本手向けた。「お父さん、何時迄も一緒のお父さん、どうか私をお守り下さい。」私はどんどん老いが押寄せて来る。しかし私は「自叙伝」を世に出す迄は絶対に音を上げない積りだ。今日は父の書の新聞掲載（広告）を祝って海老フライを作った。暫くゲルピンが続く。当分花鰹だけの御数が続く。何にも無い。此れからは大根葉を食べよう。矢張86万の出費は痛い。後先を見ずに事を運ぶ悪い癖の私、でも、私はそれで十分過ぎる程満たされたのだ。後悔等、有り得ない。有金、零でも結構。有益に使った結果が零なんだから。

25　老年期、孤老として生を全うす

私は水俣に帰り13年目だが、母と一緒に暮らした一時代が終ったのだ。今後は本当に父も母もいない老年期の私一人の生活が始まる。否、もう既に始まってはいるが今日を以て気分を新たにしたい。私は自分に仇為す者とは生命のある限り戦う。法の手を借りてでも自分と家族と財産を死守する。Ko子、70才、と会う。彼女は全くの盲目になり果て既にHpが居場所化したようで、動きたがらない。私の家に来て私が彼女の世話等する筈も無いと、利巧な彼女は冷静に判断している。蓋し、病院は、人手と自分専用のベッドがちゃんと確保されてる。それだけでいいんだ、多くを望まぬ彼女をそっとして置いてあげよう。彼女の運命なんだ。Ko子ちゃん、さようなら。此の先一緒に生活する事はもう無さそうね。寂しいけど私は我慢するわね。金が無い。「外で働こうか」と、の思いが頭を掠めるが直ぐ打消す。初め考えたように孤高の精神で晴耕雨読を貫くのだと考え直した。「人間即努力」耐えて耐え抜く。年金収入は208万/年なので、これは確かに相当低所得の極みだ。しかし今の私は、足腰不自由で眼も霞んでいるし動きもままならない。矢張年金で慎ましく永らえて体を大事にするのが楽だし利巧だと思う。唯一つの心残りは兎も角「自叙伝」がまだ出来てない事だ、これだけは必ず遣り遂げたい。私の切願だ。葉大根が繁り刈取り漬物にした。年の瀬なので〝数乃子〟２２９９円を二箱買う。此れは米５kgの値段だ。〝数の子〟て唯の魚卵なのに、そん

なに価値ある物かしら。稀少価値、大衆の欲しがり賃に過ぎない。ま、年に一度きりの御《お》慰《なぐさみ》だ。私も世間並に行こう。RHの為、押し車で買物するが、足も腰も本当に弱って来たなと痛感する。アボカドを買いアボカドスープを作る。「ああ、おいしい。」この青臭いアボカドとミルクがグッドマッチを醸《かも》している。若い頃ローマのヒルトンホテルでアボカドスープを賞味したが、「もう天国の味だ」と思う程、絶妙の味だった事を、今思い出す。本当に一驚を呈した思い出の味だ。帰りの押車（負荷量15kg以上）が重くて苦痛此の上無しでやっとの思いで帰宅した。私は本当に足腰がダメだ。殆んど力が入らなくて歩けないのだ。大晦日、入浴。一年の垢落しだ。疲れて直ぐ寝る。

H30正月元旦75才。謹賀新年。賀状四枚、賀状の返事を出すついでに市役所で固税を支払い、Ko子の身障者手続きを済す。寒い。今日は伸びに伸びた左足指の爪を切った。左下肢は膝と股関節が伸びっきりで屈伸が、ままならず、爪切りに往生《おうじょう》し2〜3ヶ月に一度位しか切らないのだ。電気節約のためエアコンは使わぬ。炬燵のみだ。寒さで指が悴《かじか》むと、ガスに火をつけ暖める。布巾が無くなった。大判《おおばん》の青いシーツを裁断して布巾を作る。16枚出来た。此れで良しと。本当に加齢の所為か、各関節が硬くなり今迄自由に動いていた右股関節の屈曲制限に気付き暗然たる思いがする。「左側丈でなく右迄が」（ブルータス、お前もか。）と悲痛な諦めに悄然とする「ようし、斯なる上は、死ぬ程RHをやるぞ。」と意気込むが、結局先が見えてる。Ko子が盲目で私が丸太ン棒か、良くて車椅子か、オウ!! 醜悪極まりない末路。哀れ!! 南無阿弥陀仏、神様少しは私達を哀れんで下さいましな。合掌。押車を押しての買物の帰り途、雪が降り出した。「ああ雪の舞う中を買物なんてロマンチックね。」しかし雪が積って、手押車の小さい車輪が雪を噛んで動かなくなるので、冷冷物《ひやひやもの》だった。ロマンチック所《どころ》じゃ無い。雪害と背中合せだもの。幸い降雪は30分位で止む、急いで帰る。翌朝新聞取りに庭に出ると視界は真白だ。屋根に3㎝積もっている。ラジオで天草、芦北は大雪と報じている。最近はRHの為、成るべく外に出て、歩いて買物に出る。タクシーを使わず、体に負荷を掛ける為に押車で出掛ける。筋肉を作る為だ。その往復の途。母の紅梅の大木に目白《めじろ》が二羽止まって蜜を吸ってる。私が来ても逃げない。白い輪《リング》に囲まれた丸い眼、絵でみる通りだ、此んなに近くに目白を見るのは初めてだ。可愛いいのねえ。でも愛嬌が無い。私に知らん顔で蜜を吸うのに余念がない。尉鶲《じょうびたき》は、愛嬌があり人なつっこい。目白は、尉鶲より野生が勝ってるのかしら? 更に上流に向うと潮止めだ、潮止めより上流は真水《まみず》で一種のダムを形成している。此のダムに100～200羽の茶色の鴨がピヨピヨ鳴いている。多分、雛《ひな》だろう。茶色のピヨピヨが一杯。天気は上上、水は澄んで冷たい。魚もいる。人も通らず、鴨達には絶好の場所なのだろう。「ピヨピヨさん達、左様なら。又何時かね。」私は一足一足、エッチラオッチラ足を運ぶ。時には動かぬ車を蹴り上げ乍ら家に帰る。

眼のルテイン補充の為法蓮草を10束買った。法蓮草をお浸しに処理してしまうのに午前中掛り切りだ。不可避の台所仕事に要する時間だ。市役所へ行き、四期目の固資税と国保を支払う。家の庭のボイセンベリーの支柱にそっと黄尉鶲が、止まりに来た。黄色のお腹丸出しだ。でも直ぐ飛んでった。虫がいなかったのだろう。白梅が真盛り。花壇の金盞花が元気に咲く。次々と孫迄出来てる。じゃが芋の芽、出揃う。「じゃが芋君毎日水遣るから、大きなお芋になってよね。今日の〝毎日〟によるとロシヤが国家的に毒ガスを使うらしい。「ノビチョク」だ。VXの10倍位も強力だという。ロシヤの二重スパイの親、娘が英国で殺害され毒ガスが使われたらしいと。母の畑に山吹、鈴蘭、フリージアが咲いてる、母って全く詩人だ、花を見て頬笑ましい。お母さん安らかに。合掌。

26　我が生活革命（新な生活信条に則る）

私は、新しい生活信条を以てそれに則って私の生活革命を行う事にした。私は今75才であるが、私の大学時代からの高価な和、洋食器、陶磁器類及びナイフ、フォーク。スプーン等を少しずつコレクションしていたのだが何時かは役立てようと思って、後生大事に保管していたのだが、使う機会が無い儘、今になってしまった。その何時かの為に普段使いは、安物の食器、器具を使っていたのだが、今日、食器を洗っていてハッと気付いたのだ。私は何を考えてたのだ？　此んな事して何になる。自分が死んで、（もう死期も近い。後10年生きるかも難しい。既に後期高齢者だが、70才台の人が次次と死んで行ってる。何時かは自分もその例外では無いのは自明の理だ。）自分の死後、私の場合、結局、私物は廃棄か譲渡の算段しかつかぬが、対象になる私物は、高価な、私が、心を込めて収集し取揃えた物なのだ。人はそんな事は知りもしないし価値判断だって出来ないだろう。私は此れ迄私の死後の私物の処理等、全く考え及ばなかったのだが、廃棄か譲渡かの方法で私は満足できるか？　否否否!!出来る訳が無い。全く愚かしい事だ。私の大切な物を人に使わせる気等、豪も無い。私が今此れ等を使うのだ。しかも使う時は今しか無い。昔考えた、「何時か」では無い。「今!!　手足の動く間に自分で使用するのだ。」今度のH30年、10／26で76才となる。もう先が見えてる生涯なのに、全く宝の持腐れに過ぎない。此の年になって物惜しみ等遣るまい。愚の骨頂だ。仕舞ってるのを全部出して使うのだ。普段使いにするのだ。自分の為に、自分に用立てようと思って買い集めたのと違うか？　高級家具だってそうだ。アメリカ製の３０６万円のドレクセルの応接セット等、未だカバーを被せた儘だ。マホガニー材のデスクと椅子、ドレッサー、桐のタンス類、本当に何てこった。後十年生きるかも分らないのに、その他の仕舞って使わない儘の高価な物が多多ある、全部出して惜し気なく使おう。そうする事によって私の生活自体にも風格が出て来ようと云うものだ。安物はすべて、捨てて身軽になるのだ。決行する。

27　天に向かって直立する空豆

昨日の風雨で私の丹誠込めた空豆が倒れている。良く見ると、大きな莢《さや》の空豆が天に向って押っ立っている。「おう!!」私は初めて見るので吃驚した。何てユニークな且つユーモラス、グロテスク且つエネルギッシュ!!　勇壮なる空豆の（他の野菜に見られない）其の立居に暫く魅せられて立ち尽していた。野菜て莫迦に出来ないぞ。本当に生きて自らを主張してるんだと、思いを新にした。本によると莢《さや》が下を向いたら収穫せよと。嬉しい。自然に笑顔になる。「ようし、明日は空豆の収穫だ。塩茹でにして食べるんだ。」生活を謳歌せよ。生活を享受するのだ。すべて、明日の事だ。収穫は、明日を期待して、今少し待とう。

（完）

令和二年三月七日

熊本県水俣市陣内二丁目一ノ一
医学博士、医師　中村　元子
（於　自宅）

参考文献

『臨済録』朝比奈宗源訳注（岩波書店）
『無門関の新研究』（上、中、下）井上秀天（寶文館）
『善の研究』西田幾多郎（岩波書店）
『仏教の思想』（Ⅰ〜12）梅原猛ほか（角川文庫）

後序

本書の著者、中村元子は昭和17年10月26日水俣市濱《はま》町、源光寺前で中村唯喜の長女として生れ、七才の時に、現住所、陣内、水俣市役所前に移り住んだ。父の教育方針は唯、唯学校の教科書を勉強せよと、一日中、机の前に座らされた。私は読書が好きで父の勧めにより講談社の世界名作童話を小四年から読み耽った。結果的に運動嫌いの文学少女に育った。成績は抜群で優等生を顕示した。水俣一小、一中、水俣高校、熊本大学医学部、東京医科歯科大学大学院医学研究科博士課程と進学した。院卒後、東一病院で、研鑽を積む。

扠、本書の解説と云う事になるが、本書中の問題点を捉《とら》えて述べる。第一は国試受験と医師免許証獲得と青医連の絡み合い。第二に、表題「身の丈」の解釈、第三に筆者の信教についての三点だ。

当時は医学部は6年制で私は卒業時（昭和43年度）は、従来のインターン制度廃止の過渡期で医学生による青年医師連合（青医連）が組織され自主調整をスローガンとして各大学で青医連支部が結成された。私は東大病院を選び、東大での自主調整が可能となった。此時点で私は43青医連東大支部に所属する事になった。私自身は此の組織が如何《どう》いう物か、深く吟味もせず、唯、唯、闇雲《やみくも》に東大研修に、憧れた結果だった。否、寧ろ東大というより東京に憧れていた。自主調整による東大研修はすべて、不確定要素で、信じて存続できるという組織ではなかった。結局此の組織を見限り、国家の基準に従う方が賢明だと気付いた。父によって気付かされたのだ。

8月に、青医連を脱退し国試を受験し合格、医師免許証を獲得した。此れで日本国内全域で通用する、正規の医師の資格を得た事になる。今後私の生きる道を保障する絶対的な物で、真剣な、組織前の問題なのだ。父は賢明な忠告をしてくれた。私もそのお陰でこの問題を善処できたのだ。今後の私の生活に於いて此れ無しでは、医師として認められないのだ。私に対する青医連の功徳はバイトの斡旋に浴する事が出来る、此の事に尽きた。そこで青医連を脱退して無籍なのにバイトだけは続けるというジレンマが生じて来た訳だが、全く未知の東京におけるバイトは今迄のバイトに縋りつくしかなかったのである。しかし私は堪え難い程の自責の念に責苛《せめさいな》まれた。それでも歯を食いしばって色んな風評に堪えるしかなかった。バイトには私の自活即ち、生死が懸っていたのだ。此の事は剣呑極まる事で東京へ来て始めて実体験した事だ。此の問題は私の大学院合格に依って解決した。

当時、猶厳然として残存せる学閥の問題があり、結局東一での任官を諦め、其の際自分の身の程を鑑み慄然たる思いで東一を去る。この時点で、本書の表題ともした「君知るや君が身の丈」の思惟が我身を苛む。日夜身の丈についての思念を納得する迄考えた。此れを後序として書いて置きたい。

身の丈を広辞苑によると身長と二字ですましてある。「アハァ成程、身長か」と唖然としてしまう。本当に生物（人間を含めて）の身長、物理的な表現は此れで十分だが、果たしてそれ丈だろうか？　本書の標題たる「身の丈」は身長等ではなく抽象的な概念なのだ。私は身の丈の定義としては、自分自身即ち自らの持てる能力、才能そして、その許容限度を自らの尺度として各人自らが知覚する事象であり、此の抽象的表象を現実の物即ち具体的な物として表現したのが取りも直さず身の丈と称するものに外ならないのだ。そして身の丈は更にその個人自体の評価に連鎖しているのである。分かり易く云えば個人個人が自らの尺度を持っている訳だ。その尺度で以って他人の身の丈を評価する。自らの尺度以下に過小評価されれば当然腐りもするし立腹もする。過大評価されれば、その個人は評価にそぐうべくあらゆる努力を強いられ破滅の一路を辿る事になる故に、此れ等の他人の査定に左右されない、確然とした自分本来の身の丈（実力）を把持する事だ。それによって他からの身の丈論等、破棄出来るようになる。そして我道をいくのだという結論になる。自らの身の丈、非常に難しい。私自身も考え込む事もあるが確実なものを、未だにつかみ得ない。中国、史記の「燕《えん》雀《じゃく》安《いずく》んぞ鴻鵠《こうこく》の志を知らんや」を改めて良く吟味したい。

最後に宗教論だが、私は宗教書としては聖書、コーラン、浄土三部経等、読み漁ってはいたが大学院の頃から仏学、仏教を絶対的に奉じていた。家は先祖代々より浄土真宗の門徒だった。唯私としては臨済録及無門関の禅書を読了した時只ならぬ感銘感動を受け禅こそは我が宗教だと思い信じた。又禅問答の「活發發地」の境地等身内がぞくぞくする程興奮を覚えた。無門慧《むもんえ》開《かい》の書に、禅寺に客が来て「仏とは?」「禅とは?」と問うと、禅寺の和尚は此れにすかさず「庭前の柏樹子《はくじゅし》」と答う。つべこべ並べ立てるより、ダルマなり仏を黙示している物、植物や日常茶飯事の物で、その答とするのに私は「ふーむ」と驚き心服し同意するのだが、真に人を真理に導き大悟に誘うものは理屈や理論其の物でなく、却って平々凡々なる尋常茶飯事の中、目前の事象の中に黙示されて居る。是れには常時深い禅的素養を自らに哺育する必要があると思うのである。しかし飽く迄、我々凡愚は凡愚でしかない。道端の草は草だし大きい木を見て「あー私のシンボルツリーにしよう。」位の教養しか無い。そもそも宗教と云うのは、凡愚が片手間に出来るものでは無いのか? 其処に宗教の絶対性という問題が生じて来ると、私は思う。

宗教の絶対性即ち我身を捨てて宗教その物となる。宗教とは価値否定の価値であると西田の説だが、もっともそうであるが私凡愚にとっては今迄の価値、自らの価値判断を無にする事等到底出来ない。私凡愚は宗教だけに限っては、心の余裕例えば十全は最も希ましいものだが、これを7か8、9で良しとする訳にはいかないのかと常に思ってしまう。十求められるが十になれないのだ。十は重過ぎるのだ。もし十になっても、その先は如何なるのだと元々の凡愚の考えに邪魔されてしまう。所が臨済は、この余裕8、9で良しと許容しているのだ。即ち在家でも良い。禅では在家、出家等関係は無いと、但し、有るが儘の本来の自分である事を条件として諸事に遇すれば可だと、説いている。此れなら私も出来ると思う。「平常心是道」を旨としてすべてに遇したい。そして釈迦牟尼の勧める「人生即努力」死ぬ迄努力を続け、我意の儘の行往坐臥が行えれば良しとしよう。「雪を担うて古井をうずむ。」一挙にやって仕舞う事は出来ぬ故、又世の中に無駄となる事は皆無故、愚直に頑張って行くしか無い。

最後に本書の標題は「君知るや君が身の丈」とした。現状に満足せず、或る希望を先へ、或いは未知の物へと託し立ち向かい、結局失望を繰り返すワンパターンのしかも後手に回るケースが多いが、今後も更に自助、自己依侍《いじ》を貫徹すべく、私の何事にも軽率に向きになる悪癖を戒め、諌める事も含めて「君知るや君が身の丈」我自叙伝の標題とし、本書を我枕頭に置かんと意を致す次第である。尚本書の標題として普遍性を高めるべく二人称を用い「君知るや君が身の丈」を銘した次第である。

合掌

令和二年三月七日

医学博士　医師　中村元子　記

君《きみ》知《し》るや君《きみ》が身《み》の丈《たけ》

印刷　二〇二二年三月十五日
発行　二〇二二年三月三十日

著者　中村元子《なかむらもとこ》
発行人　小島明日奈
発行所　毎日新聞出版
〒一〇二-〇〇七四
東京都千代田区九段南一-六-一七　千代田会館五階
電話　営業本部〇三-六二六五-六九四一
図書第二編集部〇三-六二六五-六七四六

印刷・製本　光邦

ISBN978-4-620-32708-2